Carl Nixon

Settlers Creek

Zu diesem Buch

Box Saxton beobachtet besorgt die Sturmfront, die sich über der Küstenstraße im Süden Neuseelands zusammenbraut, als ihn der Anruf erreicht, der alles verändert: Sein neunzehnjähriger Stiefsohn Mark hat sich das Leben genommen. Gemeinsam mit seiner Frau versucht Box, den Verlust zu begreifen, als der leibliche Vater des Sohnes auftaucht. Tipene ist Maori, und obwohl er den Jungen kaum kennt, besteht er darauf, Mark nach Maori-Tradition bei seinen Ahnen zu bestatten. Mit dem neuseeländischen Recht auf seiner Seite, stiehlt er den Körper des Jungen. Getrieben von Trauer und Wut, nimmt Box die Verfolgung auf, um seinen Sohn zurückzuholen. Der eindringliche Kampf zweier Väter um ihren Sohn rührt an einen Urkonflikt Neuseelands und fragt nach der Bedeutung von Familie, Herkunft und Liebe.

»Carl Nixon greift durch die neuseeländische Gesellschaft reichende Traumata auf: die Wurzellosigkeit und das bikulturelle Erbe. Ihm gelingt der Spagat zwischen drastischen Gefühlen und kulturellem Zündstoff brillant.« *buecher-magazin.de*

Der Autor

Carl Nixon (*1967 in Christchurch, Neuseeland) studierte Religionswissenschaften und Pädagogik und lebte in Japan und New York. Sein Werk umfasst Romane, Kurzgeschichten und Dramen und wurde mehrfach ausgezeichnet, u. a. mit dem Katherine Mansfield Short Story Award. Nixon lebt in Christchurch.

Im Unionsverlag ist außerdem lieferbar: *Kerbholz.*

Der Übersetzer

Stefan Weidle (*1953 in Stuttgart) ist Mitgründer und ehemaliger Verleger des Weidle Verlags. Er übersetzt aus dem Englischen und Französischen, u. a. Werke von Carl Nixon und Miguel de Unamuno. Bis 2015 war er Vorsitzender der Kurt-Wolff-Stiftung. Weidle lebt in Bonn und Berlin.

Mehr über den Autor und sein Werk auf *www.unionsverlag.com*

Carl Nixon

Settlers Creek

Roman

Aus dem Englischen
von Stefan Weidle

Unionsverlag

Die Originalausgabe erschien 2010 bei Random House
New Zealand, Auckland, New Zealand.
Die deutsche Erstausgabe erschien 2013 im Weidle Verlag, Bonn.

Im Internet
Aktuelle Informationen, Dokumente und Materialien
zu Carl Nixon und diesem Buch
www.unionsverlag.com

Unionsverlag Taschenbuch 1035
© by Carl Nixon 2010
Diese Ausgabe erscheint in Vereinbarung mit der
Pontas Literary & Film Agency
Originaltitel: Settlers' Creek
Alle Rechte an der deutschen Übersetzung von
Stefan Weidle beim Wallstein Verlag, Göttingen
© by Unionsverlag 2025
Neptunstrasse 20, CH-8032 Zürich
Telefon +41 44 283 20 00
mail@unionsverlag.ch
Alle Rechte vorbehalten
Der Verlag behält sich das Recht des Text- und Data-Minings an diesem Werk
vor, was hiermit Dritten ohne Zustimmung des Verlags untersagt ist.
Reihengestaltung: Heinz Unternährer
Umschlagfoto: Kristin Noack (Alamy Stock Photo)
Umschlaggestaltung: Sven Schrape
Satz: Fotosatz Amann, Memmingen
Druck und Bindung: CPI – Clausen & Bosse, Leck
www.unionsverlag.com/produktsicherheit
ISBN 978-3-293-71035-1

Der Unionsverlag wird vom Bundesamt für Kultur mit einem
Verlagsförderungs-Strukturbeitrag für die Jahre 2021–2025 unterstützt.

Auch als E-Book erhältlich

Für Alice & Fenton

Erläuterungen zu einigen Maori-Begriffen finden sich am Ende des Buches.

Prolog

Ein paar Witzbolde haben eine nackte Schaufensterpuppe an eine der großen Kiefern gehängt. Das war der erste Gedanke des alten Mannes. Vermutlich wollten sie die Jogger erschrecken, die da vorbeikamen. Teenager oder Studenten – junge Leute jedenfalls, die ein paar Bier zu viel intus hatten. Die sind wohl gestern Nacht in die Hügel hochgefahren, um sich zu amüsieren.

Der Mann war unterwegs, um Kiefernzapfen zu sammeln, die der Nachtwind von den kahlen Zweigen geschüttelt hatte. Die brauchte er zum Kaminanzünden. Vorsichtig legte er den Nylonsack, den er bei sich hatte, aufs Gras. »Gardener Grain« war in verblassendem Waldgrün darauf zu lesen. Die sechs oder sieben Zapfen, die er bislang eingesammelt hatte, beulten den Stoff bereits aus, und er blieb einen Moment stehen, um sicherzugehen, dass der Sack auf dem steilen grasbewachsenen Abhang nicht ins Rutschen geriet.

Langsam setzte er sich in Bewegung, ging am Abhang entlang zu einer lockeren Kieferngruppe in etwa fünfzig Metern Entfernung. Der Morgen war völlig windstill, und die Figur an dem Baum bewegte sich nicht.

Der Mann trat vorsichtig auf das Gras. Er hatte Angst zu stürzen. An diesem Morgen hatte er sein Arthrosemittel nicht genommen, weil ihm schlecht wurde, wenn er die Tabletten zweimal am Tag schluckte, wie es der Arzt verschrieben hatte. Er glaubte nicht an Tabletten. Und sein Vertrauen in Ärzte war äußerst beschränkt. Er befürchtete, dass die kleinen weißen Dreiecke ihm ein Magengeschwür beschert hatten. Und schon begannen seine Fingergelenke wieder zu schmerzen, vielleicht nur deshalb, weil er an sie gedacht hatte. Er sah auf seine Hände hinab, die Knöchel waren angeschwollen und blau verfärbt. In seinen Füßen pochte es.

Der Wetterbericht um sechs Uhr morgens hatte gewarnt, dass am Nachmittag aus südlicher Richtung ein Unwetter aufziehen würde, aber jetzt strahlte der Himmel noch makellos blau. Es war der dritte Sonntag im April, sehr früh am Morgen, die Herbstsonne war erst vor einer halben Stunde aufgegangen. In der Nacht hatte es heftigen Wind gegeben, doch er hatte sich vor Tagesanbruch gelegt. In der klaren Luft waren im Norden die Ausläufer der südlichen Vororte der Stadt auszumachen. Die Häuser drängelten sich die Hügel hinauf: rote, orangefarbene und weiße Dächer über briefmarkengroßen Rasenstücken, dazu die hartrandigen, schnurgeraden Linien der Straßen, die an diesem Sonntagmorgen noch menschenleer dalagen. Von seinem Hügel aus konnte er auf die weitläufigen Sportplätze der örtlichen Grundschule schauen und auf eine weichgezeichnete Reihe alter Weiden und Pappeln dahinter, die den Flusslauf erkennen ließ. Jenseits davon die Ansammlung von Hochhäusern im Stadtzentrum, hinter denen sich am Horizont im Westen die Berge abzeichneten – sie wirkten zum Greifen nahe, lagen aber gut zwei Autostunden entfernt.

Der alte Mann arbeitete sich unterhalb des Wanderwegs voran, fast bis zu den Knien im nie gemähten Gras, das höchstens ab und an ein paar Schafe sah. Er hörte zwei eifrige frühe Mountainbiker, die sich zwischen heftigen

Atemstößen abgehackt unterhielten, während sie sich den Berg hinaufkämpften. Wegen der Bäume konnte er sie jedoch nicht sehen. Die Sonne schien auf die Felsnase über ihm, während seine Seite des Hügels, die westliche, bis ins Tal hinunter im Schatten lag. Als er den Kopf hob und zu den hohen Monterey-Kiefern hinüberschaute, sah er seinen Atem in der kalten Morgenluft. Unterhalb des Wegs standen etwa ein Dutzend Kiefern eng zusammen. Sie hatten sich zum größten Teil selbst ausgesät und waren so dicht gewachsen, dass sich ihre Zweige ineinander verschlangen. Die Nadeln lagen in einer so dicken Schicht darunter, dass dort nichts wuchs. Da konnte man leicht ausrutschen.

Er hatte während des Gehens auf den Boden gesehen, doch jetzt, als er nahe genug bei den Bäumen war, hob er den Blick.

»O Gott!« Seine Stimme zerriss die Morgenstille. Keine Schaufensterpuppe. Natürlich nicht. Wie hatte er das nur denken können? »O Gott! Um Gottes willen!« Splitterfasernackt. »Gott!« Leiser diesmal.

Der Kopf war leicht in den Nacken gelegt, angehoben von dem dicken Knoten. Das Kinn wies auf die ersten kahlen Zweige. Die Augen waren geschlossen, und der Mann dankte im Stillen dafür. Unwillkürlich starrte er auf das Schamhaar. Die dunkle Nacktschnecke darin, der Penis.

Der tote Mann – nein, nicht mal alt genug dafür, vermutlich noch ein Teenager, der arme Kerl –, der Fast-Mann also, der Junge hatte seine Sachen ordentlich zusammengelegt und in einer Vertiefung zwischen den Baumwurzeln gestapelt.

»O mein Gott«, dachte er.

Dieser Junge war im Begriff, sich zu erhängen, und hatte sich noch die Mühe gemacht, seine Kleider zusammenzufalten. Der alte Mann staunte. Oben auf dem Stapel die Blue Jeans. Der schwarzglänzende Ledergürtel lag aufgerollt daneben.

Er spürte sein Herz hämmern, als wäre er den ganzen Weg aus dem Tal hochgerannt. Er trat näher heran. Mit einem Blick erkannte er, wie der Junge es bewerkstelligt hatte. Ein Drahtzaun lief den Hügel hinauf und trennte ein Privatgrundstück von dem stadteigenen Naturschutzgebiet mit seiner Neupflanzung von Flachs und diesen blödsinnigen Kohlbäumen. Der Junge musste auf den nächstgelegenen Zaunpfahl geklettert sein, das Seil über den Ast geworfen und verknotet haben. Dann hatte er sich die Schlinge um den Hals gelegt. Und war gesprungen. So einfach war das.

Der Mann wandte den Blick von der baumelnden Leiche und schaute über die Stadt. Er atmete tief ein. Der Herbsthimmel war blau, weit und wolkenlos. Er spürte einen Schweißausbruch auf der Stirn. In den Handflächen dasselbe. Er wischte sich die Hände an der Hose ab und fragte sich, wie lange der Junge da wohl schon hing. Die Bäume schützten ihn vor den Blicken der frühmorgendlichen Jogger und Mountainbiker, aber sicher nicht den ganzen gestrigen Tag schon, nicht so lange. Irgendjemand hätte ihn entdeckt.

Das Haus des Mannes war das drittletzte an dem asphaltierten Teil der Straße. Wegen seiner Arthritis schlief er schlecht und hörte gewöhnlich, wenn Autos nachts bis zum Farmtor fuhren. In der letzten Nacht hatte er nichts gehört.

Er dachte daran, sofort zum Haus zurückzukehren und die Polizei zu benachrichtigen. Doch irgendwie schien ihm das nicht richtig. Aus einem Grund, den er erst sehr viel später würde benennen können, dachte er an seinen Vater. Weihnachten war er vierzig Jahre tot gewesen, und immer noch fragte sich der Mann, was der alte Griesgram wohl tun würde, wenn er jetzt hier wäre.

Er seufzte und ging noch näher heran, wobei er auf die rutschigen Kiefernnadeln achtgab. Trotz seiner steifen Finger und der Druckstelle unter seinem linken Fuß kletterte er auf den Zaunpfahl. Langsam, Zentimeter für Zentimeter; flüssige, schnelle Bewegungen waren ihm schon lange nicht mehr möglich. Er kam sich vor wie aus Holz gemacht, wie ein Liegestuhl vielleicht, den man behutsam auseinanderklappen musste, weil die Scharniere verrostet waren. Der Pfosten, auf dem sein Fuß jetzt stand, war erst kürzlich erneuert worden, wie einige andere auch. Das Holz war hell, ohne Flechten oder feuchte Flecken. Der alte Mann hatte im letzten Sommer ein paar Leute von der Stadt gesehen, die verfaulte Zaunpfähle durch neue ersetzten. Jetzt, mit einem Fuß auf dem Pfahl und einer Hand an der rauen Baumrinde, konnte er sich mit dem anderen Fuß vom Boden des Abhangs abstoßen. Er schwankte ein bisschen, dann stützte er sich am Baum ab und fand Halt.

Der Leichnam hing mit dem Rücken zu ihm. Als er sicher stand, fischte der alte Mann mit der Linken sein Taschenmesser aus der Gesäßtasche und klappte mithilfe seiner Zähne die große Klinge heraus. Das Metall berührte seine Zunge, und sofort schmeckte er es im ganzen Mund: scharf und brackig, seine Füllungen schmerzten davon. Er balancierte auf dem Pfosten und schwankte wieder ein wenig, als hätte sich ein Morgenwind erhoben, doch die Luft war ruhig und kalt.

Nein, die Leiche war gestern noch nicht da gewesen, da war er ganz sicher. Wenn der Junge am gestrigen Abend hier raufgekommen war, als es noch hell genug war, um das zu tun, was er tun zu müssen glaubte, dann hatte er die ganze

Nacht da gehangen. Der Mann erinnerte sich, dass der Wind kurz vor Mitternacht ziemlich heftig gewesen war. Er hatte im Bett gelegen und gelauscht, wie der Wind auf Südwest gedreht hatte und die Kiefern und die beiden großen Eukalyptusbäume bei seinem Haus in der Dunkelheit knarrten und rauschten. Im Nebenzimmer hatte Irene, seine Frau, mit ihrem schweren Federbett geraschelt. Sie nahm jeden Abend zwei Schlaftabletten und wäre nicht mal dann aufgewacht, wenn am Fußende ihres Bettes ein Eisenbahnzug voller Sexualverbrecher gehalten hätte.

Er stellte sich vor, wie der Junge in der Dunkelheit tot am Baum hing. Wie der starke Wind ihn wohl gedreht haben mochte. Der Südwestwind blies immer heftig durch dieses Tal. Bog die Bäume. Er stellte sich vor, wie sich der Leichnam bewegte, hin- und herschwang, sich drehte – und das weniger als hundert Meter von seinem Haus entfernt, wo er friedlich in seinem Bett lag. Die Knochen in den Fußballen des Mannes begannen zu schmerzen, der Pfahl bot zu wenig Platz, er musste auf den Ballen balancieren. Er versuchte den Schmerz zu ignorieren, um sich auf die vor ihm liegende Aufgabe zu konzentrieren. Er musste sich weiter strecken, als er gedacht hatte, um mit seinem Messer an das Seil zu kommen. Es war eine erstklassige Klinge, musste sie auch sein, denn das Messer hatte eine hübsche Stange Geld gekostet. Er schärfte sie regelmäßig, daher bedurfte es nur zweier ziemlich riskanter Bewegungen mit nach vorn gerecktem Oberkörper, und das Seil zerfaserte und riss.

Der Junge stürzte zu Boden. Das Geräusch ließ den alten Mann erschauern. Der Leichnam sackte nicht in sich zusammen, wie er erwartet hatte, sondern blieb steif und begann sofort den Abhang hinabzurutschen. Einen entsetzlichen Moment lang dachte der Mann, dass er endlos weiterrutschen würde, bis über einen Kamm hinaus, hinter dem er ihn nicht mehr würde sehen können, vielleicht sogar bis in die Neupflanzungen ... Doch er blieb an ein paar aus dem Boden ragenden Wurzeln hängen. Da lag er, den Kopf mit dem dunklen glatten Haar nach unten.

Vorsichtig ließ sich der Mann von dem Zaunpfahl herunter, brauchte dazu sogar länger als zum Raufklettern. Als er endlich wieder festen Boden unter den Füßen hatte, dehnte er seinen Rücken, so gut es eben ging, und bewegte die Zehen in seinen Stiefeln, um wieder Gefühl in den Füßen zu bekommen.

Ganz in seiner Nähe klingelte ein Telefon. Dem Mann entfuhr ein kurzer Schrei. Er schaute sich nach allen Seiten um, dann wandelte sich sein Schrecken in Wut. Es war kein normaler Klingelton, sondern eine Melodie, blechern, schmissig. Dieser verdammte Lärm kam von den Baumwurzeln her. Das beschissene Handy musste in den Kleidern stecken. Gott, was war er erschrocken! Als der Adrenalinstoß vorbei war, wurde ihm klar, dass er die Melodie kannte. Aus einer alten Fernsehserie. Nicht *M*A*S*H* oder *Mini-Max*, aber etwas Ähnliches, auf jeden Fall eine Comedy-Serie. Die Musik war geradezu lächerlich vergnügt, und er wünschte sie zum Teufel.

Er blieb stehen und wartete ab.

Später, beim Polizeiverhör in seiner Küche, fragte ihn der junge Beamte, warum er nicht drangegangen war. Er antwortete völlig wahrheitsgemäß, dass er nicht einmal auf die Idee gekommen war. Die Polizisten waren nicht gut auf ihn zu sprechen, weil er den Jungen abgeschnitten hatte. Offenbar hatte er sich da an Beweismitteln zu schaffen gemacht. Das war dem alten Mann egal. Er war überzeugt, das Richtige getan zu haben.

Endlich riss die Musik ab.

Er stampfte ein paar Mal mit dem Fuß auf und tastete sich dann vorsichtig über die glatten Kiefernnadeln hinweg zu der Stelle, wo der nackte Leichnam des Jungen zum Halten gekommen war. Er lag auf dem Rücken, von dem Fall klebte Matsch auf seiner Seite und seinem linken Bein. Als der alte Mann ganz nahe war und nicht mehr so erschrocken, erkannte er, dass der Junge eine dunkle Hautfarbe hatte. Also das, was die Mutter des Mannes »eine Abreibung mit der Teerbürste« genannt hatte. Um den Hals herum war die Haut blutunterlaufen, ebenso an den Knöcheln, wo sich wohl das Blut gestaut hatte, aber das war nicht mehr als eine Vermutung, schließlich war er kein Arzt. Aber auch der konnte jetzt nicht mehr helfen.

Der Hang lag noch immer im Schatten, und der Mann fror. Er schlang die Arme um seine Brust und schlug sich mit den Händen ein wenig warm. Er schaute sich um. Nichts hatte sich verändert. Trotz der Kälte zog er seine Jacke aus und versuchte, sie über den Leichnam zu breiten. Sie war zu klein, um den ganzen Körper zu bedecken. Er zupfte sie zurecht, schaffte es aber schließlich nur, Bauch, Brust und Geschlecht des Jungen zu bedecken. Ohne ihn zu berühren, zog er die Kapuze heraus und bedeckte damit die Blutergüsse um den Hals. Er versuchte, nicht auf die zerfaserte Nabelschnur zu schauen, die aus dem Genick wuchs.

Nachdem er alles erledigt hatte, machte sich der Mann auf den Weg bergauf, seinen Nylonsack ließ er liegen, wo er war. Er duckte sich unter den Kiefernästen und zwängte sich durch einen schmalen Durchlass zwischen den dicken Stämmen. Als er auf dem Wanderweg ankam, atmete er erneut heftig und spürte, wie ihm der Schweiß den Rücken hinunterlief. Drei junge Frauen in Leggings und rot-gelben Windbreakern stiegen gerade über den Tritt am Farmzaun. Sie joggten auf ihn zu. Vermutlich hielten sie ihn für einen alten Mann, der eben vom Pinkeln aus dem Wald kam. Eine von ihnen lächelte und grüßte ihn. Er erwiderte den Gruß nicht. Während sie sich entfernten, hörte er noch, wie dieselbe Joggerin eine Bemerkung über ihn machte, verstand aber nichts. Die beiden anderen lachten.

Er ging den Weg entlang, so schnell seine entzündeten Gelenke es zuließen. Zu Hause angekommen, ignorierte er die blöden Fragen seiner Frau und rief die Polizei an.

ERSTER TEIL

I

Box Saxton kniete auf dem halb fertigen Dach des Schulgebäudes. Als sich der Wind drehte, richtete er sich auf und blickte nach Süden über das Wasser des lang gezogenen Hafenbeckens. Der Himmel über ihm war noch immer wolkenlos, ein bleiches Herbstblau, aber im Süden, hinter der Hügelkette, ballten sich bereits Gewitterwolken zusammen. Als Box das letzte Mal hochgeschaut hatte, waren die noch nicht da gewesen. Die grüne Wand aus Büschen hinter der Schule hatte angefangen zu rascheln. Die Zweige des Ginseng bogen sich aus der Hecke und schnappten nach jeder Bö zurück. Die hohen Buchen und Rimu-Harzeiben schwankten leise. Box beobachtete, wie die etwa sechs Jachten, die in der engen Bucht ankerten, unter dem unerwarteten Anstoß des Südwinds erzitterten und den Bug wegdrehten. Schaumkronen tauchten im Hafenbecken auf. Die Wellen wuchsen höher, bis sie schäumend brachen, um im nächsten Moment durch den Wind neu zu erstehen, der sich gegen die in den Hafen einlaufende Flut stellte.

Box' Nasenflügel blähten sich. Er roch die Salzgischt, die der Wind durch die abgekühlte Luft zu ihm hintrug. Er schauderte und zog sich die abgetragene Kappe tiefer ins

Gesicht. Noch vor einer halben Stunde hatte er hier oben in der Sonne geschwitzt, aber jetzt fror er in seinem T-Shirt und den Shorts. Er nahm einen Nagel aus seinem Werkzeuggürtel und trieb ihn mit drei präzisen Hammerschlägen durch das Blech in die Dachbalken. Das wiederholte er, bis er am Ende der Blechplatte angekommen war. Er stand auf.

Die Bays Primary School war eine terrassenförmige Anlage an der Ostseite des Hafens. Die Spielfelder befanden sich auf der untersten Ebene, und das Verwaltungsgebäude und die Klassenräume zogen sich den Hügel hinauf bis dorthin, wo die Vegetation endete. Der neue Klassenraum, an dem Box arbeitete, wurde unmittelbar an den Zaun auf der Rückseite des Schulgeländes gebaut. Ab hier stieg das Terrain bis zum Hügelkamm so steil an, dass man nicht weiterbauen konnte. Von dort, wo Box stand, konnte er die ungefähr zwanzig verstreut liegenden Häuser der Anwohner der engen Bucht überblicken.

Letzte Nacht hatte er mit einer Flasche Bier in der Hand auf seinem Motelbett gelegen und den Wetterbericht gesehen, nach den Spätnachrichten. Seinen allabendlichen Anruf bei Liz hatte er da schon hinter sich. Meistens bestanden die Telefonate daraus, dass er ihr zuhörte, während er auf der Bettkante saß und auf die Betonwand einen halben Meter vor seiner Nase starrte. Manchmal warf er etwas ein, versuchte fröhlich zu wirken, wohl wissend, dass seine Rolle bei diesen Gesprächen darin bestand, Liz zu bestärken. Sie war in der Stadt, sorgte für die Kinder und hatte selbst noch einen Fulltime-Job. Und rotierte, um das alles unter einen Hut zu kriegen. Gestern Nacht waren es die typischen Klagen gewesen: Mark (er war weggegangen, ohne ihr zu sagen, wohin und wann er wiederkommen würde); der Boiler in der Küche leckte, und die Hausverwaltung hatte versprochen, einen Klempner zu schicken, allerdings schon vor ein paar Tagen, und niemand war gekommen; Heather, die ihr schulisches Engagement so gut wie ganz zugunsten ihrer Freundinnen aufgegeben hatte, und, schlimmer noch, auch Jungs traten auf den Plan (mit fünfzehn redete sie glücklicherweise bislang nur von ihnen); und natürlich musste das Dauerthema Geldsorgen ausführlich erörtert werden. Darüber konnten sie stundenlang reden.

Als Box auflegte, tat ihm das rechte Ohr weh, so stark hatte er den Hörer dagegengepresst. Während des Gesprächs hatte er eine Dose Bier geleert, jetzt öffnete er eine zweite und legte sich aufs Bett. Zwischen seinen ausgestreckten Beinen sah er auf den Fernseher. Was lief, war ihm egal. Das Programm diente allein als Hintergrundrauschen – Ton und Bild flimmerten ohne jede Bedeutung vorbei. Gestern war Samstag, und das Motel lag an einer Hauptstraße. Die Bässe aus den Autos der Jungs und der Lärm der frisierten Motoren drangen durch die dicken Mauern und übertönten den Fernseher. Er hatte ihn lauter gestellt.

Eine Realityshow war zu Ende, die nächste fing an. Und dann war auch die vorbei. Die Spätnachrichten, dann das Wetter. Zum ersten Mal an diesem Abend nahm Box seine fünf Sinne zusammen und schaute zu.

Jetzt stand er auf dem Dach des Schulgebäudes in der sich rasch abkühlenden Luft und sah auf seine Armbanduhr. Es war 11.15 Uhr. Der Wettermensch im Fernsehen hatte für den späten Vormittag eine Gewitterfront aus Süden angekündigt. Box hatte gehofft, dass die Vorhersage falsch war, zumindest was den Zeitpunkt anlangte, sodass ihnen fast ein voller Arbeitstag bliebe. Nun sah es ganz und gar nicht danach aus. Wie eine alte Dampflok näherte sich die Front pünktlich ihrem Ziel – laut, stürmisch und kalt wie Stahl. Box war mit solchen Sturmfronten aus dem Süden aufgewachsen, doch sie beeindruckten ihn noch immer. Sie brauten sich über dem Südpolarmeer zusammen, nicht weit von der Antarktis, und wenn sie genügend Kräfte gesammelt hatten, dann tobten sie mit Donner und Sturzregen nach Norden. Hier war der Ort, an dem sie zuerst auf Land trafen. Box stellte sich gern vor, er könnte die Eisberge und die Pinguinscheiße im Wind riechen.

Die Temperatur fiel von Minute zu Minute. Quatsch, von Sekunde zu Sekunde. Auf Box' braun gebrannten Unterarmen stellten sich die Härchen auf, er bekam eine Gänsehaut.

Das neue Unterrichtsgebäude sollte in zehn Tagen fertig sein, damit es im zweiten Schulhalbjahr bereits genutzt werden konnte. Deshalb arbeiteten sie sonntags. Der Dachstuhl war fertig, aber sie hatten erst am Nachmittag des Vortags damit begonnen, das Dachblech anzubringen. Mitch wäre nicht erfreut darüber, dass sie nun den größten Teil eines weiteren Tages verloren, schließlich waren sie schon genug im Rückstand. Sogar in den paar Augenblicken, die Box weggeschaut hatte, waren die Wolken näher gekommen – wie ein schlammiger Tsunami wälzten sie sich über die Hügel. Er steckte den Hammer in seinen Werkzeuggürtel, lief leichtfüßig über das Dach zur Leiter und kletterte hinunter, um sein Buschhemd aus dem Pickup zu holen.

Taylor und natürlich Grant packten schon ihre Sachen zusammen. Das war vorhersehbar. Was Taylor anlangte, genügte schon das kleinste Anzeichen von schlechtem Wetter, und er ließ das Werkzeug fallen. Die beiden würden schon so gut wie in der Kneipe sein, wenn es gerade mal sachte anfing zu tröpfeln. Und es war mehr als wahrscheinlich, dass sie Mitch erzählten, sie hätten bis 17.00 Uhr gearbeitet. Sie hatten sowieso schon die ganze Zeit gemault, dass sie an einem Sonntag hier sein mussten.

Tatsächlich hatte Box keine Zeit, sich um die beiden zu kümmern. Die Rezession, der globale Abschwung, die internationale Finanzkrise – was auch immer es war – hatte die Bauindustrie wie eine Dampfwalze plattgemacht. Box wusste das besser, als ihm lieb sein konnte. Er schaute Taylor und Grant beim Einpacken zu. Während jede Menge Zimmerleute arbeitslos waren, jammerten die beiden, weil sie sonntags ranmussten; beklagten sich darüber, eine feste Stelle zu haben und auch noch Überstunden bezahlt zu bekommen. Denen war nicht mal ansatzweise bewusst, wie viel Glück sie hatten. Dank Mitch und seinen Kontakten zu Regierungskreisen bekamen diese beiden Clowns die Arbeit jeden Tag auf dem Silbertablett serviert, und das das ganze Jahr über.

Wären es seine Leute gewesen, hätte Box sie noch zu einem letzten Großeinsatz verdonnert, bevor es richtig zu donnern anfing. Das Dach müsste unbedingt noch drauf, jedenfalls größtenteils. Aber Taylor war der Vorarbeiter und Box derzeit kaum mehr als ein Tagelöhner. Er hatte hier ungefähr so viel zu sagen wie der jüngste Lehrling. Box schüttelte den Kopf und ging zu seinem Pickup.

Als er zurückkam und sich gerade das Buschhemd überzog, stand Taylor auf dem Betonfundament bei den Sägeböcken. Die roten Ohrenschützer hingen ihm um den Hals.

»Wir sind weg. Kommst du mit?«

»Vermutlich dauert es noch eine Stunde, bis es regnet«, erwiderte Box.

Taylor zuckte mit den Schultern. »Wir gehen ein Bier trinken.«

»Wenn wir alle weitermachen, kriegen wir das Dach vielleicht noch dicht.«

Taylor sah nach den Wolken und schüttelte den Kopf. Seine lockigen braunen Haare waren voller Sägespäne. Er war noch in seinen Zwanzigern, verbarg aber unter seinem farbbespritzten Sweatshirt bereits einen Bierbauch in Luftballongröße; darunter kamen kurze, muskulöse Beine zum Vorschein.

»Nein, dazu reicht die Zeit nicht mehr.«

»Wenn das Dach erst mal drauf ist, können wir die Wände abisolieren. Die Putzer könnten dann morgen anfangen.«

»Es fängt gleich an zu schiffen.«

»Wir müssen uns schon verdammt ranhalten, wenn das vor dem 29. fertig sein soll.«

»Das schaffen wir schon.«

Box' größere Erfahrung spielte hier keine Rolle. Er wusste sogar, dass sie gegen ihn sprach. Taylor wollte ihn nicht dabeihaben. Eingebildetes Arschloch. Er war einer von denen, die immer nach einem Kritikpunkt suchen, nach einem Grund, einen runterzumachen, die sowieso immer alles besser wissen. Jetzt ließ er Box spüren, wer hier das Kommando hatte.

»Wieso bist du da so sicher?«

»Vergiss es. Wir sind weg. Kommst du mit oder nicht?«

Box gab sich keine Mühe, seinen Ärger zu verbergen. Er schüttelte den Kopf. »Ich mach noch fertig, was ich kann. Dafür werde ich schließlich bezahlt.«

»Wie du willst.« Das Grinsen hätte ihm Box am liebsten mit einer Handvoll Hobelspäne aus dem Gesicht gerieben.

Stattdessen ließ er ihn stehen und ging zur Leiter. Er stieg aufs Dach, wo der aufgefrischte Wind ihm eine Ladung Eis ins Gesicht blies. Es war ziemlich sinnlos, Taylor zu widersprechen. Box war das alles ohnehin scheißegal, der Baustellenzoff mit seinen Machtspielchen. Ein Sturm im Wasserglas. Damit war er fertig. Er machte seine Arbeit und blieb für sich. Es ging ihm nur darum, genug Geld zu verdienen, um die Hyänen von seiner Türschwelle zu vertreiben, und dann zu Liz und den Kindern zurückzukehren.

Box nagelte weiter das Blech fest, sah aber unwillkürlich immer wieder auf die beiden anderen herunter. Grant lud sein Werkzeug in Taylors großen roten Nissan. Der SUV war fast neu, wohl auf Pump gekauft, dachte Box. Grant hüpfte um Taylor herum wie ein dämlicher Labradorwelpe, voller Begeisterung, dass es jetzt in die Kneipe ging. Als alles eingeladen war, hätte sich Box nicht gewundert, wenn Taylor nach Grant gepfiffen hätte, damit er auf den Beifahrersitz sprang. Beim Wegfahren ließ Taylor noch die Hinterräder durchdrehen und wirbelte lose Steine vom frisch betonierten Fundament auf. Box sah dem Wagen nach, wie er die Serpentinen zum Meer runterkurvte und dann nach rechts abbog in die einzige Straße, die vom Hafen hochführte.

»Nichtsnutz«, sagte Box und schlug einen weiteren Nagel ein. Taylor war faul. Nachlässig, außer wenn Mitch ihm auf die Finger sah. Und sogar schlampig, er machte es sich immer so leicht, wie es irgend ging. Er hatte weder die innere Einstellung noch die nötige Erfahrung, um ein guter Bauarbeiter zu sein. Mitch war erst seit sieben oder acht Jahren im Geschäft, und die meiste Zeit hatten seine Leute Fertighäuser montiert, was auch ein Affe mit Nagelpistole gekonnt hätte. Aber wenn man Taylor hörte, musste man meinen, er hätte alles im Alleingang erledigt. Er hielt sich für den größten Bauhandwerker aller Zeiten.

Box dachte: Schluss damit. Er sog die kalte Luft tief in seine Lungen und atmete langsam durch den Mund wieder aus. Er versuchte, seinen Kopf frei zu machen, die Schultermuskulatur zu entspannen. Liz hatte jahrelang Yoga unterrichtet und ihm immer beibringen wollen, wie man richtig atmete. Sie spürte, dass er zu viel Spannung im Körper hatte, was immer das bedeuten mochte.

Er sollte Taylor nicht so nah an sich ranlassen. Box erinnerte sich, dass das größte Problem des Kerls seine Jugend war. Mit seinen dreiundzwanzig war er fast halb so alt wie Box.

Box nagelte weiter, behielt aber die Wetterentwicklung im Auge.

Er hatte sich geirrt. Bereits vierzig Minuten später war die Sonne ausgelöscht, und der Tag versank in einem milchigen Halbdämmer. Die Wolken hingen dunkel und schwer dicht über ihm. Der Wind hatte aufgefrischt und blies nun so stark, dass es idiotisch gewesen wäre, auf dem Dach weiterzuarbeiten. Box war fast am Ende des Blechs angelangt, als der erste dicke Tropfen neben seiner Hand auf dem Metall aufschlug. Der nächste traf ihn an der Ferse, dann an der Schulter. Und dann klatschte einer auf seinen bloßen Nacken, genau oberhalb des Hemdkragens – er explodierte wie ein eisiger Nadelstich. Jetzt setzte der Regen voll ein. Einen Augenblick lang konnte Box den Regen auf der sonnenwarmen Erde riechen, doch der Wolkenbruch wusch rasch alle Gerüche weg. Das Geräusch der auf das Blech klatschenden Tropfen wurde zu dem Stakkato einer von mehreren Händen geschlagenen Trommel. Es fühlte sich an, als hätte jemand in den Wolken einen Wasserhahn aufgedreht.

Box stemmte sich gegen den Regen und schaffte es über das rutschige Dach zur Leiter. Das Wasser floss bereits über den Rand der Dachrinne und ergoss sich vier Meter tief auf den trockenen, rissigen Boden der Baustelle. Er zwang sich, die Leiter langsam herunterzuklettern. Das Letzte, was er jetzt brauchte, war ein Sturz mit Beinbruch. Liz wäre begeistert. Obwohl das Krankentagegeld mehr als willkommen wäre.

Als er heil unten angekommen war, duckte er sich unter das Drittel des Vordachs, das schon fertig war. Er schüttelte die Arme und wischte sich die Tropfen von seinem Buschhemd – prall und rund schimmerten sie im silbrig fahlen Licht. Die Beine seiner mit Farbe und Gips bespritzten kurzen Arbeitshose waren völlig durchnässt. Der Regen dröhnte ihm in den Ohren. Der Lärm kam nicht nur vom Dach, sondern auch von dem freiliegenden Betonfundament und von dem asphaltierten Spielplatz vor den Klassenzimmern. Box schaute zu, wie sich ein Haufen schmutzig gelber Sägespäne, der sich während der vergangenen trockenheißen Herbsttage angesammelt hatte, in eine Art Haferbrei verwandelte. Die Erde um die Baustelle herum, die vor ein paar Minuten noch hart und rissig gewesen war, konnte das Wasser nicht mehr ableiten und begann es einzusaugen. Bald war alles um die Fundamente herum schlammig aufgeweicht.

Es hatte keinen Sinn, auf eine Regenpause zu warten. Das war kein Frühlingsschauer. Dieses Unwetter würde sich den ganzen Tag über halten. Das hatten sie schon in der Glotze gesagt, und als Box jetzt zum Himmel hochblickte, glaubte er ihnen sogar. Er nahm sein Werkzeug aus dem Gürtel und verstaute es ordentlich in seinem Werkzeugkasten, den er verschloss. Er sammelte sich einen Moment, und dann stürzte er vornübergebeugt los. Seine Stiefel versanken im Matsch. Die Baustelle war ringsum mit einem Sicherheitszaun abgesperrt. Box zog das Tor hinter sich zu und befestigte das Vorhängeschloss. Als er das Tor geschlossen hatte, zu seinem Pickup gerannt war, das Werkzeug in dem Kasten auf der hölzernen Ladefläche verstaut, die Fahrertür aufgeschlossen hatte und auf den Sitz geklettert war, befand sich kein trockener Faden mehr an seinem Körper.

Box knallte die Tür zu. In der Fahrerkabine hörte er, wie sein schneller Atem sich mit dem Aufklatschen des Regens auf dem Metalldach mischte. Es hatte eine Zeit gegeben, da er es sogar komisch gefunden hätte, so dazusitzen, mit den klatschnassen Sachen auf der Haut. Aber jetzt war er nur stocksauer, angepisst. Wütend schlug er aufs Lenkrad.

Er war einfach nicht in Form. Dass er Ende des Monats sechsundvierzig wurde, war keine Entschuldigung. Er musste wieder anfangen zu laufen, vielleicht ein bisschen Boxtraining. Liz hasste es, wenn er boxen ging, aber ihm hatte es immer Spaß gemacht, und es war verdammt gut für die Kondition. Box war groß und breitschultrig, und er hatte immer auf seine Fitness geachtet. Er besaß nur die Andeutung eines Bauchs, war sich dessen aber schamhaft bewusst, sogar Liz gegenüber. Keine Eitelkeit. Box verabscheute die Vorstellung, körperlich abzubauen. Er kannte zu viele Typen, die übergewichtige Wracks wurden, bevor sie fünfzig waren.

Er nahm die Kappe vom Kopf und schüttelte das Wasser auf den Boden vor dem Beifahrersitz. Sie war mal dunkelblau gewesen, mit dem aufgestickten Logo der All Blacks vorn, aber die Stickerei hatte sich in Wohlgefallen aufgelöst, und das tiefe Blau war zu einem verwaschenen Himmelblau verblichen. Er fuhr sich mit der Hand über den Kopf und spürte die eine Woche alten kratzigen Haarstoppeln.

Als Junge hatte er lange rote Haare, aber mit Mitte zwanzig wurde ihm klar, dass so ein voller Haarschopf nur Nachteile hatte. Liz schnitt ihm im Freien die Haare mit der Haarschneidemaschine auf kürzester Stufe. Manchmal rasierte er sich auch beim Duschen Gesicht und Kopf. Im Scherz brüstete er sich oft, wie viel er in seinem Leben an Shampoo gespart hatte. Im Sommer trug er tagsüber eine Baseballkappe, auch drinnen. Im Winter hatte er eine Wollmütze auf dem Kopf, sie fühlte sich an wie Haare, saß und wärmte aber besser. Auch diese Pointe hatte er im Repertoire. Es gab Typen, mit denen er monatelang zusammengearbeitet hatte und die dennoch überrascht waren, wenn sie ihn zum ersten Mal ohne Kopfbedeckung sahen; sie waren wie alle davon ausgegangen, dass jeder Mensch Haare hat.

Der Pickup stand auf dem asphaltierten Parkplatz bei der Schulbibliothek. Die Kreidelinien eines Himmel-und-Hölle-Spiels verschwammen unter der dünnen Wasserschicht, die sich gebildet hatte. Der Regen war sogar noch stärker geworden. Box nahm die Plastikdose mit seinem Lunch vom Beifahrersitz und öffnete sie. Sie enthielt ein Sandwich mit Schinken und Käse und ein hartes Ei. Er hatte sich das am Morgen im Motel zurechtgemacht, neben dem Waschbecken stand ein kleiner tragbarer Gasherd. Das Ei war noch ein bisschen warm. Den Motor anzulassen wäre sinnlos. Die Heizung war kaputt. Sie hatte am Ende des letzten Winters den Geist aufgegeben, und Box hatte nicht das Geld gehabt, sie reparieren zu lassen. Er hatte es immer noch nicht. Außerdem kostete die Reparatur mit dreihundert Dollar mehr, als der ganze Wagen noch wert war.

Sein Handy klingelte. Box fuhr zusammen und hatte alle Mühe, das Ei in der Hand zu behalten. Er fluchte. Er hatte völlig vergessen, dass das Telefon zwischen den Sitzen steckte. Er nahm es nie auf die Baustelle mit. Bei der Arbeit wollte er nicht gestört werden, schon gar nicht von einem Handy in der Tasche, das jeden Augenblick losgehen konnte; das hieße, gleichzeitig in zwei Welten zu sein. Er nahm das Telefon und drückte eine Taste.

»Ja, hallo?«

»Alles okay, Box? Du klingst sauer.«

Es war Mitch, der aus dem Norden anrief, er war wegen des Regens auf dem Dach nicht leicht zu verstehen.

»Nein, alles in Ordnung, Mitch.«

»Wie läuft's da unten?«

»Gar nicht mehr. Regen.«

»Was?«

Lauter diesmal: »Es regnet. Unwetter von Süden.«

»Habt ihr das Dach fertig?«

»Nein. Erst halb.«

»Scheiße.« Das war laut genug für Box. »Dieses Wetter hat mir gerade noch gefehlt. Der April soll doch eigentlich beständig sein.«

»Der Wetterbericht sagt, es zieht heute Nacht durch, und morgen Nachmittag ist es wieder schön.«

»Ich kann mir solche Unterbrechungen nicht mehr leisten.«

»Hoffe, den Kindern macht es nichts aus, in einem Klassenzimmer ohne Wände zu sitzen.«

»Mach keine Witze.« Mitch seufzte so laut, dass Box es durch den Lärm des Regens hörte. »Ich brauche euch auf der Baustelle an der George Street. Da gibt es jede Menge zu tun.«

»Geht klar. Ich kann gleich rüberfahren, muss nur noch in meinem Motel vorbei und trockene Sachen anziehen. Aber Taylor und Grant sind schon weg.«

»Wohin?«

»Weiß nicht.«

»Nutzloser Drecksack. Ich hab's schon auf Taylors Handy probiert, aber er hat's ausgemacht.«

»Du hast ihn eingestellt.«

»Danke, dass du mich daran erinnerst. Okay. Du fährst zum Motel, und wenn du Taylor dort triffst, dann sag ihm, dass er und Grant sofort ihre Ärsche in die George Street bewegen sollen. Und dass Taylor sein gottverdammtes Telefon wieder anmachen soll.«

»Darf ich dich wörtlich zitieren?«

»Wie du willst, Box, solange er nur das macht, was man ihm sagt.«

Mitch legte auf.

Box aß seinen Lunch, ließ den Motor an und fuhr los.

Am Fuß des Hügels machte er die Scheinwerfer an, obwohl es erst kurz nach Mittag war. Die Straße an dieser Seite des Hafens führte durch zahlreiche Buchten und an Landzungen vorbei. Er sah ein Durcheinander von Häusern, die sich zwischen die Bäume duckten. Andere, teurere Anwesen hatte man oben auf die Bergrücken gebaut. Box stellte sich vor, wie deren Besitzer nachts dort saßen und über das schwarze Wasser zu den Lichtern der Stadt hinübersahen. Heute jedoch nicht: Der Hafen war in niedrig hängenden Wolken und Regen verschwunden.

Die Scheibenwischer kämpften gegen die gewaltigen Wassermassen an. Sie kannten nur zwei Geschwindigkeiten: an oder aus. Wenn sie an waren, beschrieben die abgenutzten

Wischblätter in spastischen Zuckungen etwa drei Viertel ihres Bogens, bevor sie abrupt nach links zurückfielen. Dann entstand eine unnatürlich lange Pause, bevor sie die Kraft für den nächsten Einsatz aufbrachten. Die meiste Zeit sah Box die Welt vor sich wie durch einen Schleier. Er beugte sich beim Fahren nach vorn, um durch den Wolkenbruch überhaupt etwas zu sehen. Der Pickup hatte die letzte technische Überprüfung nur um Haaresbreite geschafft.

Die Straße war schwarz und rutschig. An manchen Stellen hatte Herbstlaub die Rinnsteine verstopft, und ganze Bäche flossen auf die Straße und vor ihm her, kleine Fontänen spritzten um sein Auto herum. Zu seiner Rechten schlugen die Wellen gegen und über die niedrigen Betonmauern, die man gebaut hatte, um zu verhindern, dass die Straße unterspült wurde.

Wieder läutete sein Telefon. Box tastete danach, ohne den Blick von der Straße zu wenden. Schließlich hatte er es am Ohr. »Ja, es regnet immer noch, Mitch.«

»Box?«

Es war nicht Mitch, sondern Liz. Es war etwas passiert. Das hörte er sofort an ihrer Stimme, sogar über den Lärm des Regens und des Motors hinweg. Sie hatte seinen Namen so ausgesprochen, dass er wie ein leeres Loch klang.

»Liz?«

Keine Antwort.

»Liz? Ich bin's, hörst du mich?«

Sie stöhnte seinen Namen fast.

»Ich bin da, was ist passiert?«

»Mark, es ist Mark.«

»Was hat er denn diesmal angestellt?«

»Ein Unfall.«

»Was ist denn passiert?«

»Box.« Ihre Stimme zitterte.

»So sag es mir doch, um Gottes willen.«

Der Regen strömt herab. Die Scheibenwischer bahnen sich ihren Weg und enthüllen für einen Moment die schmale Straße mit ihrer weißen Mittellinie. Die Gischt einer Welle weht über die dunkle Fahrbahn und trifft den Pickup an der Seite.

»Er ist tot. Mark ist tot, Box.«

Box lässt das Telefon los. Es fällt in seinen Schoß, macht Geräusche. Er hört Liz seinen Namen sagen.

Gerade fährt er über eine spitze Landzunge, wo die Straße in den Fels gesprengt wurde. Die schartige Wand der Klippe ragt senkrecht über dem Asphalt auf, ohne auch nur Platz für einen Fußweg zu lassen. Hier kann er nicht anhalten. Er fährt weiter, bis er oberhalb eines Kiesstrands eine Parkbucht findet, gebaut für Urlauber, die hier picknicken und baden. Box fährt seinen Wagen hinein und stellt den Motor ab. Vor ihm verbeißen sich die Wellen in den Strand, eine nach der anderen, endlos. Der Hafen ist in Wolken und Regen untergegangen. Die Wellen sind dunkelbraun, voll Tang, Treibholz und Schlick vom Grund des Hafenbeckens. Ohne Motorgeräusch hört er die Wellen, ihr Dröhnen mischt sich mit dem Trommeln des Regens auf dem Autodach und dem Heulen des Sturms; in seinem Kopf vermischt sich das alles zu einem einzigen Getöse.

Er tastet wieder nach dem Handy. »Liz. Liz, ich bin wieder dran.«

Sie weint. Offenbar haben die paar Wörter, die er verstanden hat, ihre letzte Kraft aufgebraucht. Er wartet, lauscht dem Tosen um ihn her und dem Weinen seiner Frau.

Alles ist überklar und zeitlos. Box erinnert sich daran, dass er es beim Tod seines Großvaters genauso empfunden hat. Der Arzt war ins Wartezimmer des Krankenhauses gekommen und hatte ihm gesagt, dass sein Opa tot war. Box wusste den Namen des Arztes nicht mehr, vielleicht hatte er ihn auch nie gekannt, aber wenn er jetzt, in seinem Pickup, die Augen schließt, sieht er ihn vor sich, seine großen dunklen Augen und die feine weißliche Narbe in der braunen Haut unterhalb des linken Auges. Es hatte Blumen gegeben in diesem Wartezimmer, orangefarbene und weiße Margeriten in einer grünen Vase auf dem Fensterbrett.

Ein Unfall. Es muss ein Autounfall gewesen sein. Das würde ihm Liz gleich sagen.

Er öffnet die Augen und bemerkt, dass etwa vierzig oder fünfzig Meter vom Strand entfernt ein Floß vertäut liegt. Es hebt und senkt sich in der Dünung, und weiße Schaumkronen brechen darüber hinweg. Box hört den Regen, das Krachen der Wellen und manchmal das Rollen von Steinen. Fee-fi-fo-fum. Verdammt, wieso dachte er jetzt ausgerechnet an dieses Märchen?

Nach einer quälend langen Zeit spürt er, dass Liz einen neuen Anlauf unternimmt, um weiterzusprechen.

»Bitte entschuldige, Box.«

»Alles gut, ich bin da. Sag mir, was passiert ist.«

»Gestern Nacht.« Sie bricht ab und setzt dann wieder an: »Gestern Nacht ist Mark nicht nach Hause gekommen. Ich habe ihn auf dem Handy angerufen, zigmal, aber es kam nur der Anrufbeantworter. Er ist die ganze Nacht nicht nach Hause gekommen.«

»Du hättest mir Bescheid sagen sollen.«

»Wozu? Was hättest du von dort aus schon tun können?«

Da hatte sie recht. Es tat trotzdem weh. »Okay.«

»Ich hab gedacht, dass er bestimmt bei einem Freund übernachtet und bald wieder da ist. Das hat er ja auch früher schon gemacht, oder?«

»Ja.«

»Und dann standen heute Morgen zwei Polizisten vor der Tür. Als ich sie sah, wusste ich sofort, was passiert war.«

»Wann war das?«

»Früh, ungefähr um neun.«

Und jetzt war schon nach Mittag. »Neun? Warum hast du mich nicht sofort angerufen?« Ihre Stimme wurde eine Spur schärfer. »Ich habe es den ganzen Morgen über versucht, Box.«

Er schweigt, und sie spricht weiter. Er hört die Wörter Hügel und Baum, und dann sagt sie das Seil aus der Garage. Er sinkt tief in seinen Sitz, ihre Worte schlagen ihn zusammen, jedes einzelne ein Fausthieb. Und dann schließlich, endlich hat sie zum Glück ausgeredet.

»Ich bin, so schnell ich kann, zu Hause – in fünf, sechs Stunden.«

»Bitte fahr jetzt nicht, Box.«

»Das geht schon.«

»Du solltest nicht fahren.«

»Mein Gott, Liz!«

»Nein. Hör mir zu. Ich muss ganz sicher sein, dass dir nichts passieren kann. Ich muss wissen, dass du da bist. Verstehst du das?«

»Es wird schon gehen, mach dir keine Sorgen.«

»Bitte nimm den Flieger.«

Sie bettelt fast. Box erträgt das kaum. Nicht von Liz.

»Okay.«

»Dann bist du sogar eher hier.«

»Okay.«

»Versprich's mir.«
»Ich fahre direkt zum Flughafen.«
»Danke. Ich liebe dich.«
»Bin bald zu Hause.«
»Okay.«
»Liz …« Sie hat aufgelegt.

Box schaut auf das Display seines Telefons. Zehn verpasste Anrufe. Er sitzt in dem kalten Pickup, schaut auf den Hafen durch einen Vorhang aus Wasser. Mit einem Mal zittert er am ganzen Leib, wie ein Hund, der das Wasser aus dem Fell schüttelt. Seine Kleider sind durchnässt, die feuchtkalten Shorts kleben am Oberschenkel. Sogar das T-Shirt unter dem Buschhemd ist nass. Er packt das Lenkrad und drückt es so fest, dass seine Knöchel weiß werden. Überall Wasser. Es ist mehr wie in einem U-Boot als in einem Auto. Er hat so geparkt, dass ihn der Wind von der Seite trifft; eine starke Bö schüttelt den ganzen Wagen. Box sitzt in der Fahrerkabine und spürt, wie seine Welt erzittert und ins Rutschen gerät.

2

Box fuhr rein instinktiv, unter Schock, in seinem Kopf wirbelte alles durcheinander, und er konnte keinen klaren Gedanken fassen.

Der Pickup folgte der Straße in die Buchten und wieder hinaus, durch die spritzenden Wasserlachen, durch die Salzgischt der anbrandenden Wellen, unter den tiefhängenden schwarzen Wolken, bis sich Box endlich am Hafen wiederfand. Fünf Minuten später wies ihn ein Schild zur Schnellstraße.

Er wartete an der Ampel, der Pickup klapperte. Der Flughafen lag etwa eine halbe Stunde entfernt. Box fuhr nicht ins Motel zurück. Seine Kleider, der Koffer und seine anderen Sachen waren ihm gleichgültig. Er musste sofort zum Flughafen. Und nach Norden fliegen. Zu seiner Frau und seinen Kindern. Er ertappte sich und spulte zurück wie bei einem Tonband, dann begann er von vorn: zu seiner Frau und seiner Tochter. Zu Liz und Heather.

Die Ampel stand auf Grün, wer weiß, wie lange schon. Box hatte es nicht bemerkt, vielleicht war es ihm auch einfach egal gewesen. Er wusste es selbst nicht. Der Fahrer eines blauen Peugeot hinter ihm hupte energisch. Box schaute in den Rückspiegel und sah einen Mann in einem dunklen Anzug mit blondem Bürstenschnitt. Zugleich erhaschte er einen Blick auf sich selbst im Spiegel. Seine Augen waren klein und hart. Die Haut spannte über den Backenknochen.

Erneut hupte der Peugeot. Jetzt fuhr Box erst recht nicht los. Als die Ampel gerade wieder auf Rot sprang, überquerte er die Kreuzung. Der Peugeot schaffte es nicht mehr.

Er war dankbar, dass auf der Schnellstraße nur wenige Autos fuhren. Vermutlich wegen der Unwetterwarnungen. Wer nur irgend konnte, blieb bei einem solchen Wetter zu Hause und machte es sich gemütlich. Box fuhr auf der rechten Spur. Die Scheibenwischer krochen hin und her. Er starrte unverwandt geradeaus. Er bemerkte kaum, dass er einen grünen Kombi überholte und kurze Zeit später ein weiteres Auto. Sein Pickup vibrierte. Es klang wie ein zorniger Bienenschwarm. Die Vibrationen gingen vom Motor aus und setzten sich durch die Karosserie in die Lenksäule und seine Arme fort. Das Rattern wurde lauter und lauter, bis es schließlich Box' Geistesabwesenheit durchbrach. Er sah auf den Tacho, wo sich die Nadel bei hundertzwanzig bewegte. Keine gute Idee. Sicht miserabel. Und mindestens zwei seiner Reifen waren total abgefahren. Er nahm den Fuß vom Gas. Bei hundert ließ das Vibrieren nach, bei fünfundachtzig hörte es ganz auf.

Mark ist tot! Sein einziger Gedanke bestand aus drei Wörtern.

Die Wahrheit des Satzes traf Box mit einer Wucht, als hätte er es gerade erst erfahren. Die Wörter wurden ihm direkt ins Ohr gebrüllt, gewaltsam eingetrichtert. Er fing wieder an zu zittern. Diesmal rührten die Vibrationen nicht vom Motor her, sondern kamen aus ihm selbst. Seine Hände am Lenkrad zitterten, seine Zähne klapperten laut. Er hatte gedacht, das gäbe es nur in Filmen und Büchern. Das Geräusch ließ ihn an das aufziehbare Gebiss denken, das er als Kind gehabt hatte. Es war ganz von selbst über den Fußboden gehopst, Mund auf, Mund zu, weiße Zähne und roter Gaumen. Ein Geburtstagsgeschenk seines älteren Bruders Paul.

Box fuhr auf eine Reklametafel neben der Straße zu. Sie zeigte das lebensgroße Bild einer lächelnden Familie. Alle standen in der Küche und tranken aus dampfenden Bechern. In diesem Regen wirkte das Bild warm und einladend, eine Szene, in die Box liebend gern eingetreten wäre. Er konnte nicht sagen, was die Reklame zu verkaufen versuchte, vielleicht Kaffee oder Fleischbrühe. Aber es konnte alles und jedes sein, oder? Strom, dämliche Glühbirnen, Lebensversicherungen, irgendwas. Aber etwas an diesem Bild – das sanftgelbe Licht, die warme Küche, die schöne dunkelhaarige Frau, der Junge, der ungefähr zwölf sein musste –, irgendetwas daran ließ das volle Gewicht dessen, was geschehen war, plötzlich auf Box herabstürzen, als wäre ihm im Schlaf ein stinkender Sack über den Kopf gestülpt worden.

Etwa hundert Meter nach der Tafel gelang es Box, den Pickup auf den breiten Rasenstreifen neben der Straße zu steuern. Er saß hinter dem Lenkrad und starrte geradeaus, völlig gelähmt von dem, was geschehen war. Eine namenlose Angst überfiel ihn. Um ihn wurde es schwarz, er bekam keine Luft mehr. Und dann fing er an zu schreien, in unkontrollierbarer Wut schlug er auf das Lenkrad ein und schrie, er brüllte wie ein wildes Tier. Der Lärm ließ die Fahrerkabine erzittern, die rissigen Sitze und das kalte Glas der Fenster. Als er es in diesem Stahlkäfig nicht mehr aushielt, riss er die Tür auf und fiel fast in den Orkan hinaus. Wind und Regen hatten noch zugenommen. Box tobte, er lief auf dem Randstreifen hin und her, vor und zurück, das hohe Gras schlug ihm gegen die Waden, und der Regen peitschte unbarmherzig auf ihn ein. Er reckte die Arme zum

Himmel, fluchte und schrie die Wolken an, die Hügel, die Rückseite der Reklametafel, die ganze Welt. Kurz hielt er inne, aber nur, um gegen die Reifen und Türen des Pickups zu treten. Er setzte seine schweren Arbeitsstiefel ein, und es fühlte sich gut an. Ein tiefes Donnern oben verlachte ihn, und er fluchte auf den tiefhängenden Himmel.

Die Passagiere der vorbeifahrenden Autos verdrehten sich die Hälse, um einen besseren Blick auf das Spektakel zu erhaschen.

Die Frau am Schalter der Air New Zealand sah Box kommen, und ihr fiel das Lächeln aus dem Gesicht. Er machte ihr keinen Vorwurf deshalb. Er sah wohl ziemlich sonderbar aus, vornehm ausgedrückt. Seine Kleider waren so nass, dass er tropfte. Irgendwo zwischen der Reklametafel und dem Flughafen war das Zittern in einen konstanten Tremor übergegangen, was er auf das Zusammenwirken von Kälte und Schock zurückführte. Wenn er auch nur halb so übel aussah, wie er sich fühlte, dann musste ihn Susan – aus drei Metern Entfernung konnte er ihr Namensschild lesen – entweder für einen Penner oder einen Terroristen halten. Oder für beides.

Sie hatte sich schnell wieder im Griff, und ihr professionelles Lächeln kehrte zurück. Als er am Schalter war, blitzten ihre Zähne schon wieder. Sie war etwa fünfunddreißig, hatte braune Augen und blond gefärbtes Haar.

»Guten Tag. Kann ich Ihnen helfen?«

Er erklärte, wohin er fliegen musste. Seine Stimme war rau und wenig vertrauenerweckend.

»Gut. Lassen Sie mich nachschauen. Nur ein Platz?«

»Ja.«

Sie sah auf den Bildschirm, und die Tastatur klickte unter ihren langen Fingernägeln. »Die nächste Maschine geht um 16.30 Uhr, also in drei Stunden. Es sind noch Plätze frei.«

»Ich brauche einen früheren Flug.«

»Geht es Ihnen nicht gut?«

»Ich muss sofort zurück. Was ist mit den anderen Airlines?«

Jetzt lächelte sie nicht mehr. »Einen Moment bitte.«

Box stand vor dem Schalter und versuchte, sein Zittern unter Kontrolle zu halten. Er tropfte auf den rot-grün gemusterten Teppich.

»Tut mir leid, NZ 306 ist der nächste Flug. Soll ich Ihnen einen Platz buchen?«

Box erwog kurz, zu seinem Pickup zurückzugehen, einzusteigen und einfach nach Norden zu fahren. Aber selbst ohne sein Versprechen sah er ein, dass Liz recht hatte. Er sollte nicht hinterm Steuer sitzen. Die Fahrt zum Flughafen hatte das gezeigt.

»Sir?«

»Bitte?«

»Soll ich buchen?«

»Ja, bitte.«

Er wusste nicht, ob genügend Geld auf seinem Konto war, deshalb bezahlte er mit Kreditkarte. Die Frau druckte seine Quittung aus und gab sie ihm zusammen mit der Bordkarte. Es war nicht zu übersehen, dass sie versuchte, aus ihm schlau zu werden.

»Sie können Ihr Gepäck dort drüben einchecken.«

»Ich habe kein Gepäck.«

»Handgepäck?«

»Nein.«

Sie zögerte und sagte dann: »Haben Sie keine trockenen Sachen?«

Box schüttelte den Kopf, und sie sah ihn kritisch an. »Sie können hier nicht drei Stunden lang durchnässt rumsitzen. Sie zittern ja jetzt schon. Da drüben ist ein Souvenirladen, dort können Sie sich zumindest ein T-Shirt und Shorts kaufen.«
»Danke.«
Sie lächelte warm. »Nichts zu danken.«
Box wandte sich ab und ging in die Richtung, die sie ihm gewiesen hatte. Er spürte ihren Blick in seinem Rücken.

Zehn Minuten später saß Box in der Cafeteria des Flughafens; er trug ein marineblaues Sweatshirt mit Universitätslogo und weiß-blaue Shorts, auf denen seitlich der Schriftzug »Billabong« aufgedruckt war. Unter dem Sweatshirt trug er ein T-Shirt mit einem großäugigen Tiki-Kopf, der die Zunge rausstreckte. Nur seine Kappe, die wollenen Arbeitssocken und die schlammverkrusteten Stiefel waren geblieben.
In der winzigen Umkleidekabine hatte er zitternd und ungeschickt seine nassen Sachen ausgezogen. Sie hatten sich dagegen gesträubt, hatten sich an ihm festgeklammert wie Ertrinkende. Seine Finger hatten mit dem Rest von ihm nichts zu tun; widerspenstiges Fleisch. Schließlich hatte er wild an seinem T-Shirt gezerrt, er hörte, wie es riss, scherte sich aber nicht darum. Im mannshohen Spiegel sah er sich nackt im kalten Neonlicht stehen. Sein Gesicht wirkte verkniffen, sah alt aus. Sein Penis war zusammengeschrumpft, die Hoden hatten sich in seinen Körper verkrochen, der einzige Teil von ihm, der so viel Vernunft besaß, ein warmes Plätzchen zu suchen. Mit großer Mühe zog Box die Sachen an, die er wahllos aus den Regalen genommen hatte. Es kümmerte ihn nicht, wie er aussah. Er hatte einfach das

Erstbeste genommen, das ihm passte und nicht teuer war. Billig aber war nichts. Er bezahlte mit Karte.

»Wie geht es hier? Alles in Ordnung?« Die hohe näselnde Stimme der Verkäuferin.

»Gut«, hatte er gemurmelt.

Jetzt saß er in einer Ecke der Cafeteria. Seine nassen Sachen steckten in einer Plastiktüte vor ihm auf dem Boden. Aus dem Lüftungsschlitz in der Decke über ihm kam warme Luft und traf auf seinen Kopf und seine Schultern. Es dauerte eine ganze Weile, bis ein Hauch dieser Wärme in seinem Inneren ankam. Sie breitete sich nur ganz allmählich in ihm aus, in seinen Armen und Schultern, und ganz zuletzt erreichte sie seine Füße. Das Zittern ließ nach und verschwand schließlich fast ganz.

Auf einem Tablett vor ihm standen eine große Tasse Kaffee und ein Schinkensandwich. Das Sandwich befand sich noch in der dreieckigen Plastikverpackung. Box nahm drei Päckchen Zucker aus einer Schale, riss sie auf und schüttete den Zucker in die Tasse. Die Vorliebe für süßen schwarzen Kaffee hatte er schon vor Jahren entwickelt, auf Baustellen, wo es keinen Kühlschrank gab, um Milch frisch zu halten. Er nippte an seinem Kaffee und starrte auf einen Flachbildschirm an der Wand. Ohne Ton lief dort ununterbrochen ein Werbevideo für Neuseeland. Eine lächelnde Blondine auf einer Skipiste verschmolz mit einem Paar, das in den heißen Quellen von Rotorua saß. Ein Maori-Versammlungshaus und davor eine Gruppe brauner tätowierter Gestalten, die einen Haka für Touristen aufführten.

Später dann Asiaten in einem Motorboot, die die Hände hochhielten und tonlos vor Vergnügen schrien, als ihr Boot wie ein über das Wasser tanzender Kiesel zwischen hohen Felswänden einen Fluss hinabraste.

Sein Flug ging erst in drei Stunden. Genug Zeit, hier zu sitzen und langsam wahnsinnig zu werden. Er musste an etwas anderes denken als an Mark, als daran, was geschehen war, was schiefgegangen war, was Liz und Heather gerade machten. Box stand mühsam auf und ging wieder zur Theke. Er kaufte bei derselben Frau, die ihn schon zuvor bedient hatte, eine Zeitung und kehrte mit noch immer steifen Knochen an seinen Tisch zurück.

Er versuchte zu lesen. Er begann einen Artikel, doch dann glitten seine Augen am Rand der Spalte ab, als wäre sie mit Schmierseife eingeschmiert. Nie war ihm bewusst gewesen, wie viele Tragödien und wie viel alltägliches Unglück eine Zeitung enthielt. Auf der ersten Seite stand eine Geschichte über einen Mann, der seine Frau totgeschlagen hatte und danach untergetaucht war. Seine beiden Kinder wurden von Nachbarn im Gartenschuppen gefunden, wo sie sich eng aneinandergepresst versteckt hatten. Eine vierköpfige Familie war ums Leben gekommen, als ihr Mitsubishi Mirage in einen Langholztransporter raste. Ein vielversprechender junger Rugbyspieler war beim Surfen ertrunken, sein Leichnam wurde noch nicht gefunden.

»Um Gottes willen«, dachte Box, »und dabei bin ich erst auf Seite drei.«

Seine Hände hatten wieder zu zittern begonnen, die Zeitung schlug Wellen. Er faltete sie zusammen, legte sie auf den Tisch und ließ seinen Blick über die Cafeteria und das angrenzende offene Terminalgebäude wandern. Nicht viele Leute außer denen, die hier arbeiteten. Durch die Glasfassade konnte er die leere Start- und Landebahn sehen, nass, windgepeitscht, düster. In der Cafeteria gab es auch Bier. Box hatte die grünen und braunen Flaschen unten im Kühlregal gesehen, als er seinen Kaffee holte. Er ging noch einmal zur Theke und kaufte eine grüne Flasche Steinlager Pure. Sogar durch den Nebel in seinem Kopf hindurch registrierte Box den Preisaufschlag – das Bier kostete fast das Doppelte wie im Laden. Er schluckte, zückte dann aber doch wieder seine Visa-Karte.

Er trug die eiskalte Flasche zu seinem Platz zurück und trank langsam und genüsslich. Schließlich hatte er Zeit, er hatte nichts außer Zeit.

Als die Flasche leer war, stellte er sie neben sein immer noch unausgepacktes Sandwich. Er fühlte sich ein bisschen besser; ruhiger, eher in der Lage, dem dröhnenden Güterzug zu begegnen, der da auf ihn zugerast kam. Nach ein paar Minuten holte er sich das nächste Bier.

Er hatte die vierte Flasche schon fast geleert, als sein Handy wieder klingelte. Diesmal schaute er zuerst, wer dran war – Mitch.

»Wo zum Teufel steckst du?«

»Hör zu, Mitch ...«

»Du solltest vor zwei Stunden schon in der George Street sein. Dieser Mistkerl Taylor hat sein Handy immer noch aus. Der ganze Tag ist im Arsch. Wo bist du denn?«

»Hör zu ...«

»Was?«

»Es hat einen Unfall gegeben.«

»Auf der Baustelle?«

»Nein, bei mir zu Hause. Mein Sohn Mark ...«

»Ach du Scheiße, Box, das tut mir leid. Ist er okay?«

»Nein. Er ist gestorben. Er ist tot, Mitch.«

Beide schwiegen einen Moment. »Um Gottes willen. Wie ist das denn passiert?«

»Ein Unfall.«

»Mit dem Auto?«

Box antwortete nicht. Er starrte auf den Bildschirm, bis Mitch sagte: »Wo bist du jetzt?«

»Am Flughafen. Ich warte auf meinen Flug nach Hause.«

Wieder eine Pause, er hörte Mitch atmen. Die Luft aus dem Lüftungsschlitz floss wie Wasser auf ihn herab. Mitchs Atem drang rau an sein Ohr. Box hatte auf einmal eine Vorahnung, wie es künftig um ihn herum sein würde, wie die Leute versuchen würden, die richtigen Worte zu finden. Sie würden sich unbehaglich fühlen in seiner Gegenwart. Es tut mir so furchtbar leid … Ich war total geschockt, als ich das gehört habe … Und Mitch kannte nicht einmal die Wahrheit. »Unfall« war nur ein – wie hieß das noch? – ein Euphemismus.

»Kannst du mir einen Gefallen tun, Mitch?«

»Klar, jeden.«

»Mein Pickup steht hier am Flughafen, auf dem Parkplatz. Kannst du jemanden herschicken, um ihn abzuholen?«

»Klar, kein Problem. Ich mache das heute noch.«

»Ich deponiere den Schlüssel am Ticketschalter von Air New Zealand.«

»Einer der Jungs bringt den Wagen nach Christchurch. Du wirst ihn dort brauchen.«

»Mach dir keine Umstände.«

»Ich muss sowieso ein paar Jungs hierherbringen.«

»Danke, Mitch. Das ist sehr nett von dir.«

»Schon okay. Sonst noch was?«

Box hörte, wie froh Mitch war, wieder über praktische Dinge reden zu können.

»Nein.«

»Wenn du irgendwas brauchst, ruf mich einfach an.«

»Danke.«

»Pass auf dich auf. Und mein Beileid, Box.«

Box legte auf. Er nahm die Flasche und kippte den Rest des Biers in einem Zug hinunter. Der Bildschirm zeigte schon wieder das Mädchen mit dem Pferdeschwanz. Sie schwang ab und wirbelte dabei eine Schneewolke auf. Mit einer behandschuhten Hand nahm sie die Skibrille ab. In ihrem makellosen Gesicht blitzten die schneeweißen Zähne. Sie schenkte Box ein Lächeln. Er prostete ihr mit seiner leeren Bierflasche zu.

Box stand auf, schwankte ein wenig und setzte sich wieder hin. Er sollte wohl besser sein Sandwich essen. Er riss die Verpackung auf, und der Duft von Schinken und weichem Brot ließ ihm das Wasser im Mund zusammenlaufen. Zu seiner Überraschung bemerkte er, dass er großen Hunger hatte. Aber was war ein Schinkensandwich ohne Bier? Es waren schließlich immer noch eineinhalb Stunden bis zum Abflug. Er stand wieder auf, diesmal ein wenig vorsichtiger, und ging zur Theke, wo er gleich zwei Flaschen Bier kaufte. Nur um nicht unnötig Energie zu verschwenden.

Als sein Flug aufgerufen wurde, wusste er schon nicht mehr genau, wie viele Flaschen es gewesen waren. Ungefähr ein halbes Dutzend, vorsichtig gerechnet. Tatsächlich wohl ein paar mehr. Freundlicherweise war die junge Frau von der Theke immer wieder an seinen Tisch gekommen und hatte die leeren Flaschen abgeräumt, sodass er keine Möglichkeit hatte nachzuzählen. Nach einer Weile kam ihm jedes Bier wie sein drittes vor. Eine halbe Stunde vor dem Boarding zwang er sich dazu, dem Schinkensandwich etwas folgen zu lassen, was man in seiner Jugend noch Käsetoast genannt hatte, was aber heute unter »Panini« firmierte. Es bekam ihm nicht gut.

Seine Flugnummer wurde aufgerufen. Box stand vorsichtig auf und setzte sich in Bewegung. Seemannsgang, dachte er, oder besser Flugzeuggang. Haha. Noch war er ja nicht im Flugzeug. Scheiß drauf. Die Plastiktüte mit seinen nassen Sachen in der Hand, ging er zur Sicherheitskontrolle. Unterwegs kaufte er am Zeitungsstand noch eine Packung Kaugummi und steckte sich drei Stück auf einmal in den Mund. Es musste ja nicht gleich jeder merken, dass er getrunken hatte. Box hatte nicht das Gefühl, betrunken zu sein – jedenfalls nicht so, dass er taumelte, hinfiel oder sich sonst wie zum Affen machte. Doch er vermutete, dass es Vorschriften gab, mit wie viel Alkohol man noch an Bord durfte, und die lagen gewiss weit diesseits der Volltrunkenheit.

Box grinste die Sicherheitsleute an. Er platzierte die Plastiktüte in eine der flachen Plastikwannen, und sie verschwand in dem Durchleuchtungstunnel. Dann passierte er den Metalldetektor und war heilfroh, dass er nicht piepste. Sein Flieger war zum Einstieg bereit. Er stand in der Schlange hinter einer Frau mit Baby, dann wurde seine Bordkarte gescannt, und er betrat den langen Schlauch der Passagierbrücke. Er gab sich alle Mühe, der Stewardess, die ihn in der Maschine willkommen hieß, nicht ins Gesicht zu atmen. Sie schenkte ihm ein Routinelächeln und warf einen Blick auf seine Kleidung. Zwischen zwei anderen Passagieren eingeklemmt, ging er durch den schmalen Gang zu seinem Platz.

Das Flugzeug war kleiner, als er erwartet hatte: ein hohler Metallschlauch mit jeweils nur zwei Sitzen auf jeder Seite. 9A. Das war am Fenster. Eine Frau saß bereits auf dem Gangplatz. Sie lächelte zu ihm hoch.

»Sie können sich gern ans Fenster setzen, wenn Sie möchten«, sagte er.

Sie schüttelte den Kopf. »Nein, vielen Dank. Ich mag es nicht, wenn ich runtersehen kann.«

Sie öffnete ihren Sicherheitsgurt und erhob sich, um Box durchzulassen. Er schätzte sie auf Anfang sechzig, aber sie kleidete sich jünger: knallrote Jeans und ein schwarzes Polohemd. Platinblonder Kurzhaarschnitt. Box konnte sie sich als Floristin vorstellen. Oder eher noch als Immobilienmaklerin, wie sie Leute durch Häuser führte, wobei sie die tollen Einzelheiten anpries. Als sie im Gang vor ihm stand, bemerkte er, wie sie ihn blitzschnell von oben bis unten musterte, und fragte sich, was sie wohl für Schlüsse zog aus seinem Sweatshirt, den Bermudashorts und den schlammverkrusteten Arbeitsstiefeln. Wenn er sie für eine Immobilienmaklerin hielt, wofür mochte sie ihn halten? Er quetschte sich an ihr vorbei auf seinen Sitz.

»Was für ein furchtbarer Tag«, sagte sie, während sie ihren Gurt wieder schloss.

»Ja.«

»Fliegen Sie beruflich nach Christchurch?«

»Nein.« Weil er nicht unhöflich sein wollte und betrunken war, redete er weiter. »Ich lebe dort. Ich habe hier zu tun gehabt.« Und zu seiner eigenen Überraschung fragte er: »Haben Sie Kinder?«

Sie lächelte. »Drei Söhne, aber sie sind schon erwachsen und haben selbst Familie. Zumindest zwei von ihnen.«

»Als mein Sohn Mark sieben war, wollte ich, dass er Rugby spielte.«

Sie blinzelte kurz. »Mein Ältester hat in der Schule Rugby gespielt.«

Box starrte auf die Rückenlehne des Sitzes vor ihm. Er hörte kaum, was sie sagte. »Jeden Samstagmorgen ging ich mit ihm hin. Auch wenn ich eigentlich arbeiten musste. Er war gut, richtig gut sogar, schneller als die meisten. Ich habe gedacht, dass wirklich etwas aus ihm werden könnte. Vermutlich hofft jeder Vater, dass sein Sohn mal für die All Blacks spielen wird, glauben Sie nicht? Aber als er zwölf war, teilte er seiner Mutter und mir mit, dass er Fußball spielen wollte. Fußball! Er wurde Mitglied bei den Wanderers. Ging einfach eines Tages hin und trug sich ein. Zahlte mit seinem eigenen Geld. Ich war sauer. Es war Blödsinn, Rugby aufzugeben. Aber er mochte Fußball lieber, und mit fünfzehn spielte er schon in der zweiten Mannschaft, im Jahr darauf in der ersten. Da war Mark der Jüngste, um zwei Jahre sogar.«

»Sie sind bestimmt stolz auf ihn.«

Er hörte an ihrem Ton, dass sie das Interesse an ihm verlor, aber das war ihm egal. Er redete ohnehin mehr mit sich selbst.

Sie saß nur zufällig dabei. Er fragte sich, ob sie das Bier roch – in seinem Atem, aber vielleicht sickerte der Geruch auch schon aus seinen Poren. Der Kaugummi konnte nicht alles überdecken.

»Mark war Verteidiger. Wegen seiner Größe kam kaum einer an ihm vorbei.«

»Aha.« Sie kramte in der Sitztasche vor ihr und zog das In-flight-Magazin heraus. Sie blätterte darin.

»In dem Jahr kam er in die landesweite Auswahl der Unter-Siebzehnjährigen. Man sprach schon von der Nationalmannschaft.«

»Das ist ja großartig.«

»Dazu kam es dann leider nicht. Plötzlich hörte er auf. An einem ganz normalen Tag, ohne jeden Grund. Er hat den Fußball total aufgegeben, einfach so.«

Sie sah ihn wieder an. »Teenager sind ziemlich unberechenbar. Ian hatte auch so eine Phase.«

»Ich habe ihm Vorwürfe gemacht deshalb, weil ich enttäuscht war. Ich hätte seinen Entschluss respektieren sollen.«

»Vielleicht. Aber manchmal brauchen Teenager auch jemanden, der sie bei der Hand nimmt. Oder es ist die Aufgabe der Eltern, es zumindest zu versuchen.« Sie lachte schrill auf, um ihre Worte zu unterstreichen.

»Wir haben tagelang darüber diskutiert. Wenn ich mich nicht so aufgeregt hätte, hätte er sich's vielleicht noch mal überlegt.«

»Oder auch nicht.«

»Er war schon immer dickköpfig. Seit er klein war. Gab sich nie geschlagen. Ich konnte ihn in sein Zimmer sperren oder in die Garage. Selbst ein Klaps auf den Hintern, wenn er ein Verbot übertreten hatte, half da nicht. Er verzog höchstens das Gesicht.«

Box senkte den Kopf auf die Brust und schloss die Augen. Er atmete durch die Nase aus. Es war keine gute Idee, die Augen zu schließen. Im Dunkeln verlor er die Orientierung. Als sich die Kabine zu drehen begann, öffnete er die Augen wieder und versuchte sich auf die Lehne des Vordersitzes zu konzentrieren.

»Geht es Ihnen nicht gut?«

Offenbar machte er sie nervös. Sie schaute unverwandt in ihr Magazin. Er war sicher, dass sie inzwischen das Bier gerochen hatte.

»Entschuldigung, ich wollte gar nicht so viel reden.«

Sie lächelte dünn. »Das ist schon okay. Wie alt ist Ihr Sohn denn jetzt?«

»Neunzehn.«

»Ein gutes Alter. Ich glaube, mit neunzehn fangen die Jungen an, ihre eigene Persönlichkeit auszubilden. Aber wenn es Ihnen nichts ausmacht, würde ich jetzt gerne lesen.«

Box antwortete nicht, konnte nicht antworten. Er wandte rasch den Kopf und schaute aus dem kleinen Fenster. Das ovale Fenster, dachte er – wie in der Kindersendung Play School. »Was sehen wir denn heute in unserem ovalen Fenster?«, wurde da gefragt. Und dann sah man Aufnahmen von einem Lamm, einem Berg im Frühling oder von Wolken. Wolken. Das Flugzeug war gestartet und flog durch dunkle Wolken, die so dicht waren, dass manchmal sogar die Spitze des Flügels darin verschwand. Regentropfen rannen schnell über das dicke Glas, vom Luftstrom getrieben. Er erinnerte sich nicht daran, dass die Maschine auf die Startbahn gerollt war, ebenso wenig an den Druck gegen die Brust beim Abheben. Ihm war noch immer übel, und er starrte aus dem Fenster auf die Düse und die regengesättigte Luft, die über den Flügel strömte. Das Flugzeug schlingerte und fiel in ein Luftloch.

Box bat seine Nachbarin, ihn durchzulassen, und stand auf. Er musste sich bücken, um nicht gegen das Gepäckfach zu stoßen. Die Frau drehte sich halb in ihrem Sitz, und Box zog den Bauch ein, um sich an ihr vorbeizuschieben. Die Passagiere wandten den Kopf nach ihm, als er den Gang entlang nach hinten eilte. Dort saß die Stewardess noch angeschnallt und warf ihm einen missbilligenden Blick zu, als er in die einzige Toilette schlüpfte und die Falttür hinter sich schloss. Das helle Licht sprang eben erst an, als Box schon die Kappe vom Kopf zog und sich heftig in das Plastikwaschbecken erbrach. Kurz darauf übergab er sich ein weiteres Mal. Der Gestank von Galle, Käse, Schinken und

Bierhefe füllte den Plastiksarg. Seine Kotze schwamm als brauner See mit halbgekauten Stücken im Waschbecken. Mehr und mehr von dieser Brühe ergoss sich aus ihm, bis sein Magen leer war.

Als er sicher war, dass nichts mehr kam, hob Box den Kopf und schaute in den Spiegel ganz dicht vor seinem Gesicht. Das helle Neonlicht leuchtete jede verstopfte Pore, jede verkümmerte Haarwurzel, jede verblasste Sommersprosse aus. Schweißperlen standen auf seiner Stirn. Er drehte den Wasserhahn auf und reinigte das Becken mit einem Finger und Papierhandtüchern, so gut er konnte. Dann ließ er Wasser in die zusammengelegten Hände laufen und spülte sich damit den Mund aus. Dabei vermied er den Blick in den Spiegel.

Als er schließlich fertig war, atmete er tief ein und öffnete die Falttür. Er wusste nicht, wie lange er in der Toilette gewesen war, aber zwei Passagiere warteten bereits davor. Box stellte sich vor, dass sie das meiste seiner kleinen Show dort drin gehört haben mussten, ebenso wie die Stewardess. Er schwankte zu seinem Sitz zurück. Die Frau in den roten Jeans hatte sich auf einen freien Platz weiter hinten in der Maschine gesetzt. Sie sah nicht hoch, als er an ihr vorbeiging.

Als er wieder saß und sich angeschnallt hatte, kam die Stewardess, die beim Einsteigen an der Tür gestanden hatte, zu ihm. Sie beugte sich über den jetzt leeren Sitz. Sie lächelte nicht. »Entschuldigen Sie bitte, aber wir würden es vorziehen, wenn Sie bis zur Landung sitzen bleiben.«

Box nickte. »Ja, ich auch.«

Den Rest des Fluges würde ihn die gesamte Kabinenbesatzung beobachteten, so viel stand fest. Noch immer war ihm übel, deshalb saß er fast reglos da und schaute aus dem

Fenster in das Nichts aus Wolken und Wasser, bis das Flugzeug mit einem Ruck auf dem Asphalt der Landebahn aufsetzte und der Pilot die Ankunft verkündete.

3

Vorher.

Vor der globalen Rezession, die Saxton Construction den Boden unter den Füßen wegriss, als würde ein All Black einen blinden Krüppel tackeln.

Vorher.

Bevor der Immobilienhype richtig durchstartete und ihn zu einem reichen Mann machte.

Vor alledem ... war er da glücklich gewesen? Eigentlich schon.

Box saß im Fond des Taxis und presste die Stirn gegen das kühle Seitenfenster. Seine Augen waren zwar offen, aber er sah nichts von den vorbeigleitenden Vororten. Das Flugzeug hatte das Unwetter auf seinem Weg nach Norden verfolgt. Er war bei strömendem Regen unter demselben dunkelgrauen Himmel angekommen, unter dem er abgeflogen war. Box versuchte, an nichts zu denken, eine Leere entstehen zu lassen, in der nur das Rauschen der Reifen auf der nassen Straße war.

Als er am Flughafen ins Taxi gestiegen war, hatte sich der Fahrer neugierig nach ihm in seinen neuen Klamotten und der Tüte mit nassem Zeug umgedreht.

»Sie reisen mit leichtem Gepäck.« Ein fettes Grinsen.

Box knurrte mit kalter, tonloser Stimme seine Adresse. Der Fahrer hatte die Botschaft offenbar verstanden und schwieg seither.

Vorher. Keine achtzehn Monate zuvor war Geld kein Thema gewesen. Box' Geschäfte liefen gut, mehr als gut. Er arbeitete an vier Häusern zugleich. Wenn sie fertig waren, wäre jedes davon über eine Million wert. Zwei waren für Kunden, die anderen beiden Spekulationsobjekte. Sie sollten nach Fertigstellung mit einem ordentlichen Gewinn verkauft werden. Das war jedenfalls der Plan, der schon ein halbes Dutzend Mal zuvor funktioniert hatte. Außerdem hatte er unten am Fluss einen Komplex von acht Gewerbeeinheiten, den er selbst hochzog. Auf dem Höhepunkt des Booms hatte Box fünfundzwanzig Angestellte und Dutzende von Subunternehmern.

Vorher. Sie wohnten in einem Haus, von dem man den ganzen Strand überblickte. Er hatte es selbst gebaut, für Liz und die Kinder. Und für sich selbst natürlich, wenn er ehrlich war. Er liebte diesen Blick. Von der riesigen Terrasse aus konnte man die ganze Küste nach Norden sehen. Manchmal lagen Liz und er bei geöffneten Schiebetüren im Bett und lauschten der Brandung unter ihnen.

Anstatt eines altersschwachen Toyota Hilux fuhr Box einen BMW neuester Bauart; aber kein Angeberauto. Er hatte ihn bei einer Versteigerung gekauft, gebraucht natürlich, doch mit niedrigem Kilometerstand und ohne jeden Kratzer im kohlschwarzen Lack. Er warf das Geld nicht zum Fenster hinaus.

Wer hätte geglaubt, dass es so enden würde? Fünf Jahre in Folge waren die Häuserpreise um jeweils zwanzig Prozent gestiegen. Die Baufirmen hatten im selben Umfang profitiert. Und ganz oben, wie der Korken im Champagner, steckte Saxton Construction. Eine Verlangsamung des Wachstums war vorherzusehen gewesen. Doch was dann tatsächlich geschah, ähnelte eher einem Spuk, der um

Mitternacht jäh zu Ende war. Amerikanische Banken brachen zusammen. Die Presse schrieb vom Subprime-Hypothekenmarkt, was immer das sein mochte. Zuerst kümmerte sich Box nicht darum. Aber ein paar Monate später bekamen auch die Leute hier das Nervenflattern. Die Immobilienpreise stiegen erst nicht mehr und gaben dann massiv nach. Die beiden fertigen Häuser ließen sich nicht verkaufen. Niemand zeigte auch nur das geringste Interesse, während man ihm zwei Jahre zuvor Häuser, die nur auf dem Plan existierten, aus den Händen gerissen hatte. Jetzt waren die Käufer total verunsichert. Sie dachten, sie würden für ein Haus mehr bezahlen, als es einen Monat später noch wert wäre. Einen Monat? Eher eine Woche. Nichts ließ sich mehr verkaufen. Niemand baute mehr.

Die Häuserpreise kollabierten, und die Eigentümer, die Schulden hatten und verkaufen mussten, mit ihnen. Sie wehrten sich mit Händen und Füßen, aber sie konnten dem Strudel nicht entkommen. Fernsehen und Zeitungen berichteten über nichts anderes mehr – bekanntlich werden Krisen von Journalisten oft erst herbeigeschrieben. Erst stagnierte die Wirtschaft, dann schrumpfte sie. Bestellungen aus dem Ausland versiegten. Hypothekenbanken gingen in die Insolvenz. Die Unternehmen verkleinerten sich, Mitarbeiter wurden entlassen. Die Arbeitslosenquote stieg auf fünfzehn Prozent. Man sprach von Rezession, hätte aber durchaus auch Depression sagen können, ohne allzu sehr zu übertreiben.

Box' Finanzprobleme verschlimmerten sich noch wegen der Gewerbeimmobilien. Sein Finanzierungsplan sah vor, sie innerhalb von drei Monaten nach Fertigstellung zu verkaufen. Nach acht Monaten hatte er jedoch noch keine einzige Einheit verkauft. Es lief darauf hinaus, dass Box bei den Banken mit knapp zwei Millionen Dollar in der Kreide stand. Die Banker hörten sehr bald auf, seine besten Freunde zu sein, und fielen über Saxton Construction her wie Geier in Nadelstreifen.

Viele andere Bauunternehmer waren direkt in die Insolvenz gegangen, aber Box wollte die Krise durchstehen. Er nahm eine Hypothek auf ihr Haus auf und pumpte mehr und mehr eigenes Geld in die Firma. Er versuchte es mit der Brechstange und munterte jeden Tag das knappe Dutzend verunsicherter Bauarbeiter auf, die er noch beschäftigte, beantwortete Anrufe von besorgten Subunternehmern und nahm sogar auf der Baustelle selbst wieder den Hammer in die Hand. Nicht dass irgendetwas davon geholfen hätte. Den Todesstoß erhielt Box' Unternehmen, als einer seiner Kunden, ein netter Kerl, den er seit Jahren kannte, die letzte Rate für sein Haus nicht mehr zahlen konnte.

Innerhalb eines Jahres verlor Box alles. Die Firma, das eigene Haus, beide Autos. Die beiden Häuser, die er auf eigene Rechnung gebaut hatte, wurden schließlich von der Bank verkauft, ebenso die Gewerbeimmobilien. Alles ging den sprichwörtlichen Bach runter. Und als alles, was er besaß, verkauft war, hatte er noch immer Schulden. Er musste seinen Stolz runterschlucken und einen Offenbarungseid leisten. So ziemlich das Einzige, was ihm blieb, war der klapprige Hilux. Und das nur, weil Patrick, der für den Konkursverwalter arbeitete, ein guter Typ war. Er stellte fest, dass der Pickup schon komplett abgeschrieben war. Für hundert Dollar überließen sie ihm das, was ihm schon immer gehört hatte: einen Toyota Hilux, Baujahr 1988, mit Beulen und Kratzern, einer Fahrerkabine für zwei, aufgerissenen Plastiksitzen und einer fast ganz verrotteten Ladefläche aus Holz, die dringend erneuert werden musste.

Damit hatten zuletzt seine Lehrlinge Besorgungen gemacht. Das Verrückte daran war, dass Box auch noch so etwas wie Dankbarkeit empfand.

Noch immer fuhr das Taxi durch die Stadt. Sie passierten eine unsichtbare Grenze, ab der die Farbe der Hausfassaden deutlich verblasste. Das war so markant, als hätte es ein Stadtplaner auf einer Karte eingezeichnet. Die Häuser wurden ab da auch kleiner. Viele sahen aus, als würde der Nichtsnutz von Vermieter seit Jahren versprechen, er werde sich darum kümmern, sobald er Zeit habe. Die Graffiti bildeten fast schon archäologisch interessante Schichten an den Bushaltestellen, und Verpackungen von KFC und McDonald's füllten die Rinnsteine. Fast wieder zurück, dachte Box. Fast – er konnte sich nicht dazu durchringen, das Wort »Zuhause« zu benutzen – fast in dem Haus, in dem sie wohnten.

Der Taxifahrer bog an dem indischen Lebensmittelladen von der Hauptstraße ab. Eine Gruppe von fünf oder sechs halbwüchsigen Jungs stand unter dem Vordach, um sich vor dem Regen zu schützen. Ein paar von ihnen schauten zu ihm rüber. Sie waren kurzgeschoren wie amerikanische Rapper und trugen die Baggy Pants und schwarzen Hoodies ihrer Idole. Einer von ihnen erwiderte Box' Blick. Doch der Junge schaute rasch weg, auf den Boden, und spuckte aus, um seine Verachtung für alle Erwachsenen zu demonstrieren.

Box fühlte sich wie in Watte gepackt, als bekäme er eine Grippe. Er konnte kaum klar denken. Wenn er sich auf einen Augenblick konzentrierte, konnte er ihn unendlich in die Länge ziehen – wie einen Kaugummi. Bis er riss. Und dann schien die ganze Reise in Sekundenbruchteilen vorbeigegangen zu sein, und er konnte sich an kein Detail des Landeanflugs oder des Verlassens der Maschine erinnern, nicht einmal daran, wie er das Taxi gefunden hatte. Schock. Trauer. Es war vermutlich normal; diese Unwirklichkeit war hereingebrochen wie Meeresdunst an einem Sonnentag und hatte sein Gehirn vernebelt.

»Halten Sie hier, bei dem weißen Zaun.«

Das Taxi bremste und hielt gegenüber dem Haus, in dem Liz und er seit einem Jahr zur Miete wohnten. Über die niedrige Betonmauer hinweg konnte Box die Haustür sehen. Auf dem ganzen Weg hatte er versucht, nicht an das zu denken, was Liz ihm am Telefon gesagt hatte. Jetzt aber, da er tatsächlich hier war, lauerten ihre aufgeblähten, giftigen Worte hinter dieser Tür und würden sich auf ihn stürzen, sobald er die Klinke berührte.

»Alles in Ordnung mit Ihnen?«

»Ja.«

»Ich habe gesagt, es macht fünfundsechzig Dollar.«

»Okay.«

Box gab dem Taxifahrer seine Kreditkarte und unterschrieb den Papierstreifen. »Danke.«

»Gerne. Einen schönen Tag noch.«

Er stieg aus und schlug die Tür zu. Er stand im Nieselregen auf dem Gehsteig, die Tüte in der Hand. Er schaute dem Taxi nach, das am Ende der Straße nach links abbog, ohne zu blinken. Trotz des Regens waren alle Rasenflächen an der Straße praktisch ganz verdorrt. In diesem östlichen Teil der Stadt bestand der Boden aus Sand. Hier einen Garten anzulegen war so gut wie unmöglich. Kümmerliches gelbes Gras, Geranien, Kohlbäume – das war schon alles, was zwischen sozialem Wohnungsbau und Straßenzügen mit Mietshäusern wuchs. Nicht dass die Anwohner von Box' Straße allzu engagierte Gärtner gewesen wären, sah man einmal von der Familie drei Häuser weiter ab, die in ihrem Vorgarten Autowracks züchtete. Und vermutlich unterm Dach Gras in Hydrokulturen. Liz hatte ihm am Telefon erzählt, dass in den letzten zwei Wochen in ihrer Straße dreimal eingebrochen worden war.

Box atmete tief ein und langsam wieder aus. Er schaute die Straße hinauf und hinab und dann zum zementfarbenen Himmel. Schließlich zwang er seine Beine zum Gehen. Er überquerte die Straße und schritt langsam auf sein Haus zu. Er fürchtete sich vor dem, was ihn drinnen erwartete.

Das Erste, was Box wahrnahm, als er die Tür geöffnet hatte, war der Geruch nach frischem Gebäck. Er stand auf der Veranda, hatte die Türklinke noch in seiner rissigen Bauarbeiterhand und sog den Duft frischer Scones ein. Scones und Walnusscookies. Und frisch gebrühter Kaffee – im Haus roch es wie in einem Café.

Er blieb auf der Schwelle stehen und schnupperte wie ein argwöhnischer Hund in den langen Korridor, der das ganze Erdgeschoss durchlief. Er hörte ein Summen wie aus einem Bienenstock, eine unbekannte Stimme in der Küche am anderen Ende. Die Gerüche und Geräusche ließen ihn zweifeln, ob er sich im richtigen Haus befand. Und dann kam er sich lächerlich vor. Er wollte Zeit schinden, zögerte hineinzugehen, aus Angst, was dann kommen würde.

Heather trat aus ihrem Zimmer. Sie sah ihn, erstarrte, und dann fiel ihr sommersprossiges Gesicht auseinander und verschwand unter Tränen.

Das setzte Box endlich in Bewegung: das verweinte Gesicht seiner Tochter, ihre entsetzliche Not. Es brach ihm das Herz. Er ging zu ihr und schlang beide Arme um ihren schluchzenden, zitternden Körper. Heather war fünfzehn. Ihr Kopf passte wie ein Puzzleteil unter sein Kinn. Ihre Stirn drückte gegen seine Brust, und er umfasste ihren Hinterkopf mit einer Hand. Sie rang nach Luft.

»Es ist gut, Liebes, alles wird gut.«

Das klang abgedroschen und lächerlich, selbst für ihn. Doch was gab es sonst zu sagen?

Und dann stand Liz im Flur. Box sah nicht, aus welchem Zimmer sie gekommen war. Ihre Blicke trafen sich, er konnte es nicht ertragen und schaute weg. Untröstlich. Ein anderes Wort fiel ihm nicht ein. Untröstlich sah sie aus und noch schlimmer. Er hob einen Arm, um Platz für sie zu machen. Liz war so schlank, wie sie bei ihrer ersten Begegnung gewesen war, und nur wenig größer als Heather. Box hatte mehr als genug Platz für sie beide.

Sie drängten sich im Niemandsland des Flurs zusammen. Box' Augen blieben irgendwie trocken. Liz und Heather schluchzten, schnappten nach Luft durch Tränen und Rotz und Schleim; Ausscheidungen des Schmerzes, die sich in Box' Sweatshirt ergossen.

So also ist das jetzt, dachte er. Das ist es, was übrig bleibt, das hier in meinen Armen. Box kam sich vor wie ein Überlebender eines verheerenden Erdbebens. Es war ihm nur das geblieben, was er festhalten konnte.

Er hatte kein Zeitgefühl mehr, sie standen vielleicht seit fünf Minuten so da, wahrscheinlich aber viel länger. Seit diesem Anruf von Liz vergingen manche Minuten wie Sekunden, andere vergingen gar nicht. Seine ganze Welt bestand nun aus dieser schluchzenden Umarmung, so primitiv wie zeitlos.

Schließlich spürte er, wie Liz sich leicht zurücklehnte. Sie trocknete mit dem Ärmel ihre Augen.

»Bitte verzeih mir«, sagte er.

»Was?«

»Dass ich nicht da war.«

»Ist nicht deine Schuld. Es war einfach schlechtes Timing.«

Sie zwang sich zu einem schiefen Grinsen, und er war dankbar dafür. Ihre dunkelbraunen Augen waren gerötet und das Gesicht aufgedunsen vom vielen Weinen. Auch wenn es sicher nicht stimmte, hatte Box doch den Eindruck, sie habe abgenommen – fast über Nacht war sie von einer schlanken zu einer hageren Frau geworden.

In der Küchentür am Ende des Flurs erschien das Gesicht eines Fremden. Box sah einen kleinen, korpulenten Mann in schwarzem Anzug. Sein rundes Gesicht hatte Hängebacken und die blühend roten Lippen eines schönen Mädchens. Das dunkle Bürstenhaar reichte bis in die Stirn.

»Entschuldigung, ich lasse Sie noch ein paar Minuten allein.« Er verschwand wieder in der Küche.

»Wer ist das?«

»Der Bestattungsunternehmer. Ich musste anfangen, diese Dinge zu organisieren.«

»Ja, natürlich.«

Natürlich. Es gab gewiss tausend Kleinigkeiten, die bedacht werden mussten. Sicher hatte Liz schon eine Liste gemacht. Plötzlich fühlte er sich wie ein Spaziergänger, der an einem Zugunglück vorbeikommt. Aber die Retter waren schon bei der Arbeit. Er wusste nicht, wie er helfen sollte, wo er gebraucht wurde.

»Tut mir leid, Box, aber du warst ja nicht da.«

»Nein. Das hast du ganz richtig gemacht. Danke.«

»Ich habe denselben genommen wie damals bei Mutter. Erinnerst du dich?«

»Klar.«

Box hatte noch immer Heather im Arm, als sie Liz in die

Küche folgten. Der Mann im schwarzen Anzug saß am Küchentisch, auf dem er einige Papiere ausgebreitet hatte. Eine gefüllte Cafetiere stand ebenfalls auf dem Tisch, neben einem Teller mit einer Pyramide von Scones. Der Mann erhob sich, und Box sah, wie einige Krümel von seinem Schoß auf den Boden fielen. Der Bestattungsunternehmer gab ihm die Hand.

»Gut, dass Sie hier sind, Mr Saxton. Mein Name ist Bevan Rogers.«

»Box, bitte, man nennt mich Box.«

Das Lächeln des Bestattungsunternehmers wurde dünner. »Box? Ist das ein Spitzname?«

»So werde ich genannt, seit ich denken kann.«

»Also Box. Es tut mir sehr leid, was passiert ist. Der Selbstmord eines Kindes ist wohl das Schlimmste, was einer Familie geschehen kann.«

Box nickte nur. Du hast es erfasst, Sherlock. Er wunderte sich, dass er bereits eine Wut auf den Mann hatte. Liz hatte ihn herbestellt, um es ihnen leichter zu machen. Er tat nur seine Arbeit.

Die drei Erwachsenen setzten sich an den Tisch, Heather blieb stehen.

»Mama?«

»Geh nur, mein Kind.«

Box sah Liz fragend an.

»Zwei Freundinnen von Heather aus ihrer alten Schule kommen gleich – Kate und Grace. Sie bleiben vielleicht über Nacht. Ich habe es erlaubt.«

»Gut so. Ich bin froh, dass deine Freundinnen für dich da sind.«

Heather schlang ihm die Arme um den Hals. Ihr langes helles Haar fiel ihm ins Gesicht. Er roch ihr Apfelshampoo.

»Ich bin so froh, dass du hier bist, Papa.«

»Ich auch, mein Liebes.«

Er legte ihr kurz die Hand auf den Kopf, froh, endlich etwas zu ihr gesagt zu haben nach der offensichtlichen Lüge, dass alles gut werden würde. Sie fing wieder an zu weinen und lief schnell aus der Küche.

Box wandte sich an den Bestattungsunternehmer: »Wann kann ich Mark sehen?«

Der Mann wechselte einen Blick mit Liz. Wieder hatte Box das Gefühl, als Letzter bei einem Zugunglück eingetroffen zu sein.

»Das hängt vom Zeitpunkt der Autopsie ab.«

»Autopsie? Ist das Ihr Ernst? Warum zum Teufel braucht irgendjemand eine Autopsie?«

»Es tut mir leid, aber bei allen Fällen von Selbstmord wird die Gerichtsmedizin mit einer Untersuchung beauftragt. Die Autopsie ist gesetzlich vorgeschrieben.«

»Und wann passiert das? Heute?«

Der Mann sah in seine Papiere und schluckte vernehmlich. »Nein, leider nicht, weil heute Sonntag ist. Das kann frühestens morgen geschehen. Und auch das hängt noch davon ab, wie viele Fälle sie haben. Nirgendwo sonst auf der Welt bringen sich so viele Jugendliche um wie bei uns.«

»Ich muss ihn sehen.«

»Tut mir leid, aber damit müssen Sie bis nach der Autopsie warten. Das Gesetz lässt da keinerlei Spielraum.«

»Muss ihn nicht jemand identifizieren?«

Das war in diesen amerikanischen Krimis doch immer so, dachte Box – jemand musste hin und den Toten identifizieren. Der glasklare Gedanke durchzuckte ihn, dass das Ganze eine dumme Verwechslung sein musste. Mark schlief irgendwo bei einem Freund seinen Rausch aus.

Er war zu besoffen oder müde gewesen, um Liz anzurufen. Irgendein armer Hund war letzte Nacht in den Hügeln gestorben, aber das war nicht Mark. Sie würden den Leichnam identifizieren, und es würde jemand anderes sein, ein Junge, der wie Mark aussah, oder ein Dieb, der Marks Brieftasche geklaut hatte. So musste es gewesen sein.

»Elizabeth hat Mark bereits identifiziert.«

Box' Kartenhaus stürzte ein. Er sah Liz an. Davon hatte sie am Telefon nichts gesagt. Sie starrte in ihre Kaffeetasse. Box wusste nicht, was er dazu sagen sollte. Er konnte sich nicht mal ansatzweise vorstellen, wie das für sie gewesen sein musste.

Der Bestattungsunternehmer sprach noch immer. »Ich rechne fest damit, dass die Gerichtsmedizin Marks Leichnam morgen freigibt, spätestens aber Dienstag früh.«

Box spürte, wie sich seine Schultermuskeln noch mehr verhärteten. Seine Hände lagen flach auf dem Tisch, nun sah er, wie sie sich zu Fäusten ballten.

»Soll das heißen, ich kann meinen Sohn vielleicht weitere zwei Tage lang nicht sehen?«

»Wahrscheinlich morgen schon.«

»Verdammte Scheiße!«

»Das tut mir sehr leid.«

»Es ist schon ohne solche beschissenen Vorschriften hart genug!«

»Box«, hauchte Liz liebevoll.

»Hart genug«, wiederholte Box sanfter.

»Es ist ganz natürlich, dass Sie so aufgebracht sind. Ich verstehe das sehr gut. Diese Wartezeit ist wirklich eine Zumutung. Ich versichere Ihnen, dass ich den Pathologen bitten werde, sich zu beeilen.«

»Danke«, sagte Liz.

Box sah noch immer auf seine Fäuste. Der Bestattungsunternehmer schluckte erneut laut, das Geräusch nervte Box. »Bevor Sie kamen, Box, haben Elizabeth und ich über die Details der Beerdigung gesprochen. Wir müssen da noch heute ein paar Entscheidungen treffen. Die erste ist, wo Sie ihn beerdigen lassen wollen.«

»In der Bucht«, sagte Box. »In der Kirche dort, da liegt meine gesamte Familie. Meiner Großmutter gehört dort immer noch ein Stück Land.«

»Governors Bay? Elizabeth hat schon erwähnt, dass Sie da aufgewachsen sind.«

»Ja.«

»Nun, das ist sicher eine Option. Also würde dort das eigentliche Begräbnis stattfinden, bei dem vermutlich nur die Familie anwesend sein soll. Der Gottesdienst aber sollte meiner Erfahrung nach besser in der Stadt stattfinden. Ich sage das, weil …«

Box unterbrach ihn. »Nein, die ganze Zeremonie soll dort stattfinden.«

»Ich dachte, das ist für viele vielleicht zu weit weg.«

»In einer knappen Dreiviertelstunde ist man da.«

»Ich habe mit Elizabeth schon ein paar andere Optionen durchgesprochen, die man zumindest in Betracht ziehen sollte.«

»Ich glaube nicht, dass es irgendjemandem was ausmacht, eine Dreiviertelstunde im Auto zu sitzen, um sich von meinem Sohn zu verabschieden. Und wenn doch, dann wollen wir den sowieso nicht dabeihaben.«

Der Bestattungsunternehmer befeuchtete seine Lippen. Box fiel wieder auf, wie mädchenhaft seine Unterlippe war; sie sah fast aufgespritzt aus.

Der Mann kritzelte etwas auf den Notizblock, der vor ihm lag. »Elizabeth, haben Sie noch einen anderen Vorschlag?«

»Nein, im Grunde nicht. Governors Bay ist schon der richtige Ort. Mark war immer sehr gerne da.«

»Gut. Solange Sie beide mit dieser Wahl einverstanden sind.«

»Das sind wir.«

»Wollen Sie den dortigen Pfarrer mit dem Gottesdienst beauftragen oder jemand anderen? Vielleicht gibt es einen Geistlichen, der Mark kannte?«

»Der dortige Pfarrer war immer Reverend McKellar.«

Liz griff ein: »Mark war nicht gläubig. Wir sind keine religiöse Familie.«

»Ein Pfarrer kann den Gottesdienst normalerweise anpassen, dass so viele christliche Elemente enthalten sind, wie es Ihnen richtig erscheint. Ich kann mich mit Reverend McKellar in Verbindung setzen, wenn er noch dort ist, und Sie können das mit ihm besprechen.«

Box sah Liz an, und sie nickte.

»Okay«, sagte er.

Während der Bestattungsunternehmer, dessen Namen er längst wieder vergessen hatte, weiter auf seinem Notizblock kritzelte, schaute sich Box in der Küche um. Das Gefühl der Unwirklichkeit, das er seit dem ersten Anruf von Liz immer wieder verspürt hatte, überkam ihn. Als er nach Dunedin gefahren war – war das erst zehn Tage her? –, hatte ihr größtes Problem darin bestanden, die nächsten paar Monate über die Runden zu kommen, bis er eine feste Arbeit fand. Box hatte mit Liz an diesem Tisch gesessen. Liz hatte mit einem Bleistiftstummel Zahlen in ihr Notizbuch geschrieben. Es war schon spät, fast Mitternacht. Heather und Mark schliefen in ihren Zimmern. Soweit er sich erinnerte, hatte die ganze Diskussion sie keinen Schritt weitergebracht. Sie konnten mit den unregelmäßigen Einnahmen, die bei den Jobs für Kollegen aus seinem Metier zusammenkamen, keinen Haushaltsplan aufstellen. Außer Mitch, der für die Regierung arbeitete, hatten die meisten Bauunternehmer, die er kannte, ihre Firmen verloren wie er selbst oder hielten sich mit Kleinaufträgen über Wasser: Küchen einbauen, Bäder neu fliesen, Veranden sanieren. Dazu brauchten sie Box nicht. Je mehr Zahlen Liz aufschrieb, desto deutlicher wurde ihnen bewusst, wie tief sie in der Scheiße steckten. Und jetzt saß er an demselben Tisch, mit derselben Cafetiere, demselben Loch im Putz über dem Lichtschalter an der Tür zum Garten, denselben Trockenblumen in der potthässlichen Vase, die Liz von ihrer Mutter geerbt hatte. Nichts hatte sich verändert. Außer dass sie jetzt statt über Einnahmen und Ausgaben über das Begräbnis ihres Sohnes redeten.

Der Bestattungsunternehmer hüstelte, und Box war in der Wirklichkeit zurück.

»Entschuldigung, was haben Sie gesagt?«

»Ich fragte, ob Sie sich an den Namen der Kirche erinnern.«

»St. Cuthbert. Anglikanisch.«

Wieder ein Eintrag auf dem Block. »Ich rufe den Pfarrer dort an und frage, ob wir die Kirche nutzen können. Und jetzt müssen wir noch über ein anderes wichtiges Thema reden. Bevor Sie kamen, hat Elizabeth mir gesagt, sie will Marks Leichnam nicht einbalsamieren lassen. Sehen Sie das auch so?«

»Ich fand es entsetzlich, dass Mum und Dad nicht wie sie selbst aussahen, sondern wie Wachspuppen«, sagte Liz.

Box erinnerte sich an straffe graue Haut über eingefallenen Gesichtern. »Gut, ich bin einverstanden.«

»Sie verstehen, dass wir, wenn wir Mark nicht einbalsamieren, seinen Leichnam kühl halten müssen, am besten gefroren, und die Beerdigung so bald wie möglich stattfinden sollte. Ich schlage Mittwoch vor.«

Liz nickte.

»Gut«, wiederholte Box.

Gut, gut. Warum sagte er das? Wenn es tatsächlich doch nicht weniger gut sein konnte, selbst bei größter Anstrengung. Es war das ganz genaue Gegenteil von gut.

Hinter den geschlossenen Lidern sah Box deutlich seinen Großvater Pop, wie er die Reihen der Tomaten abschritt. Der alte Mann ist auf dem untersten Feld, wohl in den späten Siebzigerjahren, bevor die großen Gewächshäuser gebaut wurden. Er trägt einen schwarzen Anzug und bewegt sich ganz langsam. Ein sonniger Tag. Es ist ein Erinnerungsbild, das er schon öfter heraufgerufen hat, er hat sogar mit Liz darüber gesprochen. Sein Großvater trug den Anzug und den schwarzen Borsalino, weil sie in die Kirche gingen. Es musste zur Erntezeit gewesen sein, weil Pop selbst an einem Sonntag schon ganz früh am Morgen draußen war, um nach den Pflanzen zu schauen. Nur die schwarzen, lehmverschmierten Gummistiefel passten nicht recht zu seinem Aufzug. Pop hatte die Hosenbeine in die Schuhe gesteckt, damit sie nicht schmutzig wurden. Alle paar Schritte blieb er stehen, um eine Tomate zu begutachten; er drehte sie vorsichtig zwischen Daumen und Zeigefinger, um sie nicht zu drücken oder zu früh abzureißen. Mit seinen permanent fleckigen Händen prüfte er, ob sie ganz reif war.

Sie, also er und Pop und Dee und Paul, waren vermutlich gemeinsam vom Haus hinunter auf die Straße gegangen und dann weiter in die Kirche. Das dauerte – und dauert noch – etwa eine Viertelstunde. Den Wagen nahmen sie nur, wenn es regnete oder anfangen würde zu regnen, bevor der Gottesdienst vorbei war. Sie gingen zwar nicht jede Woche in die Kirche, aber an den meisten Sonntagen.

Box öffnete die Augen. Er stand am Waschbecken im Badezimmer. Heißes Wasser floss aus dem Hahn, die Fensterscheibe war bereits beschlagen. Er drehte den Hahn zu.

Seit über hundert Jahren lebten Saxtons auf diesem Land in Governors Bay. Sein Großvater gehörte bereits zur vierten Generation, die hier anbaute und erntete. Es konnte also gar kein Zweifel daran bestehen, dass Mark dort beerdigt werden würde. Es gab keinen anderen Ort.

4

Die Tür zu Marks Zimmer war geschlossen. Box' Hand lag auf der kalten Klinke, aber drückte sie nicht hinunter.

Der Bestattungsunternehmer hatte sich vor zwanzig Minuten verabschiedet, mit einem Notizblock voll präziser Angaben: welche Musik gespielt werden sollte, welche Blumen wie arrangiert sein sollten, welche Farbe der Sarg haben sollte und welche Tragegriffe. Und was jeder einzelne Posten kosten würde. Wie teuer war eine Beerdigung überhaupt? Es würde in die Tausende gehen, schätzte Box. Und hasste sich für diese Überlegung.

Der Text für die Todesanzeige in der Zeitung war am schwierigsten. Unerwartet. Auf dieses Wort hatten sie sich schließlich geeinigt. Es war für die Öffentlichkeit geeignet.

Unser über alles geliebter Sohn, Bruder und Urenkel ist im Alter von nur neunzehn Jahren unerwartet von uns gegangen.

Box öffnete die Tür jetzt doch und betrat das Zimmer. Er ging zum Fenster und zog den Vorhang zur Seite, aber als nur schwachgrauer Dämmer hereinfiel, machte er das Licht an. Es hingen so viele Plakate an der Wand, dass sie wie eine Tapete wirkten – Rockbands hauptsächlich. Box konnte sie nicht auseinanderhalten, und von ihrer Musik hatte er keinen Schimmer. Das Zimmer roch nach ungewaschenen Socken, Schweiß und Testosteron, nach Alkoholdünsten als Folge langer Partynächte. Der Zustand des

Zimmers brachte Liz regelmäßig auf die Palme. Deshalb betrat sie es nie mehr.

Als Mark heranwuchs, vor seiner Pubertät – sie wohnten noch in ihrem alten Haus –, war er musterhaft ordentlich. Box zog ihn sogar damit auf. Doch ungefähr mit vierzehn legte er die berühmte Kehrtwende hin und gab den Höhlenbewohner. Liz meckerte dauernd an ihm herum, Mark wehrte sich, und es gab ein paar unschöne Auftritte. Schließlich hatte Box ein Familientreffen ausgehandelt, bei dem alle sich mehr oder weniger darauf einigten, dass die Kinder mit ihren Zimmern machen konnten, was sie wollten. Liz bestand nur darauf, dass kein Müll in andere Bereiche des Hauses vordrang und keine toxischen Dämpfe aus den Zimmern entwichen. Sie nannte das »die nächste größere Pandemie ausbrüten«.

Aus Heathers Zimmer nebenan hörte er Stimmen. Ihre Freundinnen waren in der letzten Stunde eingetroffen, und jetzt redeten die drei leise und ernsthaft miteinander. Kate und Grace gingen auf Heathers frühere Schule, das St. Margaret's College. Fast das Schlimmste an ihrem Bankrott war gewesen, den Kindern sagen zu müssen, dass sie nicht mehr auf ihre Privatschulen gehen konnten. Das Schulgeld überstieg ihre Möglichkeiten bei Weitem. Mark war in der letzten Klasse gewesen, der dreizehnten. Er war bei seinen Lehrern nicht immer beliebt gewesen – er sollte sich stärker in der Schule engagieren, war der Refrain, den sie bei den Elternabenden unweigerlich zu hören bekamen. So wie Box das sah, war Mark eben schnell angeödet von öden Dingen. Als jemand, der die Highschool im Wesentlichen nur zum Lunch besucht und mit sechzehn bereits wieder verlassen hatte, konnte Box sich gut in seinen Sohn einfühlen.

Mark kam in Englisch gut mit, aber sein Lieblingsfach war Sport, besonders Leichtathletik. Am besten war er über zweihundert und vierhundert Meter. Und auch beim Cricket machte er eine sehr gute Figur. Er hatte nicht viele Freunde, eigentlich nur zwei. Zu Box' größtem Erstaunen hatte Mark bei der Schulaufführung von *West Side Story* mitgemacht. Er übernahm zwar keine Hauptrolle, spielte den Halbstarken in einer Streetgang aber ausgezeichnet. Er sang und tanzte in schwarzem T-Shirt und löchriger Jeans, bewegte sich elegant und fingerschnippend durch die raffinierte Choreografie, als wäre er in einem alten Michael-Jackson-Video. Das war echt sehenswert gewesen. Box hatte in der luxuriösen neuen Schulaula gesessen und so verblüfft wie begeistert zugeschaut.

Drei Mal hatte er die Aufführung besucht, zweimal davon mit Liz. Das dritte Mal war er allein hingegangen, es war die letzte Aufführung gewesen, Mark wusste nicht, dass er im Publikum sein würde, und entdeckte ihn erst, als die Lichter angingen.

Mark hatte davon gesprochen, sich auch in seinem letzten Schuljahr wieder um eine Rolle bei der Schulaufführung zu bewerben, diesmal durfte es ruhig eine größere sein. Doch dann war dieser Traum wie eine Seifenblase zerplatzt. Box hatte den Kindern die niederschmetternde Nachricht am letzten Dienstag des ersten Halbjahrs mitgeteilt. Der folgende Freitag war ihr letzter Tag, zwei Wochen später fingen sie auf der staatlichen Schule an. Wenn Box auch nur eine entfernte Möglichkeit gesehen hätte, Mark – und natürlich Heather – in der alten Schule zu belassen, er hätte alles dafür getan. Aber zwölftausend Dollar pro Jahr für jedes Kind ... daran war nicht einmal zu denken.

Die staatliche Highschool in ihrer Gegend war nicht

schlecht. Das hatte er sich wieder und wieder gesagt. Der neue Direktor zog die Zügel etwas an und verbesserte den Ruf der Schule, aber Box wusste natürlich, dass der Schulwechsel ein Schritt nach unten war, sowohl was die Räumlichkeiten, den Unterricht als auch die anderen Kinder betraf. Mark schien besser damit umgehen zu können als Heather. Zumindest war es Box so vorgekommen.

Box fiel erst nach einer Weile auf, dass Marks Computer fehlte – nicht der Bildschirm, der stand nach wie vor auf dem Schreibtisch, aber der Rechner selbst. In dem ganzen Durcheinander auf dem Holzboden hob sich ein leeres Rechteck von seiner staubigen Umgebung ab: Dort hatte er gestanden. Liz hatte ihm gesagt, dass die Polizisten, die ihr die Nachricht überbrachten, den Rechner direkt mitgenommen hatten. Offenbar um nach einem Abschiedsbrief zu suchen. Box sah sich um, es war unmöglich festzustellen, was die Polizisten untersucht hatten und was nicht. Das Zimmer sah immer so aus, als sei es eben durchwühlt worden. Das Bett bestand aus einem Strudel verknitterter Laken, die Decke hing aus ihrem Bezug heraus. Kleider, Bücher, Sportsachen, halb volle Wassergläser, Musikzeitschriften lagen und standen überall herum. Er vermutete, wenn er genauer unter dem Bett oder im Schrank nachsah, würde er noch eine andere Art von Zeitschrift finden. Zumindest hätte man so etwas in Box' Zimmer gefunden, als er neunzehn war. Vielleicht zeigte das aber nur, wie alt er selbst war. Hochglanzmagazine mit nackten Frauen hatten wahrscheinlich längst ausgedient. Heute fanden die jungen Leute die Nahrung für ihre sexuellen Fantasien im Internet.

Eines der wenigen Kleidungsstücke, die tatsächlich auf einem Bügel hingen, war Marks alter Schulblazer. Box nahm ihn aus dem Schrank und hielt ihn hoch. Er war dunkelblau mit einer weißen Bordüre um die Revers und an den Manschetten. Auf der Brusttasche, unter dem Schulwappen, war das Wort »Athletics« eingestickt. Box fuhr mit dem Finger darüber. Mark hatte diese Auszeichnung errungen, als er bei den nationalen Schülermeisterschaften ins Finale über vierhundert Meter gekommen war. Zu der Zeit steckte Box gerade mitten im schlimmsten Finanzschlamassel, versuchte rund um die Uhr, den Tsunami aufzuhalten, der über sie hinwegrollte – doch an diesem Tag hatte er freigenommen. Er war nach Auckland geflogen, um Mark laufen zu sehen.

Der Junge konnte wirklich laufen!

Als die acht Finalisten aus der letzten Kurve kamen und sich für die Zielgerade aufrichteten, sprang Box auf. Er stand auf der Tribüne und schrie aus vollem Hals wie ein betrunkener Irrer, dazu stieß er die Fäuste in die Luft. Schon nach dreihundert Metern war er heiser. Mark lief scheinbar ohne jede Anstrengung, jeder Schritt auf der roten Tartanbahn katapultierte ihn nach vorn, seine langen Beine fraßen die letzten fünfzig Meter. Die drei Ersten überquerten die Linie gemeinsam, den Oberkörper vorgereckt, die Arme nach hinten gestreckt wie federlose Flügel.

Box sah, wie Mark auf der Bahn stand und die feuchtwarme Luft Aucklands einsog. Es war früher Abend, das Flutlicht brannte, und jeder dort unten warf drei Schlagschatten auf die Bahn. Turmhohe weiße Wolken mit zerfasernden Rändern wehten über das Stadion. Box klebte das verschwitzte Hemd am Leib. Auckland roch nach feuchter tropischer Erde und grünen Blättern. Der Regenguss, der die Veranstaltung kurz vor Marks Rennen unterbrochen hatte, war zu einem warmen Dunst geworden, der in Schwaden kam und ging. Das Ergebnis stand noch nicht auf der

Anzeigetafel. Ein enges Rennen, dennoch war Box sicher, dass Mark nicht gewonnen hatte. Er lag etwa eine Kopflänge zurück, aber wer Zweiter geworden war, ließ sich beim besten Willen nicht sagen.

Box suchte Marks Blick. Er grinste, hatte seit dem Startschuss nicht aufgehört zu grinsen, und hielt die Daumen hoch. Mark grinste zurück. Einer der anderen Läufer schüttelte ihm die Hand, und dann leuchtete das Ergebnis auf der Anzeigetafel am anderen Ende des Stadions auf.

Zweiter: Mark Saxton. 47,25 Sekunden.

Box stieß einen Freudenschrei aus. Die Leute um ihn herum lachten und gratulierten ihm. Super! Klasse Leistung! Zweitbester des Landes in seiner Altersklasse. Und die persönliche Bestzeit um fast eine halbe Sekunde verbessert.

An dem Abend war er mit Mark spät noch essen gegangen. Nichts Luxuriöses, ein gutes Thai-Restaurant, das ihm jemand empfohlen hatte. Sie redeten beide nicht viel, doch das Schweigen, das bei Tisch zumeist zwischen ihnen herrschte, hatte diesmal nichts Unangenehmes. Box hatte ihnen beiden ein Bier bestellt und gegen Ende des Mahls noch ein zweites. Die Gerichte waren sehr gut gewesen, und er erinnerte sich, dass Mark mit großem Appetit zulangte.

Jetzt versuchte er sich zu erinnern, worüber sie gesprochen hatten, aber es fiel ihm nichts ein. Es ärgerte ihn, dass er sich nicht daran erinnern konnte, eigentlich müsste er das doch noch wissen. Das Rennen – ganz sicher hatten sie darüber geredet. Aber über was sonst? Marks berufliche Zukunft? Seine Freunde? Er wusste es einfach nicht mehr.

Box bemerkte, dass Liz in der Tür stand. Noch immer hielt er den Blazer in der Hand. Sorgsam legte er ihn auf das ungemachte Bett.

»Ich muss mit dir reden.«

»Ist okay, du störst mich nicht.«

»Ich habe Stephen angerufen.«

Box war überrascht. »Wann?«

»Bevor du gekommen bist. Heute Mittag.«

»Du hättest zuerst mit mir darüber reden sollen.«

»Er hat ein Recht, es zu erfahren, Box.«

»Er hat sich einen Teufel für Marks Leben interessiert. Hat ihn wie lange nicht gesehen? Sechzehn Jahre?«

»Trotzdem ist es sein Recht.«

Box runzelte die Stirn. Liz schüttelte den Kopf und sah zu Boden. Dann begegnete sie wieder seinem Blick und sagte: »Mark hat mir vor etwa zwei Jahren erzählt, dass er sich vielleicht mit ihm treffen wollte.«

»Davon hat mir nie jemand was gesagt.«

»Er dachte, es wäre dir wohl nicht recht.«

»Und? Hat er ihn getroffen?« Box war nicht sicher, ob er die Antwort hören wollte.

»Ich glaube nicht. Er hat die Idee wohl fallen lassen, jedenfalls hat er nie mehr davon gesprochen.«

»Gut so.«

»Das hilft uns jetzt nicht wirklich weiter.«

»Ja, tut mir leid. Was hat Stephen also gesagt?«

»Was alle sagen. Dass es ihm leidtut. Und dass er zur Beerdigung kommt.«

»Wie klang er?«

»Geschockt, bestürzt. Ist doch klar. Es war gar nicht so einfach, ihn zu finden, er hat seinen Namen zu der Maori-Version Tipene geändert. Und Sullivan heißt er auch nicht mehr, er benutzt jetzt seinen zweiten Vornamen. Er ist jetzt Tipene Pitama.«

»Ist mir gleich, wie er sich jetzt nennt. Willst du ihn wirklich dabeihaben?«

Erst jetzt betrat Liz das Zimmer. Sie ging nahe zu ihm, sodass sie sich fast berührten. »Mach bitte keine Konkurrenzgeschichte daraus. In der Kirche ist für jeden Platz, der dabei sein will. Ich habe es Stephen gesagt, weil er das Recht hat, es zu erfahren. Ob er nun kommt oder nicht, ist seine Entscheidung.«

»Was genau hast du ihm gesagt?«

»Dass Mark tot ist.«

»Hast du gesagt, dass *sein Sohn* gestorben ist?«

»Hör doch auf, Box. Was soll das?!«

Box spürte, dass er sie verletzte, aber er machte weiter. Er konnte die Ungerechtigkeit, die er aus ihren Worten heraushörte, nicht ertragen.

»Hast du gesagt, dass sein Sohn gestorben ist?«

»Stephen war Marks Vater.«

»Aber nicht auf die Art, die zählt.«

»Das ist deine Meinung.«

»Du hast es erfasst.«

»Fang keinen Krach an, Box, bitte nicht heute.«

»Ich fange keinen Krach an.« Aber er wusste nur zu gut, dass er genau das tat, und konnte nichts dagegen machen.

Liz schüttelte verzweifelt den Kopf. »Das ist schon schwer genug, auch ohne dass du den Macho raushängst. Stephen kommt vielleicht nicht mal zur Beerdigung, aber es ist verdammt noch mal richtig, es ihm zu sagen. Box? Hörst du mir überhaupt zu?«

»Natürlich.«

»Wir müssen da zusammen durch. Du und ich.«

»Ich weiß.«

Sie trat ganz an ihn heran und schob ihre Hände in seine Armbeugen. Das Kinn an seine Brust gelehnt, umarmte sie ihn, dann küsste sie ihn sanft auf den Mund.

»Machen wir weiter. Es ist noch so viel zu tun.«

Box versuchte ein Lächeln, doch es geriet ein wenig schief. »Stets zu Diensten, Boss.«

Box hatte Liz' Stärke schon immer bewundert. Diese Stärke war es, die ihn bereits im ersten Moment zu ihr hingezogen hatte. Liz war vielleicht ein gewichtsloses Etwas von knapp ein Meter sechzig mit dem Körper einer Ballerina, aber darin steckte ein Kern aus Stahl.

Sie hatten sich bei einer Grillparty in Nelson kennengelernt, in der Bruchbude eines Kollegen von Box während seiner Militärzeit, danach hatte er seine Lehre auf dem Bau begonnen. Der Typ hieß Tom, aber jeder nannte ihn Thumb. Ziemlich lustig, aber höchstens die ersten zweihundert Mal. Doch jemand, der Box hieß, hielt sich da besser raus.

Liz wohnte zu der Zeit mit zwei anderen Mädchen im Haus neben dem von Thumb, und Thumb hatte sie alle eingeladen. Fast die ganze Straße war da. Ein Sonnentag Mitte Februar, man spürte förmlich das Ozonloch, die Sonne drang direkt in die Haut. Die Gäste standen draußen auf der Veranda oder auf dem Rasen zwischen riesigen Grapefruitbäumen mit glänzenden Blättern und geradezu unwahrscheinlich großen, dickschaligen Früchten. Es war windstill, und der Rauch vom Grill erfüllte die Luft mit dem Geruch von Fett und Marinade. Überall rannten Kinder herum, hüpften auf dem Trampolin und strömten in bunten, schreienden Wellen durch den Garten ins Haus und wieder zurück.

Box stand am Grill und unterhielt sich mit Thumb, der Wurstdienst hatte. Thumb hatte den Grill selbst aus Backsteinen gebaut, ein Holzfeuer brannte darin. Das Fett aus den Würsten und Steaks spritzte über den Grill hinaus, deshalb hielt sich Box etwas entfernt, mit einer kalten Flasche Bier in der Hand. Die Luft flirrte vor Hitze. Während er mit Thumb redete, fiel sein Blick immer wieder auf diese Frau. Sie hatte langes dunkles Haar, das sie zu einem Pferdeschwanz zusammengebunden hatte, trug schwarze Jeans und Flip-Flops, darüber ein weißes Top. Sie war schlank, aber nicht mager – er betrachtete ihre ausgeprägten Armmuskeln (später erfuhr er, dass sie im Sommer ihr Geld mit Beerenpflücken verdient hatte; jetzt war sie selbst dunkel wie eine Brombeere). Er dachte damals, dass sie eine starke Ausstrahlung hatte. Nichts an ihr wirkte künstlich oder aufgesetzt.

Box erkannte sofort, dass der kleine Maori-Junge zu ihr gehörte. Sie war keineswegs ständig um ihn herum, wie es andere Mütter mit ihren Kindern machten; tatsächlich sagte sie kaum etwas zu ihm. Aber sie wusste immer, wo er war und was er vorhatte. Sie folgte ihm mit den Augen; selbst wenn sie irgendwo stand und sich mit einem Bier in der Hand mit jemandem unterhielt, nahm sie den Jungen wahr, hörte auf seine Stimme oder schaute nach seinem glatten schwarzen Haarschopf. Box beobachtete, wie sie den Jungen im Blick behielt. Was keineswegs einfach war, denn der benahm sich wie eine Muppetfigur auf Speed – rauf und runter am Trampolin, hinter den größeren Jungen her über den Rasen, Balancieren auf dem Verandageländer, ins Haus wie ein Kugelblitz und ebenso wieder zurück. Dabei trug er immer ein breites Grinsen auf dem Gesicht.

Erst als der Junge anfing, Grapefruits aufs Garagendach zu werfen, ging die Mutter zu ihm und sprach ein ernstes Wort mit ihm. Box beobachtete so unauffällig wie möglich, wie sie sich neben den Jungen hockte und ihm die Hände auf die schmalen Schultern legte. Sie sagte nur ein paar Worte, nahm ihm die Grapefruit aus der Hand und wies zum Trampolin rüber. Und schon rannte er wieder los, klaglos, eine Naturgewalt.

Sie sah auf und bemerkte Box' Blick. Sie lächelte, und Box fühlte sich ertappt, wie ein Voyeur im Licht einer Taschenlampe. Er lächelte ein wenig gezwungen zurück und schaute weg.

Box hatte gar nicht daran gedacht, sie anzusprechen, er hatte ihr einfach nur interessiert zugeschaut. Und dann stand sie plötzlich in der Küche neben ihm. Beide holten sich ein Bier aus Thumbs Kühlschrank. Selbst als sie jetzt allein in dem kleinen Raum waren, hätte er wohl kaum mehr als »Hallo« zu ihr gesagt. Sie war es, die ein Gespräch anfing, das sich so entspannt gestaltete, als würden sie sich schon seit ihrer Kindheit kennen. Sie erzählte ihm von sich, von ihrem Sohn Mark, von den Leuten, mit denen sie Beeren pflückte. Schließlich tauschten sie ihre Namen aus.

»Box?« Sie zog die Augenbrauen hoch. »Was ist denn dein richtiger Name?«

»Das ist so lange her, dass ich ihn vergessen habe.« Sie lächelte.

Als die Sonne über der Tasman Bay unterging, wurde im Haus Licht gemacht. Es ergoss sich über den Rasen und spiegelte sich in den glänzenden Blättern der Grapefruitbäume. Box und Liz saßen nebeneinander auf dem breiten Geländer der Veranda, und sie erzählte ihm von Marks Vater. Die Beziehung war seit knapp zwei Jahren zu Ende. Sie hatte schon Liz' unerwartete Schwangerschaft kaum überstanden, sich dann noch durch die ersten paar Monate mit Aufstoßen und schlaflosen Nächten gequält, und dann hatte Stephen Sullivan sich endgültig auf und davon gemacht.

Es war fast schon Mitternacht, als Box den schlafenden Jungen ins Nachbarhaus trug. Vom Flur aus schaute er zu, wie sie ihn ins Bett steckte. Dann redeten sie weiter.

Manchmal fragte sich Box, ob es überhaupt hätte anders kommen können, als dass sie beide neun Monate nach Thumbs Grillparty heirateten. Vom ersten Abend an schien das eine ausgemachte Sache gewesen zu sein. Und was das »beide« anlangte, so stimmte das auch nicht ganz. Eigentlich waren sie von Anfang an drei. Liz und Mark gab es nur zusammen. Und ihm war das immer recht gewesen.

5

Box lag stocksteif neben Liz und lauschte auf die pulsierenden Bässe aus dem Haus nebenan. Es war kurz nach Mitternacht. Vor ungefähr einer Stunde war die Party so richtig losgegangen. Er spürte die Musik durch die Wände dringen, sie brachte die Luft und das hölzerne Bettgestell zum Vibrieren und hallte in seiner Brust wider.

Er versuchte, sich zu entspannen, in den Schlaf zu sinken. Doch seine Gedanken schossen wie Flipperkugeln hin und her zwischen Mark – mein Sohn ist tot! Mark ist tot! – und den komplizierten Arrangements für die Beerdigung, einem Seil im Gartenschuppen und einem Baum oben auf den Hügeln über der Stadt. Hat sich erhängt. Tot.

Warum zum Teufel veranstalten die am Sonntagabend eine Party? Rücksichtslose Scheißkerle. Überall hier wohnen Leute, die morgen früh zur Arbeit müssen. Und Schulkinder, die ihren Schlaf brauchen, um morgen rechtzeitig aus den Betten zu kommen.

In den zehn Jahren, die er in dem Haus auf Clifton Hill gewohnt hatte, vor der Finanzkrise, bevor die Häuserpreise über Nacht einbrachen, bevor das Unglück über ihn hereinstürzte wie die biblischen Plagen – er versuchte, die sich ständig wiederholenden Gedankenschleifen aus dem Kopf zu kriegen –, jedenfalls vor alledem hatte es niemals eine laute Party bei irgendwelchen Nachbarn gegeben.

Doch als er jetzt darüber nachdachte, stellte er fest, dass das nicht ganz der Wahrheit entsprach. Einmal, als Jo und Richard Stantons Tochter ihren neunten Geburtstag feierte, war es auch dort eine Weile ziemlich wild zugegangen. Box erinnerte sich, wie er aus dem Fenster seines Schlafzimmers unterm Dach schaute und eine wilde Horde schreiender Mädchen auf dem Rasenviereck nebenan entdeckte. Sie spielten irgendeine Art von Blindekuh, und ihre weißen Kleider flatterten im Wind. Aber am Abend war der ganze Spuk vorbei gewesen.

Box öffnete die Augen und schaute auf die Zimmerdecke mit ihren Wasserflecken. Bilder von einer anderen Geburtstagsfeier kamen ihm in den Sinn. Mark war sechs, vielleicht sieben geworden. Durch die ganze Aufmerksamkeit, die ihm zuteilwurde, war er so aufgekratzt, dass er über die Stränge schlug – das passiert bei Kindern in dem Alter oft. Vielleicht war es die Aufregung durch die Geschenke oder eine Überdosis Gummibärchen – wer weiß das schon –, jedenfalls drehte der Junge durch. Er fing an zu heulen oder zu brüllen, wenn irgendetwas bei einem Spiel nicht nach seinem Willen lief. Box hatte ihn schließlich gepackt und in sein Zimmer geschleppt. Dort sollte er sich abregen, erklärte Box ihm, dann schloss er ihn ein. Mark war außer sich vor Wut und schrie und schmiss mit Sachen um sich. Das hatte wiederum Box so in Rage gebracht, dass er – statt ihn einfach allein zu lassen – die Tür wieder öffnete. Ein ziemlich massiver Spielzeuglaster flog ihm entgegen. Box griff sich den Jungen und versetzte ihm ein paar Klapse auf den Hintern. Nicht unkontrolliert. Nur ein paar Klapse mit der offenen Hand.

Box seufzte und wälzte sich auf die Seite. Er atmete tief ein und langsam wieder aus. Selbst jetzt noch, im Bett, waren seine Schultern verkrampft und hochgezogen. Liz stöhnte und drehte sich zu ihm.

»Soll ich die Polizei rufen?«

Box knurrte. »Wie letztes Mal? Die sagen ihnen doch nur, sie sollen es leiser stellen, und sobald sie abgezogen sind, dreht irgendein versoffener Blödmann wieder auf.«

Autos hielten vor dem Haus. Er hörte die Türen zuschlagen, ein Kontrapunkt zu den wummernden Bässen. Lautes Lachen, Mädchenschreie und ein betrunkenes Hallo. Obwohl die Herbstnacht kühl war, schien im Nebenhaus jedes Fenster und jede Tür offen zu stehen.

Box schlug die Decke zurück und schwang seine Beine über die Bettkante. Er schlief immer nackt, und es war kalt im Zimmer. Wie in jedem dieser alten Häuser gab es so gut wie keine Isolierung. Er machte das Licht nicht an, sondern orientierte sich am Lichtschein, der durch den Spalt im Vorhang drang, um seine Unterhose und Jeans anzuziehen. Er streifte sich einen alten Kapuzenpulli über, den er manchmal bei der Arbeit trug.

Liz knipste die Nachttischlampe an. Auf den Ellbogen gestützt, schaute sie ihm zu.

»Das ist keine gute Idee, Box.«

»Was?«

»Was auch immer du da vorhast.«

»Wir brauchen unseren Schlaf.«

»Ich kann wahrscheinlich sowieso nicht schlafen.«

»Ich möchte das mindestens selbst bestimmen dürfen.«

Plötzlich wurde sie ernst: »Box, bitte, komm wieder ins Bett. Ich rufe die Polizei.«

»Bin gleich wieder da.«

Er trat aus dem Schlafzimmer und machte das Licht im Flur an. Sie folgte ihm. »Box.«

»Ich weiß.«
»Mach keine Dummheit.«
»Genau das weiß ich doch.«
»Versprich's mir!«
»Ehrenwort.«

Liz ging wieder ins Schlafzimmer und schloss die Tür hinter sich.

Box bemerkte, dass die Tür von Heathers Zimmer halb offen stand, doch drinnen war es dunkel. Kein Geräusch, keine Bewegung. Gott allein wusste, wie die drei Mädchen bei dem Krach schlafen konnten. Aber Teenager würden vermutlich sogar den Weltuntergang verschlafen.

Box trat durch die Haustür auf die Veranda hinaus und fand dort seine Arbeitsstiefel. Noch immer waren sie von Lehm überkrustet. Er suchte gar nicht erst nach Socken, zog die Stiefel an und ging dann die Einfahrt hinunter zur Straße. Während er den kümmerlichen Versuch unternommen hatte zu schlafen, war das Unwetter nach Norden abgezogen. Jetzt zeigte sich der Himmel wolkenlos, und er konnte ein paar Sterne auf dem Schwarz erkennen. Es war kalt, und er dachte, dass es Bodenfrost geben könnte, vielleicht am Morgen sogar Eisregen.

Die Tür und alle Fenster des Nachbarhauses standen offen. Von innen drang ein seltsames Licht mit der basslastigen Musik auf die Ruine eines Rasens. Seine Farbe machte das Licht so seltsam. Es war rot. Das ganze Haus wirkte dadurch wie ein billiges Bordell. Das Gras unter Box' Füßen schien so tot, als wäre es mit Napalm behandelt worden. Während des langen heißen Sommers, dem übergangslos ein trockener Herbst gefolgt war, hatte er kein einziges Mal einen Gartenschlauch auf dieser Seite des Zauns gesehen, geschweige denn einen Rasensprenger. Die

Gerippe zweier verrosteter und ausgeweideter Autos zeichneten sich im roten Licht des Eingangs ab, daneben Bierdosen und Cola- und Whiskyflaschen.

Etwa sechs Leute standen auf den Stufen vor der Tür und rauchten. Box kamen sie geradezu lächerlich jung vor, keiner von ihnen schien älter als fünfundzwanzig zu sein. Als er zu ihnen trat, traf ihn die Musik aus der Tür wie ein Schlag in die Magengrube.

»Entschuldigung, wessen Party ist das?«

»Hä?«

»Wer veranstaltet die Party?«

Ein junger Mann mit rötlichem Bart begegnete Box' Blick, schaute aber gleich weg. »Nur mit Einladung.«

»Ich wohne nebenan.«

Schulterzucken. »Digger ist drinnen irgendwo.«

»Wer?«

»Digger. Es ist seine Party.«

Box ging die Stufen hinauf. Die geöffnete Tür führte direkt in ein Wohnzimmer. Die Möbel waren weggeräumt worden. Dicht an dicht standen Paare herum und tanzten schwankend, wobei sie aus Flaschen und Dosen tranken und sich in die Ohren brüllten oder lachten. Irgendjemand hatte die Glühbirnen angemalt. Der ganze Raum war in rotes Licht getaucht, was den seltsamen Lichtschein draußen erklärte. Die beiden Lautsprecher der Anlage standen auf einem Tisch am anderen Ende des Raums. Sie hatten die Größe von Bananenkisten. Für Box wirkten sie altmodisch. Aber vielleicht waren sie schon wieder so retro, dass sie cool waren. Ohrenbetäubender Lärm, der alle in dem Raum zu einer einzigen zuckenden Masse zusammenzupressen schien.

Box blieb bei der Tür stehen und sah sich um. Hier, dachte er, herrschte ein anderes Level von Unwirklichkeit.

Er läge besser in seinem Bett und schliefe oder versuchte zumindest zu schlafen. Stattdessen – er schaute in die sich auf und ab bewegenden schweißfeuchten Gesichter im roten Licht – stattdessen: das hier.

Ein dünnes Mädchen in kurzem Jeansrock bewegte sich auf die Stelle direkt vor ihm zu. Sie schien allein zu tanzen, obwohl das bei der drangvollen Enge schwer zu sagen war. Box tippte ihr auf die Schulter. Sie wandte sich um und sah ihn aus mascaradunklen Lemurenaugen an. Sie trug ein großes Piercing zwischen Unterlippe und Kinn.

»Ich bin auf der Suche nach Digger. Digger?«

Das Mädchen grinste schief und sagte etwas, das Box in dem Lärm nicht verstand. Sie zeigte auf die Tür am anderen Ende des Raums.

»Danke.«

Er bahnte sich einen Weg durch die Menge. Es stank nach Zigarettenrauch, offenbar gingen nicht alle zum Rauchen raus. Er roch auch den Schweiß der Tänzer und das Gemisch der Parfums der Mädchen. Dazu der süße Geruch von verschütteter Cola und Whisky und natürlich der nach Gras. Box war froh darüber, dass er die meisten in diesem Raum überragte. Er entschuldigte sich nicht, sondern machte sich den Weg frei wie ein Eisbrecher. Vermutlich hätte man seine Entschuldigungen ohnehin nicht gehört.

Er bekam ein paar böse Blicke ab, bevor er die Tür am anderen Ende des Raums erreichte. Sie führte in eine Küche, die zwar kleiner, aber nicht weniger voll war. Der Geruch nach Gras war hier womöglich noch intensiver. Der Song, der aus den Lautsprechern dröhnte, verklang, und es trat für ein paar Sekunden Stille ein. Box war erleichtert, dass der Druck auf seinen Ohren kurz nachließ. Doch schon begann der nächste Track. Das maschinengewehrartige Gitarrenintro brach durch die Küchenwände. Das Gebrüll des Sängers klang erst verschwommen, und als es dann immer lauter wurde, verstand man kein Wort. Box konnte nur dankbar sein, dass er sich zumindest nicht mehr in dem Raum mit den Lautsprechern befand.

»Digger?«, fragte er. »Ich suche Digger.«

Ausdruckslose Gesichter, high oder betrunken, vermutlich beides. Ein paar der Halbstarken sahen ihn feindselig an. Sein Alter und seine Klamotten ließen erkennen, dass er zu einem anderen Stamm gehörte.

»Digger?«

»Nee.«

»Digger?«

»Hab ihn nicht gesehen.« Mit einem höhnischen Grinsen zwinkerte er seinem Kumpel zu.

Der Nächste, den Box fragte, wies auf einen Typen mit wirrem blondem Haar und dem Anflug eines rötlichen Barts. Er unterhielt sich gerade in der anderen Ecke der Küche mit einer stämmigen Brünetten. Box sah, wie sie lachte, sich gegen den Kerl lehnte und seinen Arm berührte.

Nun, Diggers kleines Techtelmechtel würde ein wenig warten müssen.

Box kämpfte sich zu den beiden durch. Das Mädchen sah ihn, nahm ihre Hand vom Arm des Kerls und richtete sich auf.

»Ist das Ihre Party?«

Der Typ spürte, dass Ärger in der Luft lag. »Wie meinen Sie das?«

»Sind Sie Digger?«

Er schien nicht recht zu wissen, ob er es war oder nicht, doch dann nickte er. »Ja. Und?«

»Ich wohne nebenan. Sie müssen die Musik leiser machen. Die Leute wollen schlafen.«

Box beobachtete, wie Digger sich im Raum umsah, bevor er eine Entscheidung traf. Der Alkohol und die vielen Leute in seinem Rücken ließen ihn großspurig werden.

»Ist doch gar nicht so laut, Mann. Nehmen Sie sich erst mal ein Bier.«

»Ich bin nicht hier, um mit Ihnen zu diskutieren. Sie müssen die Musik leiser machen.«

»Beruhigen Sie sich.«

»Verstehen Sie mich nicht falsch. Ich bin kein Bittsteller.«

Box erkannte ein Aufblitzen in Diggers Augen.

»Verpiss dich!«

Digger wandte sich wieder dem Mädchen zu. Sie kicherte die ganze Zeit in ihre Flasche. Box atmete tief ein. Der Kerl machte einen Fehler. Mit weniger Alkohol im Blut wären ihm Box' breite Brust und die Wölbungen seines Kapuzenpullis über den Oberarmen nicht entgangen. Und er hätte das Mahlen von Box' Kiefern bemerkt. Und vielleicht hätte er sogar den Ausdruck in Box' Augen richtig gedeutet. Das wäre vermutlich das Wichtigste gewesen: ihm in die Augen zu schauen. Box legte ihm eine Hand auf die Schulter.

»Damit ich Sie richtig verstehe: Sie werden die Musik also nicht leiser machen?«

»Nein. Wenn's Ihnen nicht passt, dann holen Sie doch die Polizei!«

Box sah sich um. Mehrere Typen beobachteten ganz genau, was geschah.

Er zuckte die Achseln. »Na gut.«

Er drehte sich um und zwängte sich durch die eng zusammenstehenden Leute aus der Küche. Beim Weggehen hörte er noch, wie Digger hinter seinem Rücken zwei Wörter sagte. Die stämmige Brünette ließ ein hohes Lachen ertönen, das wie das Jaulen eines jungen Seehunds klang.

Im Wohnzimmer watete Box durch die Menge zu den großen Lautsprechern. Er stellte sich dicht vor den linken. Das Wort »Sony« stand in Chrombuchstaben unten auf dem Rahmen. Aus dieser Distanz konnte Box sehen, dass sich der Lautsprecher bewegte, als wäre er ein Lebewesen mit Lungen, die unter der Textilhaut pulsierten, stoßweise Atem holten. Box nahm einen festen Stand ein, zog den rechten Arm bis zur Schulter zurück und ließ dann seine Faust in den Lautsprecher krachen.

Er schlug so hart zu, wie er nur konnte, was – wenn man seine Figur, das Boxtraining, seine Wut und Trauer berücksichtigte – wirklich verdammt hart war. Er spürte, wie seine Faust durch das Deckgewebe drang und mit den Eingeweiden des Lautsprechers in Kontakt trat. Etwas vibrierte an seinen Knöcheln und zog sich dann zurück. Der Lautsprecher stand an der Wand, deshalb konnte er nicht umfallen. Seine Faust verschwand einfach darin, der Arm folgte bis zum Ellbogen. Alles, was seine Faust traf, zersplitterte.

Als Box den Arm wieder herauszog, bluteten seine Knöchel, doch er spürte den Schmerz noch nicht. In einer einzigen fließenden Bewegung richtete er sich auf und machte ein paar Schritte zur Seite. Für den zweiten Lautsprecher benutzte er wieder die rechte Faust; er schlug so hart zu, wie er konnte, und legte sein ganzes Gewicht von den Füßen aufwärts in den Schlag.

Als der erste Lautsprecher verstummte, hatten sich alle im Raum zu ihm gewandt. Erschrockene, ungläubige Gesichter. Doch niemand hatte versucht, ihn aufzuhalten.

Der Lautsprecher, den er gerade vor sich hatte, stieß noch immer Lärmfetzen aus. Das machte ihn noch wütender, also schloss er die Arme um das Ding, hob es hoch und schmiss es auf den Boden. Er trat mit seinen Arbeitsstiefeln darauf ein, bis kein Ton mehr zu hören war. Plötzlich war es völlig still im Raum. Die Leute um ihn herum sahen verängstigt aus. Zumeist junge Frauen, die nun vor ihm zurückwichen – vor dem tollwütigen Hund, der auf den Spielplatz gerannt war und ein Kind zerfleischt hatte.

Box drehte sich um und ging zur Tür. Diesmal öffnete sich eine Gasse für ihn. Wie Moses, dachte er. Wenn das Rote Meer eine Horde von rücksichtslosen Saufköpfen gewesen wäre.

Und dann war er draußen und sog dankbar die kühle Nachtluft ein.

»Hey! Halt!«

Box war schon am Tor und drehte sich um. Digger und drei junge Männer kamen auf ihn zu. Digger hatte gerufen. Etwa zwei Meter von ihm entfernt blieben sie stehen. Box sah, dass der Typ neben Digger eine Flasche am Hals hielt.

»Was soll diese Scheiße? Du dreckiges Arschloch.«

Box trat einen Schritt auf ihn zu. »Ist gerade kein guter Moment, sich mit mir anzulegen.«

»Arschloch«, wiederholte Digger, doch mit etwas weniger Nachdruck. Offenbar hatte er erwartet, dass Box eingeschüchtert sein würde.

»Geht es nicht in euren verdammten Schädel, dass hier Familien wohnen? Leute, die morgens rausmüssen. Leute, die zu schlafen versuchen, damit sie morgens fit sind? Um arbeiten zu gehen, die Kinder in die Schule zu schicken. Und ihr Saubande benehmt euch hier, als wäre außer euch niemand auf der Welt. Begreift ihr nicht, dass das für uns Körperverletzung ist? Denkt ihr überhaupt irgendwas? Ihr egozentrischen kleinen Drecksäcke!«

Box hielt inne. Er atmete heftig. Er hatte geschrien, die jungen Männer mit ganzer Kraft angebrüllt. Es war mitten in der Nacht, und er stand auf dem Exrasen seines Nachbarn in Stiefeln ohne Socken und brüllte vier bekiffte und besoffene ihm völlig unbekannte Leute an, von denen sich keiner am nächsten Morgen zuverlässig daran erinnern würde, was er ihnen zu sagen gehabt hatte. Und selbst wenn, würde das nichts ändern.

Immer mehr junge Leute kamen aus dem Haus, blieben an der Tür stehen und beobachteten ihn mit großen Augen im roten Licht, das aus den offenen Fenstern drang. Box rieb mit dem rechten Handrücken über seine Augen, und seine Hand war nass.

Ohne ein weiteres Wort wandte sich Box ab und ging. Halb rechnete er damit, dass eine Flasche ihr Ziel an seinem Hinterkopf finden würde, aber nichts geschah. Erst als er in seinem Vorgarten war und sich der Haustür näherte, hörte er leises Stimmengewirr nebenan.

Auf der Veranda zog Box die Stiefel aus. Seine Hände zitterten wieder, und er bemühte sich, sie ruhig zu bekommen. Was nicht gerade gut klappte. Er betrat das Haus und verriegelte die Tür hinter sich. Dann ging er ins Bad, machte das Licht an und untersuchte seine rechte Hand. Mehrere Schnittwunden, doch keine schien tief zu gehen. An einem Knöchel war ein dünner Hautlappen weggerieben, aber es blutete kaum noch. Glück gehabt. Er ließ heißes Wasser ins Becken laufen und kippte ein Desinfektionsmittel hinein; das Gemisch verströmte den scharfen Geruch von kleinen Unfällen in seiner Kindheit.

Er badete seine Hand darin, als Liz' Gesicht im Spiegel erschien.

»Was ist passiert?«

»Sie haben die Musik ausgemacht.«

»Das höre ich. Ich meine, was ist mit deiner Hand passiert?«

»Nur ein Kratzer.«

»Ich habe dich schreien hören. Und nicht nur ich – die gesamte Nachbarschaft ebenfalls.«

»Das musste leider sein.«

»Lass mal sehen ... Oh, das sieht ziemlich schmerzhaft aus.«

»Ist nicht schlimm. Ich erzähle dir morgen früh alles. Geh ruhig wieder ins Bett.«

Liz seufzte. »Ich kann nicht schlafen.«

»Willst du einen Tee?«

»Gerne.«

Box trocknete sich mit einem frischen Handtuch die Hände ab und ging dann in die Küche. Draußen schlugen Türen. Die Stimmen waren eher gedämpft, man hörte hauptsächlich die Motorengeräusche der wegfahrenden Autos. Box füllte den Wasserkessel und drehte den Herd an.

Während er darauf wartete, dass das Wasser kochte, stand er beim Herd und schaute auf sein Spiegelbild im dunklen Küchenfenster. O Gott, was für ein Chaos.

Später saßen Liz und er am Küchentisch und tranken schweigend ihren Tee. Als die Polizei eintraf, hatte sich Box gerade seine zweite Tasse eingeschenkt. Er bat die Beamten herein und bot ihnen ebenfalls Tee an. Sie dankten erleichtert.

Später in der Nacht wurde Box vom Geräusch eines Autos geweckt, das in ihrer Einfahrt hielt. »Geweckt« war nicht das richtige Wort, dazu hätte er geschlafen haben müssen. Er aber hatte sich herumgewälzt, in einem Meer von verworrenen Gedanken und Gefühlen, das durch seinen Kopf schwappte, knapp unterhalb der Bewusstseinsschwelle. Er drehte sich auf die Seite und schaute auf seinen Wecker. 4.13 leuchtete ihm rot entgegen. Er stand auf und griff sich die Kleidungsstücke, die auf dem Boden lagen, leise, um Liz nicht zu wecken. Box beneidete sie um ihre Fähigkeit, selbst in ihren schlimmsten Zeiten noch tief und fest schlafen zu können. Sie schlief auf harten Schalensitzen an Bushaltestellen ebenso wie in Flugzeugen und auf Schiffen, mitten unter Hunderten von lauten Leuten. Überall und jederzeit. Das war ihr Wahlspruch. Bei ihrer Hochzeitsparty fand er sie zusammengerollt auf einem Haufen von Mänteln, erschöpft von den anstrengenden Vorbereitungen. Nach zwanzig Minuten Schlaf war sie wie neugeboren: eine strahlende Braut, die die Nacht durchtanzte.

Er schlich sich aus dem Schlafzimmer und ging zur Haustür. Er öffnete sie so geräuschlos, wie er konnte. In dem Halbschatten aus Mondlicht und Straßenbeleuchtung erkannte er seinen Pickup. Er parkte in der Einfahrt. Eine dunkle Gestalt stand daneben.

Box ging die Stufen hinunter. »Mitch?«

»Um Gottes willen, Box, erschreck mich doch nicht so! Einen Herzinfarkt könnte ich gerade noch brauchen.«

»Du hättest den Wagen nicht heute Nacht zurückbringen müssen.«

»Einer der Jungs fuhr sowieso hoch. Dachte, du brauchst ihn vielleicht.«

»Danke.«

»Kein Problem. Das war das Mindeste, was ich tun konnte.«

Sie schwiegen. Irgendwo im Osten am Strand bei der tränenförmigen Lagune heulte eine Autoalarmanlage durch die Nacht.

»Wie kommst du nach Hause? Ich kann dich fahren.«

»Helen holt mich ab. Habe mich unten bei den Läden mit ihr verabredet.«

»Du hättest sie nicht aus dem Bett holen müssen.«

»Das ist schon okay. Sie braucht keinen Schönheitsschlaf, nicht mehr.«

Box grinste traurig. »Weiß nicht, wie ich dir danken soll, Mitch.«

»Vergiss es. Ich hau jetzt besser ab, sie wartet sicher schon.«

»Danke.«

»Pass auf dich auf. Und ... herzliches Beileid.«

Und dann war er schon durchs Tor. Box schaute ihm nach, wie er die dunkle Straße entlangging, bis er seinem Blick entschwand.

6

Monday morning, sang es plötzlich in Box' Kopf. Ja, Montagmorgen, aber er hatte keinen Grund zu singen. Vielleicht nie mehr.

Er fuhr am östlichen Stadtrand entlang, an den Klärbecken, der Kunststofffabrik und dem Gelatinewerk. Der versammelte Gestank drang in den Pickup, obwohl die Fenster fest geschlossen waren. Der Geruch hatte sich noch immer nicht verzogen, als er am Fuß der Hügel nach Süden abbog, in die lang gezogenen Täler hinein.

Er wusste, wohin er wollte. Natürlich hatte sich Liz erkundigt, wo Mark gefunden worden war. Sie hatte die Polizisten gefragt. Und es Box gesagt, fast flüsternd, als sie zusammen am Küchentisch saßen, nachdem der Bestattungsunternehmer seine morbiden Papiere zusammengepackt hatte und gegangen war. Box hatte einfach dagesessen und ihrer fast körperlosen Stimme gelauscht wie einem Engel der Apokalypse. Das lag an all den Jahren in der Sonntagsschule, man wurde diese Bilder nicht los, so sehr man sich auch bemühte, Atheist zu sein.

Jetzt lenkte er den Pickup eine steile Straße hinauf, an ein paar vereinzelten Häusern vorbei, die auf dem westlichen Abhang eines Bergrückens standen. Die Straße war nur einen Kilometer lang und endete an einem Eisengatter. Box stellte den Wagen ab und stieg aus. So weit oben auf dem Bergrücken gab es ein paar Häuser unterhalb der Straße, doch über ihm waren nur noch Pferdekoppeln – Farmland, aber vielleicht auch Teil des Naturschutzgebiets, das ließ sich nicht entscheiden. Die Sonne schien, doch ein kühler Ostwind trieb ein paar niedrighängende Wolken über den Himmel. Von seinem Standpunkt aus sah Box über die Dächer der nächststehenden Häuser hinweg ins Tal, wo die dunklen Wolkenschatten über den Rand der Stadt zogen. Sie wanderten von einem Haus zum nächsten, über menschenleere Straßen und frisch gemähte Vorgärten, bevor sie zu den Grashügeln gelangten. Dort hoben und senkten sie sich, bis sie die Spitze des nächsten Felsvorsprungs erklommen hatten.

Er wollte nur Zeit schinden. Ihm war speiübel.

Er benutzte den Tritt neben dem Gatter, um über den Zaun zu steigen, und folgte dem Weg, der zerfurcht und steinig war vom abfließenden Regenwasser und den Reifen der Mountainbikes. Das gestrige Unwetter hatte zahlreiche Pfützen hinterlassen. Ein einsamer Flötenvogel beobachtete ihn aus dem Geäst der ersten Kiefer. Box erwartete, ihn singen zu hören, doch er blieb stumm. Der Weg machte eine Kurve und dann eine zweite. Etwa hundert Meter weiter sah er unterhalb des Wegs weiß-blaues Absperrband, das die Polizei zwischen die Stämme der hohen Kiefern gespannt hatte.

Als er an diesem Band angekommen war, bückte er sich und schlüpfte darunter durch. Er stieg den steilen Hang hinab. Im Schatten der Bäume war es kalt. Außer dem Absperrband wies nichts darauf hin, was sich hier abgespielt hatte. Er stand seitlich am Abhang, einen Fuß tiefer als den anderen, und schaute über das Tal hinweg auf die mit gelbbraunem Tussockgras bewachsenen Hügel. In der gegenüberliegenden Felswand gab es Höhlen. Er konnte das halbe

Dutzend Eingänge erkennen, niedrige Felsüberhänge rahmten dichte Schatten. Im Norden die Hochhäuser des Stadtzentrums.

»Entschuldigen Sie bitte. Entschuldigung! Sie dürfen hier nicht sein.«

Box wandte sich um und sah einen Mann oben auf dem Weg, der durch eine Lücke zwischen den Stämmen zu ihm hinabschaute. Er mochte Anfang siebzig sein. Er befand sich nur zwanzig Meter entfernt, doch wegen des steilen Geländes musste Box den Kopf in den Nacken legen, um ihn genauer zu betrachten. Graue Haarbüschel wuchsen oberhalb der Ohren des Mannes, er trug einen dicken braunen Pullover und Blue Jeans, die zu weit für seine dürren Beine waren.

»Machen Sie sich keine Sorgen, das geht schon in Ordnung«, rief er.

»Hier findet eine polizeiliche Untersuchung statt.«

»Ich weiß.«

»Ein Junge hat sich hier erhängt.«

»Bitte lassen Sie mich in Ruhe.«

»Sie können da nicht bleiben.«

»Er war mein Sohn. Lassen Sie mich einfach in Ruhe.«

Der Mann schwieg.

Box wandte sich ab und sah wieder über das Tal. Hinter sich hörte er, wie der alte Mann sich einen Weg durch die Kiefernäste bahnte; das Zurückschnellen der Zweige, den raschen Atem und seine gemurmelten Verwünschungen.

Als er ihn fast erreicht hatte, drehte sich Box zu ihm um: »Ich habe Sie doch gebeten, mich in Ruhe zu lassen.«

»Ich heiße Charlie Watson. Ich war es, der ihn gefunden hat, Ihren Sohn.«

Der Mann war nun nahe genug, um Box die Hand hinzustrecken. Box sah, dass die Finger krumm waren und die

Knöchel geschwollen. Sie schüttelten sich die Hand, und Box empfand die Finger in seiner Handfläche wie ein Bündel trockener Zweige.

»Box Saxton.«

»Wie bitte?«

»Box.«

»Wie das, wo man Sachen reintut?«

»Genau. Mein Sohn hieß Mark.«

Der Mann nickte, und nun schauten beide über das Tal.

»Tut mir leid, dass ausgerechnet Sie ihn finden mussten. Das hätte ich Ihnen gern erspart.«

»Es war natürlich ein Schock. Das kann ich Ihnen sagen. Ich war unterwegs, um Kiefernzapfen zu sammeln. Kaminanzünder. Das hätte ich zuallerletzt erwartet.«

»Wo genau war er?«

»Da drüben.« Er wies mit einem verkrümmten Finger auf die Kiefern. »Der letzte große Baum der Reihe. Ich kann Sie hinführen. Wollen Sie?«

»Ja.«

Box folgte ihm, bis sie zum letzten Baum der ungleichmäßigen Reihe von Kiefern kamen.

»Hier war's. Das Seil hing über diesem niedrigen Ast. Er hat den Zaunpfahl benutzt, um da raufzukommen.«

»Den hier?«

»Ja. Ich musste selbst draufsteigen, um ihn abzuschneiden.«

»Danke.«

Bei diesem Wort brach Box die Stimme, und er wandte sich abermals ab, um über die Stadt zu schauen. Der alte Mann scharrte unruhig mit den Füßen in der dicken Schicht Kiefernnadeln, durch die nicht einmal Tussockgras wuchs. Ein Windstoß zauste die Haarbüschel über seinen Ohren.

»Tut mir leid, dass ich Sie vorhin so angebrüllt habe. Ich hatte Sie nicht für den Vater gehalten. Also muss seine Mutter eine …?« Er ließ die Frage in der Luft hängen.

»Nein. Ich habe seine Mutter geheiratet, als Mark zwei Jahre alt war.«

»Verstehe.«

»Ich war der einzige Vater, den er je gekannt hat.«

»Meine Frau war bereits verheiratet, als wir uns kennenlernten. Er ist im Vietnamkrieg gefallen. Aber sie hatten keine Kinder.«

Box starrte auf den Ast. Die Stelle, an der das Seil die Rinde glatt gescheuert hatte, war deutlich zu erkennen.

Der alte Mann redete noch immer. »Polizei und Rettungsdienst sehen sicher jede Menge grauenvolle Sachen, bis zu einem gewissen Grad gewöhnt man sich vermutlich sogar daran. Autounfälle, Brände, sogar Morde und was sonst noch alles. Eine ganze Menge von diesen Jungs waren gestern hier oben. Keiner von ihnen wirkte sonderlich mitgenommen. Ist einfach ihr Job, nehme ich mal an. Aber für mich war die einzige Leiche, die ich je von Nahem gesehen hatte, die meiner Mutter. Aber da war sie schon dreiundsiebzig und im Krankenhaus nach einer langen Krebserkrankung gestorben. Das ist etwas ganz anderes, nicht?«

Box drehte sich wieder zu ihm um. »Tut mir leid, dass er Ihnen das zugemutet hat.«

»In der Tat habe ich die letzte Nacht kaum geschlafen. Ich mache die Augen zu und sehe ihn vor mir. Nichts dagegen zu machen. Der Schock. Seine Kleider lagen ordentlich auf einem Stapel, genau hier.«

Box ging zu der Stelle, auf die der Mann gedeutet hatte, kauerte sich hin und legte seine Hand auf die trockenen Kiefernnadeln zwischen den dicken Baumwurzeln.

»Sein Telefon hat plötzlich geläutet, ich hatte fast einen Herzinfarkt.«

»Liz, seine Mutter, hat versucht ihn zu erreichen.«

Oben in den Bäumen schwang sich plötzlich der Flötenvogel, den Box gesehen hatte, in die Luft und flog ein kurzes Stück, bevor er etwas wackelig im hohen Gras landete. Er wandte den Kopf zu ihnen. Der alte Mann beobachtete das. Box sah, wie er von einem Fuß auf den anderen trat, als hätte er Schmerzen in den Beinen.

»Das geht mich natürlich nichts an, aber ich habe die ganze Zeit darüber nachgedacht, ich meine … wissen Sie, warum? Warum er das getan hat, frage ich mich.«

»Ich habe keine Ahnung.«

»Entschuldigung. Sie haben recht, es geht mich nichts an.«

»So ist es nicht gemeint. Wenn ich's wüsste, würde ich es Ihnen sagen. Vor ein paar Monaten ist seine Beziehung mit einem Mädchen auseinandergegangen. Sie war sehr nett, aber wir hatten das nie für etwas wirklich Ernstes gehalten. Ende letzten Jahres hat er die Schule abgeschlossen und wusste nicht, was er machen wollte. Er nahm eine Auszeit, so nannte er das, um eine Entscheidung zu treffen. Ich glaube, er hat zu viel getrunken.«

Der alte Mann schüttelte nachdenklich den Kopf. »Ich habe selbst zwei Söhne. Sie sind natürlich schon älter, aber als sie in diesem Alter waren, hatten sie andauernd Probleme mit Mädchen und Alkohol. Das ist einfach so, glaube ich.«

»Ich bin Ihnen dankbar, dass Sie ihn gefunden haben.«

Der Mann wehrte ab: »Ich wohne hier. Ich habe doch nur Kiefernzapfen gesammelt.«

Box sah zu den Höhlen auf der anderen Seite des Tals, ein Stück unterhalb von ihnen. Zwei waren besonders groß, sie lagen fast in der Talsohle. Der alte Mann folgte Box' Blick.

»Die Maori, die beim Hafen auf der anderen Seite des Hügels lebten, bevor die Weißen kamen, die gingen immer hier durch, wenn sie mit anderen Stämmen handelten. Man glaubt, sie hätten in den Höhlen übernachtet. Dafür gibt es aber keine Anzeichen. Keine Spuren. Ich habe sehr genau nach Höhlenmalereien oder sonst etwas gesucht.«

Box war auf einmal erschöpft. »Ich will nicht unhöflich sein, aber ich wäre jetzt gerne eine Zeit lang allein hier.«

»Selbstverständlich. Ginge mir genauso.« Plötzlich wurde er förmlich: »Es hat mich sehr gefreut, Sie kennenzulernen, Box. Mein herzliches Beileid.« Wieder gaben sie sich die Hand, dann wandte sich der Mann ab und stieg langsam den steilen Abhang hinauf.

Gerade als Charlie auf dem Weg ankam, rief ihm Box nach: »Die Beerdigung ist Mittwochvormittag. Es wäre schön, wenn Sie kommen könnten.«

Der Mann drehte sich um. Er blieb mit einer Hand gegen einen Baumstamm gestützt stehen und schaute zu Box zurück. »Ja. Danke. Ich glaube, ich kann.«

»Sie findet auf dem alten Friedhof von Governors Bay statt.«

»Den kenne ich. Schöner Platz.«

Box nickte. »Um elf Uhr.«

»Danke.«

Der Mann setzte sich wieder in Bewegung und ging den Weg entlang. Box schaute ihm nach.

Als er allein war, ging er zu dem Zaunpfahl, den Charlie ihm gezeigt hatte. Box kletterte hinauf. Vorsichtig balancierend schaute er nach Nordwesten über die Stadt. Er stellte sich vor, wie dieser Anblick vor zwei Nächten ausgesehen haben mochte. Es schien sicher, dass Mark schon bei Tageslicht hierhergekommen war, niemand hatte etwas von einer Taschenlampe gesagt. Vielleicht am frühen Abend, in der Dämmerung. Vielleicht. Er konnte nur Vermutungen anstellen. Es war durchaus möglich, dass sein Sohn hier gestanden und zugeschaut hatte, wie die Lichter der Stadt angingen. Die Lichter in den Häusern würden nacheinander angemacht worden sein, aber die Straßenbeleuchtung sprang auf einen Schlag an, es musste nur ein Schalter betätigt werden; ganze Straßenzüge leuchteten gemeinsam auf, ein erleuchtetes Fadenkreuz erschien unter ihm.

Box schüttelte den Kopf. Er machte sich etwas vor, romantisierte die Szene. In Wahrheit hatte er nicht den blassesten Schimmer, was Mark sah, als er hier gestanden hatte. Oder, wichtiger noch, woran sein Sohn wohl gedacht haben mochte.

ZWEITER TEIL

7

Der Toyota, vorsintflutlicher Klapperkasten, der er ist, mag keine steilen Gefällstrecken, quält sich aber ebenso ungern steile Anstiege hoch. Als Box die Serpentinen nach Governors Bay runterfährt, riecht er den Gummigestank abgefahrener Bremsbeläge. Und noch etwas, nämlich verbranntes Öl, das vermutlich auf den heißen Motorblock tropft. Oder gar etwas Schlimmeres signalisiert. Die Temperaturanzeige verharrt im roten Bereich. Etwa bei der Hälfte der Strecke hatte er angefangen, die Motorbremse zu benutzen, doch nach den Geräuschen zu schließen, die aus dem Getriebe des Pickups drangen, standen die Chancen ziemlich gleich, ob zuerst die Bremse oder das Getriebe den Geist aufgeben würde. Beides wäre fatal.

Doch jetzt hat er es zumindest bis in die Ebene geschafft. Er ist angekommen. In der Bucht. Zu Hause.

Zu seinen Zeiten war die Straße in die Stadt noch nicht asphaltiert gewesen. In jenen Tagen – den Ausdruck hatte sein Großvater immer benutzt: in jenen Tagen, mein Junge – brauchte man für die Fahrt aus der Stadt über eine Stunde. Box erinnerte sich an die Geräusche, wenn die Steine gegen das Chassis des alten Pritschenwagens sprangen und sein

Großvater den Wagen in den Kurven durch den dicken Kiesbelag schlingern ließ. Noch heute konnte er sich die Achterbahnfahrt dort hinunter vergegenwärtigen: Für ihn als Kind war das der Grand Canyon gewesen. Die seltenen Fahrten mit dem Großvater in die Stadt waren Expeditionen gewesen, Abenteuer.

Die Gefahren aber hatte er sich nicht nur eingebildet. Der Sohn der Frosts, nur ein paar Jahre älter als Box, war mit sechzehn bei einem Motorradunfall im Winter auf dieser Strecke ums Leben gekommen. Und später hatte Don Cooper eine Nacht kopfüber im Sicherheitsgurt hängend verbracht, umnebelt vom Benzingestank, nachdem sein Wagen in eine Schlucht gestürzt war. Nur ein schmaler Grat verlief zwischen einer echten Tragödie und einer witzigen Geschichte, die man seinen Freunden am Freitagabend in der Kneipe erzählen konnte.

Während seiner Kindheit war Box' Welt sauber geteilt zwischen den Hiesigen und allen anderen. Manchmal kamen im Sommer Familien in die Bucht. Die meisten aus der Stadt auf einem Wochenendausflug inklusive Picknick. Sie hielten vor der einzigen Kneipe auf ein Bier, ein Radler für die Frau, Limonade oder Himbeerschorle für die gelangweilten Kinder. Das Kind Box hatte dabeigestanden und alles misstrauisch beobachtet. Für ihn waren diese Fremden so etwas wie Marsmenschen.

Die Schule, die Box besuchte, bis er dreizehn war, hatte nur drei Lehrer, und eine Menge Kinder wurden mit dem Bus von außerhalb gebracht. Sie kamen von Farmen und aus den kleinen Ansiedlungen, die auf der Südseite des Hafens entstanden waren. Er fuhr an dem Haus vorbei, das einst Harbidges Lebensmittelladen gewesen war. Vor ein paar Jahren war es zu einem Café umgebaut worden, mit versiegeltem Parkett und einer mit verzinktem Wellblech verkleideten Theke. Der neue Besitzer hatte einen Sandsteinbrunnen vor dem Café aufstellen lassen, wo zuvor eine rissige Betonplatte mit einem Fahrradständer gewesen war. Die Brunnenfigur stellte eine füllige Frau mit übertrieben dicken Schenkeln dar, die in dem Wasserbecken kniete, den Kopf im Nacken und die ausgebreiteten Arme in den Himmel gereckt. Ihre riesigen Brüste spien Wasser, und es tropfte aus ihrem Nabel. Das ganze Ding war knapp unter lebensgroß.

Box fragte sich, was sein Großvater wohl zu dieser Skulptur gesagt hätte. Vermutlich nicht viel. Der alte Knabe hätte höchstens einen seiner lakonischen Kommentare abgelassen, etwas mit »Pisse« und »neumodischer Quatsch«.

Box grinste und fuhr langsam weiter.

Die meisten Gemüsegärten und Obstplantagen seiner Kindheit waren verschwunden. Auf dem Land der Turners stand jetzt eine Häuserzeile. Mit dem Land der Masons ein Stück weiter oben verhielt es sich genauso. Überall in der Bucht hatte man die Felder und Weiden, auf denen es einst nur Schafe und zerfledderte Kohlbäume gab, in Bauland verwandelt. Stützmauern wurden eingezogen, Zufahrtsstraßen gebaut. In den späten Siebziger- und frühen Achtzigerjahren hatten die Leute plötzlich bemerkt, wie viel ihr Land wert war. Sie hatten entweder an Investoren verkauft oder ihr Land selbst parzelliert. Sie verdienten einen Haufen Geld damit. So gut wie jedes Stück Land mit einem Blick über die Bucht, und den hatten fast alle, wurde aufgeteilt und verkauft.

Damals war die Straße zur Stadt bereits asphaltiert, und die übelsten Kehren waren entschärft worden. Im Winter verteilten die Streuwagen Split in den schattigen Ecken, wo die Sonne die Eisschicht bis zum Nachmittag nicht auftaute. Die Käufer der neuen Grundstücke bauten sich dort ihre Traumhäuser mit Seeblick, und der weite Weg zur Arbeit störte sie nicht. Überall auf den Hängen über der Hauptstraße und unterhalb am Hafen entstanden neue Häuser, dazwischen lag nur noch vereinzelt ein Stückchen Buschland. Blick auf den Hafen aus jedem Zimmer. Governors Bay war zu einer weiteren Vorstadt von Christchurch geworden.

Ein Stück nach dem Café kam Box an einer Gruppe von sechs Frauen vorbei, die mit schwingenden Armen zügig an der Straße entlanggingen. Alle waren in ihren Dreißigern, trugen Trainingsanzüge von Puma oder Adidas und bunte Laufschuhe. Und Make-up, wie Box deutlich erkannte. Das also waren die heutigen Anwohner. Nicht, dass er etwas gegen sie hätte. Die meisten waren wohlhabend, Rechtsanwälte, Bankiers, Architekten. Etwas in dieser Art musste man schon sein, wenn man hier wohnen wollte. Doppelverdiener. Familien mit zwei Kindern und hohem Einkommen. Die Kinder wurden mit Audis und neuen Subarus in die Schule gefahren. Box sah diese Wagen immer vor dem Café oder in den betonierten Einfahrten stehen, wenn er hierherkam.

Diese Leute wollten keine zweitausend Quadratmeter Land. Der Unterhalt der Häuser sollte möglichst billig sein. Sie hielten ihr Grundstück schon für groß, wenn sie ein Stückchen Rollrasen besaßen mit ein paar Strauchveroniken dicht am Zaun. Es klang heute lächerlich, aber als Box hier aufwuchs, glaubten die Leute schon, einander auf den Teller spucken zu können, wenn sie in einer ruhigen Nacht den Nachbarn seine Frau anschreien hörten.

Unten an der Pier parkte er im Kies unter der schiefen Felswand. Er stieg aus und lief über die abgewetzten Holzplanken. Die Pier war noch immer so wie in seiner Kindheit, auch wenn am Ende jedes Winters Planken ausgetauscht worden waren. Und natürlich sah der Hafen immer noch gleich aus. Es war Ebbe, das Hafenbecken ein Feld von grauem Schlick bis hinüber nach Sandy Beach. Die schmale Pier, auf der er stand, zeigte von den felsigen Knöcheln des Festlands wie eine Fingerprothese aufs Meer hinaus. Ein halbes Dutzend Jachten lagen links und rechts von ihr im Watt und warteten, dass die Flut sie wieder flottmachte.

Die Pier war gut hundert Meter lang. Als Box an ihrem Ende ankam, blieb er stehen und schaute über das Hafenbecken. Steile Hügel erhoben sich auf beiden Seiten. Was er da sah, waren die Überreste eines riesigen Vulkans. Die Zeit hatte die verbrannte Asche von der Oberfläche der Landschaft gewaschen. Wie Schichten von Puder hatte sich der angewehte Humus über die erstarrte Lava gelegt, und der Kraterrand war eingebrochen und vom Meer überspült worden. So hatte sich das lang gestreckte Becken gebildet. Die Hügel hatten keine zackigen Konturen mehr, die sich gegen den Himmel abzeichneten. Tatsächlich sahen sie so aus, als wären sie rings um Box ausgebreitet worden wie ein von einem Fotografen kunstvoll gebauschtes gelbbraunes Tuch. Nur bei den Resten des Caldera-Rands ragten dunkle Lavawälle aus dem Boden auf.

Der Wind blies Box ins Gesicht. Er kam vom Wasser, vom Eingang zum Hafenbecken, wo man einen schmalen Streifen Horizont zwischen zwei Landzungen sehen konnte. Er roch nach Schlick und Salz, gemischt mit einem Hauch von dem trockenen Gras auf den Hügeln. Irgendjemand hatte ein Feuer gemacht. Der Rauch und der Schlickgeruch überlagerten sich in Box' Nase.

Er schloss die Augen und folgte seinen anderen Sinnen. Er hörte das sanfte Klatschen des Wassers, das die Flut über das Watt gegen die Felsen trieb. Den Schrei einer Möwe. Und von hinten drang das Geräusch fröhlicher Kinderstimmen gegen den Wind an, es kam von der Schule, wo gerade Pause war.

Als Jungen waren sein Bruder Paul und er oft mit einem Nylonnetz zwischen sich von der Pier aus losgegangen. Ihre Füße sanken tief in den schmatzenden Schlick ein, und sie wateten etwa zweihundert Meter durchs Wasser, das ihnen bis zu den Hüften reichte, nach Sandy Beach. Man musste die Flut im Auge behalten, sie konnte sehr schnell kommen. Ging man zu spät los, musste man schon bald schwimmen; Box machte das nichts aus, doch Paul schimpfte dann heftig. Er war drei Jahre älter als Box, aber so verdammt vorsichtig bei allem. Wenn irgendetwas Unvorhergesehenes geschah und ihm die Kontrolle über die Situation entriss, war er aufgeschmissen.

Mit geschlossenen Augen konnte Box Paul sehen. Er hielt den Holzstab auf seiner Seite des Netzes. Nur die obere Hälfte seines Bruders war über dem von ihren Füßen im Wasser aufgewirbelten Schlick zu sehen. Box hielt den anderen Stab. In der Bucht gab es eigentlich keine tiefere oder flachere Seite, nur gleich tiefen Schlick. Doch weil Box jünger und kleiner war als Paul, tauchte er unweigerlich tiefer ein als sein Bruder. Nicht, dass ihm das etwas ausmachte, ganz im Gegenteil. Box wollte immer überall dabei sein. Beim Fischen natürlich, aber nicht nur da. Er liebte die sanften Schläge der Wellen gegen seine Brust, und es war ihm sogar egal, wenn es anfing zu regnen. Er war ja ohnehin schon nass. Wenn sie durch das Wasser wateten und der Wind plötzlich Wolken über den Himmel jagte, juckte ihn das nicht; ebenso wenig, wie wenn sie zu spät gestartet waren und die Flut so hoch stieg, dass sie schwimmen mussten. Für einen leckeren Fang wäre Box auch bei Gewitter losmarschiert.

Nur Paul vermieste es die Stimmung, wenn das Wetter umschlug. Er studierte immer die Gezeitentabellen in der Zeitung seines Großvaters.

Aber so war Paul nun mal. Seine Großmutter nannte ihn immer einen Schisser. Er machte sich Sorgen wegen früher Frosteinbrüche, die die Tomatenernte seines Großvaters ruinieren könnten. Er hatte Angst wegen der Gewitter, die manchmal den Bach auf ihrem Land über die Ufer treten ließen. Oder vor Stürmen, die Bäume umstürzen könnten. Bei jeder längeren Schönwetterperiode war er beunruhigt und lauschte ergriffen den Nörgeleien der Schafzüchter und Gemüsebauern abends vor der Kneipe.

Box hatte Pauls intensive Beschäftigung mit dem Wetter nie verstanden. Man wachte morgens auf, und entweder die Sonne schien, oder es regnete, es war mal kalt und mal warm. Punkt. Er nahm an, es kam daher, dass Paul einmal den Familienbesitz übernehmen würde, wenn Pop und Dee aufhörten. Wollte man von der Landwirtschaft leben, musste man immer das Wetter im Auge haben, ebenso wie den Boden. Paul steckte das in den Knochen.

Noch immer hielt Box die Augen geschlossen. Er wollte das Bild von sich und Paul nicht verlieren. Sie waren in Sandy Beach an Land gewatet mit einem guten halben Dutzend schöner Flundern im Netz, die zwischen ihnen mit den Flossen schlugen.

Er öffnete die Augen. Nichts hatte sich verändert. Drüben

an Sandy Beach lagen drei Kanus am Strand, bis über die Flutmarke hochgezogen und an einem Baum vertäut. Keine Menschenseele war zu sehen. Box atmete tief ein und langsam wieder aus. Er musste los. Er hatte Dee gesagt, er käme vor halb elf. Wieder wollte er Zeit schinden, aus Angst vor der Begegnung mit ihr. Das Telefongespräch gestern war schon schlimm genug gewesen. Zu hören, wie Dee am anderen Ende der Leitung zusammenbrach, hatte ihn fast umgebracht.

Doch er konnte es nicht ewig hinausschieben. Box wandte sich um und ging die lange Pier zurück.

8

Der Pickup ratterte so heftig über das Viehgitter, dass sich Box nicht gewundert hätte, den halben Motor hinter sich auf der Straße liegen zu sehen.

Doch er sah nur das wie immer geöffnete Tor und den Briefkasten, der seit seinem letzten Besuch neu gestrichen worden war. Feuerrot. Bestimmt hatte Dee hinten im Traktorschuppen eine alte Farbdose gefunden und sich damit an die Arbeit gemacht. Unter dem Kasten stand in ungelenken Buchstaben »Whitecliffs« auf einem Holzbrett. So hieß das Land der Saxtons.

Typisch Dee, dass sie den Briefkasten immer wieder neu strich. Seine Großmutter wollte der vorbeifahrenden Welt eine respektable Fassade präsentieren. Doch als Box die unbefestigte Zufahrt hinauffuhr, zeigte sich, dass die neue Farbschicht auf dem alten Briefkasten lediglich den Anschein von Instandhaltung erweckte. Die Pappeln zu beiden Seiten der Einfahrt waren von Unkraut überwuchert, hie und da streiften Äste an dem Pickup entlang. Kniehoch wuchs das Gras am Rand des ausgefahrenen Feldwegs. Es gab einige neue Schlaglöcher. Und jede Menge alte.

Das Land seiner Familie kletterte mehrere abschüssige Geländestufen vom Meer die Hügel hoch. Schon seit Urzeiten kursierte der Witz, alle Saxtons hätten ein längeres Bein, um gerade über Whitecliffs gehen zu können. Links von der Zufahrt lag die Obstplantage – hauptsächlich Äpfel und Birnen, aber auch Aprikosen und Nektarinen an ein paar besonders geschützten Stellen. Beim Gartenschuppen wuchsen sogar Mandarinen und Grapefruits, die im warmen Mikroklima der Bucht gediehen, anderswo so weit im Süden aber vom Frost vernichtet würden. Die Bäume waren schon jahrelang nicht mehr richtig zurückgeschnitten worden, seit Großvaters Tod nicht. Sie mussten unbedingt kräftig gestutzt, an einigen Stellen sogar ausgelichtet werden. Box fuhr an einem Dickicht ineinander verwachsener Bäume vorbei.

In seine verworrene Gefühlswelt mischte sich nun noch ein so vertrautes wie bitteres Schuldgefühl. Er kam, weiß Gott, so oft er konnte, hierher. In letzter Zeit aber, seit seine Existenz vor die Hunde gegangen war, schaffte er es gerade noch einmal im Monat. Wenn überhaupt. Er unterdrückte sein schlechtes Gewissen. Er tat, was er konnte, seit Jahren schon tat er, was er nur konnte, aber in letzter Zeit kam es ihm so vor, als müsste er mit einem Teelöffel einen Staudamm bauen. Er wandte den Blick von der verkümmernden Plantage und atmete tief ein. Er versuchte, die Sorgenfalten auf seiner Stirn zu glätten, und spürte, wie seine Kappe über die rotgrauen Stoppeln auf seinem Kopf rieb.

Das letzte Mal war er mit Mark zusammen hier gewesen. Wie lange mochte das her sein? Fünf Wochen? Sechs? Der Junge hatte ihm geholfen, den großen Eukalyptusbaum zu zersägen, der im Winter vor drei Jahren unten bei den Gewächshäusern umgestürzt war. Dabei ließ Box den Jungen zum ersten Mal an die Kettensäge. Er hatte Mark gezeigt, wie er stehen und die Säge weit vor dem Körper halten musste, die Füße so positioniert, dass nichts passieren konnte, falls er das Gleichgewicht verlor. Man musste mit gleichmäßig kräftigem Druck durch das Holz sägen.

Später hatte er ihm dann noch beigebracht, wie man die Säge ölte.

Gemeinsam schafften sie das Holz mit der Schubkarre in den Raum unter der Veranda, wo sie es zu einem wohlriechenden Stapel aufschichteten. Es hatte fast einen ganzen Sonntagvormittag gedauert, auch nur einen kleinen Teil des uralten Baumriesen wegzuschaffen. Das Holz sollte reichen, Dees offenen Kamin einige Jahre lang zu befeuern.

Der Junge war den ganzen Tag über schweigsam gewesen. Stiller als sonst? Mark hatte nie viel geredet, zumindest nicht mit seinen Eltern, mit seinen Freunden sicher mehr. Andererseits ließ der Lärm der Kettensäge kein Gespräch zu. Aber dennoch: Bei der gemeinsamen Arbeit hatte Mark mürrisch und verschlossen gewirkt. Box' Anweisungen hatte er umstandslos befolgt; das war nicht immer so, aber an diesem Tag kam keinerlei Widerspruch. Er tat genau, was Box gesagt hatte: sah sich vor und arbeitete effizient, wobei er Körperkräfte einsetzte, die er erst seit Kurzem besaß. Es hatte ein nettes Geplänkel zwischen ihnen gegeben, als sie die Schubkarre mit dem Holz beluden. Box versuchte sich zu erinnern, was der Witz gewesen war, doch es gelang ihm nicht.

Als der Pickup jetzt oberhalb der Obstplantage um die Kurve des zerfurchten Zufahrtswegs fuhr, kam das Haus in Sicht. Es stand auf einer Anhöhe, die Senke mit dem Bach lag dahinter. Das Haus war quadratisch und groß. Vor über hundert Jahren war es aus Hartholz und Steinen aus dem örtlichen Steinbruch erbaut worden. Für Box hatte es immer so gewirkt, als wäre es durch die Erosion langsam aus der Erde aufgetaucht und nicht auf dieser Erde gebaut worden. Die dicken Mauern zeigten das blasse Rot von Lehm, Rauputz mit leichten Noppen, die sich anfühlten wie die Zunge einer Katze.

Die Morgensonne hatte die Pappeln überstiegen und beschien nun das Haus. Selbst im Herbst stand die Sonne nicht tief genug, um unter das breite Vordach in die Zimmer zu scheinen. Eine Veranda umgab das Haus auf drei Seiten. Sogar an einem Regentag konnte man dort stehen und über die Rasenflächen auf die tiefer gelegenen Teile des Lands schauen, auf die Gewächshäuser und den hohen Schornstein und auf das Hafenbecken dahinter.

Dee musste den Wagen gehört haben, denn sie kam zur Tür; mit einem Geschirrtuch trocknete sie sich die Hände ab. Sie trug denselben braunen Pullover, den sie während der kalten Jahreszeit immer trug, so lange Box zurückdenken konnte. Er war ausgebeult und verfilzt und gehörte für ihn ebenso sehr zu ihr wie ihr langer grauer Pferdeschwanz und das dichte Netz von Sommersprossen auf ihren Handrücken.

Er hielt an den Eingangsstufen an und stellte den Motor ab. Er hatte noch nicht die Füße auf den Boden gesetzt, als Dee schon an seinem Hals hing. Er spürte das feuchte Geschirrtuch in seinem Nacken. Natürlich weinte sie.

»Es tut mir so leid, Box, so entsetzlich leid.«

Er legte die Arme um sie und fühlte die Wolle ihres Pullovers in seinen Handflächen, sie war so abgenutzt, dass ihr natürlicher Lanolingeruch verschwunden war. Ersetzt hatten ihn die Küchengerüche und der erdige Schweiß von Dee selbst. Box und Liz witzelten oft, dass der Geist jedes Apfels und jeder Birne, die Dee je eingekocht hatte, in dem Pullover herumspukte.

»Warum? Warum nur hat er eine solche Dummheit gemacht? Der Junge, der dumme Junge. Warum, Box?«

»Ich weiß es nicht, Dee.«

»Oh, der dumme, dumme Junge.«

Dee atmete schluchzend durch die Nase ein. Noch immer hielt sie Box fest in ihren Armen. So fest, dass er spürte, wie sich ihre Lungen füllten. Endlich trat sie einen Schritt zurück. Sie legte den Kopf in den Nacken und schaute in sein Gesicht hoch. Ihre Hände lagen noch auf seinen Unterarmen, die Tränen bildeten kleine Bäche in den tiefen Falten um ihre verschwollenen Augen. Sie schüttelte den Kopf.

»Es ist eine dumme Frage, aber wie geht es dir?«

»Ganz gut. Wie es einem unter diesen Umständen eben gehen kann.«

Dee zog die Augenbrauen hoch. »Nein, Box. Das ist nicht wahr.«

»Dee ...«

»Komm rein. Wir können nicht den ganzen Tag hier draußen stehen.«

Er ließ zu, dass sie ihn am Ellbogen die Stufen hinaufführte wie einen fünfjährigen Jungen. Der Name Whitecliffs stand in eine Messingplatte graviert an der Tür – Haus und Land waren ein und dasselbe. Sie traten durch die schwere Holztür unter dem Bogen aus rotem und blauem Farbglas hindurch in das stets halbdunkle Innere.

In dem breiten, vollgestopften Flur hatte sich seit seiner und Pauls Kindheit nicht viel verändert. Sie kamen an dem Kleiderständer vorbei, auf dem ganze Generationen von Mänteln, Regenhäuten und Hüten hingen. Manches davon war nie getragen worden, nicht mal von Großvater. Die alte Standuhr machte ihrem Namen alle Ehre und stand, daneben ein proppenvolles Bücherregal mit einem bunten Durcheinander von einstmals modernen Romanen, Kochbüchern und Lexika, dazu etwa dreißig Jahrgänge von *National Geographic* in gelben Stapeln.

Der Gedanke, irgendetwas, das ihr gehörte, wegzugeben, war Dee so fremd, wie Japanisch zu sprechen oder Obst im Supermarkt zu kaufen.

Box' Großvater hatte einen stummen Kampf gegen Dees Sammelwut geführt. Oft kam sie von irgendwelchen Flohmärkten zurück, das Auto bis unters Dach vollgepackt mit gebrauchten Büchern, Lampenschirmen, Brettspielen, Videos oder Möbeln – alles Sachen, die man »vielleicht mal brauchen könnte«, wie sie sagte. Nichts davon war je neu oder gar teuer gewesen.

Ein halbes oder ein Jahr später brachte Großvater heimlich so viel wie möglich davon wieder unter die Leute. Wenn er in die Stadt fuhr, lud er den Pritschenwagen Stück für Stück mit den Sachen voll und lieferte sie bei der Kirche oder der Heilsarmee ab. Meistens merkte Dee nichts davon. Box erinnerte sich, wie er Pop einmal aus dem Haus gehen sah, und aus der Tasche seiner Öljacke baumelten die Beine einer alten Puppe. Pop bemerkte seinen Blick und zwinkerte ihm zu.

Aber jetzt, ohne Pop, hatte Dees Sammelwut in den letzten zehn Jahren nur dazu geführt, dass die Sachen immer enger zusammengestellt wurden, um Platz für neue zu schaffen. Die letzten Neuerwerbungen wurden auf die vorigen platziert, wie Schichten einer Ausgrabungsstätte, die von der Archäologie erst noch entdeckt werden musste.

Dee führte Box durch das Gebirge von Gerümpel in die Küche. Auf dieser Seite des Hauses gab es keine Veranda, deshalb drang das Sonnenlicht nun allmählich durchs Fenster und schien auf das abgewaschene Geschirr neben dem Spülbecken und auf den rauen Dielenboden, der sich honiggelb färbte. Endlich gab sie seinen Arm frei.

»Ich mache uns einen Tee.«

»Danke, Dee.«

»Was ist mit deiner Hand passiert?«

»Nichts«, log er und bewegte die Finger. »Bin bei der Arbeit abgerutscht. Das wird wieder.«

Box sah ihr zu, wie sie eine bunt bemalte Blechdose nahm und sechs Löffel bitter riechende kohlschwarze Teeblätter achtlos in die Teekanne füllte. Sie goss das kochende Wasser darüber und drehte die Kanne dreimal auf dem Tisch.

Der süße Geruch von eingekochtem Obst erfüllte die Küche. Herbst war Kompott- und Marmeladenzeit – die Jahreszeit, in der seine ganze Kindheit hindurch wochenlang duftende Schwaden durch die Küche waberten und süße Wassertropfen die Scheiben herabrannen. Auch wenn sie jetzt nur noch für sich selbst zu sorgen hatte, verbrachte Dee nach wie vor viele Wochen im April und Mai damit, das reife Obst zu ernten und einzukochen. Von seinem Platz am Küchentisch konnte Box durch die halb geöffnete Tür in die Speisekammer schauen. Regalbrett über Regalbrett stand voller Einmachgläser mit Schraubdeckeln, das beinahe leuchtende Obst schwebte in seinem eigenen Saft. Die Gläser standen in Dreierreihen vom Boden bis zur Decke. Bei den von Pop in den alten Packschuppen eingebauten Regalen verhielt es sich ebenso – Kompott, so weit das Auge reichte. Dee besaß sogar eine Maschine, um Obst in Dosen zu konservieren. Wenn der Herbst zu Ende ging, hing nichts mehr an den Bäumen. Dee hatte einen gewissen Vollständigkeitswahn.

Sie goss den Tee ein, wobei sie die Blätter in einem Sieb auffing.

»Du nimmst immer noch keine Milch, oder?«, fragte sie.

»Nein.«

»Also dann.«

»Danke.«

Sie nahm einen Krug aus dem Kühlschrank und goss daraus Milch in ihre Tasse. Mit einer Familie weiter unten in ihrer Straße, die ein paar Kühe hatte, tauschte sie Milch gegen Kompott. Die Milch kam in einem Zinkeimer mit Holzdeckel. Sie war nicht pasteurisiert und vollfett, nach einer Nacht im Kühlschrank blieb morgens der Löffel aufrecht in ihr stehen. Klümpchen von weißem Milchfett schwammen auf Dees Tee. Sie nahm einen Schluck und seufzte traurig auf.

»Ich verstehe es einfach nicht, Box. Als ich ihn zuletzt gesehen habe, schien alles völlig in Ordnung zu sein.«

»Selbst Liz und ich hatten keinen Schimmer, dass es ihm schlecht ging. So schlecht.«

»Warum hat er das getan?«

»Ich weiß es nicht.«

»Ich habe ihn erst vor einer Woche gesehen.«

Er schüttelte den Kopf. »Es ist mindestens einen Monat her, dass wir bei dir waren.«

»Nein, das war danach. Er hat mich besucht, für ungefähr zwei Stunden.«

»Wann?«

»Mein Gedächtnis … Anfang letzter Woche, glaube ich. Montag oder Dienstag.«

»Davon hat er uns nichts erzählt. Wie war er?«

»Sehr still. Eine Zeit lang ist er allein bei den Gewächshäusern herumgegangen. Als er wiederkam, habe ich ihm etwas zum Mittagessen gemacht, nur ein Schinkensandwich. Ich habe versucht, mich an alles zu erinnern, worüber wir gesprochen haben. Er hat von dem Mädchen geredet, mit dem er zusammen war.«

»Saskia.«

»Sie hatte Schluss gemacht.«

»Mit uns wollte er nicht darüber reden.«

»Glaubst du, er hat es deshalb getan? Weil sie Schluss gemacht hat?«

»Ich weiß nicht, das allein kann es nicht gewesen sein.«

»Ich muss immer denken, wenn ich ihm ein bisschen mehr hätte helfen können ...« Ihre Augen wurden feucht, sie wischte sie mit dem Ärmel ab.

»Lass, Dee. Du machst dich damit nur verrückt.«

»Entschuldige.«

»Du musst dich nicht entschuldigen. Schon gut. Was hast du also zu ihm gesagt?«

»Ohhh, irgendwas wie Mädchen gibt's wie Sand am Meer, nichts Kluges oder Tiefsinniges. Ich habe ihm erzählt, dass ich auch mit einem Jungen gegangen bin, als ich noch viel jünger war, Nicholas Turner. Er war mit meinem Bruder Brian befreundet. So haben wir uns kennengelernt. Ein netter Junge, sehr zuvorkommend und attraktiv. Damals habe ich mir sogar eingebildet, ihn zu lieben.«

»Davon habe ich noch nie gehört.«

Sie schaute auf ihren Tee, in dem die Milchflocken wie Eisberge herumschwammen. »Ich denke kaum mehr daran. Lange her. Da war ich gerade mal siebzehn.«

»Warum hast du diesen Nicholas nicht geheiratet?«

»Er ist mit dem Fahrrad in die Straßenbahnschienen geraten und gestürzt. Ein Auto hat ihn überfahren. Zum Glück ist mein Vater damals ans Telefon gegangen.«

»Er ist gestorben?«

»Nein. Aber er war schwer verletzt, besonders am Kopf. Ich habe ihn zu Hause besucht, als er aus dem Krankenhaus kam. Seine Eltern hatten ein großes Haus am Park, ich glaube, sein Vater war im Stadtrat. Ich erinnere mich, dass ich ziemliches Herzklopfen hatte, als ich reinkam. Wir waren zwar nicht verlobt oder so, nicht offiziell zumindest. Seine Mutter sah total fertig aus. Sie brachte mich die breite Treppe in Nicholas' Zimmer hoch. Dort war's dunkel, nur durch einen schmalen Spalt zwischen den Vorhängen kam ein bisschen Licht. Ich stand an seinem Bett, und er rollte seinen Kopf auf dem Kissen hin und her, sein Schlafanzug war oben nass vom Sabber, der ihm aus dem Mund lief. Er konnte nicht mehr reden, vermutlich nicht mal aufstehen. Ich bin nur ein paar Minuten geblieben und nie mehr hingegangen.«

Jetzt war es an Box, den Inhalt seiner Tasse zu betrachten. »Tut mir leid.«

»Braucht es nicht. Knapp einen Monat später habe ich beim Tanzen deinen Großvater kennengelernt. Ein halbes Jahr danach haben wir geheiratet, und ich bin hierhergezogen. Vermutlich habe ich deshalb Mark diese Geschichte erzählt – auch wenn es mal ziemlich düster aussieht, wendet sich doch alles wieder zum Besseren.«

Box wusste, dass Dee falschlag. Ihre Maxime stimmte vielleicht für Backfische. Aber was Mark passiert war ... was er sich angetan hatte, daran war nichts, was irgendwie hätte besser werden können. Er war für immer gegangen. Etwas ganz Fundamentales war herabgestürzt und hatte das Leben der Zurückgebliebenen zersplittert. Das konnte nie wieder gekittet werden.

Box hob die Tasse zum Mund. Der scharfe Geruch der Teeblätter stieg ihm in die Nase. Dee mochte ihren Tee möglichst stark. Er schmeckte wie Galle.

»Hast du vielleicht ein bisschen Zucker?«

Seine Großmutter hob die Brauen. Für eine Frau, die tonnenweise Zucker zum Einkochen verwendete, war sie überraschend streng, wenn es um Tee ging. Widerwillig holte sie eine Zuckerdose aus dem Schrank. Box nahm zwei gehäufte Löffel.

»Wie geht es dir wirklich, Box?«

Er wollte der Frage ein zweites Mal ausweichen. »Wie betäubt, würde ich sagen. Wir beschäftigen uns mit dem ganzen organisatorischen Kram.«

»Das hilft vermutlich eine Zeit lang.«

»Wir kriegen ständig Besuch und haben inzwischen mehr Muffins und Scones im Haus als die meisten Cafés.«

»So ein Ereignis rüttelt die Leute auf und erinnert sie daran, dass sie nicht allein auf der Welt sind.«

Abrupt stand sie auf, die Tasse in der Hand. »Komm ins Musikzimmer, Box. Ich will dir etwas zeigen.«

»Meinetwegen.«

Vorsichtig trug er seine Tasse und Untertasse vor sich her und folgte ihr aus dem Sonnenlicht der Küche ins dunkle Innere des Hauses.

Der Raum links an der Vorderseite des Hauses wurde Musikzimmer genannt wegen des Flügels seiner Urgroßmutter, der immer noch dort stand. Es sprach für die Größe des Raums, dass der Flügel ihn keineswegs dominierte. Das lag zum Teil an der Deckenhöhe des gesamten Hauses von gut vier Metern. Der riesige offene Kamin bestand aus Blöcken von weichem Vulkangestein, die von den Klippen beim Hafen stammten. Die breiten Dielen des Bodens waren aus demselben Holz wie in der Küche, nur verschwanden sie hier fast ganz unter Teppichen, die teilweise übereinanderlagen und weder farblich noch von den Mustern her zueinander passten – Dees Flohmarktbeute und Teppiche, die seit dem Bau des Hauses hier lagen.

Im Musikzimmer befand sich auch der größte Teil von Dees Büchern. Wenn sie sich gerade nicht mit ihrem Obst beschäftigte, las sie. Überall im Zimmer waren Bücher verstreut. Sie standen oder lagen in den Regalen und auf dem Kaminsims, weitere Stapel besetzten die Fensterbretter oder türmten sich auf dem Boden vor den Fußleisten. Bücher sahen unter den Kissenbergen auf dem Sofa hervor wie zusammengerollte Katzen.

Box trat ans Klavier und schlug drei Tasten an. Er konnte nicht spielen, ebenso wenig wie Dee, die höchstens den Flohwalzer zusammenbrachte. Pop spielte Klavier, seine Mutter, Box' Urgroßmutter, hatte es ihm an genau diesem Flügel beigebracht. In Box' Kindheit war das Haus oft von Klaviermusik erfüllt gewesen. Zu ungewöhnlichen Zeiten, früh am Morgen oder spätnachts, wenn er schon im Bett lag und seine Gedanken undeutlich zwischen Traum und Wachen pendelten. Wenn im Sommer die großen Schiebefenster hochgezogen wurden, ergoss sich Pops Klavierspiel auf den Rasen vor dem Haus und floss manchmal bis zu den Gewächshäusern unten an der Flussbiegung hinab.

Paul hatte mit zehn, zwölf Jahren eine Zeit lang Klavier gelernt und es unter Pops ruhiger Anleitung sogar zu einem gewissen Niveau gebracht. Doch er hatte keine wirkliche Leidenschaft für das Instrument entwickelt und eines Tages einfach aufgehört, Pop um Stunden zu bitten. Seine Kenntnisse schwanden rasch dahin. Box hatte sich nie für musikalisch gehalten und höchstens mit einem Finger auf den Tasten herumprobiert, wenn niemand in der Nähe war. Er war weit mehr daran interessiert, herauszufinden, wie das Ding funktionierte. Ein Finger auf der Taste hier hob den Hammer im Inneren dort und brachte die straffen Saiten hier zum Schwingen. Doch er hatte nie das Bedürfnis verspürt, auf dem Ding spielen zu können. Schon als Junge hatte er sich gut genug gekannt, um zu wissen, dass er draußen besser aufgehoben war, dass seine Finger eher dazu geeignet waren, etwas zu reparieren oder zu bauen.

Dee war zum Kamin gegangen. Box sah, dass sie die dicke Familienbibel herunternahm. Mit beiden Händen trug sie sie zum Sofa herüber.

»Komm her, setz dich zu mir.«

Er tat, wie ihm geheißen.

»Hier, nimm.«

Das Buch lag auf seinen Oberschenkeln, schwer wie ein Block durchweichtes Holz, das man aus dem Hafen gezogen hatte.

»Ich möchte, dass du dir die Bibel gründlich anschaust.«

»Ich kenne sie doch schon, Dee.«

»Dann schaust du sie dir jetzt eben noch mal an.«

Die massive kupferne Schließe zeigte eine grüne Patina an den Rändern. Dee beugte sich über ihn und öffnete sie. Sie schlug die erste Seite auf. Trotz der Schwere des Bandes waren die einzelnen Seiten dünn und rochen trocken und staubig.

Box kannte die Geschichte. Die Bibel war mit dem ersten Saxton und seiner Frau aus England gekommen, um die Mitte des neunzehnten Jahrhunderts, ans genaue Datum konnte Box sich im Moment nicht erinnern, ebenso wenig an den Vornamen des Mannes. Die Details waren im Erinnerungsnebel verblasst.

Box blätterte langsam in dem Buch, heuchelte Interesse, fragte sich aber in Wirklichkeit, warum Dee ihre Zeit damit vergeudete, ihm das noch einmal zu zeigen, ausgerechnet jetzt. Dee lehnte sich an ihn, ihr süßlicher Geruch umhüllte ihn von Neuem.

»Nein, blättere zurück. Ja, hier ist es. Pops Urgroßvater Augustus. Er kam 1849 hierher. Er ist in Surrey aufgewachsen und dann mit einem Schiff namens ›Getty‹ um die halbe Welt gesegelt, um hierherzukommen.«

In dem schwachen Licht, das durch die hohen Fenster drang, musste Box seine Augen anstrengen. Die Handschrift war klein, regelmäßig und völlig unleserlich. Dee musste sie sehr genau studiert haben, denn sie schaute nicht auf das Blatt, als sie sprach. Ursprünglich waren die ersten sechzehn Seiten leer gewesen, doch über die Jahrzehnte hatten sie sich mit Familiennamen gefüllt. Einen richtigen Stammbaum gab es jedoch nicht. Stattdessen hatte jeder Nachkomme des ersten Siedlers Augustus, jede Generation und jede Familie, sich auf den Seiten Platz verschafft, alle hatten sich hineingedrängt, um ihre Existenz zu proklamieren.

Die Namen wurden hingekritzelt, wenn Kinder geboren wurden. Oder wenn Leute starben – bei Unfällen, an Krankheiten oder an der guten alten Altersschwäche. An den Rändern jeder Seite gab es Kommentare und Hinzufügungen in hellerer oder dunklerer Tinte und in einer Vielfalt von Handschriften, von großen runden Buchstaben bis zu kleinen unentzifferbaren Kritzeleien.

»Sein voller Name steht hier: Augustus Edward Saxton. Seine junge Frau ist auf der Reise bei der Geburt ihres ersten Kindes gestorben. Mutter und Kind wurden auf See bestattet.«

»Das weiß ich doch, Dee. Du hast es Paul und mir oft genug erzählt, als wir klein waren.«

»Kannst du nicht einfach mal zuhören, Box? Hör auf, hier den Chef zu spielen.«

»Das tue ich doch gar nicht.«

Sie seufzte wie ein Kind in einer Schultheateraufführung. »Schau dir einfach mal das an.« Sie griff über die Armlehne des Sofas und nahm eine Plastiktüte hoch, die sie offenbar dort bereitgestellt hatte. Sie zog einen Stapel sepiafarbener Fotografien heraus. Teils Originale, die Box schon mal gesehen hatte, teils Abzüge auf neuem Fotopapier.

»Wo hast du die her?«

»Ich habe viel Zeit darauf verwendet, mehr über die Saxtons zu erfahren und über dieses Haus. Ich bin einer genealogischen Gesellschaft beigetreten. Es ist schon erstaunlich, was man im Internet alles rausfinden kann.«

»Im Internet?«

»Ian Jenkins lässt mich den Computer der Schulbibliothek benutzen. Die haben einen Breitbandanschluss.«

Die Vorstellung, dass Dee im Netz surfte, ließ Box den Kopf schütteln; er wäre nicht überraschter gewesen, wenn sie mit Stabhochsprung angefangen hätte. Er konnte sich ihre sonnengegerbten Hausfrauenhände nicht auf einer Tastatur oder einer Maus vorstellen.

»Warum?«

Sie antwortete nicht, sondern nahm eine Fotografie von dem Stapel und hielt sie ihm hin. »Das ist Augustus.«

Augustus posierte für die Kamera, mit Stoppelbart und steif wie ein Besenstiel; er wirkte auf Box, als wäre er überall sonst auf der Welt lieber gewesen als in diesem Fotoatelier. Der dunkle Anzug, den er trug, musste wohl sein bester sein – vermutlich hatte er in ihm schon geheiratet, vielleicht wurde er auch darin begraben. Trotz des Barts nahm Box an, dass der Mann auf dem Foto erst Mitte zwanzig war; soweit er das beurteilen konnte, gab es keinerlei Familienähnlichkeit, weder mit ihm noch mit Paul und ganz sicher nicht mit Pop.

Dee redete noch immer, sie hielt ihm fast einen Vortrag. Er wünschte, sie käme endlich auf den Punkt. »Es gibt kein Foto seiner ersten Frau, derjenigen, die auf der Überfahrt gestorben ist. Wir kennen nur ihren Namen: Helen. Hier aber, ziemlich oben auf der Seite, steht, dass er keine zwei Jahre nach der Ankunft hier wieder geheiratet hat, diesmal eine Frau namens Jessie Wells, die jüngste Tochter des Fleischers im Hafen. Augustus war damals erst dreiundzwanzig. In dem Alter schon auf der anderen Seite der Erde ohne seine Eltern zu leben, Witwer und zum zweiten Mal verheiratet zu sein, das macht einen in der heutigen Zeit doch ziemlich nachdenklich.«

Nein, dachte Box, neunzehn und bereits tot. Das macht einen ziemlich nachdenklich. Auf einmal versetzte es ihn in Wut, wie die alte Frau darauf bestand, dass er hier saß und ihrem Geschwätz über ihr neues Hobby zuhörte. Er war hierhergekommen, um – seine Gedanken gerieten ins Trudeln –, aus irgendeinem Grund. Ganz sicher aber nicht wegen einer Geschichtsstunde. Er legte das Foto aufs Sofa.

»Wieso zeigst du mir das, Dee?« Sogar für seine eigenen Ohren klang seine Stimme hart.

Die alte Frau wandte sich zu ihm und sah ihm ins Gesicht. »Wieso zieht ihr, Liz, Heather und du, nicht hierher? Kommt nach Whitecliffs!«

Schon bevor sie zu Ende gesprochen hatte, war Box aufgestanden. Er schüttelte entschieden den Kopf. »Nein.«

»Box!«

»Um Gottes willen, Dee!« Er holte tief Luft und setzte noch einmal an. »Jetzt ist wirklich nicht der richtige Moment, um über so etwas zu reden. Mark ist erst einen Tag tot!«

»Ich glaube, es ist genau der richtige Moment.«

»Dee, bitte!«

»Gibt es einen besseren Moment, um über die Zukunft der Familie nachzudenken?«

»Wir fühlen uns ganz wohl dort, wo wir sind.«

»Quatsch, Box. Du weichst mir aus. Ich will, dass du mir zuhörst.«

»Genau das tue ich doch.«

»Ich habe dich beobachtet. Die letzten Jahre haben dich ganz schön verändert.«

»Es geht mir gut.«

»Hierher zurückzuziehen würde dir guttun, besonders jetzt.«

»Nein.«

»Wenn du Whitecliffs nicht übernimmst, wird alles einfach verkauft werden, wenn ich sterbe.«

»Du stirbst nicht.«

»Schön. Dann bin ich die Erste, die das schafft.«

»Du verstehst schon, wie ich das meine. Du bist so fit, wie man nur sein kann.«

»Eines Tages wird das alles hier verkauft werden, und dann bleibt dir nichts außer dem Geld.«

»Tatsächlich könnte ich das Geld zurzeit gut brauchen.«

»Ich spreche von deinen Wurzeln hier, Box. Geld ist doch nicht wirklich wichtig.«

»Sag das meinen Gläubigern.«

»Vier Generationen von Saxtons haben in dieser Bucht gewohnt, drei davon in diesem Haus. Ist mir egal, ob du der reichste Mann der Welt bist, man kann diese Verbundenheit mit einem Ort nicht kaufen.«

Box trat einen Schritt zurück. Dees Stimme hatte einen fast fanatischen Ton. Auf ihrem Sofa zu sitzen, umgeben von ihren Fotografien und Familiengeschichten, war in diesem Augenblick einfach zu viel für ihn. Er ging zum Kamin mit dem weit vorspringenden Sims, der wie durch Zauberei frei im Raum zu schweben schien. Mit der flachen Hand strich er über den leicht rosafarbenen Stein, der so weich war, dass grober Staub an seinen Fingern hängen blieb. Er beschloss, rein rational zu argumentieren.

»Ich könnte aus dem Land nichts herausholen, Dee. Man verdient kein Geld mehr mit Tomaten, nicht auf diesem Level.«

»Wer spricht denn von Tomaten? Ein Stück weiter gibt es eine Pflanzenzucht auf deutlich weniger Land. Die verkaufen Taglilien übers Internet. Und die Hillarys produzieren Schnittblumen für Supermärkte in Gewächshäusern, die gerade mal halb so groß sind wie die, die bei uns leerstehen. Andere hier experimentieren mit Spargel, Feigen und sogar Maronen.«

Box stellte sich vor, wie er Reihen schneeweißen Gipskrauts abschritt oder klebrige Feigen erntete. Er schüttelte den Kopf. »Nein, Dee. Paul hätte das vielleicht gemacht, aber ich bestimmt nicht.«

»Paul ist aber nicht hier, oder täusche ich mich?«

»Nein, er ist nicht hier!« Box schrie sie an.

Dee ließ sich so tief in die Sofapolster sinken, dass sie zu schrumpfen schien.

»Entschuldige bitte«, sagte Box.

»Wenn du das Land nicht übernimmst, wer dann? Sicher wird es irgendein Bauträger kaufen.«

Box machte sich nicht die Mühe, ihr zu erklären, dass das nur halb stimmte. Wenn die Banken erst mal ihren panischen Würgegriff um Kredite lockerten und die Zinsen wieder auf ein vernünftiges Niveau zurückkamen, würden die paar Bauträger, die es dann noch gab, sich um jedes

Stück dieses Landes prügeln. Als er noch Häuser baute, um damit Geld zu verdienen, wäre er vielleicht selbst auf die Idee gekommen. Whitecliffs, das waren fünfzehn Hektar sanft geschwungenen Landes mit Meerblick und viel Sonne. Der feuchte Traum jedes Immobilienhais.

Er wusste genau, wie man es machen musste. Ein gerissener Investor würde eine Schranke bauen und das Ganze Community nennen und nicht etwa Bau- oder Erschließungsprojekt, eine Zuflucht für die Reichen nach dem Arbeitstag in der Stadt. Eine Dreiviertelstunde Fahrt im Range Rover mit beheizbaren Sitzen war nicht unbedingt eine Tortur. War Whitecliffs erst einmal verkauft, hatte es etwa die Chance eines Schneeballs in der Hölle, zu einer Pflanzenzucht oder Gärtnerei zu werden.

»Tut mir leid, Dee, aber ich muss jetzt gehen, bin gleich mit dem Pfarrer an der Kirche oben verabredet.« Nicht alles daran war gelogen. Nur das »gleich«.

»Bitte denk darüber nach, Box.«

»Klar, mache ich.«

Damit wollte er sie nur bei Laune halten. In Wahrheit sah er sich keineswegs hier leben und seinen Lebensunterhalt erwirtschaften. Doch fehlte ihm momentan die Kraft, sich zu überlegen, warum das so war. Er wusste nur, dass er sich auf das unmittelbar vor ihm Liegende konzentrieren musste, auf die praktische Seite, die oberflächlichen Aspekte. Selbst wenn diese Oberfläche gerade zerbröselte.

Dee erhob sich mühsam von dem niedrigen Sofa. Sie versuchte ihm die Bibel zu geben, hielt sie mit gestreckten Armen vor ihn hin.

»Ich möchte, dass du sie mitnimmst und dir zu Hause genau anschaust.«

Er wusste, dass es sinnlos war, mit ihr zu streiten, wenn sie diesen Gesichtsausdruck hatte. »Gut. Danke.«

Sie folgte ihm bis zu seinem Pickup. Als er in der Einfahrt stand, spürte er das Sonnenlicht wohltuend auf Gesicht und Händen. Er zog Dee mit einem Arm an sich, im anderen hielt er die Bibel. Als sie ihn endlich losließ, musste er den Blick von ihrem verwüsteten Gesicht wenden. Er klemmte sich hinters Steuerrad, die Bibel lag wie ein schwerer Betonblock auf dem Beifahrersitz. Er kurbelte das Fenster herunter.

»Bis Mittwoch bei der Beerdigung. Ich hole dich ab, und wir fahren zusammen zur Kirche.«

»Als du ein Kind warst, hast du nie geweint, wenn du dir wehgetan hattest. Erinnerst du dich?«

»Bestimmt habe ich manchmal geweint.«

Sie schüttelte den Kopf, der Pferdeschwanz flog um ihre Schultern. »Ganz egal, wie schlimm der Kratzer oder die Wunde war, du hast nicht geweint. Nie. Aus Stolz.«

Box drehte den Zündschlüssel, und der Motor sprang stotternd an. »Ich erinnere mich nicht daran, Dee. Jetzt muss ich aber wirklich los.«

»Okay.« Und dann fügte sie hinzu: »Mein armer Junge.«

Sie streckte den Arm durchs Fenster und strich ihm über die Wange. Ihre Hand war trocken und warm, wie die Seite eines Buches, das lange in der Sonne gelegen hatte. »Mein armer Junge«, wiederholte sie.

Als Box wegfuhr, war er immer noch nicht sicher, wen sie gemeint hatte, Mark oder ihn.

9

Box fuhr bis ans Ende der langen Auffahrt und hielt dann gegenüber der Einfahrt an der Hauptstraße an. Er stellte den Motor ab und blieb einfach sitzen, allein und schweigend, die Hände noch immer auf dem Lenkrad. Ein paar Autos fuhren vorbei. Und dann waren nur noch der Wind in den Pappeln am Feldrain unterhalb der Straße und das verschwommene Zwitschern unsichtbarer Vögel zu hören.

Tatsächlich war er erst in einer Stunde mit dem Pfarrer verabredet. Er hatte Dee nicht gern angelogen, aber er musste einfach weg von ihr. Er hatte diese Versuche seiner Großmutter, in seine Gefühlswelt einzudringen, schon immer gehasst, seit seiner Kindheit. Dee war wie dieser Akupunkteur, zu dem ihn Liz einmal wegen seiner ständigen Genickschmerzen geschickt hatte. Dee kannte die Stelle genau, wo sie ihre Nadeln einstechen musste. Und jetzt wollte sie, dass er wieder in ihr Haus zog. Da konnte sie lange warten.

Ohne den Wagen abzuschließen, ging Box zurück, an dem roten Briefkasten vorbei und dann auf direktem Weg durch die Obstplantage. Noch immer hingen Birnen an den Bäumen, und zu seiner eigenen Überraschung fiel ihm der Name der Sorte ein: Taylor's Gold. Bis April waren sie grün und hart wie Stahlkugeln. Ungewöhnlich viele Früchte lagen auf dem Boden. Offenbar war es sogar für Dee zu viel gewesen, alle zu ernten. Vielleicht hatte aber auch ihre neue

Begeisterung für Internetrecherche zu viel Zeit gekostet. Oder sie wurde einfach alt. Box stieg der süßliche Fäulnisdunst in die Nase. Er sah Wespen in den ausgehöhlten Schalen der verfaulenden Früchte herumkriechen. Wenn er zu nahe kam, hörte er ihr warnendes Brummen.

Die gesamte Plantage musste auf Vordermann gebracht werden. Hie und da war Feuerbrand zu sehen, auch Blattläuse hatten sich ausgebreitet. Mindestens eine Woche lang musste ausgeholzt werden. Einige Bäume, etwa der dort drüben, mussten sogar gefällt werden. Dee hatte recht. Auch wenn er ihr entgegengehalten hatte, sie sei fit wie ein Turnschuh, wusste er doch, dass sie nachließ. Sie hatte nicht mehr alles im Griff und würde nicht ewig leben.

Box hatte ein paar Monate zuvor in ihrem Medizinschränkchen herumgeschnüffelt und verschreibungspflichtige Medikamente gefunden, Coumadin und ein paar starke Schmerzmittel. Er kannte Dee gut genug, um zu wissen, dass es sinnlos war, sie danach zu fragen. Sie würde ihn informieren, wenn sie die Zeit dazu für gekommen hielt. Vermutlich bedeutete das, nie. Sagte er ihr auf den Kopf zu, was er wusste, gäbe es nur Streit.

Er ging durch die Obstplantage in den Gemüsegarten. Wegen der hohen Lorbeerhecke konnte Dee ihn vom Haus aus nicht sehen. Pop hatte aus Ziegelsteinen sechs große Hochbeete gebaut und dann Jahre damit verbracht, den richtigen Boden aufzubauen. Er hatte seine eigene patentierte Mischung von Pferdedung, Knochenmehl und Kompost aus den drei Haufen an der Grundstücksmauer. Er holte sich Sand vom Strand und fügte ihn in sorgsam abgemessenen Dosen hinzu. Gern erzählte er die Geschichte, er habe eines Winters mal eine Gartenschaufel in einem der Gemüsebeete verloren. Im nächsten Frühjahr sah er dort einen Busch wachsen, der dann im Sommer ein paar glänzende neue Gartenschaufeln trug. So gut war sein Boden.

»Und als deine Großmutter sie gekocht hatte, waren die Gartenschaufeln erstaunlich lecker.«

Eine Pointe auf eine Pointe. Box hatte die Geschichte mindestens ein halbes Dutzend Mal gehört, und nie hatte der alte Mann dabei auch nur eine Miene verzogen. Das machte sie so komisch. Nicht der Witz selbst, sondern die trockene Art, wie Pop ihn erzählte.

Aber eines stimmte daran: Diese Beete brachten so ziemlich den besten Mais hervor, den Box je gegessen hatte. Und dasselbe galt für Salat und Blumenkohl und Bohnen und Brokkoli und Rote Bete und Kartoffeln und Kürbisse mit den Ausmaßen von Sitzsäcken. Gut, Letzteres mochte übertrieben sein, aber nur ein bisschen. Dee machte eine fantastische Kürbissuppe daraus, mit der Farbe der Sonnenuntergänge auf französischen impressionistischen Gemälden.

Box bemerkte, dass eine Harke im Boden steckte, wo Dee offenbar nach Kartoffeln gegraben hatte. Er zog sie heraus und wischte mit der Hand die Erdklumpen von den Zinken. Wenn die Harke im Regen draußen blieb, würde sie rosten. Es wäre schade um das gute Gartengerät mit dem glatt polierten Eichenstiel. Der Geräteschuppen lag unterhalb der Hochbeete. Box ging mit der Harke dorthin und öffnete die Tür. In dem halbdunklen Raum roch es nach Leinöl und getrocknetem Pferdedung und Knochenmehl. Box füllte seine Lungen mit diesem vertrauten Geruch.

Pops Gartengeräte hingen an der Rückwand des Schuppens. Eine Werkbank mit Schraubstock stand unter dem schmutzverkrusteten Fenster. Box lehnte die Harke gegen die Wand und zog eine leicht klemmende Schublade auf.

Sie war voller Samentüten, die sein Großvater sorgfältig beschriftet hatte. Box' Erinnerungen an ihn kreisten oft darum, wie sie gemeinsam in den Tomatenreihen gearbeitet hatten oder wie Pop den widerspenstigen Traktor zähmte. Als Kind schon hatte Box verstanden, dass ein großer Teil der Arbeit darin bestand, die Maschinen am Laufen zu halten, damit unter dem Gewicht der Jahreszeiten nicht alles zu Schrott zerfiel. Entropie. Das war ein Begriff, über den Box erst unlängst gestolpert war – als er nämlich Heather bei einer Biologiehausarbeit half –, aber er hatte ihm sofort eingeleuchtet. Sein Großvater hatte sein ganzes Leben damit verbracht, gegen die natürliche Tendenz der Dinge zu Zerfall und Chaos anzukämpfen. Das Transportband im Packschuppen stand immer kurz vor dem Kollaps, die Zäune hingen durch, die Wetterschenkel an der Rückseite des Hauses faulten. Selbst die Tomaten zeigten eine Tendenz zum Chaos, sie sogar besonders. Sie wollten einfach nicht in geraden Reihen wachsen. Die Ranken hingen herunter und verdrehten sich und schienen sich über jede Pflanzenkrankheit zu freuen und jeden Schädling zu begrüßen, der des Weges kam. Das Unkraut zwischen ihnen gedieh prächtig und musste ständig herausgerissen werden.

Box betrachtete die Geräte, die noch an der Schuppenwand hingen. Viele fehlten. Sein Großvater hatte für jede Arbeit das passende Werkzeug gehabt. Als er klein war, hatte er nicht begriffen, warum sein Großvater um jedes Werkzeug an dieser Wand mit einem dicken schwarzen Filzstift dessen Kontur gemalt hatte. Er hatte geglaubt, es wären die Schatten eines Hammers, einer Säge oder eines Stemmeisens, die zurückblieben, wenn Pop diese Dinge benutzte. Vermutlich hatte er diese Vorstellung aus *Peter Pan*, was Dee ihm damals vor dem Einschlafen vorlas. Er schaute jetzt auf die schwarzen Markierungen, sie waren verblasst, aber noch immer sichtbar. Eingehüllt vom Geruch nach Leinöl und Erde, blieb er lange stehen und starrte auf diese Wand verlorener Schatten.

Der Bach verlief am Grund einer Rinne, die wie ein Axthieb in ihr Land schnitt. Trauerweiden waren irgendwann zwischen die Farnbäume und die anderen einheimischen Pflanzen gesetzt worden. Box trat in den kühlen Schatten der Bäume und kletterte den Abhang zum Bachbett mit seinen rundgeschliffenen Steinen hinab. Er stand an einem tiefen Becken, dessen Wasser die Farbe zu lange gezogenen Tees hatte – nicht mal der von Dee war so dunkel. Box konnte nicht auf den Grund sehen. In seiner Kindheit hatte es dort Aale gegeben, wahrscheinlich auch jetzt noch. Vielleicht waren es sogar dieselben; Aale konnten sehr alt werden. Sie wären jetzt nur größer. Er konzentrierte den Blick auf das Wasser am jenseitigen Rand des Beckens, wo Farne über den Bach hingen, doch er sah keine dunklen Schatten hin und her flitzen.

Box und Paul war streng verboten worden, die Aale in dem Bach zu jagen. Andere Kinder hatten immer wieder damit angegeben, wie viele Aale sie mit ihren Speeren erlegt hatten, doch Pop hatte die Vorschrift erlassen, dass man nur töten durfte, was man essen wollte. Und Aale wollten sie auf keinen Fall essen, diese schleimigen Riesenwürmer, die sich von Unrat ernährten und Entenküken verschlangen.

Paul hatte immer gesagt, dass Pop das nicht ernst meinte, bis zu dem Tag, als sie mit einer Schleuder oben am Wassertrog waren. Sie hatten sie am Morgen im Geräteschuppen gebastelt. Der Y-förmige Rahmen bestand aus drei geklauten Metallkleiderbügeln, die sie im Schraubstock zusammengedreht hatten, dann klebten sie Isolierband in einer dicken Schicht um den Griff. Das Gummiband zwirbelten sie aus einem mehrfach geflickten Fahrradschlauch zusammen. Als Munition nahmen sie verrostete Schraubenmuttern.

Als der Ältere beanspruchte Paul, zuerst zu schießen. Box schaute ihm zu bei seinen vergeblichen Versuchen, Vögel zu treffen, zumeist Spatzen. Ein Fehlschuss nach dem anderen. Nach einem Dutzend Fehlschüssen gab er verärgert auf.

»Das Scheißding funktioniert nicht, es schießt nicht geradeaus.« Er gab Box die Schleuder.

Box sah eine Amsel auf einem Zaunpfahl, zielte und schoss. Der Vogel zuckte zusammen und fiel nach hinten.

»Du hast ihn getroffen«, sagte Paul ungläubig.

Sie gingen hin, und Box stieß den Vogel mit dem Fuß an. Offensichtlich war er tot. Jetzt im Gras wirkte er viel kleiner als auf dem Pfosten. Ein paar schwarze Federn lagen neben ihm. Der Schnabel stand offen, und ein wenig Blut lief aus einem halb geöffneten Auge.

Genau da erschien Pop. Sie hatten ihn nicht den Hügel heraufkommen sehen. Auf einmal stand er vor ihnen. Er schimpfte nicht und schrie sie nicht an, doch er sah bedrohlich aus. Mit leiser Stimme erklärte er ihnen, was geschehen würde. Und zeigte die Alternativen auf.

Pop stand über sie gebeugt, während Paul und Box abwechselnd den Vogel rupften. Als sie damit fertig waren, gab Pop Box sein gutes Jagdmesser.

»Warum muss ich das tun?«

»Du bist der, der ihn getötet hat.«

Box hielt den Körper des Vogels gegen den Zaunpfahl und drang mit dem Messer unterhalb des geschwollenen Kropfs in den Vogel ein. Er spürte, wie zerbrechlich die

Knochen waren und wie dünn die Muskeln. Die Eingeweide waren noch immer warm, sie ließen sich nicht leicht herausnehmen, Box musste mit dem Finger nachhelfen. Er kratzte sie heraus und ließ sie ins Gras fallen. Kopf und Krallen schnitt er ab.

Am Abend kochte Dee den Vogel und servierte ihn auf Kartoffelpüree. »Das reicht gerade für euch beide«, sagte sie dazu. »Wir wollen euch nichts von eurem leckeren Essen wegnehmen. Zumal ihr es selbst gejagt und erlegt habt.« Die Großeltern wären mit Lammfleisch zufrieden, sagten sie. Box und Paul durften nicht vom Tisch aufstehen, bis sie alles aufgegessen hatten. Das war eine der längsten Mahlzeiten seines Lebens gewesen.

Jetzt grinste Box reumütig. Nach diesem Abendessen war die Aalpopulation so sicher wie eine geschützte Tierart.

Er sprang über den schmalen, weiß schäumenden Bach und die algenüberzogenen Steine hinweg ans andere Ufer und kletterte den Abhang hoch. Er stieg über den herunterhängenden Weidezaun und in der Sonne weiter den steilen Hügel hinauf. Das Gras war höher, als er es je gesehen hatte. Dee hielt keine Schafe mehr, es gab nicht mal eine Ziege, um Gras und Unkraut niedrig zu halten, und die Pfade, die das Vieh benutzt hatte und denen er früher den Berg hinauf folgen konnte, waren seit Jahren überwuchert.

Der Abhang wurde immer steiler, und nach zehn Minuten Kletterei war Box außer Atem. Er blieb stehen und wandte sich um. Das war nicht der höchste Punkt der Farm – der Kraterrand lag noch ein ganzes Stück über ihm, doch von hier aus hatte er einen freien Blick.

Er sah das Haus und dahinter drei große Gewächshäuser, in denen Pop Tomaten gezogen hatte, seit seinem Tod standen sie leer. Die fetteste und vornehmste von Dees drei Katzen stolzierte mit erhobenem Schwanz über den Rasen am Haus. Von hier oben konnte er alles sehen: die Obstplantage und den Gemüsegarten, die Felder, auf denen Generationen von Saxtons Tomaten, Salat und einmal sogar Karotten für den Markt in der Stadt geerntet hatten; den Bach, der wie eine dunkle Narbe das Land durchschnitt.

Box kam die Fotografie von Randall, Augustus' ältestem Sohn, in den Sinn. Seit Box' Kindertagen, so lange er denken konnte, hing sie bei Dee im Flur. Sie war eines der Dinge, mit denen Box sein ganzes Leben verbracht hatte; sie war ihm so vertraut wie die Muttermale auf seinen Armen, so selbstverständlich, dass er sie nicht mehr sah. Doch jetzt, hier oben am Rand des Lands, dachte er an diese Fotografie.

Randall ist darauf noch ein junger Mann, breitschultrig und muskulös geht er hinter zwei Zugpferden her, die Zügel locker in der Hand. Rings um ihn steigen Staubwolken auf. Den ganzen Tag sog er mit jedem Atemzug diesen Staub ein, und Erde färbte die Linien seiner rissigen Hände dunkel. Das war sein Leben bis zu seinem Tod. Das Feld, auf dem Randall steht, ist leer – fünfzig Jahre später würde dort der Packschuppen mit seinem roten Ziegeldach stehen –, mit der Hand aus dem Buschland geschlagen, das einst die gesamte Bucht umgab. Das Feld fällt sanft zum Hafenbecken ab, als sollten die Reihen reifender Tomaten, die bald hier wachsen würden, schon mal dem blauen Wasser vorgeführt werden. Beim Arbeiten konnte Randall über das ganze Hafenbecken schauen, über Quail Island hinweg bis zu den Hügelketten des Kraterrands in der Ferne. Der höchste Punkt der Halbinsel, Mount Herbert, war an klaren Tagen immer zu sehen. Man konnte Flundern und Kabeljau im Hafenbecken und Aale in den Flüssen fischen. Die Familie baute ihr eigenes Obst und Gemüse an. Sie hielten

Schafe und Ziegen auf den höher gelegenen Weiden, eine Kuh für Milch, Butter und Käse und Hühner für Fleisch und Eier.

Box wusste nicht wirklich viel über Randall, nur dass er dafür bekannt war, sehr hart zu arbeiten und äußerst schüchtern zu sein. Er blieb Junggeselle, bis er fast so etwas wie einen Skandal verursachte, als er das Hausmädchen seiner Schwägerin heiratete. Da war er schon über fünfzig und das Mädchen noch keine zwanzig. Sie bekamen kurz nacheinander drei Kinder.

Das Sonnenlicht fiel jetzt auf das zweite Gewächshaus, und Box musste sich abwenden, um von der Spiegelung nicht geblendet zu werden. Paul hatte immer davon gesprochen, die Farm zu übernehmen. Schon als Kind hatte er große Pläne, was er alles ändern würde. Box hatte das nie gereizt. Er war immer davon ausgegangen, dass sein Leben erst richtig beginnen würde, wenn er von Governors Bay wegzog. Als er jetzt unter dem wolkenlosen Himmel stand und über Whitecliffs blickte und über die schützenden Hügel rings ums Hafenbecken, da erkannte er, dass doch eine große Befriedigung darin liegen mochte, das eigene Land zu bewirtschaften.

Doch für sich selbst hatte er sich eine solche Existenz nie vorstellen können. Er schüttelte den Kopf und machte sich auf den Rückweg bergab.

Der Schornstein der Heizanlage erhob sich fünfzehn Meter über Box. Als Pop noch Tomaten in den Gewächshäusern zog, mussten sie im Winter beheizt werden, dazu wurde heißes Wasser durch ein Rohrsystem gepumpt. Zwischen Juni und September wurde deshalb wöchentlich Kohle angeliefert. Box erinnerte sich gut an das Geräusch, wenn die Kohle von der sich langsam hebenden Ladefläche des Lasters rutschte; eine schwarze Wolke von Kohlenstaub erhob sich, wie Milliarden von Fliegen. Die alte Anlage war seit Jahren nicht mehr in Betrieb. Die Öffnung der Märkte Mitte der Achtzigerjahre und die Schwemme billiger Importe aus Australien hatten dem lokalen Tomatenanbau den Garaus gemacht. Pop hatte sich noch eine Zeit lang durchgeschleppt, länger als die meisten, aber selbst in den besten Jahren schrieb er höchstens eine schwarze Null.

Als Box zehn war, hielt man ihn für alt genug, um beim Kohleschaufeln zu helfen. Er erinnerte sich, wie er nahe am geöffneten Ofenloch stand, ihm der Schweiß über den Rücken lief und die Arme von der schweren Arbeit schmerzten. Es war weniger viktorianisch, als es den Anschein haben mochte. Box hatte gern seine Muskeln betätigt, um zu helfen, die Farm am Leben zu halten. Es tat ihm gut, formte seine Persönlichkeit. Das war es, was Männer taten: ihre Hände und die Kraft in Rücken und Beinen einsetzen, um die Dinge am Laufen zu halten.

Die harte Arbeit hatte noch weitere erfreuliche Nebeneffekte. Er erinnerte sich, wie er splitternackt vor dem Spiegel stand und seine deutlich gewachsenen Muskeln betrachtete. In diesem Sommer war er sicher gewesen, dass Katherine Tyler ihn im Schwimmbad mit ganz anderen Augen betrachtete. Allerdings fehlte ihm der Mut, den ersten Schritt zu tun.

Ein Geräusch brachte ihn in die Jetztzeit zurück. Jemand war im ersten Gewächshaus. Box ging zur Tür und schaute in den riesigen Hangar aus Stahl und Glas. Es war eine Frau. Sie stand vornübergebeugt in der linken Ecke, die Cordhose spannte über ihrem Hintern. Sie musste ihn gehört haben, denn sie richtete sich auf und drehte sich zu ihm um. Sie hatte flachsblondes Haar.

»Hallo.«

Sie kratzte sich mit dem Rücken ihres Gartenhandschuhs an der Nase, während sie sprach. Zu ihren Füßen stand eine ganze Armee von Töpfen, jeder mit einem Kaktus – hunderte Kaktusse, schätzte Box, oder Kakteen? Er wusste das nie ganz genau. Sukkulenten jedenfalls, Zweige mit dicken Blättern.

»Entschuldigen Sie bitte, ich wusste nicht, dass Sie hier sind. Ich bin Dees Enkel.«

»Box?«

»Ja.«

Die Frau lächelte. »Ich bin Ali Jackson, Sie sind mit meinen älteren Brüdern James und Aaron in die Schule gegangen.«

Er trat zu ihr in die feuchte Luft. »Ich erinnere mich gut an die beiden.«

Sommersprossige Rotschöpfe, die sich altersmäßig so nahe waren, dass man sie in der Gegend »Die irischen Zwillinge« nannte. Box wusste zwar noch, dass sie eine jüngere Schwester hatten, erinnerte sich aber nicht, sie je kennengelernt zu haben.

Offenbar war sie zu einer fülligen Frau mit warmem Lächeln herangewachsen. Sicher hatte sie bereits selbst Kinder, jedenfalls sah sie so aus, als müsste sie welche haben.

Ali Jackson schlängelte sich vorsichtig zwischen den Töpfen hindurch zu ihm. »Ich habe gehört, was mit Ihrem Sohn passiert ist. Mein Beileid.«

Box schaute auf die Glaswand. Er fragte sich, was sie wohl gehört hatte. »Danke.«

»Tut mir leid. Neuigkeiten verbreiten sich hier sehr schnell.«

»Das war schon immer so.«

»Würde es Ihnen etwas ausmachen, wenn ich zur Beerdigung käme? Viele hier wollen der Familie ihren Beistand zeigen.«

Sie meint Beistand für Dee, dachte Box. »Natürlich nicht, bitte kommen Sie.« Er schaute auf die Töpfe. »Sie züchten Sukkulenten?«

»Kakteen.«

»Aha.«

»Ich miete diese Fläche von Dee. Habe aber ein schlechtes Gewissen, weil sie kaum etwas dafür nimmt. Mein Mann und ich bauen das Geschäft zusammen auf.«

»Und wie läuft es?«

»Es geht. Hauptsächlich verkaufen wir an große Gartencenter. Auch jetzt in der Rezession sind Kakteen zur Gartengestaltung recht beliebt.«

Vielleicht lag es an der Hitze, dass Box plötzlich schwindlig wurde. Er streckte den Arm nach einer der Stahlstützen aus, um sich festzuhalten. Sie schien sich unter seiner Hand zu bewegen, wegzudriften. Der Boden hob sich und kam auf ihn zu. Er hörte sich aufschreien.

Ali Jackson starrte ihn erschrocken an. »Box? Was ist los? Ist alles in Ordnung?«

Wieder hob sich der Boden und rollte sich auf, diesmal in die andere Richtung. Box musste in die Hocke gehen, um das Gleichgewicht zu halten und nicht zu stürzen. Es gab ein knarrendes Geräusch, wie von Holz, das sich biegt und wieder aufrichtet. Er merkte, wie er auf die Knie sank.

Und dann war dieses Gefühl vorüber, und alles war wieder fest und ruhig, nur Ali fragte weiter, was mit ihm los sei.

Box schaute mit weit aufgerissenen Augen um sich, sein Atem ging unregelmäßig. Der Boden unter seinen Füßen war wieder starr und eben wie … nun, wie der Boden. Ali Jackson hatte sich nicht bewegt. Sie stand auf demselben Fleck wie vorher und sah mit besorgtem Blick auf ihn herunter.

Schweiß floss ihm in die Augen. Er wollte sich aufrichten und wäre fast wieder gefallen.

»Hier, lassen Sie mich Ihnen helfen.« Box spürte, wie sie seinen Arm nahm. Sie half ihm langsam auf und durch die Tür hinaus in die kühle Luft. Der Backsteinkamin erhob sich über ihm. Die einzige Bewegung kam von den Pappeln an der Straße, die sich in der Meeresbrise bogen.

»Box? Ist alles okay?«

»Haben Sie das nicht gespürt?«

»Was denn?«

»Ein Erdbeben, dachte ich.«

»Nein.«

Die Stimmen erwähnte er nicht. Hier draußen hatte er Zeit, sich über sie zu wundern. Während seiner Absence hatte er Stimmen gehört, als wären noch viele andere Leute um ihn herum in dem Gewächshaus.

»Ich hole Dee«, sagte Ali.

»Nein. Bitte nicht.«

»Aber …«

»Alles wieder okay. Es war wohl einfach der Stress.«

»Sie sollten zum Arzt gehen.«

»Das mache ich«, log er. »Jetzt geht es mir schon viel besser. Ich muss los. Wir sehen uns.«

»Passen Sie auf sich auf.«

Box ging in Richtung seines Pickups. Er zwang sich, tief und gleichmäßig zu atmen. Pop hatte seine »Phänomene«, wie er das nannte. Doktor Foster hatte sie auf zu hohen Blutdruck zurückgeführt; der war fast so hoch wie Pops Cholesterinwerte, Resultat einer lebenslangen Gewohnheit, dick Butter aufs Brot zu schmieren, Vollmilch zu trinken und das Fett vom Hammelbraten nicht abzuschneiden. Box hatte Pop oft genug schwanken sehen, wenn er sich zu schnell vom Sofa erhob. Zweimal war sein Großvater gar gestürzt, da war Box noch ein Teenager. Sie waren beide Male allein gewesen, einmal im Geräteschuppen, das andere Mal auf dem untersten Feld. Es hatte Box Angst gemacht. Pop war dann mühsam wieder aufgestanden und hatte irgendwelche Verwünschungen vor sich hin gemurmelt, während er sich die Hose abklopfte.

»Sag deiner Großmutter nichts davon, Box. Es ist nichts, nur eines meiner Phänomene.«

»Okay.«

Nichts war passiert, alles so, wie es sein sollte. Und die Arbeit rief.

Und jetzt war offenbar Box an der Reihe, diese »Phänomene« zu bekommen, die Entgrenzung, das Kippen der vertrauten Welt zu erleben. Es war schlimmer, als er es sich vorgestellt hatte. Wahrscheinlich hatte er recht gehabt, als er Ali sagte, der Grund seien Stress und Trauer. Wer weiß, vielleicht war sein Blutdruck in ungeahnte Höhen geschossen?

Box parkte den Wagen so, dass der Kühlergrill fast gegen den weißen Lattenzaun stieß, und ging dann über den Kiesweg zwischen den alten Gräbern zur Kirche hoch. Der Friedhof lag im Schatten. Ohne an künftige Generationen zu denken, hatte man vor vielen Jahren Feigenbäume an die Nordseite gepflanzt. Diese waren inzwischen höher als das Kreuz auf dem Kirchendach. Box hatte sich mit dem

Pfarrer für ein Uhr verabredet, doch der war nirgends zu sehen. Er blieb stehen und sah sich um. Die Kirchenmauern bestanden aus Blöcken von Vulkangestein. Das Dach war mit Schieferplatten gedeckt, die breiten Vorsprünge boten den darunter wachsenden Lilien Schutz.

Als Junge hatte er hier mit seinen Schulkameraden gespielt. Damals lag nur die Pferdekoppel der Marshalls zwischen der Kirche und der Nordgrenze seiner Großeltern. Leichter zu überqueren als jede Straße. Und allemal sicherer. In den Pausen zwischen den jeweils angesagten Spielen las Box die Namen auf den Grabsteinen. Immer wieder begeisterte es ihn, wenn jene moosüberwachsenen eingemeißelten Buchstaben – S-A-X-T-O-N – dieselben waren, die er mit Bleistift vorn auf seine Schulhefte schreiben musste.

Box ging zu einer Grabstätte, deren uralte Deckplatte einen halben Meter in die Erde eingesunken war und ein gezacktes Muster aus Rissen aufwies. Umgeben war sie von einem niedrigen Eisengitter, dessen senkrechte Stäbe oben mit einer verrosteten heraldischen Lilie verziert waren. Sein Ururgroßvater, Randall mit den Pferden und dem Staub, lag hier begraben. Auch wenn er ... Box musste kurz überlegen ... gut dreißig Jahre vor ihr gestorben war, teilte Randall die Stelle wie ein zerbrochenes Ehebett mit seiner Frau, dem Dienstmädchen Lillian. Vier ihrer sieben Kinder mussten auch hier in der Nähe liegen. Zwei davon hatten winzige Gräber, die Kinder waren vor ihrem ersten Geburtstag gestorben.

Zwei Gräber von Randall und seiner Frau entfernt lag eine weitere Saxton: Pops jüngere Schwester Mary Rose. Sie war bei der Geburt ihres ersten Kindes gestorben, mit gerade mal siebzehn Jahren. Ihr Grab befand sich zwischen den Wurzeln der letzten Kiefer in der Reihe.

Box ging an der Kirche vorbei in den oberen Teil des Friedhofs, der Mitte der Siebzigerjahre angelegt worden war. Ein sanft ansteigender Rasen und auch jetzt, nach über dreißig Jahren, noch längst nicht voller Gräber. Nur Menschen mit einer familiären Beziehung zu Governors Bay konnten hier bestattet werden. Und doch sah er zwei frische Erdhügel, die bei seinem letzten Besuch noch nicht da gewesen waren. Einer war schon ein wenig eingefallen, und Unkraut begann auf ihm zu wachsen.

Box ging über den Rasen dorthin, wo zwei schwarze Granitgrabsteine nebeneinanderstanden. Jeden zierte eines von Dees Einweckgläsern mit trockenen Proteen. Das rechte Grab war das seines Großvaters Pop.

Auf dem linken Grabstein stand mit weißer Farbe nur: »Paul Augustus Saxton 1960–1978«.

10

Box drückte langsam den Abzug durch. Hinter sich hörte er seinen Großvaters flüstern: »Langsam, langsam, nur ganz leicht drücken.«

Beim Knall des Schusses liefen die übrigen Tiere weg: wilde Sprünge im Zickzack durch das gelbbraune Tussockgras. Es waren drei, ein junges Reh und zwei Böcke. Sie zeichneten sich deutlich gegen den dunklen Wall aus Bergsüdbuchen ab, als sie den Hang hinabflohen. Eine Weile rannten sie parallel zum Waldrand, bis sie jäh in ein schmales Bachbett ausbrachen und zwischen den dunklen Baumstämmen verschwanden. Das Echo des Schusses hallte noch immer von der gegenüberliegenden Talwand wider.

Box blieb auf dem feuchten Boden liegen. Sein Herz schlug heftig gegen die Erde, das Gewehr lag vor ihm, auf seinen Rucksack gelehnt. Sein Großvater kauerte etwa eineinhalb Meter hinter ihm. Box spürte den Rückschlag des Gewehrs an seiner Schulter fast wie eine Prellung.

»Schau durchs Glas! Was siehst du?«

Als er sein Auge wieder gegen das Zielfernrohr drückte, erblickte Box die Hinterläufe des Rehs, das er geschossen hatte. Es lag im nassen Tussockgras. Er sah kein Zeichen einer Bewegung, lediglich die Grashalme schwankten leicht im Westwind.

Von hinten kam wieder das Flüstern seines Großvaters. »Bleib, wo du bist. Lass dir Zeit, und schau genau hin.«

»Warum? Ich habe doch getroffen.«

»Ein Tier, das du für mausetot hältst, kann immer noch plötzlich aufspringen und im Wald verschwinden. Dann müssen wir es verfolgen, was Stunden dauern kann, sogar den ganzen Tag. Es ist viel einfacher, ruhig liegen zu bleiben und mit einer zweiten Kugel im Lauf ein paar Minuten abzuwarten, was passiert. Verstanden?«

Box sah weiter durchs Zielfernrohr. »Ja.«

Das Reh bewegte sich nach wie vor nicht. Er wartete.

»Ist es jetzt lange genug?«

»Ja.«

Box stand auf und entriegelte unter der Aufsicht seines Großvaters das Gewehr und nahm die Patrone heraus. Dann schulterten er und Pop ihre Rucksäcke und gingen die hundert Meter den Hang hinab. Das Tussockgras streifte nass an Box' Beinen oberhalb der Stiefel entlang. In der Nacht hatte es ein Unwetter gegeben, stundenlang trommelte der Regen aufs Blechdach der Jagdhütte. Er lag in seinem Schlafsack auf der oberen Pritsche des Stockbetts und schaute auf die glimmenden Holzscheite im Kamin. Er war noch wach gewesen, als sein Großvater aufstand und leise durch die unverschlossene Tür nach draußen ging. Vermutlich stand er rauchend unter dem Vordach und hielt Ausschau – wonach? Es gab keinerlei Licht, nicht einmal der Mond schien, alles war schwarz ringsum, und es regnete unaufhörlich.

Als Pop eine halbe Stunde später wieder reinkam, legte er ein neues Holzscheit aufs Feuer. Sofort züngelten Flammen um das trockene Holz.

Box hätte sich gewünscht, Paul wäre mitgekommen auf diesen Jagdausflug. Und auch wieder nicht. Beides zugleich. Denn es war auch schön, Pop mal ganz für sich zu haben.

Paul sollte eigentlich mitkommen, aber Pop und er hatten sich am Tag der Abfahrt lauthals gestritten. Den Rücken gegen die Wand des Flurs gepresst, hatte Box zugehört. Es war ein Streit, der schon die letzten Monate geschwelt hatte. Es gab da ein Mädchen, mit dem Paul nach Meinung von Pop und Dee – besonders Dee – nicht gehen sollte. Dee sagte, mit siebzehn sei Paul noch viel zu jung für etwas Ernstes. In Wahrheit aber war das Mädchen eine Fowler aus der nächsten Bucht. Aus irgendwelchen Box unbekannten Gründen mochte Dee die Fowlers nicht.

Paul war aus dem Musikzimmer gestürmt, an Box vorbei, und hatte geschrien, dass er nicht mit auf die Jagd gehen würde. Jagen wäre »das Allerletzte«, was er jetzt tun wolle.

Box hatte schon befürchtet, das wäre das Ende des Ausflugs. Aber später an diesem Morgen hatte Pop zwei Rucksäcke hinten auf den Pritschenwagen geworfen. Keiner von ihnen hatte den Streit oder Paul in den zwei Tagen, die seither vergangen waren, auch nur erwähnt.

»Habe ich dich geweckt?«

»Nö.«

»Schlaf weiter, Box. Der Regen hört bald auf.«

Pop hatte recht. Am Morgen war der Regen vorbei, doch das Buschland, das sie durchqueren mussten, hatte mit nassen Fingern nach ihnen gegriffen.

Nun beugte sich Box über das tote Reh. Seit zwei Tagen war er schon mit seinem Großvater auf der Jagd, und sie hatten auch anderes Rotwild gesehen, aber das war das einzige, das sie erlegt hatten. Und er hatte es geschossen. Es war seine erste Jagdbeute.

Das Reh war nahe am Waldrand verendet, lag aber jetzt in der Morgensonne. Er sah, dass die Kugel die Halsschlagader durchtrennt hatte. Er hatte auf den Nacken gezielt, weil sein Großvater gesagt hatte, das sei besser. Außer wenn man den Kopf als Trophäe behalten wollte, dann würde man das Fell um die Schultern herum intakt lassen.

Um Box' Stiefel herum hatte sich braunrotes Blut auf dem Boden gesammelt. Es war ein kurzes Stück den Hang hinabgeflossen und hatte dann an einem mit Flechten überzogenen großen Stein eine Lache gebildet. Es störte ihn nicht, obwohl es eine Menge Blut war, mehr, als er erwartet hätte. Es tat ihm gut, dass es ihm nichts ausmachte. War ja nur Blut.

Sein Großvater setzte den Rucksack ab, öffnete ihn und zog sein Messer aus der Scheide heraus. Pops Jagdmesser war aus bestem Stahl geschmiedet, der Griff mit Intarsien von Kaurimuscheln und Knochen gearbeitet. Box nahm es oft in die Hand, wenn sein Großvater nicht da war. Er mochte das Gewicht der Klinge und die Biegung des hölzernen Griffs, der in der Handfläche rasch warm wurde. Ganz ruhig stand sein Großvater in der Sonne und prüfte die Schärfe der Schneide an den Härchen auf seinem Unterarm. Für alle Fälle hatte er einen Schleifstein dabei.

Box sah zu, wie Pop dem Reh den Hals aufschlitzte, um es ausbluten zu lassen, und ihm dann den Anus herausschnitt.

»Das macht man, um die Eingeweide rauszukriegen.«
»Verstehe.«

Pop nahm aus seinem Rucksack einen kleinen Flaschenzug, einen Haken und drei Meter Nylonschnur. Er band den Haken an die Schnur, und Box versuchte, die Schnur über den Ast einer großen Bergsüdbuche zu werfen, was ihm im vierten Anlauf auch gelang.

Als alles vorbereitet war, trug Pop das Reh zu dem Baum und zog es mit dem Flaschenzug an den Hinterbeinen hoch.

Box sah, wie penibel er darauf achtete, sich nicht mit Blut zu bespritzen. Als das Reh dann hing, benutzte sein Großvater das Messer mit routinierter Gewandtheit: Er schnitt am Rückgrat entlang das Fell auf und zog die Haut zur Seite, sodass der Rücken freilag. Pop schnitt rechtwinklig an der Wirbelsäule entlang und zog die Filets mit der Hand vom Knochen.

Während sein Großvater das Reh zerlegte, erklärte er Box auf seine langsame, wortkarge Art, was er da tat und weshalb es so am besten war. Er wog seine Worte sorgfältig, um ja keines zu vergeuden.

Die Morgenluft war nach dem Regen sehr klar. Box roch das Blut und schärfer noch die Innereien des Tiers. Die Herbstsonne wärmte seine Kleider und trocknete das Buschhemd, das ein wenig feucht geworden war, als er auf der Lauer lag.

Sein Großvater legte das herausgeschnittene Fleisch sorgfältig auf Stücke von Klarsichtfolie, die Box auf dem Boden ausgebreitet hatte. Als er das essbare Fleisch entfernt hatte, ließ Pop den ausgeweideten Kadaver herunter. Er zog die Haken heraus und wischte sie an einem Grasbüschel ab, dann rollte er die Nylonschnur auf, bevor er alles wieder in seinem Rucksack verstaute.

»Und was machen wir damit?«, fragte Box und zeigte auf die blutige Masse aus Knochen und Muskeln.

»Das lassen wir einfach liegen. Wildschweine und Vögel fressen das blank. In ein paar Tagen ist nichts mehr übrig.«

Sie teilten das verpackte Fleisch zwischen sich auf. Box steckte seinen Anteil unten in den Rucksack und verteilte dann seine Kleider und den verbliebenen Proviant darauf. Er schaute sich um, ob sie auch nichts liegen gelassen hatten. Nein, alles war verstaut.

Der Rucksack wog schwer auf seinen Schultern, als sie nun schräg über den Abhang aufstiegen. Sie brauchten zwanzig Minuten, bis sie den Kamm erreichten. Dort hielt sein Großvater inne und sah über das Land; Box tat es ihm nach. Die Luft war frisch und klar. Unter ihnen verengte sich das Tal, der Fluss schnitt in Granit. Es war die erste Maiwoche, doch es hatte noch nicht geschneit. Auf den Berggipfeln im Westen schimmerten die hellen Geröllfelder bis hinab zur Baumgrenze, und unter ihm, an der Südseite des Tals, lag der Südbuchenwald noch in tiefem Schatten. Der Fluss schlängelte sich durch die Bäume. Box sah die großen Granitblöcke, zwischen denen das Wasser weiß aufschäumte. Von seinem Standpunkt aus konnte er auch nach Osten sehen, wo sich das Tal öffnete und in weites Grasland überging, durchsetzt von Ginsterbüschen und Lupinen.

Box hatte nur ein Reh geschossen und des Fleischs wegen, nicht wegen einer Trophäe oder sonst etwas, aber dennoch würde Paul neidisch sein. Box sog den Anblick der Landschaft geradezu in sich ein, damit er sich später daran erinnerte. Dann wandte er sich um und folgte seinem Großvater. Sie begannen ihren dreistündigen Marsch zurück zum Auto.

Es war früher Abend, als Pop die letzte Kurve der Auffahrt nahm. Box wunderte sich, als er ein halbes Dutzend Autos vor dem Haus stehen sah. Er erkannte den blauen Ford der Turners. Und Reverend McKellars Mini, ein überdimensionierter Brotkasten, parkte halb auf dem Rasen. Es sah so aus, als wären die meisten Familien der Bucht da. Zuerst dachte Box, die Leute wären gekommen, um mit ihm sein erstes selbst geschossenes Reh zu feiern, und er stellte sich vor, wie er großzügig die verpackten Fleischstücke unter ihnen verteilte.

Doch sein Großvater hatte geflucht, was er fast nie tat. Box schaute ihn von der Seite an und sah, wie sich seine Züge verhärteten. Er hielt den Pritschenwagen mitten in der Auffahrt an, sprang hinaus und rannte beinahe die Treppen hoch, zögerte dann aber an der Tür, die offen stand, als hätte er Angst, das Haus zu betreten.

Box saß noch im Auto und konnte sich keinen Reim darauf machen, was da vorging. Verwirrt sah er zu, wie Pop endlich ins Haus trat.

Box fand alle im Musikzimmer versammelt. Er konnte sich nicht erinnern, jemals mehr Menschen dort gesehen zu haben, nicht mal an Weihnachten. Dee sah ihn im Eingang stehen und kam zu ihm rüber. Sie fasste ihn sacht an der Schulter und führte ihn in die Küche, wo sie sich mit ihm an den Tisch setzte. Als sie sprach, war ihre Stimme kaum zu erkennen.

Box hörte zu, was sie ihm sagte. Tatsächlich war es recht simpel: Paul hatte am Abend zuvor das Ruderboot genommen. Er war nicht zurückgekehrt.

»Aber ...«

»Kein Aber, Box, leider. Mr Maurice hat das Boot unterhalb der Klippen auf der Nordseite von Quail Island gefunden. Es war voll Wasser.«

»Vielleicht ist er irgendwo auf der Insel.«

Dee legte ihm eine Hand auf den Kopf. »Nein, die Leute haben schon alles abgesucht. Es ist immer gut, Hoffnung zu haben, Box, nur keine falsche.«

»Mr Saxton?«

Box zuckte zusammen und drehte sich um.

»Entschuldigen Sie, ich wollte Sie nicht erschrecken.«

»Mein Fehler. Ich war sehr weit weg …«

Der Pfarrer lächelte entschuldigend. Er war kaum dreißig, ein schlanker Mann mit langem Gesicht, der einen Pullover mit Islandmuster trug. Box dachte, er sah aus, als hätte seine Mutter ihn angezogen.

»Ich bin Anton de Bruin. Ich habe mit Liz telefoniert.« Er gab Box die Hand.

»Box.«

»Box? Ich dachte schon, dass Liz das gesagt hat. Ungewöhnlich.«

»Ein Spitzname, der hängen geblieben ist.«

Er nickte. »Es tut mir sehr leid, was mit Ihrem Sohn passiert ist.«

»Danke. Seit wann ist denn Reverend McKellar nicht mehr hier?«

»Er ist vor fünf Jahren in Pension gegangen. Jetzt verbringt er die meiste Zeit mit Fischen in Taupo. Als ehemaliger Seelenfischer nimmt er sich jetzt der Forellen an.«

Den Witz hatte er offenbar schon öfter gemacht. Box grinste aus reiner Höflichkeit.

De Bruin sah auf das Grab vor Box. »Ihr Bruder?«

»Ja.«

»Ihre Familie scheint von Schicksalsschlägen nicht verschont worden zu sein.«

»So kann man das sagen.«

»Dee hat mir viel über die Saxtons erzählt. Sie ist sonntags oft hier. Und natürlich macht unser Kirchenbasar mehr als die Hälfte seines Gewinns mit Dees Marmeladen.«

Sie standen lange schweigend nebeneinander. Box war erstaunt, dass ihm das Schweigen zwischen ihnen nicht unangenehm war. Normalerweise füllten Männer es mit

Gerede übers Wetter. Oder über die All Blacks und wie sie im letzten Spiel abgeschnitten hatten. Jetzt war da nur der Wind in den Wipfeln der Kiefern, und ein Schaf blökte irgendwo hoch in den Hügeln.

»Wir suchen einen Platz für Mark. Ein Grab.«

»Natürlich. Kommen Sie mit, ich hole uns einen Belegungsplan. Darauf steht, welche Plätze noch frei und welche schon reserviert sind.«

Sie gingen zur Kirche zurück, und Box wartete hinter dem Pfarrer, bis dieser die Tür aufgeschlossen hatte. Innen war es kalt, Licht fiel lediglich durch die bunten Kirchenfenster – drei an jeder Seite und ein großes hinter dem Altar. Von früher erinnerte sich Box an die Gerüche von staubigen Sitzkissen und eingeöltem Holz. Und an das Geräusch von Schritten auf dem Steinboden, an die Reihen der Kirchenbänke und wie sich das glatte, kühle Holz an seinen Beinen und unter seinen tastenden Fingern anfühlte.

Das letzte Mal war er zur Beerdigung seines Großvaters hier gewesen. Da war die Kirche gerammelt voll, viele mussten stehen.

Box folgte dem Pfarrer durch den Mittelgang zu einer Tür an der rechten Seite. Da erst fiel ihm auf, dass sich das Islandmuster des Pullovers auf dem Rücken fortsetzte.

»Dauert nur eine Minute. Die Kirche hebt ihren ganzen Papierkram hier auf.«

»Okay.«

Box blieb vor dem Lesepult stehen, einer Schnitzarbeit in Adlerform. Auch daran erinnerte er sich. Wenn er sonntagmorgens zwischen seinem Großvater und seinem Bruder in der Kirchenbank gesessen hatte, schienen die Bibelworte auf dunklen Lackschwingen zu ihm zu gelangen.

Der Pfarrer kam zurück. »Hier habe ich alles, was wir brauchen. Gehen wir raus und sehen uns die Sache an.«

Box nickte und folgte dem Islandmuster durchs Kirchenportal auf den Rasen oberhalb der Kirche.

»Mr Saxton?«

»Ja?«

»Ich sagte, diese ganze Reihe ist frei.«

»Wie ist es dort hinten, bei dem Kohlbaum?«

Der Pfarrer studierte den Plan. Die kühle Brise vom Hafenbecken ließ das Papier in seinen Händen flattern. Er runzelte die Stirn. »Viele von den Grabstätten dort sind bereits besetzt. Die Plätze weiter oben sind beliebt. Aber wir wollen mal schauen … Nummer dreiundzwanzig bis neunundzwanzig da drüben sind noch frei. Und die sechsunddreißig da oben in der Ecke wäre auch noch zu haben.«

Box ging ans obere Ende des Friedhofs. Hinter den Gräbern verlief ein Drahtzaun. Als er sich umdrehte und zurückblickte, konnte er über die Kirche hinweg auf das leicht gekräuselte Wasser der Bucht sehen.

»Hier ist es gut.«

»Sind Sie sicher?«

»Ja.«

»Darf ich erwähnen, dass Sie gleich mehrere Grabstätten kaufen können, falls noch jemand aus Ihrer Familie hier begraben werden möchte?«

Mein Gott, dachte Box, der Mann ist ja der geborene Verkäufer. Wollen Sie Pommes frites zu Ihrem Grab? Er unterdrückte ein peinliches Lachen. Der Pfarrer musterte ihn fragend.

»Gibt es Mengenrabatt?«

Ein betrübtes Lächeln glitt über das lange Gesicht des Mannes. »Ich glaube nicht. Nein, tut mir leid.«

Es stand außer Frage, dass dies der richtige Ort für Mark war. Und auch Heather konnte hier begraben werden, wenn ihre Zeit gekommen war, was, so Gott will, lange nach seinem eigenen Tod sein würde. Liz konnte ebenfalls hier liegen, wenn sie es wollte. Die Asche von Liz' Eltern steckte in einer gesichtslosen Mauer am Rand irgendeines gepflegten Rosengartens; ein Billigfriedhof, der keinerlei Bedeutung für ihre Eltern noch für Liz selbst hatte.

Und natürlich würde er selbst hier liegen, bei allen anderen Saxtons. Neben seiner Frau und seinen Kindern. Bald genug, dachte er.

»Dann nehme ich vier in der Reihe.«

»Gut. Ich sage den Leuten immer, dass man sich früh entscheiden soll. Niemand denkt gern ans Sterben, aber eine frühe Planung verhindert spätere Unannehmlichkeiten.«

»Gibt es eine Möglichkeit, dass ich erst später bezahle?«

»Selbstverständlich. Aber wir brauchen eine Anzahlung.«

»Wie viel?«

»Normalerweise verlangen wir hundert Dollar je Grabstätte.« Vierhundert. »Kann ich Ihnen einen Scheck geben?«

»Natürlich. Und ich bin sicher, die Kirche wartet gerne auf die Restzahlung, bei der langen Geschichte Ihrer Familie in unserer Gegend.«

»Danke.«

Er fragte sich, was Liz wohl sagen würde. Das bisschen Geld, das sie im letzten Jahr hatten zurücklegen können, war bereits verplant – und gewiss nicht für Grabstätten. Die Kosten von Marks Beerdigung würden sie schon tief ins Minus bringen. Er gab Geld aus, das er nicht hatte. Aber in diesem Moment gab es nichts Wichtigeres für Box.

Sie redeten noch eine halbe Stunde über den Ablauf der Beerdigung am Mittwoch, wobei Box klar wurde, dass der

Pfarrer und der Bestattungsunternehmer bereits an alles gedacht hatten. Sie waren wie Schleppdampfer, die steuerlose Lastkähne in die richtige Richtung bugsierten.

Der Leichnam seines Bruders wurde nie gefunden. Drei Wochen nach Pauls Verschwinden gab es eine Art Beerdigung – eher eine Gedenkfeier. Der schwarze Grabstein war bereits graviert und auf den unversehrten Rasen gesetzt worden. Es war erst das vierte Grab auf dem neuen Teil des Friedhofs.

In der ersten Woche war es im Haus wie auf einem Bahnhof zugegangen. Ständig kam Besuch. Alle beugten sich über Landkarten, die auf dem Flügel ausgebreitet waren. Dee musste ununterbrochen für die Suchtrupps kochen.

Dann war die erste Woche vorbei. Die Zahl der Besucher ging drastisch zurück.

Pop war noch immer vom Morgengrauen bis nach Sonnenuntergang auf dem Wasser unterwegs. Er kam nur zum Essen und Schlafen nach Hause. Er saß am Küchentisch und aß schnell und wortlos. Während dieser Zeit trug Dee eine hauchdünne Maske. Box sah sie oft weinen, wenn er in ein Zimmer kam. Sie wischte dann die Tränen weg und setzte die Maske auf. Sie fragte ihn, was er essen wollte, selbst wenn er erst eine halbe Stunde vorher gegessen hatte.

»Mach dir keine Sorgen. Sie werden ihn finden, da bin ich ganz sicher.«

Zu diesem Zeitpunkt wusste Box schon, dass Dee nicht meinte, sie würden Paul lebend finden. Sie meinte seine Leiche.

Doch die Tage vergingen, und dann maßen sie die Zeit schon in Wochen, und Pauls Leiche war noch immer nicht zwischen dem gelbbraunen Tang in einer der vielen Buchten um das Hafenbecken herum angespült worden.

Als er eines Tages im Laden der Harbidges war, hörte er, wie Ozzy Taylor und Terry Fowler, der älteste der Fowler-Brüder, darüber spekulierten, ob wohl am Ende ein Fischer Paul in seinem Stellnetz finden würde.

»Dann wäre vermutlich nicht mehr viel übrig von dem armen Kerl«, sagte Ozzy.

Als sie Box beim Fahrradständer sahen und merkten, dass er gelauscht hatte, verstummten sie. Und dann lud ihn Ozzy zu einem Eis ein. Es war ein heißer Tag, und Box nutzte die Situation aus. Er bat um zwei Kugeln Vanille.

Doch Ozzys und Terrys grausige Prophezeiung erfüllte sich nie. Paul wurde nicht aus dem Wasser gezogen, wie eine Flunder in ein Netz verwickelt. Kein Skelett wurde je aus dem Schlamm am Grund des Hafenbeckens geborgen. Nichts wurde gefunden, nicht mal ein Fingerknochen. Das wäre wenigstens etwas gewesen – ein einzelner Fingerknochen, von Krabben und Meeresasseln blank gefressen – irgendwas, um Pauls Tod zu bestätigen. Wie die Reliquie eines Heiligen, dachte Box: der Fingerknochen des heiligen Märtyrers Paulus von Governors Bay.

Box war zu der Überzeugung gelangt, dass sein Bruder von der Strömung aus dem Hafenbecken hinaus ins offene Meer getragen worden war. Wäre er erst einmal dort angekommen, wo das Wasser die Farbe verdünnter Tinte annahm und die Strömung eine Einbahnstraße die Ostküste hoch war, gab es keine Aussicht mehr, ihn jemals zu finden.

Ohne einen Leichnam für ein Begräbnis, ohne das kleinste Stückchen eines Leichnams hatte Pauls Grab in Box' Augen immer etwas Theatralisches angehaftet. Es war wie die Pappfassade einer Westernstadt in einer der Fernsehserien, die er als Kind so geliebt hatte: *Rauchende Colts* oder *Bonanza*. Der Marmor war nur aufgemalt, ein in den Boden gestecktes Sperrholzbrett. Es war ganz beliebig. Die Erde darunter war leer.

Nach dem Treffen mit dem Pfarrer fuhr Box die Serpentinenstraße an der Nordseite der Hügel hinab in die vor ihm liegende Stadt zurück. Leicht betäubt von den zwei Bieren, die er im Pub von Governors Bay getrunken hatte, wurde ihm jetzt klar, dass nach Marks Tod der Name Saxton in dieser Gegend bald aussterben würde. Er wandte den Blick von der Straße und schaute kurz zu der Bibel, die im Sonnenlicht auf dem verblichenen Plastik des Beifahrersitzes lag. Box stellte sich vor, wie künftige Generationen das heutige Geschehen kommentieren würden. Was würde dann vorn in diesem Buch stehen? Vermutlich etwas so Schlichtes wie »Mark Saxton, verstorben« und die Daten, geboren am, gestorben am; gekommen und gegangen. Vielleicht würden sie auch etwas schreiben, was der Wahrheit näher kam: »Hat sich das Leben genommen«. Das klang schon besser. Auf jeden Fall würde Marks Name der letzte sein: eine samenlose Frucht, die von einem verdorrten Ast herabhing.

II

Als Box sein Haus betrat, fand er es voller Maori.

Er blieb in der Wohnzimmertür stehen und schaute auf ein Meer von braunen Gesichtern. Mindestens zwanzig Leute waren im Raum. Ein paar, die in seiner Nähe standen, wandten sich neugierig nach ihm um, als wäre er ein Fremder, der sich in der Tür geirrt hatte. Auf dem Sofa stillte eine Frau ihr Kind. Die meisten lauschten der Rede eines alten Mannes. Sein braunes Gesicht war rissig wie eine Walnussschale. Er stand neben dem Kamin, in Bluejeans und einem alten Jackett mit Lederflicken auf den Ellbogen. Die Hände hatte er über den Knauf seines schweren Spazierstocks gelegt.

Der Mann sprach auf Maori mit langen Pausen zwischen offenbar ernsten Worten. Box kamen die Pausen ebenso bedeutsam vor wie die Worte. Er beobachtete, wie der Alte sein Gewicht nach vorn auf den Stock verlagerte und feierlich zu seinen Worten nickte, wie um seinen Gefühlen Nachdruck zu verleihen. Als er eine Hand zu einer Geste erhob, sah Box, dass der Knauf des Stocks zu einem Delfin geschnitzt war, dessen gebogene Schwanzflosse unten in den Schaft überging.

Natürlich wusste Box sofort, was los war. Liz' Anruf bei Stephen, oder wie er jetzt heißen mochte – Tipene irgendwas –, hatte nicht nur den leiblichen Vater des Jungen auf den Plan gerufen, sondern auch seine Leute. Den ganzen verdammten Stamm. Und der schwang jetzt große Reden in seinem Haus.

Box verstand kein Wort von dem, was der alte Mann sagte. Das war allerdings nicht die ganze Wahrheit. Man konnte nicht in diesem Land aufwachsen, ohne ein paar Wörter aufzuschnappen, die in den allgemeinen Sprachgebrauch übergegangen waren. Kaikoura. Der alte Mann hatte das Wort öfter benutzt. Das war die Stadt, aus der Stephen – Tipene – und vermutlich die meisten seiner Leute gekommen waren. Sie lag im Norden, an der Küste, etwa vier Autostunden entfernt. Kai bedeutete Nahrung, aber koura? Er hatte keine Ahnung. Puku, ja. Wieder ein Wort, das er verstand. Das hieß Magen. Und dann hörte er den alten Mann das Wort für Enkel sagen: Mokopuna.

Hinter ihm rauschte die Toilettenspülung. Ein paar Sekunden später öffnete sich auf der anderen Seite des Flurs eine Tür, und eine alte Frau kam aus dem Badezimmer; noch immer an ihrem Rock nestelnd, sprach sie leise vor sich hin. Sie schaute hoch und begegnete Box' Blick. Sie runzelte die Stirn und nickte kurz.

Er zählte rasch durch. Mit seiner Schätzung hatte er fast richtiggelegen, es befanden sich achtzehn Leute im Wohnzimmer, den alten Mann eingeschlossen, der noch immer sprach und keinerlei Anstalten erkennen ließ, in nächster Zeit damit aufzuhören. Auch ein paar Kinder waren dabei, drei von ihnen spielten vor dem Haus, als er ankam. Ein Mann in Box' Nähe lachte, und seine weißen Zähne blitzten aus der braunen Haut.

»Entschuldigung.«

Eine andere Frau, jünger diesmal, mit langen schwarzen Haaren und schwarzer Jeans, versuchte, sich an ihm vorbei ins Wohnzimmer zu drängen.

»Tut mir leid.« Und da ärgerte er sich bereits darüber, dass er sich dafür entschuldigte, in seiner eigenen Tür zu stehen.

»Kein Problem«, sagte sie.

»Haben Sie Liz gesehen?«

»In der Küche, sie hilft beim Kai.«

Box wies mit einer Kopfbewegung auf den alten Mann. »Verstehen Sie, was er sagt?«

»Ja, das meiste. Er stellt sich vor. Erklärt, woher er stammt, wer seine Ahnen waren, er gibt das Whakapapa seines Hapu wieder – also unserer Leute.«

»Wie lange wird das dauern?«

Sie sah ihn prüfend an, versuchte herauszufinden, wie er das meinte. »Nicht sehr lang. Aber bei diesen alten Knaben weiß man das nie so genau.«

»Danke.«

Sie zog verständnisvoll die Augenbrauen hoch und hob das Kinn, dann ging sie an ihm vorbei ins Zimmer.

Box fand Liz in der Küche mit zwei Maori-Frauen. Sie stand am Küchenblock und rührte mit dem Kochlöffel in einer Schüssel. »Der Schneebesen ist in der untersten Schublade«, sagte Liz zu einer der Frauen, dann drehte sie sich um und sah ihn. »Box! Hallo!«

»Kann ich mit dir reden?«

»Klar. Ich wische mir nur kurz die Hände ab.«

Sie nahm ein Stück Küchenpapier, zerknüllte es dann und warf es in den Mülleimer. Box bemerkte, dass sie besser aussah, so entspannt wie noch nie seit seiner Rückkehr aus Dunedin.

»Wo gehen wir hin?«

»Ich weiß nicht, ob es dir schon aufgefallen ist, aber das Haus ist ziemlich voll. Wie wäre es mit draußen?«

Die beiden Maori-Frauen setzten ihre Tätigkeiten fort,

was immer diese sein mochten, sahen Box aber missbilligend zu, wie er Liz durch die Küchentür hinausführte.

Als das Grundstück unterteilt und ein zweites Haus hinter ihres gestellt worden war, war noch ein winziges Rasenstück verblieben, das man mit einem Handmäher in zwei Minuten gemäht hatte. Auch eine rissige Betonplatte gehörte dazu, aus der eine Wäschespinne emporwuchs wie ein skelettierter Regenschirm.

Liz schloss die Tür hinter ihnen. »Versprich mir, dass du nicht wütend wirst.«

»Ich bin gar nicht wütend. Ich will nur wissen, wer all diese Leute sind«

»Steves Verwandte. Sein Whanau. Sie sind wegen des Begräbnisses gekommen.«

»Mein Gott, Liz!«

»Und?«

»Du hast gesagt, er würde vielleicht nicht mal selbst kommen.«

»Jetzt ist er aber hier und hat seine Familie mitgebracht. Das ist in Ordnung, Box, ich finde es sogar gut.«

Box bemerkte, dass er die Fäuste geballt hatte. Öffnete die Hände und dehnte seine Finger. »Was ist gut daran?«

»Sie wollen nur helfen und Abschied nehmen. Ich wusste nicht, dass das passieren würde, ehrlich!«

»Keiner von denen hat Mark gesehen, seit er ein Säugling war, und die meisten nicht mal da.«

»Ich weiß, aber in ihrer Welt ist Mark Teil der Familie.«

»Und du bist damit einverstanden?«

»Ja, ehrlich gesagt bin ich das. Ich mag es, wenn das Haus voller Menschen ist. Es geht mir dann besser. Lass dich einfach ein wenig von ihnen mitziehen, Box. Ich glaube, das täte uns allen gut.«

Box schüttelte den Kopf. »Musste er denn wirklich den ganzen Stamm mitbringen?«

»Vermutlich.« Ein trauriges Lächeln huschte über ihr Gesicht.

Sie drückte ihn fest an sich, und er hoffte inständig, dass sie keinen Biergeruch wahrnahm.

»Wo ist Heather?«

»Bei Kate.«

»Irgendwelche Neuigkeiten vom Bestattungsmenschen?«

»Er meint, wir können Mark heute Nachmittag sehen. Box, bitte versuch dich zu entspannen.«

Er atmete tief ein. »Ist ja gut, Liz.«

»Jetzt komm, ich will dir Tipene vorstellen.«

Sie ging vor ihm her zurück ins Haus, durch die Küche und den Flur ins Wohnzimmer. Box fand es unfassbar, dass der alte Mann immer noch sprach. Höchstens die Pausen zwischen den Sätzen waren länger geworden, so als sei das Schweigen jetzt die eigentliche Botschaft.

Liz führte Box zu einem Mann, der hinter allen anderen im Erker stand und aus dem Fenster schaute. Liz tippte ihm auf die Schulter, und er drehte sich um.

»Tipene«, sagte sie, »das ist mein Mann, Box.«

»Hallo. Schön, Sie kennenzulernen.«

»Ja.«

Tipene streckte die Hand aus, und ihr Händedruck geriet von beiden Seiten fester, als notwendig gewesen wäre. Box ärgerte sich darüber, dass Tipene so gut aussah, ein bisschen wie dieser Maori-Schauspieler, der immer wieder in amerikanischen Filmen auftauchte, als mexikanischer Drogenhändler oder arabischer Terrorist. Box fiel sein Name nicht ein. Der Typ hatte auch in *Whale Rider* gespielt, den Vater des jungen Mädchens.

Tipene war etwas kleiner als Box, hatte aber breite Schultern und einen muskulösen Rücken. Box begann in seinem Gesicht nach Ähnlichkeiten mit Mark zu forschen. Vielleicht gab es da etwas um die leicht hängenden Augenlider herum und im Schwung der Oberlippe. Und im Körperbau. Aber da endete die Ähnlichkeit schon. Es war immer sehr viel von Liz in Mark gewesen – der Gesichtsschnitt, die langen Finger und das hohe Fußgewölbe. Und er war ebenso ruhelos und sprunghaft wie sie, immer auf der Suche nach etwas Neuem, das ihn interessieren könnte.

Tipene zog die Hand zurück. »Ich habe noch nie jemanden namens Box getroffen.«

»So nennt man mich schon seit meiner Kindheit.«

»Komischer Name.«

»Es gibt Schlimmeres.«

Tipene wurde ernst. »Was mit Maaka passiert ist, hat mich tief getroffen.«

»Mark. Sein Name war Mark. Niemand hat ihn je anders genannt.«

Tipene runzelte leicht die Stirn, dann nickte er. »Klar, Mark. Es tut mir wahnsinnig leid. Eine Tragödie. Wenn ich irgendwas tun kann, sagen Sie es mir bitte.«

»Danke.«

Einen Augenblick lang erwog Box, Tipene zu sagen, dass er diese Fremden aus dem Haus schaffen und mit ihnen dorthin zurückkehren solle, woher sie gekommen waren. Damit Marks richtige Familie in Ruhe trauern konnte. Ruhe? Das war das falsche Wort. Box kam sich mit einem Mal mies vor. Diese Leute waren eine weite Strecke gefahren, nur um Abschied nehmen zu können. Daran musste doch etwas Gutes sein, oder?

Box und Tipene standen da und schätzten einander ab. Es gab nichts mehr zu sagen.

»Ich bin froh, Sie endlich kennengelernt zu haben«, begann Tipene.

»Ganz meinerseits«, entgegnete Box steif.

Sie gaben sich wieder die Hände, und Box folgte Liz aus dem Zimmer.

»Und? Wie fandest du ihn?«

»Er scheint ganz okay zu sein.«

»Ich glaube, er will einfach nur zeigen, dass es auch um einen Teil von ihm geht.«

»Verstehe. Ich war nur überrascht, hier reinzukommen und die alle versammelt zu sehen. Warum hast du mich nicht vorgewarnt?«

»Wie denn? Dein Telefon liegt immer noch auf dem Tisch im Flur.«

»Scheiße. Tut mir leid.«

Wieder umarmte sie ihn. Plötzlich fühlte er sich völlig kraftlos, als hätten die vielen Menschen im Haus noch den letzten Rest Energie aus ihm gesogen. Er war müde. Erschöpft und müde. Auch nachdem die Musik letzte Nacht aufgehört hatte, konnte er kaum schlafen.

»Ich lege mich ein bisschen hin«, sagte er. »Ich fühle mich, als wäre ein Panzer über mich drübergerollt.«

Box rechnete halb damit, ein oder zwei Maori in seinem Schlafzimmer anzutreffen, aber da war natürlich niemand. Er legte sich auf die Bettdecke. Er machte sich etwas vor, natürlich würde er nicht schlafen können. Doch nach ein paar Minuten hatte ihn die Erschöpfung in einen Tiefschlaf versetzt, in dem er so still dalag, dass man ihn hätte für tot halten können.

12

Box wachte mit trockenem Mund auf, ganz verwirrt von den Stimmen in seinem Kopf. Er hatte von seiner Mutter geträumt. Den Traum hatte er in seiner Kindheit ständig gehabt, aber jetzt schon lange nicht mehr.

In diesem Traum waren sie auf einem Flughafen, in einem riesigen Terminal nahe bei den Gates. Leute mit Koffern und Taschen über der Schulter hasteten vorbei. Alles schien in Bewegung zu sein. Es war laut und voll in dieser Halle, nur Box blieb völlig reglos.

Seine Mutter umarmte ihn zum Abschied. Er konnte ihr Gesicht nicht sehen. Sie war nichts als ein warmer Körper mit Armen, eng um ihn geschlungen, und duftete, als ob er an einem Blüten-Potpourri schnupperte.

Box wusste, hinter ihm warteten sein Vater und Paul darauf, dass er sich zu Ende verabschiedete. Seine Mutter musste eine Weile verreisen. Das hatte man ihm schon mehrfach erklärt, und jetzt ärgerte sich sein Vater über Box' Widerstand. Box wusste nicht, wohin seine Mutter fuhr. Sie musste mit dem Flugzeug weg. Normalerweise reisten sie alle zusammen. Box kannte sich mit Flugzeugen so gut aus wie andere Kinder mit Bussen. Aber diesmal musste seine Mutter allein fliegen, hatte sie ihm erklärt, in ein paar Tagen würden sie sich wiedersehen.

Er spürte, dass sie ihn loslassen wollte, und hängte sich noch fester und schwerer an sie. Über ihre Schulter hinweg beobachtete er die altmodischen Anzeigetafeln mit ihren großen weißen Buchstaben, die unaufhörlich klappernd an die richtigen Positionen rollten. Dann stand seine Mutter auf und pflückte ihn von sich ab. Sie legte ihm noch kurz die Hand auf den Kopf und ging schnell weg. In dem Traum hatte er noch immer nicht ihr Gesicht gesehen. Er starrte auf ihren Rücken, bis sie in der Menge verschwunden war.

Box öffnete die Augen.

Ihm schwirrte der Kopf, wie immer, wenn er tagsüber geschlafen hatte. Die tief stehende Herbstsonne schien unter dem Vordach der Veranda hindurch auf sein Bett. Sein Körper war in blasses weißes Licht getaucht. Er hatte im Schlaf geschwitzt, als hätte er hohes Fieber. Sein Hemd klebte am Rücken, und auf dem Kissen gab es eine feuchte Stelle, wo Speichel aus seinem Mundwinkel getropft war.

Mark, dachte er.

Und dann ging der Tod seines Sohnes wieder auf ihn los, mit schwarzem Gesicht und rotunterlaufenen Augen, und im selben Moment war der Traum verschwunden. Box' Bewusstsein schrak zurück und wollte flüchten oder sich zumindest an irgendetwas festhalten, das ihn darüber hinwegtragen würde. Nichts gefunden. Neuer Versuch. Dito. Ein Unfall wäre schon schlimm genug gewesen – mit dem Auto, beim Schwimmen, sogar etwas, wie es dem armen Jungen passierte, der so betrunken war, dass er auf den Eisenbahnschienen einschlief. Alle diese Tode waren dumm, sinnlos und ein Verlust. Doch was Mark geschehen war – was Mark getan hatte –, das war noch schlimmer. Box starrte an die leere Zimmerdecke und sah dort den Hügel mit der Reihe alter Kiefern und dem Seil, das wartete.

Dumme, sinnlose Tode passierten andauernd. Sie tauchten

in den Fernsehnachrichten auf, oder er las beim Frühstück in der Morgenzeitung davon. Aber keiner war wie dieser.

Box hörte sich stoßweise einatmen. Er drückte sich in einem wütenden Reflex vom Bett hoch und schwang die Füße auf den Boden. Er barg das Gesicht in den Händen.

Die Stimmen, die er im Traum gehört hatte, wollten nicht weggehen. Es war ein Gesang, der aus einem anderen Zimmer kam und durch die Holzwände drang. Die Worte klangen nach Maori, die Melodie kannte er, konnte sich aber nicht an den Titel des Lieds erinnern.

Leise öffnete sich die Tür. Einen Moment lang wurde der Gesang lauter, dann war Liz ins Zimmer geschlüpft und hatte die Tür hinter sich zugezogen. Er richtete sich auf und sah sie an, sah ihr Gesicht.

»Was ist passiert?«

»Der Bestattungsunternehmer hat angerufen. Die Gerichtsmedizin hat Mark freigegeben. Er ist jetzt im Beerdigungsinstitut. Wir können ihn sehen.«

Er stand auf. »Wie spät ist es?«

»Fast vier.«

»Wo ist der Ausschaltknopf für diese Leute?«

»Ich mag es, wenn sie singen. Besser Gesang als Stille.«

Box rieb sich die Schläfen. »Ich sollte tagsüber nicht schlafen. Fühle mich wie ausgekotzt.« Das Bier hatte auch nicht gerade geholfen. »Wann gehen die wieder?«

»Ich kann sie doch nicht einfach rausschmeißen.«

»Aber sie werden doch wohl nicht hier übernachten wollen!«

»Nein. Tipene und ein paar andere sind in einem Motel, die meisten aber haben Verwandtschaft hier.«

Box streckte sich. »Sehr gut. Entschuldige, mir geht's einfach beschissen.«

»Wir sollten gehen.«
»Ich brauche noch zwei Minuten.«

Box und Liz wurden in einen gefliesten Raum geführt. In der Mitte stand ein Metalltisch auf Rädern. Ein Seziertisch. Das war der richtige Ausdruck, dachte Box. Mark – Marks Leichnam – liegt auf einem Seziertisch.

Derselbe dickliche Bestattungsunternehmer, der bei ihnen zu Hause gewesen war, hatte sie schon an der Tür erwartet. Box fahndete in seinem vernebelten Hirn vergebens nach dem Namen des Mannes. Das Gebäude wirkte neu: eine Mischung zwischen Kirche und Softwareschmiede. Der Bestattungsmensch war höflich und zuvorkommend, aber aus irgendeinem Grund hätte Box ihm gerne eine geknallt, einfach damit diese Vornehmtuerei ein Ende hätte.

Während der in angespanntem Schweigen verbrachten Fahrt hatte sich Box die dramatische Enthüllung von Marks Gesicht ausgemalt. Offenbar hatte er zu viele amerikanische Krimis gesehen. In Wirklichkeit sahen sie Marks Gesicht von dem Moment an, als sie den Raum betraten. Das gestärkte weiße Leintuch war mit größter Exaktheit genau bis zum Halsansatz zurückgeschlagen. Der blau unterlaufene Hals und die Spitzen seiner Schultern boten sich dem Auge dar.

Box merkte, dass Liz hinter ihm stehen geblieben war. Er drehte sich um und sah, dass sie auf halber Strecke zwischen der Tür und dem Leichnam ihres Sohnes gestrandet war. Ihr Gesicht hatte alle Farbe verloren. Sie war so regungslos und bleich, dass man glauben konnte, sie sei zur Salzsäule erstarrt oder für immer eingefroren.

Box ging die paar Schritte zu ihr zurück und legte seinen Arm um ihre steifen Schultern.

»Ist gut, Box.«

»Mach ganz langsam.«

Der Bestattungsunternehmer schluckte wieder unangenehm laut, dieses Geräusch hatte Box schon bei seinem Besuch in ihrem Haus genervt. »Alles, was Sie benötigen, sollte hier sein. Falls Sie mich brauchen, ich bin in meinem Büro, erste Tür links, wenn Sie rauskommen.«

»Okay«, sagte Box. Verpiss dich endlich.

»Ich lasse Sie jetzt allein.«

»Danke!«

Box hörte die Schritte des Mannes auf den Fliesen, dann schloss sich die Tür. Sie waren allein. Nur sie drei. Er legte seine Hände um Liz' Gesicht.

»Bist du sicher, dass du dir das zutraust? Wir müssen das nicht selbst machen, die haben ihre Leute dafür.«

»Nein, Box, ich schaffe das schon. Ich muss es selbst machen.«

Er nahm ihre Hand, und sie gingen zusammen durch den Raum.

Mark sah nicht so aus, als schliefe er – das war ein Klischee. Oder wie nannte man das? Ein Euphemismus. Im Schlaf hatte Mark sich immer bewegt. Er hatte sich in jedem Bett, in dem er je lag, ausgebreitet und rumgezappelt. Als Kind hatte er ständig im Schlaf vor sich hin gemurmelt oder mit sich selbst gesprochen, manchmal auch geschrien, seine Augenlider zuckten, und er war immer ganz heiß gewesen.

Schon von dem ersten warmen Sommer in Nelson an, als Box und Liz zusammenkamen, war Mark wie ein warmes Kaninchen fast jede Nacht in ihr Bett geschlüpft. Hörte erst mit zehn Jahren damit auf. »Schlecht geträumt«, sagte er, wenn er im Dunkeln neben ihrem Bett auftauchte. Zuerst wollte Box den Jungen immer in sein eigenes Bett zurückschicken, aber Liz hatte darauf bestanden, dass er bei ihnen bleiben durfte. Dass Mark bei ihr im Bett schlief, war eine Gewohnheit der beiden, seit Steve – jetzt Tipene – sie ein Jahr zuvor verlassen hatte. Sogar mit Liz zwischen ihnen hatte Box das Murmeln und die Unruhe des Jungen wahrgenommen. Manchmal traf ihn gar eine Faust oder ein Fuß aus dem Dunkeln. Es war, als schliefe man mit einem kleinen Erdbeben im Bett. Box hatte das nicht sehr gestört. Nicht allzu sehr. Zumindest nicht mehr, nachdem er sich daran gewöhnt hatte. Ihm fehlte zwar der tiefe ununterbrochene Schlaf des Junggesellen, doch mit den beiden im selben Bett zu liegen brachte eine neue Erfahrung: Er war Teil einer Familie. Das war den einen oder anderen nächtlichen Stoß durchaus wert.

Aber jetzt, hier, in diesem gekachelten Raum, in diesem beschissenen, unerklärlichen, vernichtenden Albtraum wusste Box, dass Mark ganz bestimmt nicht schlief. Seine Starre war geisterhaft.

Unter dem Laken war Mark nackt. Von oben gesehen glich sein Körper einer Landschaft; sanfte Hügel, Bergspitzen und ausgetrocknete Täler.

Jemand, der ihn nicht kannte, hatte sein Haar gekämmt. Es war immer dick und lang und ungekämmt gewesen, eine Mähne, die selten kürzer als schulterlang war. Jetzt war der Pony aus dem Gesicht gekämmt, und er hatte einen improvisierten Scheitel, eine schmale blasse Linie in Marks Schopf. Liz streckte langsam die Hand aus und griff in sein Haar, zerwühlte es, bis der Scheitel verschwunden und sie mit dem Ergebnis zufrieden war. Sie ließ ihre Hand an ihm herabgleiten und streichelte seine Wange. Erschrocken zog sie sie zurück. Ein erstickter Laut drang aus ihrer Kehle, sie trat zurück und schaute zu den hohen Fenstern, durch die letzte Sonnenstrahlen auf die gegenüberliegende Wand fielen.

Box schaute auf die dicken Blutergüsse am Hals des Jungen. Das sah gar nicht gut aus. Aber tatsächlich war er erleichtert. Während der beiden letzten Tage hatte er es sich noch schlimmer vorgestellt. Wieder und wieder war er durchgegangen, was sich auf diesem Hügel Samstagnacht wohl abgespielt haben mochte. In diesen quälerischen Filmszenen waren Marks Augen weit hervorgetreten und blutunterlaufen wie bei einem überfahrenen Opossum. Und der Hals des Jungen war blutiges, rohes Fleisch gewesen. Mit der Wirklichkeit kam Box besser klar: nur schwarzblaue Blutergüsse.

Mit zwei Fingerspitzen berührte er seinen Sohn an der Schulter, knapp oberhalb des Schlüsselbeins. Die Haut war hart, kalt und staubtrocken. Da Liz einer Einbalsamierung nicht zugestimmt hatte, hatten sie den Jungen in einem Kühlfach aufbewahrt. Box blinzelte mehrfach und atmete tief ein.

Der Bestattungsunternehmer hatte auf einem breiten, ebenfalls gefliesten Waschtisch an der linken Wand des Raums einen ordentlichen Stapel Waschlappen bereitgelegt und einige dicke weiße Handtücher. Die Art Handtücher, die Liz in Hotels immer so gemocht hatte, als sie es sich noch leisten konnten, zu reisen und in guten Hotels abzusteigen. Auch eine Schüssel mit Wasser stand dort. Box trug sie hinüber zum Seziertisch und stellte sie vorsichtig ab; er gab acht, keinen Tropfen zu verschütten. Dann holte er Handtücher und Waschlappen. Auf dem Tisch gab es Platz genug neben Marks Hüfte.

»Alles okay? Wir können es uns auch noch anders überlegen.«

»Nein, ich möchte das selbst machen.«

Liz nahm das Laken mit den Fingerspitzen hoch und

zog es von Marks Brust. Sorgsam faltete sie es über seinen Hüften. Der Bestattungsunternehmer hatte sie zwar vorgewarnt, dennoch schluchzte Liz auf, als sie die Obduktionsnaht sah. Sie hatte die Form eines Ypsilon und reichte fast bis zu Marks Nabel. Der Mann hatte seine Worte sorgsam gewählt, als er ihnen erklärte, was getan werden würde und auf welche Narben sie gefasst sein mussten. Er hatte ihnen sehr ernsthaft geraten, den Leichnam nicht selbst anzuziehen.

Als Box nun das Ausmaß des Eingriffs erkannte, stellte er sich fast zwanghaft vor, wie Latexhände seinem Sohn die Brust aufrissen. Wut stieg in ihm hoch. Wonach zum Teufel haben sie denn überhaupt gesucht? War sein Kind nicht ganz offensichtlich daran gestorben, dass es am Hals von einem Baum herabhing? Box stellte sich vor, wie die Hände in Marks Brust griffen und das Herz heraushoben. Sie hielten es hoch, drehten es ins Licht und wendeten es hin und her, um es genau zu inspizieren. Wie viel hat es wohl gewogen?, fragte er sich.

Liz nahm einen Waschlappen, tauchte ihn in die Schüssel und wrang ihn aus. Box sah ihr zu, wie sie Mark sanft die Stirn abwischte. Sie bewegte den Lappen über seine Nase und die Wangen hinab.

»Er ist ein bisschen stoppelig«, sagte Box.

Mark hatte sich täglich rasiert, sogar schon, bevor er das gemusst hätte. Box ging zur Tür und öffnete sie. »Entschuldigung.«

Der Bestatter erschien sofort in der ersten Tür links. »Ja? Ist alles in Ordnung?«

»Haben Sie einen Rasierer? Und Rasierschaum?«

»Selbstverständlich.«

Der Mann folgte Box in den Raum. Aus einem Wandschrank über dem Waschtisch nahm er ein Paket mit Einwegrasierern und eine blau-weiße Dose mit Rasierschaum.

»Danke.«

»Brauchen Sie sonst noch etwas?«

»Nein.«

Der Mann ging hinaus. Box nahm die Kappe von der Dose und drückte auf die Düse, doch nur ein dünnes Rinnsal wässrigen Schaums lief in seine Hand. Er schüttelte die Dose und versuchte es noch einmal, mit mehr Erfolg. Wie Schlagsahne quoll der Schaum heraus, er roch stark nach Minze.

Vorsichtig verstrich Box den Schaum auf Marks Wangen, Oberlippe und Kinn, dann ging er zum Waschbecken und wusch sich den Rest von den Händen.

Jeder der Rasierer war einzeln in Zellophan verpackt. Er nahm einen heraus, zog die Plastikhülle von der Klinge und hielt ihn Liz hin.

»Du kannst das übernehmen, wenn du willst.«

Sie schüttelte den Kopf. »Nein, das ist dein Job.«

Box setzte die Klinge an. Der Rasierer kratzte hörbar über Marks Gesicht. Liz und Box zuckten zusammen.

»Ich hole heißes Wasser«, sagte Liz.

Sie trug die Schüssel zum Waschbecken, leerte sie aus und ließ das Wasser laufen, bis es dampfend heiß aus dem Hahn kam. Sie füllte die Schüssel und trug sie zu Box zurück. Er tauchte die Klinge ins heiße Wasser. Schaum und ein paar schwarze Haarspitzen lösten sich von dem Rasierer und schwammen in der Schüssel.

Als er mit den Wangen fertig war, rasierte Box vom Unterkiefer abwärts den Hals, lange Schneisen entstanden im Schaum. Was würde wohl passieren, wenn er die Haut ritzte? Würde es bluten?

Als Box fertig war, nahm er einen frischen Waschlappen, feuchtete ihn am Waschbecken an und wischte den Rest des Schaums von Marks Gesicht.

Er trug die Schüssel wieder zum Becken und wartete, bis das Wasser aus dem Hahn kühl genug war, um sie ausspülen zu können. Er füllte sie erneut und brachte sie zurück. Gemeinsam wuschen sie jetzt den Körper ihres Sohnes. Liz nahm einen frischen Lappen und wischte über die roten Wülste der Narbe, die den Oberkörper in der Mitte durchschnitt. Box fing an den Schultern an. Das helle Deckenlicht warf Schatten neben der Brust des Jungen und seinen Oberarmen. Box sah, dass Mark in den letzten Jahren aus einem schlaksigen großen Teenager zu einem muskulösen jungen Mann herangewachsen war.

Als sie die Schultern, Brust und die fast haarlose Magengrube gewaschen hatten, trat Liz ans Fußende des Tischs. Sie faltete das Laken bis zu seinen Oberschenkeln hoch. Das Blut hatte sich in Marks Waden und Füßen gestaut. Sie waren rot marmoriert, als wäre er geschlagen worden. Box sah, dass die kleinen Zehen an beiden Füßen eingedreht waren. Das hatte er von Liz geerbt. Wie bei ihr waren seine anderen Zehen lang, und er hatte dasselbe hohe Fußgewölbe wie sie. Liz begann seine Füße und Beine zu waschen. Zweimal hielt sie dabei inne und wandte den Blick von den Blutstauungen ab.

Als sie oben an seinen Oberschenkeln angekommen war, faltete sie das Laken weiter auf, bis es gerade noch seine Hüften bedeckte.

»Ich kann weitermachen, wenn du möchtest«, sagte er leise.

»Danke.«

Ungefähr mit elf hatte Mark angefangen, sich vor seiner

Mutter zu schämen. Er wollte sich ihr nicht mehr nackt zeigen und zog sich am Strand unter einem Handtuch um. Box und Liz scherzten darüber, zogen ihn sogar manchmal damit auf. Liz war ganz und gar nicht prüde. Es war ihr egal, wenn die Badezimmertür offen stand, während sie duschte oder sich anzog. Oft lag sie in der Badewanne und führte lange Gespräche mit Heather oder Box. Doch von seinem ersten Jahr auf der Highschool an hatte Mark es vermieden, seine Mutter nackt zu sehen. Box und Liz hatten darüber spekuliert, ob der Grund wohl mehr in Marks sich veränderndem Hormonhaushalt zu suchen sei oder bei seinen neuen Kameraden. Box hatte mal gehört, wie ein Mitschüler von Mark Liz als »heiße Braut« bezeichnete. Er hatte Liz damit geneckt, dass sie sich problemlos einen Jüngeren angeln könnte, wenn sie genug von ihm hätte.

Doch jetzt sah Liz weg, als Box das Laken wegnahm. Er wischte mit dem Lappen über Marks Hüften und die Innenseite seiner Schenkel, vorsichtig nahm er sich seines Hodensacks an. Und dann reinigte er den zusammengeschrumpften Penis. Als er damit fertig war, breitete er wieder das Tuch über Marks Hüften.

»Okay, fertig.«

Sie hatten Marks Kleider in einer Sporttasche mitgebracht. Liz nahm sie nun heraus und breitete sie auf dem Waschtisch aus. Seine Schuhe kamen zuletzt, sie wirkten geradezu lächerlich groß in ihren Händen – Schuhe eines Zirkusclowns. Liz trat ans Waschbecken und stützte beide Hände auf den Rand. Sie atmete schwer. Einen Moment lang dachte Box, sie würde sich übergeben.

»Du machst das sehr gut.«

»Mir geht's gleich wieder besser.«

»Bestimmt?«

»Los, machen wir weiter.«

Box nahm Marks Jeans von dem Kleiderstapel. Es war dieselbe, die er getragen hatte, als er am Samstag aus dem Haus gegangen war. Die Polizei hatte sie einen Tag einbehalten, vermutlich um nach etwas noch Schlimmerem als einem Selbstmord zu suchen. Als sie nichts gefunden hatten, brachte ein Polizist die Hose zurück, zusammen mit dem Rest seiner Kleider, seinem Handy und Portemonnaie. Liz hatte die Hose seitdem dreimal von Hand gewaschen. Sie stand in der fensterlosen Waschküche am Becken und schrubbte den Stoff, bis das Wasser kalt wurde und ihre Finger rot und schrumpelig waren.

Box zog die Hose über die Füße des Jungen. Er nahm ein Bein, Liz das andere. Sie hatten sie schon über die Knie hochgezogen, als Box plötzlich innehielt.

»Verdammt.«

»Was ist denn?«

»Wir haben die Unterhose vergessen.«

Die blauen Boxershorts lagen bei den anderen Sachen.

Ohne dass er es bemerkte, machte sich ein Grinsen auf Box' Gesicht breit. Und dann fingen sie beide an zu lachen. Irgendwann weinte Liz wieder. Sie umarmten sich, und er lachte, und sie lachte und weinte, während sie nach Luft schnappte wie eine Ertrinkende. Alles zugleich.

Box wusste nicht, wie viel Zeit vergangen war, als er bemerkte, dass der Bestatter seinen Kopf durch die Tür streckte. »Ist alles in Ordnung?«

Box nickte. »Ja, alles okay.«

»Es ist nur schwerer, ihn anzuziehen, als wir gedacht hatten«, setzte Liz hinzu.

»Vielleicht kann ich helfen? Ich habe viel Erfahrung damit.«

»Nein, vielen Dank«, sagte Liz. »Wir schaffen das schon.«

Als der Mann wieder weg war, lächelte Liz traurig. »Ich kann kaum glauben, dass wir vergessen haben, ihm die Unterhose anzuziehen.«

»Tja. Übrigens ist mir gestern beim Anziehen dasselbe passiert.«

Sie lächelte durch ihre Tränen. »Hilf mir, ihn wieder auszuziehen.«

Die Jeans wurden wieder abgestreift. Box übernahm es, das Laken zu heben und ihm die Unterhose über Hüften und Hintern zu ziehen. Und dann kamen erneut die Jeans dran. Zusammen zogen sie Mark das fast neue Hemd an. Es war blassgelb mit dem kleinen Logo eines sich aufbäumenden Pferdes auf der Brusttasche. Erst ein Ärmel. Dann das Hemd unter dem Körper durchziehen, während Box die Schultern anhob. Der zweite Ärmel. Alles glatt ziehen und zuknöpfen.

»In die Hose oder drüber?«, fragte Box, obwohl er die Antwort schon kannte.

Sie lächelte zurück.

Das Hemd blieb draußen.

13

Box hatte seit fünfzehn Jahren keine Zigarette mehr geraucht. Er hatte mit dreißig aufgehört, doch gab es anfangs immer wieder Rückfälle. In den Monaten, als sein Unternehmen langsam bankrottging, hätte er mehrmals fast wieder angefangen, und vor ziemlich genau einem Jahr hatte er an einem Kiosk plötzlich nach einer Packung Camel gefragt; er nahm sie in die Hand, ließ sie dann aber doch auf der Verkaufstheke liegen und ging schnell weg, bevor er es sich anders überlegen konnte. Und als sein Haus auf Clifton Hill zwangsversteigert wurde für hundertfünfzigtausend Dollar unter dem Schätzpreis der Bank – er stand ganz hinten in der Menschenmenge und hörte zu, wie der Auktionator versuchte, ein paar Dollar mehr aus diesen Geiern herauszupressen, die seine Existenz zerfledderten –, da hätte er für eine Zigarette gemordet. Bislang aber hatte er es immer geschafft, der Versuchung zu widerstehen.

Jetzt stand er auf seiner Veranda und zupfte die Tabakfäden in das kleine Papierrechteck in seiner Hand. Seine Finger erinnerten sich daran, wie man das machte.

Der Abend war kühl, der Smog, der über der Stadt lag, verbreitete einen Chemiegeruch und einen Geschmack, den ein in der Wolle gefärbter Einheimischer in seinem Mund hin und her bewegen und darüber sprechen konnte wie ein Weinkenner über einen schlechten Merlot.

Noch bevor Box das Zündholz anstrich, trug ihn der

Tabakgeruch durch die Jahre nach Whitecliffs zurück. Dee hatte verboten, im Haus zu rauchen, deshalb trat Pop, wenn es windig war oder regnete, am Abend zum Rauchen auf die Veranda an der Nordseite hinaus, doch wenn das Wetter auch nur einigermaßen gut war, ging er auf den großen Rasen neben dem Haus. Dort stand er dann am Rand der Obstplantage, nahe den schuppigen Birnbäumen und den niedrigen Apfelbäumen, und qualmte. Auch während des Tages rauchte sein Großvater manchmal bei der Arbeit, doch nur nebenher. Pops letzte Zigarette des Tages hingegen war ein richtiges Ritual.

Manchmal stand Box am Fenster seines Zimmers und beobachtete, wie Pop sich auf der anderen Seite des Rasens sorgfältig eine Zigarette drehte. Er hob sie an den Mund, und seine Zunge glitt über den Rand des Papiers. Mit einer raschen Bewegung seines Handgelenks entzündete er eine Flamme. Selbst wenn es kalt war, rauchte er die Zigarette immer ganz zu Ende. An windstillen Abenden stieg der Rauch in die Bäume und weiter in den Himmel. Manchmal inspizierte er die Zweige in seiner Nähe, während er rauchte, riss ein Blatt ab und rollte es prüfend zwischen Zeigefinger und Daumen. Oder er fegte geistesabwesend mit der Sohle seines Stiefels über den Boden unter ihm, als vergewisserte er sich der Qualität der Erde, die er freilegte.

Box hatte die Zigarette fertig gedreht und steckte sie an. Er hielt kurz inne, dann nahm er einen Zug. Er spürte den Rauch in seiner Lunge wie die Umarmung einer alten Freundin – zu hübsch, um wirklich gut für dich zu sein. Er hielt den Rauch kurz in der Lunge und blies ihn dann über die drei verkümmerten Rosenstöcke, die sie mit dem Haus geerbt hatten.

Den ganzen Tag waren Leute aus und ein gegangen. Zumeist waren es Verwandte von Tipene; Fremde für ihn, doch Liz kannte ein paar von ihnen von früher – aus den drei Jahren, die sie mit Tipene zusammen gewesen war. Auch andere Leute waren gekommen; Jill, ihre Nachbarin aus Clifton Hill, brachte mit leicht zitternden Händen eine Platte voller Pfannkuchen mit Marmelade und Sahne. Und eine Schüssel mit gebratenen Hähnchenstücken. Ein Ehepaar, dessen Sohn mit Mark in derselben Klasse gewesen war, stand kurz nach Mittag vor der Tür. Die Jungen hatten zusammen Leichtathletik trainiert und waren eine Zeit lang enge Freunde gewesen, bevor sie auf verschiedene Schulen wechselten. Keith und Trudy waren so aufgeregt und verlegen gewesen wie eine Klosterschülerin in der Hochzeitsnacht. Aber immerhin hatten sie sich getraut. Die weniger Mutigen schickten Kondolenzkarten und Blumen. Der Bote klopfte nicht mal mehr, er brachte die teuren Blumenarrangements – Lilien und Chrysanthemen, selbst Orchideen auf weichem Schleierkraut – einfach rein und suchte nach einer freien Fläche zum Abstellen. Längst hatten sie keine Vasen oder sonstigen Behältnisse mehr. Zum Glück kamen die meisten Schnittblumen dieser Tage bereits in Pappvasen, die Stängel steckten in wassergefüllten Plastiksäcken.

Ein SUV neuester Bauart hielt vor dem Haus, ein roter Nissan mit Doppelkabine und Ladefläche. In der Dämmerung erkannte Box den Mann, der ausstieg, nicht, bis er am Tor war. Es war Tipene. Er kam die betonierte Einfahrt herauf und blieb an den Stufen vor der Eingangstür stehen.

»Können wir reden?«
»Natürlich.«

Tipene trat auf die Veranda, und sie gaben sich die Hand. Sie schauten auf den trockenen Rasen und die Straße mit den Häusern, von denen die Farbe abblätterte.

»Wollen Sie eine Zigarette?«, fragte Box.

»Nein, vielen Dank. Damit habe ich vor Jahren aufgehört.«

»Ich auch.«

Tipene lächelte. »Wie war Ihr Tag?«

»Beschissen.«

Tipene verzog das Gesicht zu einem flüchtigen Ausdruck von Mitgefühl. »Stimmt. Dumme Frage.«

Box zog an seiner Zigarette und wandte den Kopf, um den Rauch in eine andere Richtung zu blasen. Bei Gott, es würde ihm bestimmt kein Zacken aus der Krone brechen, wenn er freundlich zu dem Kerl wäre. Immerhin war er von sich aus gekommen. »Liz sagt, Sie sind im Tourismusgeschäft?«

»Pacific Encounter oben in Kaikoura. Wir fahren mit den Leuten raus, um Delfine zu beobachten. Und wir bieten Hochseefischen an. Als wir angefangen haben, fuhr ich die Boote noch selbst, aber jetzt kümmere ich mich nur noch ums Geschäft.«

»Wenn man lange genug denselben Job macht, endet man irgendwann hinter einem Schreibtisch.«

»Heute würde ich einen Delfin nicht mal mehr erkennen, wenn ich über einen stolpere.«

Box musste zugeben, dass Tipene eine Lässigkeit hatte, die ihm gefiel. Er redete wie jemand, der niemandem etwas beweisen muss. Box kannte genug Leute, um zu wissen, wie selten das war. Schon zum zweiten Mal ertappte er sich dabei, dass er Tipene verstohlene Blicke zuwarf, um nach Spuren von Mark in seinem Gesicht zu suchen. Er konnte nicht anders.

»Und wie läuft der Tourismus jetzt?«

»Sehr viel schlechter als vor zwei Jahren. Viel weniger Leute. Diese verdammte Rezession ist schuld. Die Leute in Übersee fahren nicht in Urlaub, sondern hocken auf ihrem Geld. Aber wir haben noch niemanden entlassen müssen, es ist also nicht ganz so schlimm, wie die verdammten Zeitungen es darstellen. Lizzy hat erzählt, dass Sie Bauunternehmer sind?«

Lizzy. Niemand nannte sie Lizzy. Nur ihre Mutter, bis dieses verrückte alte Huhn starb. »Ja. Das Geschäft ist allerdings total zusammengebrochen. Das ändert sich bestimmt irgendwann wieder, aber im Moment baut kein Mensch Häuser.«

Box erwog kurz, Tipene die ganze traurige Geschichte von Saxton Construction zu erzählen. Es war verlockend, ihm erst mal klarzumachen, was für einen Riesenerfolg er gehabt hatte, bevor er allein durch schlechtes Timing diesen Schlag in die Magengrube bekam, der ihn von den Beinen holte. Doch noch während er daran dachte, wusste er, wie es klingen würde. Er stünde entweder als Angeber oder als Jammerlappen da – wahrscheinlich sogar als beides zugleich. Box schaute auf den fleckigen gelben Rasen und die Veranda, von deren Geländer die Farbe abplatzte. Er wünschte, er hätte dieses Gespräch mit Tipene auf der Terrasse seines früheren Hauses mit Blick aufs Meer und über die Stadt führen können. Hier war Box alles nur peinlich: die ausgeweideten Autowracks auf dem Rasen des Nachbarn, die Graffiti überall auf den Betonmauern, das heisere Bellen des immer an der Kette liegenden Schäferhunds ein paar Häuser weiter. Im verblassenden Licht wirkte alles grau und hässlich. Aber auch am helllichten Tag war es ziemlich deprimierend.

Sie unterhielten sich eine Weile, hauptsächlich über die Wirtschaftskrise, dann verlor Tipene plötzlich seine Lockerheit. »Lizzy sagt, Sie haben schon eine Idee, wo Sie Mark beerdigen wollen?«

»Ja, er wird in Governors Bay beerdigt. Drüben auf der Halbinsel.«

Tipene nickte. Er schwieg einen Moment nachdenklich. »Ich habe ein Anliegen, das ich Ihnen gerne unterbreiten möchte, wenn Sie mich anhören wollen.«

»Zuhören hat noch nie geschadet.«

»Wir glauben, Mark sollte in Kaikoura beerdigt werden.«

Box hatte einen Fuß auf die untere Leiste des Geländers gestellt, jetzt zog er ihn weg und richtete sich auf. »Warum?«

»Wir halten es für wichtig, dass er bei seinen Ahnen im örtlichen Urupa beigesetzt wird – auf dem Friedhof bei unserem Marae.«

Box schüttelte schon bei Tipenes ersten Worten den Kopf. »Ich will nicht unhöflich sein, aber das kommt nicht infrage. Mark wird definitiv an der Kirche von Governors Bay beigesetzt.«

»Können wir nicht zumindest darüber reden?«

»Ich rede ja gerade mit Ihnen darüber, aber offen gestanden glaube ich, dass schon alles gesagt ist.«

»Nein. Sie wissen zum Beispiel nicht, weshalb das für uns so wichtig ist.«

»Wer ist uns?«

»Sein Whanau.«

»Marks Familie, das sind Liz, ich und seine Schwester.«

»Das bezweifelt ja niemand, aber Sie müssen akzeptieren, dass Mark auch Maori war, Tangata Whenua. Durch mich war er Teil eines Hapu und eines Iwi, also eines Stammes.«

»Ich weiß, was Iwi heißt. Aber Mark hat Sie oder irgendjemanden aus Ihrer Familie nicht mehr gesehen, seit er zwei Jahre alt war. Er sprach kein Wort Maori.«

»Darauf kommt es nicht an.«

»Ich bin noch nicht fertig.«

»Also gut, reden Sie weiter.«

»Er sprach kein Maori, und er hatte nichts mit Maori-Kultur am Hut. Ich glaube, er war nur ein einziges Mal in einem Marae, mit ungefähr zwölf auf einem Schulausflug. Sein einziger Kommentar dazu war, dass es ihm nicht gefallen hätte, auf dem Boden schlafen zu müssen. Inwiefern also war Mark Maori?«

»Durch seine Abstammung. Mark kann seine Ahnenreihe zurückverfolgen bis zu den ersten Kanus, die auf diesen Inseln ankamen. Er hat eine spirituelle Verbindung zu Kaikoura. Deshalb sollte er dort begraben werden.«

»Ich verstehe nicht so recht, wie jemand eine tiefe Verbindung zu einem Ort haben kann, an dem er nie gewesen ist.«

»Das liegt daran, dass Sie die Welt mit Pakeha-Augen sehen.«

»Finden Sie das nicht ein bisschen anmaßend?«

»Es ist die Wahrheit. Er kam im Krankenhaus von Kaikoura zur Welt, und seine Plazenta wurde in der Nähe des Marae begraben.«

»Es tut mir leid, aber für mich ist diese Diskussion beendet. Sein Name war Mark Saxton, und Liz und ich haben ihn seit seiner frühesten Kindheit gemeinsam erzogen. Es ist allein unsere Entscheidung, wo er begraben wird. Das hat nichts mit Pakeha-Augen zu tun, es ist einfach das Richtige.«

»Wir sehen es anders.«

»Mark wird in Governors Bay beerdigt. Punkt.« Die Ungerechtigkeit in Tipenes Argumentation machte Box wütend. »Jetzt hören Sie mir mal zu, verdammt! Er hätte weder Sie noch irgendjemanden aus Ihrer Sippschaft erkannt, wenn Sie ihm auf der Straße begegnet wären. Er wird dort begraben, wo seine Familie es will, seine richtige Familie. Die Menschen, bei denen er aufgewachsen ist und die ihn geliebt haben.«

Tipene schüttelte langsam den Kopf. »Es hat wohl keinen Sinn, weiter mit Ihnen zu diskutieren.«

»Da haben Sie ausnahmsweise recht.«

»Wir würden gern ein Treffen arrangieren, bei dem jeder seinen Standpunkt vortragen kann, und am Ende entscheiden wir dann, was getan wird.«

»Nein, kein Treffen. Das wäre zwecklos. Ich habe bereits entschieden und werde meine Entscheidung nicht ändern.«

Tipene sah Box prüfend ins Gesicht. »Nein, das werden Sie nicht.« Er drehte sich um und ging die Stufen hinab. Box sah ihm nach, wie er in seinen SUV stieg und wegfuhr, ohne sich noch einmal umzublicken.

DRITTER TEIL

14

Box fuhr auf die lange Brücke über den Kaikoura River. Der Fluss unter ihm war auf zwei dünne Rinnsale zusammengeschrumpft, die sich durch das breite Kiesbett schlängelten. Rhythmisch ratterten die Räder über die Dehnungsfugen. Auf der anderen Seite des Flusses bog er zur Küste ab, und fünf Minuten später fuhr er durch Kaikoura, einen kleinen Fischerort, der sich an einer Bucht entlangzog. Der Strand bestand aus von der Dünung glatt geschliffenen Kieseln, grau und gleichmäßig wie Vogeleier. Auf der anderen Straßenseite lagen die Häuser.

Box fuhr langsam an einem von Möwenkot befleckten Straßenschild vorbei. Wie in beinahe jedem Ort, der eine Straße am Meer entlang besaß, hieß auch diese Marine Parade. An ihrem östlichen Ende befand sich ein langer Kai, ein halbes Dutzend Fischerboote lag dort an orangefarbenen Bojen vertäut. Box kam an einer Ansammlung von hangarartigen Gebäuden vorbei, die von Drahtzäunen umgeben waren. Vermutlich wurden dort Fisch und Krustentiere direkt vom Schiff weiterverarbeitet.

Box war seit ungefähr zwanzig Jahren nicht mehr in Kaikoura gewesen. Damals hatte die Stadt aus nicht viel mehr als einer Imbissbude, einem kleinen Laden, einer Tankstelle und ein, zwei Kneipen bestanden. Die Art von Stadt, wo nichts passiert – in der Zwischenzeit war aber ziemlich viel passiert. Er sah gleich, dass es viel mehr Motels und Campingplätze gab, als er in Erinnerung hatte. Und eine große Jugendherberge. An der Straße lagen nun diverse Restaurants, mindestens ein halbes Dutzend Cafés und eine Touristeninformation, vor der gerade ein Reisebus hielt, auf dem Parkplatz stand mit laufendem Motor ein zweiter, aus dem asiatische Touristen hervorquollen. Dazu eine Töpferei und Kunsthandwerksläden. Ein Geschäft, das nur Souvenirs aus polierten Paua-Muscheln verkaufte. Mietwagen und Wohnmobile parkten überall an der Straße. Die Leute saßen vor den Cafés in der Sonne.

Box steuerte die Tankstelle an. Er war ohne Pause von Christchurch durchgefahren und fühlte sich beim Aussteigen ziemlich steif. Er hängte den Stutzen in den Tank, ließ das Benzin fließen und betrat den Verkaufsraum. Ein junger Typ in blauer Tankwartuniform stand hinter der Theke, langes blondes Haar sah unter seiner grün-schwarzen Wollmütze hervor.

»Nur das Benzin.«

»Macht zweiundachtzig Dollar.«

Box gab ihm seine Kreditkarte. »Ist irgendwas Besonderes los in der Stadt?«

»Wie meinen Sie das?«

»Es sind jede Menge Leute unterwegs.«

»Nein, das ist ziemlich normal. Sie sollten mal an Weihnachten kommen, dann ist hier echt die Hölle los.«

»Ich bin nur zwei Tage hier. Was kann man in der Zeit machen?«

Der Junge zuckte die Achseln, während er die Zahlung

abwickelte, wobei er die Schultern bis an seine Haarspitzen hochzog. »Die Touristeninformation ist gleich dort drüben.«

»Klar. Aber was würden Sie empfehlen?«

Er sah Box flüchtig an. »Weiß echt nicht. Sie könnten rausfahren und die Delfine anschauen. Die meisten machen das.«

»Mit Pacific Encounter?«

»Genau. Wenn es Ihnen nichts ausmacht, nass zu werden, können Sie mit den Delfinen schwimmen. Oder mit den Seehunden. Dazu müssen Sie noch nicht mal mit dem Boot rausfahren.«

»Ist es nicht ein bisschen zu kalt zum Schwimmen?«

»Die geben Ihnen einen guten Neoprenanzug. Brauchen Sie die Quittung?«

Box nahm den Papierstreifen und seine Karte, die ihm der Junge hinhielt. »Danke für Ihre Tipps.«

»Gerne.«

»Ach, noch was. Kennen Sie Tipene Pitama? Ich glaube, der wohnt hier irgendwo.«

»Tut mir leid, ich bin nicht von hier. Bin erst zwei Monate in Kaikoura.«

»Woher sind Sie?«

»Aus Northland. Whangarei.«

»Und was hat Sie hergelockt?«

»Das Surfen. Ein Stück die Küste rauf ist es super.«

Box wendete und fuhr auf den Parkplatz neben der Touristeninformation. Hinter dem Eingang lagen bunte Werbebroschüren und Flyer aus. Er fand einen mit dem Aufdruck »Pacific Encounter«, darunter ein Foto eines aus dem Wasser springenden Delfins.

Box drehte den Zettel um und studierte die Rückseite. Laut Impressum gehörte das Unternehmen einer »Mana

Tours«. Er schaute sich noch mehr Broschüren an und fand ein zweites Unternehmen der »Mana Tours«, die »Glow Worm Cave Tours«. Das Backpackerhostel gehörte ihnen ebenfalls. Vermutlich war das nicht alles, doch mehr fand er auf den ersten Blick nicht.

Es herrschte kein Mangel an attraktiven Angeboten. Box nahm Flyer zum Mieten von Mountainbikes, Motocross- und Quad-Rädern. Unten am Kai gab es ein kleines Aquarium. Mehrere Hochseetrips garantierten einen respektablen Fang. Es gab Flusstouren durch Kalksteinhöhlen, bei denen man offenbar Neoprenanzüge und aufblasbare Reifenschläuche brauchte.

Eine Maori-Frau, die hinter der Informationstheke gesessen hatte, stand auf und trat zu ihm. Sie trug einen dünnen schwarzen Pullover mit Polokragen unter einem dunkelgrauen Jackett. Eine Kette mit einem großen Jadestein hing um ihren Hals.

»Kia Ora.«

»Hallo.«

»Kann ich Ihnen helfen?« Breites Lächeln.

»Ja, ich möchte gern etwas Spannendes unternehmen.«

»Ich muss Sie enttäuschen, dazu ist es etwas zu spät für heute. Die meisten Touren und sonstigen Aktivitäten gehen morgens los. Wie lange bleiben Sie hier?«

»Morgen wäre okay. Ich fände vielleicht die Delfine interessant.«

»Da kann ich Ihnen nur zuraten. Um diese Jahreszeit haben wir Unmengen davon. Die Chancen stehen sehr gut, dass Sie mindestens eine große Gruppe sehen, wenn Sie morgen früh rausfahren.«

»Klingt gut. Ich bin viele Jahre nicht hier gewesen. Hat sich ganz schön verändert.«

»Ja, der Tourismus hat sehr viel bewirkt.«

Box nickte. »Und viele Geschäfte werden von Maori geführt?«

»Richtig. Der hiesige Hapu war sehr aktiv, von ihm ging das alles aus. Wenn Sie sich für die Geschichte des Tangata Whenua interessieren, kann ich Ihnen eine Führung zu dem früheren Pa hier anbieten, beginnt in einer halben Stunde.«

»Das überlege ich mir. Sind Sie von hier?«

»Mütterlicherseits ja, aber ich bin in Napier aufgewachsen.«

»Und wie lang leben Sie jetzt schon hier?«

»Fast fünf Jahre.«

»Dann kennen Sie bestimmt Tipene Pitama?«

»Natürlich.« Wieder das Hundert-Watt-Lächeln. »Tipene ist einer der Chefs bei Pacific Encounter.«

»Wirklich? Ich kenne ihn von früher. Ich dachte, ich schaue mal bei ihm vorbei, wenn ich in der Stadt bin.«

Ihr Lächeln verschwand abrupt, und sie runzelte die Stirn. »Normalerweise ist er hier unten in seinem Büro, aber heute wohl nicht. Er wird bei dem Tangi sein, oben auf dem Marae. Es tut mir sehr leid, Ihnen das sagen zu müssen, aber Tipenes Sohn ist gestorben.«

Box gab sich alle Mühe, sich nichts anmerken zu lassen, als er antwortete: »Oh, das tut mir sehr leid. Wie ist es denn passiert?«

»Ich weiß nicht genau. Sein Sohn hat nicht hier gelebt, sondern irgendwo im Süden, bei seiner Mutter. Ich habe nur gehört, es sei ein Unfall gewesen.«

»Sicher nicht der beste Zeitpunkt, Tipene zu besuchen. Ich verschiebe das lieber.«

Sie nickte. »Das ist sicher besser.«

»Vielen Dank für Ihre Hilfe.«

Box wandte sich zum Gehen, drehte sich aber noch einmal um und kam zurück, als wäre ihm noch etwas eingefallen. »Vielleicht stecke ich Tipene doch eine Kondolenzkarte in den Kasten. Wissen Sie, wo er wohnt?«

»Das ist eine nette Idee. Wird ihm gefallen. Ich habe seine Adresse irgendwo hier.«

Sie ging hinter die Theke zurück. Beim Gehen pendelte der Jadestein vor ihrer Brust. Box schaute zu, wie sie einen blauen Aktenordner mit dem Logo von Pacific Encounter durchblätterte.

»Er wohnt oben im Neubaugebiet. Ich weiß nur die Hausnummer nicht.« Sie sprach, ohne aufzuschauen. Ihr Finger glitt an einer Liste entlang. »Hier ist es. Plover Crescent Nummer sechzehn.«

»Plover sechzehn.«

»Sie müssen auf den Highway zurückfahren und dann etwa zehn Minuten nach Norden. Das Neubaugebiet heißt Seaview, liegt auf einem Hügel. Es ist ausgeschildert, Sie können es nicht verfehlen.«

»Danke.«

Ein Ausdruck des Zweifels machte sich auf ihrem Gesicht breit. »Woher kennen Sie Tipene noch mal?«

»Durchs Rugby. Nur dass er damals noch Steve hieß, der gute alte Steve Sullivan.«

Sie lächelte beruhigt und nickte.

»Noch mal vielen Dank für Ihre Hilfe«, sagte Box.

»Denken Sie daran, wenn Sie etwas für morgen buchen wollen, wir haben heute bis spät geöffnet und morgen früh ab acht Uhr wieder.«

»Das überlege ich mir auf jeden Fall noch.«

Draußen spürte er die Sonne warm auf seinem Gesicht. Auf dem Parkplatz scharten sich mehrere Möwen um eine asiatische Familie, ein etwa zehnjähriger Junge warf ihnen Kartoffelchips zu. Box hielt sie für Japaner, hatte aber in Wirklichkeit keine Ahnung. Japaner entsprachen einfach dem Touristenklischee. Ebenso gut konnten sie Koreaner oder Chinesen sein.

Er würde den Unterschied nicht erkennen. Ihr Reisebus stand quer auf dem Parkplatz wie ein riesiger roter Legostein. Noch immer lief der Motor. Der Tourguide redete laut auf die Leute ein, offenbar wollte er aus dem Gewusel von bunten Jacketts und Fotoapparaten so etwas wie eine ordentliche Touristengruppe machen.

Box ging mitten durch die Möwen hindurch. Sie machten ihm Platz. Ein paar flogen kurz auf, aber die meisten trippelten nur zur Seite. Der Junge sagte etwas in einer Sprache, die Box nicht verstand, und lachte. Sein Lachen mischte sich mit dem Benzingeruch des Busses und dem beleidigten Kreischen der Möwen.

Box drehte sich der Magen um, er glaubte sich übergeben zu müssen.

»Was darf ich Ihnen bringen?«

Einen Moment lang wusste er nicht, was die Frau von ihm wollte. Dann wurde sein Kopf wieder klar. »Einen Kaffee bitte, schwarz.«

»Gerne.«

Er war wie bewusstlos über die Straße gegangen – hatte vermutlich nicht mal auf den Verkehr geachtet – und ins erste Café, an dem er vorbeikam. Dort ließ er sich auf einen Stuhl fallen.

Als sein Kaffee kam, blieb die Kellnerin bei ihm stehen. Sie war etwa sechzig, vielleicht die Besitzerin. »Ich möchte nicht aufdringlich sein, aber ist alles in Ordnung mit Ihnen?«

»Sehe ich so schlimm aus?«

»Nein, überhaupt nicht. Ich dachte nur, ich frage besser mal.«

»Danke.« Box zwang sich zu so etwas wie einem Lächeln. Sie lächelte zurück, offenbar wenig überzeugt, und ging wieder zur Theke. Box kippte drei Päckchen Zucker in die kochend heiße schwarze Flüssigkeit und nippte daran. Ihm war noch immer speiübel. Er fühlte sich wie ausgewrungen – hohl und leer.

Um sich abzulenken, beobachtete er die Leute, die vor dem Fenster vorbeigingen. Mit Ausnahme der Pauschalreisenden aus Asien waren die Touristen zumeist jung. Trotz der Sonne trugen sie helle Jacken gegen die kühle Herbstluft und teure Wanderstiefel.

Die Einwohner der Stadt waren ebenso leicht zu erkennen. Sie trugen Jeans und T-Shirts mit Buschhemden oder Sweatshirts darüber. Die Männer aus der Fischverarbeitung am Kai wiederum liefen in blauen Overalls und Gummistiefeln durch die Straßen. Ein hoher Prozentsatz der Ortsansässigen waren Maori – es gab sehr viel mehr braune Gesichter als in Christchurch. Keiner der Männer gehörte zu denen, die am Morgen im Beerdigungsinstitut gewesen waren.

Während er den Rest seines Kaffees trank, dachte Box darüber nach, was um alles in der Welt er jetzt tun sollte. Er machte sich nicht vor, irgendwas wie einen Plan zu haben. Er handelte rein aus dem Bauch heraus. Nach Kaikoura zu fahren war eine reflexartige Reaktion auf die Geschehnisse an diesem Morgen. Außer die Tasse zum Mund zu führen und auszutrinken, konnte er nicht sagen, was seine nächsten Bewegungen sein würden.

Wenn er den Fokus seines Blicks veränderte, konnte er

sich selbst im Fenster des Cafés sehen. Er saß so reglos da, dass sein Spiegelbild wie ein wenig schmeichelhaftes Porträt aussah. Nein, kein Porträt, eine Karikatur. Kein Wunder, dass sich die Kellnerin nach seinem Befinden erkundigt hatte. Er sah müde aus – schlimmer als müde. Es wäre wohl keine Übertreibung zu sagen, dass er wie ausgekotzt aussah. Seine Wangen waren eingefallen und seine Augen beinahe ganz in den Höhlen verschwunden.

Wann hatte er zuletzt etwas gegessen? Er wusste es nicht mehr. Vermutlich war ihm deshalb schlecht.

Er ging zur Theke und bestellte ein Roastbeef-Sandwich, ohne Appetit darauf zu haben. Die Kellnerin warf ihm immer noch forschende Blicke zu, stellte aber wenigstens keine Fragen mehr.

Er fürchtete, es würde ihm schwerfallen, das Sandwich runterzukriegen, doch als er es zu seinem Tisch gebracht und die Zellophanverpackung geöffnet hatte, stieg ihm der Geruch von Meerrettich in die Nase, und zwischen den Brotscheiben sah zartrosa gebratenes Fleisch hervor. Auf einmal hatte er das Gefühl, seit Wochen nichts mehr gegessen zu haben.

Box schlang das Sandwich in ungefähr vier Bissen herunter. Dann saß er einfach da und ließ seine Gedanken schweifen.

15

Sieben Stunden zuvor hatte er in ihrem Schlafzimmer vor dem Spiegel gestanden und mit seiner Krawatte gekämpft, als das Telefon in der Küche läutete.

In einer halben Stunde sollten sie im Bestattungsinstitut sein, um Mark im Leichenwagen nach Governors Bay zu begleiten.

Heather kam ins Schlafzimmer, das schnurlose Telefon in der Hand. »Ist für dich. Dieser Beerdigungsmensch.«

»Danke, mein Schatz. Du siehst super aus!«

Und das hatte er sogar ernst gemeint, sie sah wirklich gut aus. In all dem Trubel und der Aufregung der letzten beiden Jahre befürchtete Box manchmal, er könnte den Blick für das verlieren, was sich unmittelbar vor seiner Nase abspielte. Heather entwickelte sich zu einer wunderschönen jungen Frau. Oder besser: Sie war schon eine. In dem schwarzen Kleid ihrer Mutter, einem weißen Jackett darüber und mit hochgestecktem Haar hätte man sie für zwanzig halten können. Nur schade, dass sie nicht zu einer Hochzeit oder einer Taufe fuhren, wo sie hätte tanzen und sich amüsieren können.

Er hielt das Telefon ans Ohr. »Box.«

»Hier ist Bevan Rogers. Ich fürchte, wir haben ein Problem.« In seiner Stimme schwang so etwas wie Panik. Box hörte ihn atemlos flüstern, als hätte er Angst, belauscht zu werden.

»Worum geht es?«

»Mr Pitama ist hier. Er besteht darauf, Ihren Sohn mitzunehmen.«

»Das ist doch lächerlich. Es ist alles arrangiert, in zwei Stunden findet die Beerdigung statt.«

Heather stand noch im Zimmer, gespannt schaute sie auf sein Gesicht.

»Sie müssen so schnell wie möglich herkommen. Er ist sehr massiv in seiner Forderung. Ich fürchte, ich werde ihn nicht aufhalten können.«

»Das kann er doch nicht machen!«

»Soll ich die Polizei rufen?«

»Ja, natürlich! Warum haben Sie das nicht längst getan? Ich bin in zehn Minuten da. Lassen Sie auf keinen Fall zu, dass sie Mark mitnehmen!«

»Beeilen Sie sich!«

Box legte auf.

»Was ist denn passiert?«, fragte Heather. »Dad?«

»Mach dir keine Sorgen. Bleib hier, ich bin gleich wieder da.« Box lief in die Küche. Liz war schon ausgehfertig angezogen. Sie stand am Tisch und sah abwesend auf ihre leeren Hände herab. »Um Gottes willen, Box, was ist los?«

»Komm mit. Beeil dich!«

»Was ist denn?«

»Tipene und seine Kumpane wollen Mark aus dem Bestattungsinstitut stehlen. Wir müssen sofort hin!«

Der Pickup stand in der Einfahrt. Sie stiegen ein, und Box setzte rückwärts auf die Straße zurück. Seine Reifen quietschten, als er den Vorwärtsgang einlegte und Gas gab. Er erhaschte noch einen Blick auf Heather, die im Hauseingang stand. Sie weinte.

Liz schwieg. Sie wusste, er war jetzt nicht ansprechbar. Bei der ersten roten Ampel bremste Box kurz, ließ einen gelben VW vorbei und passierte dann die Kreuzung.

Siebeneinhalb Minuten nachdem er aufgelegt hatte, hielt Box auf dem Parkplatz des Bestattungsinstituts. Der Direktor stand draußen, offenbar wartete er auf sie. Er war blass und zitterte. »Sie sind gerade weg.«

»Haben sie Mark mitgenommen?«

Der Mann nickte mehrmals. »Ich konnte nichts machen, leider, sie waren zu sechst. Ich konnte sie nicht aufhalten.«

»In welche Richtung sind sie gefahren?«

Er zeigte in Richtung Norden. »Vor drei, vier Minuten erst. Ein rotes Auto, ein Nissan, glaube ich. Ich habe die Nummer.«

Box sprang ins Auto, der Motor lief noch. Liz legte ihre Hand auf seine. »Lass es, Box. Das ist Sache der Polizei.«

»Ich kann sie einholen.«

»Und was dann?«

»Steig aus, wenn du nicht mitkommen willst.«

Sie seufzte. »Okay. Fahren wir.«

Box überlegte, dass Tipene wohl versuchen würde, die Umgehungsstraße in Richtung Osten zu nehmen. Wenn sie Mark nach Kaikoura bringen wollten, führte der kürzeste Weg zum Highway durch die nördlichen Außenbezirke. Er fuhr also nach Norden durch die Vororte und an einer Shopping Mall vorbei, wo der Verkehr fast zum Erliegen kam; er fluchte und drosch mit den Händen auf das Steuerrad ein.

Als er die Mall endlich hinter sich hatte, breiteten sich neue Siedlungen wie Rollrasen vor ihm aus. Und dann verschwanden sogar sie, und Box passierte Farmen und große Plantagen. Noch immer kein Zeichen von Tipenes rotem SUV.

Sie fuhren an einem großen Marktstand mit Plakaten für Äpfel und Birnen und hausgemachtes Eis vorbei, als Liz plötzlich zischte: »Da!«

Zwei Wagen vor ihnen war Tipenes Nissan. Tipene schien es nicht eilig zu haben, er fuhr nicht besonders schnell. Die Ladefläche war von einer Plane überdeckt. Box folgte ihm etwa zehn Minuten lang. Er sah drei Leute im Wagen sitzen.

Neben ihm rief Liz per Handy die Polizei an. Sie redete mit jemandem, beschrieb, wo sie gerade waren.

Ohne Vorwarnung fuhr ein weißes Auto, das direkt hinter ihnen gewesen war, neben Box. Er registrierte die Bewegung aus dem Augenwinkel, als der Wagen schon dabei war, sich schräg vor ihn zu schieben. Box machte eine Vollbremsung, um einen Unfall zu vermeiden. Liz schrie auf und ließ das Telefon fallen, als sie nach vorn gerissen wurde, wobei der Sicherheitsgurt sich straff über ihrer Brust spannte.

Sie stützte sich ab, als der Pickup von der Straße in den Kies des Randstreifens schleuderte und dann durch das ausgefahrene Gras schlingerte. Box hatte alle Hände voll zu tun, damit sie nicht in einem breiten Graben landeten.

Der Pickup brauchte etwa dreißig Meter, bis er zum Stehen kam.

Box schaute zu Liz rüber. »Alles okay?«

»Ja. Bin nur erschrocken.«

»Sicher?«

»Ja. Nichts passiert.«

Der weiße Wagen, der sie von der Straße gedrängt hatte, hielt etwa zehn Meter vor ihnen. »Warte hier«, sagte Box.

Liz sagte etwas, als er ausstieg, aber er hörte nicht hin.

Im Wagen, der da schräg vor ihm auf dem Seitenstreifen stand, nahm er keine Bewegung wahr. Offenbar warteten die Insassen darauf, was er wohl tun würde.

Box trat hinter seinen Pickup. Mit einem Schlüssel öffnete er den großen Kasten auf der Ladefläche. Er nahm die Brechstange heraus und wog sie prüfend in der Hand, dann ging er um seinen Wagen herum und auf das weiße Fahrzeug vor ihm zu.

»Box! Box!« Das war Liz.

Er sah nicht zu ihr hin. »Bleib im Wagen«, knurrte er.

Als er auf halbem Weg zu dem weißen Auto war, stiegen drei Männer aus. Drei Maori. Box konnte sich nur an einen von ihnen erinnern: Der große mit der zweifach gebrochenen Nase war bei ihnen im Haus gewesen. Sie wurden einander jedoch nicht vorgestellt.

Die drei standen ihm in einer Reihe gegenüber.

Zwei Meter vor ihnen stoppte Box.

Der Typ links, der mit dem gegelten Haar und den protzigen Klamotten, war ihr Wortführer: »Hey, wir wollen keine Schwierigkeiten.«

Box antwortete nicht, die Brechstange hing schlaff an seinem Arm herunter.

Der Typ wischte sich die Handfläche an seinem Jackett trocken, spitzte die Lippen und schaute die Straße rauf und runter.

»Tipene will nur nicht, dass Sie sich einmischen. Das ist alles.«

»Er hat den Leichnam meines Sohns mitgenommen.«

»Seines Sohns doch wohl?«

»Es hat keinen Sinn, mit Leuten wie euch zu debattieren.«

Der Größte der drei, er stand in der Mitte und hatte die tätowierten Arme vor der Brust gekreuzt, runzelte die Stirn. »Was zum Teufel soll das heißen!?«

»Ich habe lange mit Tipene gesprochen. Offenbar war

das Zeitverschwendung. Er hat sich Mark dann doch geholt.« Box machte einen Schritt vorwärts.

Der große Maori in der Mitte tat dasselbe. Die beiden befanden sich gerade noch außerhalb ihrer Reichweiten. Er fixierte Box. »Nur zu, Mann. Ich möchte sehen, wie Sie das anstellen.«

»Beruhige dich«, sagte der Typ mit der gebrochenen Nase und legte ihm die Hand auf die Schulter. »Wir sollen ihn nur aufhalten. Ich denke, genau das haben wir jetzt getan, okay?«

Die dunklen Augen des großen Maori blieben auf Box geheftet. Er brummte: »Hast ja recht.« Er trat einen Schritt zurück.

»Tut mir leid, dass das passieren musste«, sagte der mit der gebrochenen Nase.

»Musste es nicht.«

»Ich erwarte nicht, dass Sie das verstehen, aber es ist wirklich sehr wichtig, dass Tipenes Sohn in Kaikoura bei seinen Leuten beerdigt wird.«

»Ich bin seine Leute.«

»Das ist etwas Spirituelles.«

Box schüttelte den Kopf. »Nein, ihr seid einfach hundsgemeine Diebe.«

Der große Maori zuckte zusammen und ballte die Fäuste. Box hob das Brecheisen leicht an.

»Kommt«, befahl der gegelte Typ. »Lasst ihn.«

Sie gingen langsam zu ihrem Auto, wobei sie Box nicht aus den Augen ließen, bis sie eingestiegen waren. Box rührte sich nicht.

»Und versuchen Sie bloß nicht, uns zu folgen«, rief ihm der Fahrer zu, bevor er die Tür zuschlug. »Wenn Sie das tun, müssen wir Sie wieder aufhalten.«

Box schaute ihnen nach, wie sie ein paar Hundert Meter fuhren und dann erneut am Straßenrand stehen blieben, um abzuwarten, was er jetzt tun würde.

16

Die Außenwände der neuen öffentlichen Toiletten von Kaikoura waren bunt gekachelt; ein schäumendes Meermosaik aus Farbe und Bewegung. Box ging hinein und pisste einen schwachen gelben Strahl in die Stahlrinne. Als er wieder herauskam, schien ihm die Nachmittagssonne warm aufs Gesicht.

Um zum Strand zu gelangen, musste er einen kurzen Pfad über eine steile, mit Lupinen bewachsene Düne aus feinem Kies nehmen. Oben angekommen, überblickte er den breiten Strand und den Ozean bis zum weiten Bogen des Horizonts. Ein beinahe unendlicher Himmel darüber. Obwohl kaum Wind wehte, rollten hohe Wellen auf den Kiesstrand. Box beobachtete, wie die Dünung bis auf wenige Meter an den Strand herankam, bevor sich die Wellen plötzlich aufbäumten, an der Stelle, wo das Wasser seicht wurde. Sie brachen fast sofort mit einem tiefen Dröhnen. Wenn das Wasser wieder zurückfloss, flüsterten die Kiesel miteinander.

Der Kies bildete drei vom Wind geformte Stufen bis zum Wasser. Box kam auf einmal in den Sinn, dass er als alter Mann sterben würde, bevor er auch nur den Bruchteil eines Bruchteils der Steine an diesem Strand gezählt hätte. Jeden hatte die Brandung zu einem unterschiedlichen Oval geformt. Keiner größer als ein Hühnerei. Aus dem Grau stachen nur hie und da ein weißer Stein oder eine Muschel heraus. Zu seinen Füßen ein Wirrwarr von ausgebleichtem Treibholz, Krebspanzern und gezackten Scheren, Möwenfedern, Plastikmüll und leeren Dosen. In der Nase hatte er den unverkennbaren Gestank von trocknendem Tang.

An der Küste Richtung Norden erhoben sich steil die bewaldeten Berge. Als er Anfang zwanzig war, hatte Box mit ein paar Kameraden von der Armee einmal in einem der Täler gejagt. Er erinnerte sich kaum noch daran, was sie gejagt hatten oder ob sie erfolgreich waren. Aber da war er zum letzten Mal in Kaikoura gewesen.

Box hörte hinter sich jemanden den Pfad heraufkommen. Er drehte sich um und sah einen Polizisten in Uniform. Er marschierte direkt auf ihn zu, seine blank geputzten schwarzen Schuhe sanken bei jedem Schritt in den Kies der Düne ein. Er war etwa in Box' Alter, hatte aber mindestens zwanzig Kilo Übergewicht. Er atmete durch den Mund, als er endlich bei Box ankam.

»Guten Tag. Gehe ich recht in der Annahme, dass Sie Mr Saxton sind?«

»Der bin ich.«

Der Polizist gab ihm die Hand. »Brent McKenzie.« Die Schrift auf dem Abzeichen über seiner Brusttasche wies ihn als »Senior Sergeant« aus.

»Box.«

Der Mann zog die Augenbrauen hoch. »Wie Geschenkbox?«

»Genau. Seit meiner Kindheit nennt mich jeder so.«

»Sind Sie als Geschenk auf die Welt gekommen?«

»Muss wohl. Nur mal so aus Interesse: Woher wussten Sie, wo Sie mich finden würden?«

»Die Stadt ist klein. Ich habe Ihren Pickup auf dem Parkplatz gesehen. Sie sind nicht von hier und sehen nicht aus wie ein Tourist. Ist es Ihnen recht, wenn wir uns kurz unterhalten?«

»Klar.«

Der Polizist zeigte auf die Häuser hinter sich. »Mein Büro ist gleich da drüben, und wir haben einen guten Kaffee.«

Box schaute über den weiten leeren Strand und nickte. »Warum nicht?«

Er folgte dem Polizisten den Pfad hinunter und über den Parkplatz. Nebeneinander gingen sie die Marine Parade entlang, ließen die Ladenzeile hinter sich und kamen schließlich zu einem einstöckigen Backsteingebäude. Ein Schild mit blauen Metallbuchstaben hing an der Seite des Hauses: »Police Station«. Nur hatte jemand die ersten beiden Buchstaben geklaut.

McKenzie bemerkte seinen Blick. »Diese Kinder! Das wird Ende der Woche noch repariert. Können Sie sich vorstellen, dass wir uns aus Wellington ein P und ein O schicken lassen müssen? Es gibt jemanden hier, der das noch am selben Tag repariert hätte und für den halben Preis, aber offenbar hat das Ministerium einen Festabnahmevertrag mit einem Hersteller blauer Buchstaben.«

»Wissen Sie denn, wer sie geklaut hat?«

»Ich habe zumindest einen Verdacht.«

Box trat hinter ihm ins Gebäude. Ein junger Polizeibeamter mit roten Haaren und dünnen Koteletten stand hinter dem Empfangstresen. Er schaute Box neugierig an.

»Kannst du uns zwei Kaffee bringen, Tim?«

Der Rotschopf zog die Augenbrauen hoch. »Das wäre dann dein vierter heute. Margaret sagt, ich soll aufpassen, dass du nicht mehr als drei trinkst.«

»Petzt du etwa, Tim? Von mir erfährt sie nichts.«

Der junge Mann seufzte und wandte sich an Box: »Wie möchten Sie Ihren Kaffee, Sir?«

»Schwarz bitte. Und drei Stück Zucker.«

Box folgte McKenzie in ein Büro an der Vorderseite des Gebäudes. Auf der anderen Straßenseite lag ein Park, und nur eine Hecke verhinderte den Blick aufs Meer. Auf einem Regal beim Schreibtisch stand eine gerahmte Fotografie eines jüngeren und schlankeren McKenzie. Er posierte hinter einem Fischkutter, zwei Jungen rahmten ihn ein. Ganz offensichtlich seine Söhne: das gleiche runde Gesicht, nur hatten sie schwarze Haare. Alle drei hielten Angeln hoch, an denen große Barsche hingen.

»Setzen Sie sich doch.«

»Danke.«

»Der Kaffee kommt gleich. Vor ein paar Monaten haben wir endlich eine Espressomaschine bekommen, aber außer Tim kann keiner das verdammte Ding bedienen. Wenn ich es probiere, kriege ich nur schlammiges Flusswasser raus.«

Box lächelte nicht. »Worüber wollten Sie mit mir reden?«

McKenzie sah ihn mit leicht verengten Augen an. Das Grinsen fiel ihm aus dem Gesicht, als er innerhalb einer Sekunde den jovialen, verständnisvollen Dorfpolizisten abstreifte.

»Es tut mir leid, was mit Ihrem Sohn passiert ist.«

»Danke.«

»Ich habe selbst zwei Jungs in dem Alter.«

»Habe ich mir etwas zuschulden kommen lassen?«

»Gar nichts. Aber mir macht Sorgen, was Sie vielleicht noch tun werden. Ich bekam einen Anruf, dass Sie hier auftauchen könnten, und wüsste sehr gerne, was Sie vorhaben.«

»Das weiß ich selbst noch nicht genau.«

McKenzie legte beide Hände flach auf den Tisch. Er sah auf sie herunter und trommelte mit den Fingerspitzen auf die Tischplatte. »Diese Antwort bringt mich nicht wirklich weiter, Mr Saxton.«

»Das verstehe ich sogar.«

»Wir haben es hier mit einer äußerst delikaten Situation zu tun. Es gilt, eine Reihe von kulturellen Faktoren zu berücksichtigen.«

»Der Maori-Kultur?«

»Ja.«

»Und was ist mit der Kultur, der ich mich zugehörig fühle?«

»Mr Saxton, ich habe vollstes Verständnis für Sie, aber Sie überlassen diese Sache besser den Gerichten.«

»Das hat mir die Polizei in Christchurch auch schon geraten.«

»Und hatte recht damit. Ich will nicht indiskret sein, aber was haben Sie sich eigentlich davon versprochen, hierherzukommen?«

»Im besten Fall?«

»Ja.«

»Ich dachte, ich könnte den Leichnam meines Sohnes mit nach Hause nehmen, um ihn im Kreis seiner wirklichen Familie zu bestatten, an einem Platz, den wir selbst ausgesucht haben.«

»Das wird wohl nicht passieren – nicht so schnell zumindest.«

»Sie haben nach dem besten Fall gefragt.«

»Ja, habe ich.«

Der Polizist atmete tief durch und schüttelte den Kopf. Dann stand er auf und trat ans Fenster. Box erkannte, wie das jahrelange Sitzen an einem Schreibtisch seine Schultern abgerundet hatte. Vermutlich war es immer derselbe Schreibtisch gewesen. Von seinem Platz aus konnte er an dem Polizisten vorbei in den Park gegenüber sehen. Zwei blonde Touristen in Daunenjacken saßen an einem der Picknicktische und aßen Fish and Chips aus weißem Papier. Das Mädchen warf einer Möwe eine Fritte hin, und binnen Sekunden kamen mindestens zwanzig schwarz-weiße Schemen angeflogen, die Schnäbel weit offen und schreiend, bevor sie überhaupt landeten. Box hörte durch die dicke Verglasung nichts, konnte sich aber das schrille, lang gezogene Geschrei der Vögel vorstellen.

Der Polizist wandte sich zu ihm um. »Wollen Sie wissen, was ich denke, Mr Saxton?«

»Box, bitte.«

»Gut, dann Box. Ich denke, wenn wir unser Gespräch beendet haben, dann sollten Sie aus diesem Büro gehen, in Ihren Wagen steigen und nach Hause fahren. Und wenn Sie dort angekommen sind, sofort Ihren Anwalt aufsuchen. Sie müssen so schnell wie möglich einen Weg aus diesem Schlamassel finden.«

»Ist das eine polizeiliche Anordnung?«

»Nein, das ist einfach meine Meinung.«

»Weil es so klingt, als wollten Sie mich unbedingt aus der Stadt haben.«

McKenzie lächelte bitter. »Das ist hier nicht der Wilde Westen. Sie haben nichts Unrechtes getan. Offen gesagt ist meine Hauptsorge, dass Ihnen etwas passieren könnte, wenn Sie zu lange in der Stadt rumhängen. Die Maori wären ganz und gar nicht begeistert, wenn Sie etwas so Bescheuertes täten wie in ein Tangi auf dem Marae reinplatzen, à la Charles Bronson.«

»Mir war Clint Eastwood immer lieber.«

McKenzie schnaubte kurz und kratzte sich am Kopf. »Ich bin nicht sicher, ob Sie die Verhältnisse richtig einschätzen können. Wir sind hier nicht in der weißen Mittelklasse. Einige der Maori-Jungs sind nicht gerade Heilige. Mehr als nur ein paar sind in Gangs organisiert, hauptsächlich Black Power.«

»Ich kann schon auf mich aufpassen.«

Zum ersten Mal trat ein verärgerter Ton in McKenzies Stimme. »Das ist kein Film, mein Lieber. Sie sehen ziemlich fit aus, aber wenn Ihnen so ein Maori-Schrank eins über die Rübe zieht, dann fallen Sie um und stehen nicht wieder auf. Das Nächste, was Sie dann sehen, ist ein Krankenhaus von innen. Das heißt, wenn Sie Glück haben.«

Box erhob sich und blickte den Polizisten über seinen Schreibtisch hinweg an. »Ich werde Ihren Rat beherzigen.«

»Persönlich bin ich alles andere als einverstanden mit ihrer Vorgehensweise. Aber es gibt schon seit einer halben Ewigkeit Streit mit den Maori darüber, wo jemand begraben werden sollte. Ihr Stiefsohn ist nicht die erste geraubte Leiche und wird ganz bestimmt nicht die letzte sein. Sie müssen das vor Gericht klären. Das wäre mein Rat.«

»Danke.«

»Nehmen Sie ihn ernst?«

»Ich werde auf jeden Fall darüber nachdenken.« Box sah auf das Foto des lächelnden Manns und seiner Söhne mit den drei Barschen. McKenzie folgte seinem Blick. »Nur mal so aus Interesse: Was würden Sie tun, wenn es um einen Ihrer Söhne ginge?«, fragte Box.

Der Polizist senkte die Lider. »Ich verstehe, was Sie meinen. Dennoch denke ich, Sie sollten nach Hause fahren und mit Ihrem Anwalt sprechen. Es gibt keinen anderen Weg aus diesem Schlamassel.«

»Sie haben meine Frage nicht beantwortet.« McKenzie sah wieder auf das Foto. Er spitzte die Lippen. »Wenn es bis zu diesem Punkt gekommen wäre, würde ich mit meinem Anwalt reden.«
»Glauben Sie das?«
»Ich würde das tun, ja.«
Box glaubte ihm kein Wort. »Danke für Ihre Ratschläge.« Damit drehte er sich um und verließ das Büro. Als er am Empfangstresen vorbeikam, sah er den jungen rothaarigen Beamten, der gerade zwei Tassen Kaffee aus einem anderen Raum hereintrug. Er bedauerte, auf den Kaffee verzichten zu müssen, er hätte eine weitere Dosis Koffein gut brauchen können, um diesen Tag irgendwie zu überstehen.

Die beiden Touristen mit den Daunenjacken saßen nicht mehr im Park. Vermutlich hatten der kalte Wind vom Meer und die Schatten der Bäume, die allmählich den Picknicktisch erreichten, sie vertrieben. Obwohl kein Futter mehr da war, saßen ein paar Möwen noch immer dort, sie waren wohl zu fett oder beschränkt, um wegzufliegen. Box zwängte sich durch eine Öffnung in der Hecke und gelangte auf den Kiesstrand. Er zog die Schuhe aus und stellte sie auf die Steine, dann die Socken, die er in die Schuhe steckte. Er ging zum Wasser. Der Ozean leckte schäumend am Strand. Box zögerte, bevor er den nächsten Schritt machte. Das Wasser war eiskalt, beinahe sofort verlor er das Gefühl in seinen Beinen. Unter den Fußsohlen spürte er gerade noch die Kiesel, die sich wie ein Kugellager bewegten. Er bückte sich und krempelte seine Jeans hoch, so weit es ging, dann watete er hinaus, bis ihm das Wasser an die Knie reichte.

Box blieb stehen und schaute aufs Meer, an den orangefarbenen Bojen und den drei daran vertäuten Fischerbooten vorbei bis hinter den Punkt draußen im Dunst, wo das bleiche Wasser die Farbe wechselte und in tiefes Blau überging. Er schloss die Augen. Sperrte die Welt aus.

Wie lange?

Er wusste es nicht, und es war ihm egal.

Bis die Stiche der Sandmücken, die sein Gesicht und seine Hände umschwärmten, ihn in die Wirklichkeit zurückholten. Das Licht war verblasst, er sah nur noch die Umrisse der Boote.

Box drehte sich um und stolperte aus dem Wasser. Er spürte die Steine an seinen Füßen nicht mehr. Er hätte in eine Scherbe treten können und es erst bemerkt, wenn er das Blut sah. Seine Schuhe und Socken trug er zu dem Picknicktisch, zog sie an nasse Füße, die noch immer nicht ihm zu gehören schienen.

Box schaute auf. »Scheiße.«

Ein junger Maori war aus dem Schatten getreten. Er trug ausgebeulte Jeans und ein Sweatshirt, die Baseballkappe hatte er verkehrt rum auf.

»Sorry, Mann. Ich habe Sie im Wasser stehen sehen und mich gefragt, was Sie da machen.«

»Nichts. Habe nachgedacht.«

»Alles okay?«

»Sie haben mich erschreckt. Dachte einen Moment lang, Sie wären jemand anders.«

»Ein gut aussehender Typ, hoffe ich.« Breites Grinsen.

»Ja.«

»Bis dann. Machen Sie's gut. Peace!« Er schlenderte in Richtung Einkaufsmeile.

Box sah ihm nach. Eine Sekunde lang hatte er Mark gesehen. Nicht, dass sie sich wirklich ähnlich gesehen hätten –

aber einen Moment lang, im Schatten, mit der umgedrehten Kappe ...

Box atmete tief ein. Er fühlte sich wie nach einem heftigen Schlag in die Magengrube.

Als er die Schuhe wieder anhatte, marschierte er los. Er hatte keine Ahnung, wohin. Er musste sich bewegen, um wieder ein bisschen Leben in seinen Körper zu bekommen, also folgte er einfach der Krümmung der Bucht. Er hatte nicht den blassesten Schimmer, was er tun würde, wenn er am Ende des Strands ankam. Er hoffte nur, dass bis dahin seine Hände nicht mehr zitterten.

17

Als Box den Hügel zum Neubaugebiet hochfuhr, war es schon dunkel. Das weiße Licht seiner Scheinwerfer zog ihn durch die Kurven, die sich Ingenieure für diesen baum- und strauchlosen Hügel ausgedacht hatten. Am Rand des Lichtkegels tauchten manchmal Schafe auf, reglos wie Statuen.

Kurz hinter der Stelle, wo das Gelände wieder eben wurde, erhoben sich zwei große rechteckige Säulen links und rechts der Straße. Box bremste, um sie sich genauer anzuschauen. Sie bestanden aus großen Flusskieseln, die man in rechteckige Gitter aus verzinktem Stahl eingefüllt hatte. Ein Designelement, das vor ein paar Jahren bei Architekten groß in Mode gewesen war. Bei einigen Häusern der Saxton Construction hatte er es selbst benutzt. Darunter waren Tussockgras und Flachs gepflanzt.

Der Name der Neubausiedlung war in eine kunstvoll verrostete Stahlplatte graviert: »Seaview«.

Hundert Meter weiter hing der Plan der Siedlung an einem Holzgestell. Box sah, dass keines der Grundstücke weniger als fünfzehnhundert Quadratmeter groß war, die größten brachten es auf dreitausend. Zwei riesige Parzellen waren als Landschaftsschutzgebiete ausgewiesen, sogar einen künstlichen See hatte man angelegt. Trotz der Rezession trug das Schild eine Menge rote Verkauft-Aufkleber. Box fand Plover Crescent auf der Karte und fuhr weiter.

Auch wenn viele Grundstücke verkauft waren, sah man doch nur wenige erleuchtete Fenster, die meisten waren entweder noch nicht bebaut, oder es standen Rohbauten herum, deren Balkengerüste lange Gitterschatten warfen.

Plover Crescent lag ganz am Rand der neuen Siedlung, eine Sackgasse, die sich von Albatross Crescent wegbog. Box hatte auf dem Plan gesehen, dass alle auf der Nordseite einen unverbaubaren Blick über das Landschaftsschutzgebiet aufs Meer haben würden. Offenbar fuhr er an den wertvollsten Grundstücken des Gebiets vorbei: Die meisten hatten zweitausend Quadratmeter und dazu noch das Schutzgebiet vor der Haustür. Das waren die richtig teuren Parzellen, die erfahrungsgemäß am schnellsten verkauft und bebaut wurden.

Die Häuser hatten zur Straße hin fast keine Fenster. Sie waren nach Norden ausgerichtet, die Küste entlang: Ganztagssonne und Millionärsblick. Box schaute nur auf breite Garagenrolltore und ein paar Lampen an den Wegen zu den Eingangstüren, die sich hinter aus Flachs und Holz gestalteten Sichtschutzkonstruktionen befanden. Dezentes Gartenlicht und Wege aus gestampften Muscheln und Einfahrten aus Waschbeton. Er sah mehrere protzige Briefkästen, allesamt Sonderanfertigungen, die zur Architektur der Häuser passten.

Tipenes Haus war – so die Frau aus der Touristeninformation recht hatte – das vorletzte in der Reihe. Die Straße endete in einem bauchigen Wendehammer, und hinter der Sackgasse begann Farmland. Er wendete und folgte der engen Kurve, wobei er das regelmäßige Klicken des defekten Gleichlaufgelenks hörte, das ziemlich laut war, wenn er scharf nach rechts lenkte. Das Geräusch schallte durch die leere Straße. Er sah sich um, doch nirgends regte sich etwas.

Er fuhr wieder an Nummer sechzehn vorbei und hielt dann im Schatten zwischen den Straßenlaternen an.

Selbst von der Straße aus gesehen, wirkte Tipenes Haus beeindruckend. Der Dachstuhl war in zwei Hälften geteilt, von denen eine etwas höher war als die andere. Beide trafen sich in der Mitte und schienen sich zu überlappen, wodurch ein Oberlicht entstand. In den glatt geputzten Betonwänden verlief ganz oben ein schmales Glasband, alle paar Meter unterbrochen von etwas, das Box für Stahlstützen hielt. Das breite Vordach wurde von unten beleuchtet, wodurch das Dach fast über dem Haus zu schweben schien. Die Intention des Architekten drängte sich förmlich auf: Der Bau erinnerte an einen Vogel, eine Möwe – nein, dachte er, mehr noch an einen Albatros –, einen riesigen Seevogel, der über den dunklen Ozean glitt. Aus Erfahrung wusste Box, dass solche architektonischen Visionen nicht billig waren, weder was den Entwurf noch was die Konstruktion betraf. Dieses Haus hatte einen Arsch voll Geld gekostet – wie das unter Bauträgern hieß. Offenbar lebte man nicht schlecht davon, Touristen Delfine zu zeigen.

Box griff neben sich, öffnete das Handschuhfach und nahm sein Fernglas heraus, das er zum Jagen benutzte. Er hängte es sich um den Hals, dann schloss er den Reißverschluss seiner Jacke darüber, damit es nicht störend herumbaumelte. Als er aus dem Wagen stieg, schaute er die Straße hinauf und hinab, doch keine Menschenseele war zu sehen.

Box ging zur nächsten Baustelle. Der Himmel war sternenklar, und er fröstelte in der kalten Nachtluft. Die leichte Brise vom Meer wehte den vertrauten Geruch nach Sägespänen und Zement in seine Nase. Er sah eine Katze aus den Büschen in seiner Nähe auftauchen und vorsichtig am Rand des Gehwegs neben dem Rinnstein entlanghuschen.

Sie kam ihm so nahe, dass er ihre zerfetzten Ohren sah – sie erinnerten an abgeknipste Busfahrscheine.

Box trat vom Gehweg auf den umgegrabenen, unebenen Boden der Baustelle. Schon ein paar Meter weiter befand er sich außerhalb der Reichweite der Straßenlaterne. Er musste vorsichtig Fuß vor Fuß setzen. Die Dunkelheit verbarg Stolperfallen und die überall herumliegenden Utensilien der Arbeiter. Leicht konnte er stürzen und sich verletzen. Er hielt bei einem Baustellenklo an, das plötzlich neben ihm aufgetaucht war und von Nahem ziemlich heftig nach Chemikalien stank, und wartete ab, bis seine Augen sich an die Dunkelheit adaptiert hatten. Nach einer Weile konnte er das noch freiliegende Fundament erkennen, aus dem Eisenstäbe und Rohre emporragten. Er wartete geduldig. Dem Mond fehlte nur noch ein schmaler Streifen zum Vollmond, was zwar den Vorteil hatte, dass er besser sehen konnte, andererseits konnte er auch besser gesehen werden. Schließlich ging er weiter, wobei er sehr genau darauf achtete, wo er hintrat.

Es gab keinen Zaun zwischen der Baustelle und dem Landschaftsschutzgebiet, das sich als große, grasbewachsene Fläche erwies, an deren anderem Ende niedrige Büsche standen; dort fiel das Gelände scharf ab. Jedenfalls blockierte hier nichts die Sicht. Nun, da sich seine Augen adaptiert hatten, konnte Box die ganze Küste überblicken bis zu dem sternlosen Loch im Nachthimmel, das die Berge waren. Trotz des Mondlichts war der Ozean unsichtbar, nur sein Rand zeichnete sich ab durch die Scheinwerfer einiger Autos, die über die Straße an der Bucht nach Norden fuhren, und durch Lichter von ein paar verstreut liegenden Höfen oder Wochenendhäusern auf dem schmalen Land zwischen Meer und Bergen. Im Süden sah er die Lichter der Stadt.

Vorsichtig überquerte er die offene Fläche vor ihm. Die Büsche am anderen Ende waren in einem Streifen von etwa fünf Metern Breite gepflanzt. Er schlich sich gebückt durch Tussockgras und Strauchveroniken, bis er vor Nummer sechzehn angekommen war. Box öffnete den Reißverschluss seiner Jacke und nahm das Fernglas zur Hand. Das Zeiss FL brauchte nur wenig Licht; genau deshalb hatte Box so viel Geld dafür ausgegeben. Als er es noch hatte. Als er noch regelmäßig zur Jagd ging. Die Linsen sammelten das Licht ringsum, ob in der ersten Morgendämmerung oder am Ende jenes buttergelben Zwielichts, das sich in den Bergen im Sommer so lange hielt, bevor es der Dunkelheit wich. Er legte sich am Rand der Buschreihe auf den Bauch, wobei er darauf achtete, dass ihn ein dickes Büschel Tussockgras vor dem feuchten Boden schützte. Dann stellte er das Fernglas auf das Haus vor ihm scharf.

Die gesamte Nordfront bestand aus Glas. Durch sein Fernglas sah er, dass das ganze Erdgeschoss aus einem einzigen Raum bestand, ein offener Grundriss. Küche und Essbereich lagen zur Linken, die Sitzgruppe ein wenig versenkt weiter rechts. Über der Küche war ein großer Raum, vermutlich das Schlafzimmer.

Box konnte sich der Vorstellung nicht erwehren, wie Tipene von seinem Bett aus den Sonnenaufgang beobachtete. Eine Art Sonnenkönig. Von da oben hatte er einen Blick bis Rarotonga.

Der einzige Mensch, den er sehen konnte, befand sich in der Küche, eine ältere Frau. Sie war klein und dick, ihr Haar war zu einem grauen Zopf geflochten, der ihr fast bis auf die Hüften hing. Er erinnerte sich an sie, sie war bei ihm zu Hause aus dem Badezimmer gekommen, hatte ihn seltsam angesehen und vor sich hin gemurmelt. Der flackernde

Widerschein eines Fernsehers drang aus dem Wohnbereich, aber er konnte dort niemanden erkennen. Vielleicht gehörte die alte Frau zu denen, die den Fernseher anstellten, um sich nicht allein zu fühlen.

Er überprüfte die beiden Häuser links und rechts. In beiden brannte Licht, die Bewohner waren offenbar zu Hause, aber niemand stand am Fenster und sah hinaus. Und selbst wenn, hätten sie aus dem hellen Innenraum nichts als Dunkelheit draußen gesehen.

Als Box ganz sicher war, nicht beobachtet zu werden, richtete er sich auf und bewegte sich, immer noch gebückt, auf das Haus zu. Der Übergang zwischen dem Landschaftsschutzgebiet und Tipenes Grundstück war nur dadurch markiert, dass bei Tipene der Rasen gemäht war. Er dachte an den winzigen Vorgarten des Hauses, in dem er mit seiner Familie wohnte, und an das armselige Betongeviert dahinter, das kaum als Hinterhof durchging.

Behutsam schlich er näher, denn er rechnete damit, dass es eine Alarmbeleuchtung mit Bewegungsmelder geben könnte, doch nichts geschah. Es gab einen Swimmingpool, natürlich gab es einen; er war eingezäunt. Box legte sich am Rand des Zauns auf den Boden und richtete wieder sein Fernglas auf das Haus.

Die Frau in der Küche mochte in den Sechzigern sein, vielleicht sogar älter. Auf den ersten Blick hatte er sie für klein und untersetzt gehalten. Nun, da er Zeit hatte, sie genauer zu betrachten, stellte Box fest, dass sie schlicht fett war. Sie bewegte sich mühsam durch den großen Raum, verlagerte ihr ganzes Gewicht auf eine Hüfte, als hätte sie Schmerzen im Bein oder im Fuß. Box sah, wie sie sich über den Herd beugte und eine Kelle benutzte, um etwas aus einem Topf auf einen Teller zu schöpfen, den sie in der anderen Hand hielt. Ihr Mund bewegte sich. Ein paar Sekunden später hob ein dreizehn-, vierzehnjähriger Junge den Kopf aus dem Sofa im Wohnbereich, wo er gelegen haben musste. Er erhob sich und war schon fast am Esstisch, als die alte Frau gestikulierte und auf die Sitzgruppe wies. Der Junge zuckte die Achseln, machte kehrt und griff nach der Fernbedienung, um den Fernseher auszuschalten. Dann ging er wieder zum Tisch.

Eine große Maori-Frau kam ins Zimmer, sie musste durch eine Tür an der Rückwand der Küche eingetreten sein. Box hatte sie noch nie gesehen und nahm an, dass sie Tipenes Frau war, auch wenn es durchaus andere Möglichkeiten gab; sie konnte eine jüngere Schwester oder sonst eine Verwandte sein. Sie war groß und schlank, das lange dunkelgrüne Kleid schien an ihr herabzufließen – sie sah aus, als wolle sie ausgehen. Das Fernglas ließ Box sogar das blaue Make-up um ihre Augen erkennen und einen Anhänger aus grüner Jade, den sie sehr hoch, dicht am Hals trug. Box fragte sich, ob das wohl die Frau war, von der Liz ihm erzählt hatte, diejenige, mit der Tipene ein Verhältnis hatte, das Liz entdeckte, woraufhin er sie sitzen ließ.

Die alte Frau füllte zwei weitere Teller und brachte sie an den Tisch. Alle drei setzten sich. Box beobachtete fasziniert, wie sie zu essen begannen.

Wohl wissend, dass er das nicht tun sollte, hielt Box am Getränkeladen an. Der Laden gehörte zum Mariner Pub, einem großen Backsteinbau an der Marine Parade. Die Bar befand sich im Erdgeschoss, darüber lagen billige Hotelzimmer. Der Laden war offenbar als nachträglicher Einfall an das Gebäude angeklatscht worden, um die zu versorgen, die aus irgendeinem Grund lieber zu Hause oder sonst wo trinken wollten.

Box ging hinein. Er war steif vom langen Liegen auf der bloßen Erde. Nach der Dunkelheit oben auf der Halbinsel blendeten ihn die blinkenden Lichter der Leuchtreklame über der Tür.

»Hallo. Sie wünschen?« Der Mann, der aus einem dunklen Loch hinter der Theke auftauchte, hatte fettiges Haar, das streng nach hinten gekämmt war und in einem strähnigen Pferdeschwanz endete.

»Zwölf Steinlager, Flaschen, keine Dosen.«

»Kalt?«

»Ja.«

»Sollen Sie haben.«

Box trank nicht gern aus Dosen. Er konnte die Berührung des Aluminiums an seinen Lippen nicht ertragen, ebenso wenig den metallischen Geschmack, der sich ins Bier mischte. Dickes Glas, kalt und glatt an seinem Mund – so trank er Bier am liebsten.

Lediglich eine Schwingtür, durch die der Verkäufer eingetreten war, trennte den Laden von der Bar. Während er an der Kasse wartete, hörte Box von drüben grölendes Gelächter, das Klicken von Poolbillardkugeln und die elektronische Pseudomusik aus den Glücksspielautomaten. Die Geräusche vermengten sich zu einem nervtötenden Getöse.

»Alles okay, Mister?«

»Was?«

»Sie sehen nicht besonders fit aus.«

»Es geht mir gut, kein Problem.«

Box bezahlte und verließ den Laden so schnell wie möglich, ein Sixpack in jeder Hand. Er malte sich aus, wie der erste Schluck schmecken würde. Hinter ihm verebbten die

Geräusche der Bar. Noch bevor er den Zündschlüssel ins Schloss steckte, hatte er die erste Flasche geöffnet.

An der linken Seite der Schnellstraße nach Norden lagen Souvenirläden, Imbissbuden und Motels – Betonblocks mit neonbeleuchteten Zimmern, die jene Reisenden anzuziehen suchten, die sich nicht die Mühe machten, vom Highway abzufahren, um in den Ort zu gelangen. An einem Mittwoch waren die meisten Läden zu dieser Zeit bereits dunkel. Box lenkte mit einer Hand, die andere hielt eine kalte Flasche Bier. Endlich fand er einen Fish-and-Chips-Laden, der noch geöffnet war. Er fuhr links ran und hielt auf dem Kies neben der Straße.

Er stellte seine leere Flasche auf einen Tisch vor dem Eingang und ging hinein. Die Schrift an der Tür verkündete, dass das Lokal bis 21.00 Uhr geöffnet war, Freitag und Samstag bis 23.00 Uhr. Er war der einzige Gast. Er bestellte eine Portion Pommes frites und das, was die handgeschriebene Tafel einen »Monstaburger« nannte. Der entpuppte sich als zwei dicke Scheiben Rindfleisch, Rote Bete, Salat, Spiegelei und genügend Analogkäse, um die Arterien eines Pferdes zu verstopfen.

Box trug das warme weiße Paket zu seinem Wagen und aß auf dem Fahrersitz. Er schluckte, ohne etwas zu schmecken, und redete sich dabei ein, dass er die Energie tankte, die er für sein Vorhaben brauchte.

Danach war sein Magen von dem fettigen Zeug ganz aufgebläht. Er kurbelte das Fenster runter und sog gierig die kalte Nachtluft in seine Lungen. Binnen Sekunden stürmten Sandmücken das Auto. Box drückte mit dem Fuß die Fahrertür auf und entsorgte das Papierpaket in eine bereits überquellende Mülltonne. Auf der anderen

Straßenseite hörte er einen Güterzug auf unsichtbaren Schienen vorbeidonnern. Die von Sonne und Salz ausgebleichten Container flackerten kurz im Licht der Leuchtreklamen auf. Als der letzte verschwunden war, hörte er noch immer das Dröhnen. Die Sandmücken hatten ihn bereits wiedergefunden, als ihm klar wurde, dass er nicht mehr den Zug, sondern die unsichtbaren Wellen auf dem Kiesstrand hörte.

Box kletterte wieder in den Pickup und folgte dem Highway weiter nach Norden. Als die Läden aufhörten, fingen die Motels an. Jedes zweite Haus hatte ein Schild draußen. Er fuhr an ein paar vorbei, dann wählte er nach dem Zufallsprinzip eines aus. Sie kamen ihm ohnehin ziemlich gleich vor. Natürlich bestand das Motel aus dem typischen Halbkreis von Betoneinheiten mit Schiebetüren und hölzernen Picknickbänken vor dem Eingang. Hinter den Motelzimmern lag nur dunkles Farmland.

Als Box die Tür zur Rezeption aufschob, ertönte im Inneren ein Summton, irgendwo hinter dem Perlenvorhang. Ein Fernseher lief dort, Gelächter vom Band schwoll an und ebbte ab.

Ein Mann erschien hinter dem Tresen. Er hatte dunkles Haar und blassbraune Augen, obwohl seine Haut fast so hell war wie die von Box. »Hallo.«

»Ich brauche ein Zimmer für eine Nacht.«

»Um diese Jahreszeit haben Sie die freie Auswahl. Ich gebe Ihnen die Nummer acht.« Er drehte sich um und nahm einen Schlüssel vom Haken. »Wo geht's hin?«

»Norden.«

Der Mann grinste. »Das hören wir ziemlich oft. Süden auch.«

»Glaube ich.«

»Bitte entschuldigen Sie, wenn ich das sage, aber Sie sehen ganz schön mitgenommen aus. Lang gefahren?«

»Ja.«

Der Mann reichte ihm den Schlüssel, und Box sah, dass zwei unregelmäßig gezackte Sterne auf die Knöchel seiner rechten Hand tätowiert waren – sie wirkten selbst gemacht, mit einer Nadel und Tinte aus einem Kugelschreiber.

»Die Acht ist ungefähr in der Mitte, rechts. Sie können an der Seite parken. Ich hole Ihnen die Milch für Ihren Kaffee.«

Er ging durch das Klicken der Glasperlen und kam sofort mit einer kleinen blau-weißen Milchtüte zurück. Box bezahlte das Zimmer mit seiner Kreditkarte.

»Bravo!«, sagte der Typ, als die Zahlung abgewickelt war.

Box fuhr die zwanzig Meter bis zu Nummer acht. Als er den Schlüssel ins Schloss steckte, sah er zur Rezeption zurück. Der Typ stand draußen und beobachtete ihn. Als er Box' Blick bemerkte, wandte er sich ab und ging hinein.

Das Zimmer war sogar noch einfacher, als Box erwartet hatte. Dagegen sah sein Motel in Dunedin geradezu wie ein Hilton aus.

Die Wände mussten unbedingt gestrichen werden. Ansonsten gab es ein Doppelbett, eine winzige Küchenzeile und ein kleines Bad mit einer Dusche, die dringend geputzt werden sollte.

Box ging noch mal zu seinem Pickup und prüfte, ob das Vorhängeschloss an der Werkzeugkiste richtig geschlossen war. Dann brachte er seine Sachen und das restliche Bier rein. Er setzte sich aufs Bett und riss eine weitere Flasche aus dem Sixpack, schraubte den Verschluss ab und nahm einen kräftigen Schluck. Er trank die Flasche in einem Zug leer und öffnete gleich die nächste.

Er hatte Liz einen Zettel geschrieben. Erbärmlich. Erbärmlich und völlig unangemessen. Und das reichte längst nicht aus, um diese hingekritzelten Zeilen mit einem knappen Dutzend Wörtern auf den Punkt zu bringen. Feige – das kam der Sache schon näher. Aber es war das Beste, was er in dieser Situation zustande bringen konnte. Es wäre sinnlos gewesen, mit ihr über seine Pläne zu sprechen: die unaufhaltsame Kraft und das unbewegliche Objekt. Es war am besten gewesen, einfach das zu tun, was er tun musste.

Box hatte das Handy in der Tasche, doch hatte er es ausgestellt, als er Christchurch verließ. Jetzt saß er auf dem Bett und hielt seinen Daumen auf dem Knopf, der das Ding in den Status des Blinkens und Vibrierens zurückversetzte. Er hatte acht neue Nachrichten. Fünf davon waren SMS, und er las sie nacheinander, vier von Liz und eine von einem Polizisten, der dringend um einen Rückruf bat.

Es war der Polizist, der am Vormittag auf der Wache mit ihnen geredet hatte. Ein Staatsanwalt hatte ebenfalls an dem Gespräch teilgenommen. Der Vollidiot wollte ihm sicher nur noch mal weismachen, dass kein Verstoß gegen das Gesetz vorlag. Offenbar hatte ein Leichnam keinen Eigentümer, also konnte er auch nicht gestohlen werden. In zivilrechtlichen Streitfällen wie diesem empfahl die Polizei ein Mediationsverfahren – besonders dann, wenn Maori involviert waren. Wenn das nichts brachte, konnte man sich an ein Schiedsgericht wenden.

»Wie lange würde das dauern?«, hatte Box gefragt.

»Ungefähr sechs Monate, bis der Fall verhandelt wird, aber natürlich noch wesentlich länger, bis er entschieden ist.«

Jetzt wählte Box seine Nummer und hörte sich die lange Nachricht von Liz an. Die Aufnahmezeit reichte nicht aus, und ihre Worte wurden jäh abgeschnitten. Er schaltete das

Telefon wieder aus und steckte es in die Tasche seiner Jeans. Während er zuhörte, hatte er das Bier in seiner Hand ausgetrunken. Er hatte nicht mal bemerkt, dass er trank, aber die Flasche war nun leer. Das konnte nur eines bedeuten – es wurde Zeit für eine neue.

Er zog die Schuhe aus und legte sich aufs Bett, mit zwei Kissen unter dem Kopf starrte er an die Zimmerdecke. Irgendwann hatte offenbar das Dach geleckt. Dunkle Flecken auf dem Putz. Box stellte sich Dinge darunter vor – eine dunklere, unheimlichere Version des Spiels, das Kinder mit Wolken spielen.

Ein Fangeisen. Ein grinsender Mund. Das ausgefranste Ende eines dicken Seils.

Es war komisch, was man alles sehen konnte, wenn man nur richtig hinschaute.

Vier leere Flaschen standen auf dem Nachttisch. »Fünf kleine Negerlein, die gingen mal zum Bier, das eine hat sich totgetrunken, da waren's nur noch vier«, sang Box heiser vor sich hin.

Er hatte mit den Formen an der Decke sämtliche Möglichkeiten durchgespielt. Seine Gedanken fuhren wie ein Wetterhahn herum zu dem Traum, den er am Morgen gehabt hatte – von seiner Mutter.

Es war ein Traum, zugleich aber auch eine Erinnerung. Box wusste nicht sicher, ob es wirklich das allerletzte Mal gewesen war, dass er seine Mutter gesehen hatte. Es hatte vielleicht ein Wiedersehen gegeben und später dann andere Flugsteige. Aber wenn dieses wirklich das letzte Mal gewesen sein sollte, dann war er erst vier Jahre alt.

Seine Eltern waren ständig auf Reisen, und Box und Paul kamen mit. Das spielte sich in den Sechzigerjahren ab, und er vermutete, dass man sie als Hippies bezeichnet hätte, obwohl sie nicht in einer Kommune lebten oder so etwas. Ihr Vater, Dave, war das einzige Kind von Pop und Dee. Laut ihrem Pass hieß ihre Mutter Meryl Jane Redwood, doch sie bestand darauf, Sky genannt zu werden.

Sie flogen hin und her zwischen Asien – Thailand, Indonesien, den Philippinen, sogar Afghanistan – und Australien und Neuseeland. Alle paar Monate brachen sie wieder auf. Zwischen ihren Reisen wohnten sie in Motels oder quartierten sich in irgendeinem Haus ein, das jemand anders gehörte. Vielleicht waren sie auch keine Hippies, sondern eher eine Art moderne Zigeuner.

Box erinnerte sich nicht an sehr viel. Er war zu jung gewesen. Die Erinnerungen, die er hatte, stammten zumeist aus zweiter Hand, von Paul. Sie redeten oft darüber, als sie älter wurden und bei Pop und Dee in Governors Bay lebten.

»Erinnerst du dich an die Affen im Park von Bangkok?«, fragte Paul manchmal.

»Einer hat Mums Tasche geklaut, und sie war furchtbar wütend«, sagte Box dann, nicht weil er sich wirklich erinnerte, sondern weil sie so oft darüber gesprochen hatten.

»Und Dad hat sich kaputtgelacht«, setzte Paul immer hinzu. »Dann kamen die Polizisten mit ihren lustigen Hüten, und wir sind weggerannt.«

»Bangkok war total heiß.«

Es gab jede Menge solcher Geschichten, aufgetragene Erinnerungen, die erst Pauls waren und dann Box' wurden. Etwa die von der Giftschlange in einem Käfig an einem der Orte, wo sie eine Zeit lang lebten, vielleicht in Australien, denn Paul meinte sich zu erinnern, dass er dort von Kakadus in den Bäumen geweckt worden war – Tiere spielten in vielen der Geschichten eine Rolle.

»Wir durften die Schlange nicht mal richtig anschauen, weil Mum sagte, sie würde uns in die Augen spucken, und dann wären wir blind.« So hatte Paul es ihm erzählt.

An einem anderen Ort hatten die Eltern eine ihrer ausgelassenen Partys gefeiert, bei denen überall Leute rumlagen und andere wild tanzten. Irgendein Typ war dabei vom Sprungbrett in den Pool gesprungen.

»Obwohl kein Wasser drin war?«, intonierte Box jedes Mal.

»Genau«, bestätigte Paul. »Alle standen am Rand des leeren Beckens und bogen sich vor Lachen.«

»War er verletzt?«, hatte Box gefragt, als er die Geschichte zum ersten Mal hörte.

Paul hatte überlegt. »Ich glaube schon, aber nur ein gebrochener Arm oder ein gebrochenes Bein. Mum und Dad fanden es trotzdem wahnsinnig komisch.«

Seine Mutter war ganz plötzlich gestorben, allein auf einem Flug nach London, nur eine halbe Stunde vor der Landung in Heathrow. Sie wurde irgendwo in London begraben, wo Box noch nie war. Das waren die Fakten, die er kannte, mehr wusste er nicht.

Eine Woche danach war sein Vater im Haus von Pop und Dee erschienen. Die Erwachsenen saßen in der Küche, während die beiden Jungen im Flur mit Deckeln von Marmeladengläsern Türme bauten. Laut Paul hatten sich Pop und ihr Vater angeschrien, dann kam ihr Vater in den Flur gestürmt. Er verabschiedete sich kurz und fuhr weg. Auch daran erinnerte sich Box nicht. Das war das letzte Mal, dass Paul oder er ihn gesehen hatten.

Als Kind sieht und erlebt man alles Mögliche, manchmal wirklich seltsame Sachen, aber wenn man nichts hat, womit man es vergleichen könnte, ist es völlig normal. Als Box und

Paul Kinder waren, sah ihr Familienleben so aus: Flugzeuge und Flughäfen, Motels; schliefen die Eltern, war man sich selbst überlassen; fremde Leute kamen zu allen Tages- und Nachtzeiten. Ihr Essen stammte gewöhnlich von Marktständen auf der Straße oder aus dem Laden um die Ecke. Oft fischte ihr Vater ein paar Scheine aus dem neuesten Versteck, und Paul und Box gingen selbst einkaufen. Meistens spielten sie draußen. Wenn die Motels einen Pool hatten, trieben sie sich da herum, hielten aber stets nach der Polizei Ausschau.

Ein Ereignis, an das Box sich tatsächlich erinnerte, war, dass seine Eltern ihm einschärften, er müsse am Zoll so tun, als wäre ihm furchtbar schlecht. Er machte seine Sache offenbar gut, denn sein Vater kaufte ihm hinterher eine große Portion rosa Zuckerwatte. Danach wurde ihm wirklich schlecht, und er übergab sich im Fond eines Taxis.

Von der Tür kam ein lautes Klopfen. Box fuhr hoch.

»Mr Saxton, ich möchte mit Ihnen reden.«

Er schwang sich vom Bett und stand auf, kurz drehte sich alles um ihn, dann setzte ein pulsierender Kopfschmerz ein. Er ging zum Fenster und zog den Vorhang zur Seite. Vor der Tür stand ein kräftig gebauter Maori in einem blau-schwarz karierten Buschhemd. Sein Gesicht wurde von der einsamen Glühbirne über der Tür beleuchtet. Irgendwann innerhalb der letzten Stunde war ein dünner Regenschleier vom schwarzbewölkten Himmel herabgeweht. Ein roter Holden parkte ein paar Meter hinter ihm, ein zweiter Mann saß auf dem Beifahrersitz. Box konnte sein Gesicht nicht sehen, doch er wusste, dass er ebenfalls groß und schwer war; er füllte den ganzen Sitz aus. Großer Holden und großer Maori.

»Mr Saxton?«

»Moment.«

Er ging ins Bad, spritzte sich kaltes Wasser ins Gesicht und trocknete sich ab. Dann öffnete er die Tür.

»Was kann ich für Sie tun?« Schon während er das sagte, merkte Box, dass es klang, als arbeitete er in einem Schuhgeschäft.

»Kann ich reinkommen? Es regnet.«

»Mir wäre es lieber, wenn Sie draußen bleiben.«

Ein Achselzucken. »Wie Sie wollen. Tipene möchte wissen, was Sie hier machen.«

»Das ist ein freies Land.«

»Habe ich auch schon gehört. Aber im Ernst?«

»Nun, tatsächlich werde ich mir wohl die Delfine anschauen, wenn es welche gibt. Oder eine Tour durch die Höhlen machen. Was würden Sie empfehlen?«

Ein finsterer Blick. »Machen Sie sich bitte nicht über mich lustig, mein Freund.«

»Ich meine das ernst. Ich würde gern mal einen Delfin von Nahem sehen.«

Einen Moment lang starrte der Kerl ihn ungläubig an, dann schüttelte er den Kopf.

»Okay, ist ja gut. Tipene bat mich, Ihnen zu sagen, dass Sie zu Maakas Tangi eingeladen sind.«

»Mein Sohn hieß Mark.«

»Maaka, Mark … ist doch das Gleiche.«

»Nein, ist es nicht. Sein Name war Mark. Sein ganzes Leben lang hieß er Mark. So hat ihn seine Familie genannt, so hat er sich selbst genannt.«

»Immer mit der Ruhe. Es bleibt dabei, Sie sind eingeladen.«

»Bitte richten Sie dem guten alten Steve aus, dass er mich am Arsch lecken kann.«

Das Gesicht des Mannes versteinerte. »Das Angebot steht, Mann.«

»Was hat er denn erwartet? Tipene war zur Beerdigung unserer Familie eingeladen. Und wie wir das sehen, hat er auf die Einladung geschissen ... Mann.« Das letzte Wort war eine Parodie.

Der große Maori wollte einlenken: »Ich kann verstehen, weshalb Sie so sauer sind. Wirklich.«

»Ich bin weit mehr als sauer.«

Box machte einen Schritt nach vorn, sodass er weniger als eine Armeslänge von dem Mann entfernt war. Der war einen Kopf größer und, so schätzte Box, gut zwanzig Kilo schwerer. Aber nicht annähernd so geladen. Box dachte, das würde bei einem Kampf den Ausschlag geben.

Als Box näher kam, öffnete der Schattenmann im Wagen die Tür und stellte die Füße auf den Boden. Er erhob sich. Box erkannte die Spiralen der Tätowierung auf seinem Gesicht. Der Riese ließ Box keine Sekunde aus den Augen.

Auch der Maori vor ihm sah Box unverwandt an. »Ich habe meinen Auftrag erfüllt und Ihnen die Einladung überbracht.« Er trat zwei Schritte zurück, ohne den Blick von Box zu wenden, dann drehte er sich um und ging zu dem Holden. Beide Männer stiegen ein. Der Wagen fuhr mit aufheulendem Motor los. Als er an der Rezeption vorbeikam, sah Box, wie der Fahrer dem Portier zuwinkte. Dann bog der Holden auf den Highway Richtung Kaikoura ein, und Box hörte, wie er stark beschleunigte.

Er ging wieder hinein. Er schob die Tür zu und schloss ab. Dann setzte er sich aufs Bett und öffnete eine weitere Flasche Bier, während er darüber nachdachte, was er als Nächstes tun würde.

18

Box betrat die Bar des Mariner. Ein gutes Dutzend Leute waren dort, bis auf ein Pärchen sahen alle wie Ortsansässige aus, die meisten waren Maori.

Auch wenn die Stadt das Geld der Touristen dazu verwendet hatte, sich herauszuputzen, hatte sich diese Bar in den letzten zwanzig Jahren kaum verändert, soweit Box das beurteilen konnte. Es konnten auch fünfzig Jahre sein. Jahrzehnte von verschüttetem Bier waren zu einer Art übel riechendem Lack auf dem fleckigen Holzboden vor der L-förmigen Bar eingetrocknet. An der Stirnwand des großen Raums flackerte ein Feuer und spie Funken gegen das Kamingitter. Die meisten Gäste saßen an Tischen im hinteren Teil, um von der kostenlosen Wärme zu profitieren.

Gerahmte Schwarz-Weiß-Fotografien von Rugbymannschaften hingen an den Wänden. Interessiert betrachtete Box ein paar ausgestopfte Jagdtrophäen. Am besten gefiel ihm der Tahr, er hatte das lange, ausgebleichte Fell, wie es alte Tahre im Frühjahr bekommen. Auf einem großen Bildschirm an der Wand flimmerte Sky Sport, der Ton war leise gedreht: eine Wiederholung des langweiligen Spiels der Crusaders gegen die Highlanders vom vergangenen Wochenende.

Die Kellnerin mochte so alt sein wie Box, trug aber gleichwohl ihr dunkles Haar zu Rattenschwänzen zusammengebunden. Box konnte sich nicht so recht entscheiden, ob das sexy oder doof aussah.

»Was darf ich Ihnen bringen?«, fragte sie mit einem Lächeln.

»Ein Bier bitte.«

Box blieb mit seinem Bier an der Bar stehen und schaute beim Poolbillard zu. Zwei Männer und zwei Frauen spielten ein Doppel. Alle Maori. Sie lachten, hatten ganz offensichtlich Spaß; die Männer waren etwa fünfzehn Jahre jünger als Box, die Mädchen sogar noch mehr. Sie saßen an einem runden Tisch und standen abwechselnd auf, wenn sie an der Reihe waren. Eine der Frauen sah eher unscheinbar aus, aber die andere war geradezu umwerfend. Er hatte sie schon einmal gesehen, als er von Governors Bay nach Hause zurückkam. Sie war es, die ihm erklärt hatte, was die lange Rede des alten Mannes bedeutete. Jetzt hatte sie ihr Haar straff zurückgekämmt, sodass es im Nacken wie ein Büschel Stahlfedern abstand. Sie trug schwarze Jeans und wegen der heißen, trockenen Luft am Feuer nur ein dunkles T-Shirt. Wenn sie beim Poolbillard dran war, bewegte sie sich selbstbewusst um den Tisch, sie stieß hart und zielgenau. Noch schien sie ihn nicht bemerkt zu haben.

Box schaute abwechselnd auf das Billardspiel und auf das Rugbymatch. Das erste Bier trank er ziemlich rasch und bestellte ein zweites. Die Welle der durch den Raum schwirrenden Gespräche schwappte zu ihm hin. Die Leute rissen Witze übereinander und lachten. Als das Rugbymatch in die Halbzeit ging, hatte er sein zweites Bier geleert und ein drittes vor sich stehen. Er trank den Schaum ab und ging dann mit seinem Glas näher zu dem Billardtisch, wo er stehen blieb und zusah. Die beiden letzten Biere, die er so rasch wie Dees Grippemedizin runtergeschüttet hatte, brachten den gewünschten Effekt. Die Muskeln um seinen Nacken herum entspannten sich. Die vier Spieler schauten zu ihm hin, redeten und lachten aber weiter. Die Kugeln stießen mit dem Geräusch von Eiswürfeln im Glas gegeneinander, und wenn sie in die Taschen fielen, rollten sie polternd in die Eingeweide des Tischs.

Box trat vor und legte ein Zwei-Dollar-Stück auf den Rand des Tischs. »Wie wär's, wenn ich gegen den Sieger antrete?«

Der dürre Typ in engen Jeans und blauem T-Shirt ging gerade um den Tisch, um seinen nächsten Stoß zu berechnen. »Wir spielen Doppel.«

Als er sprach, bemerkte Box, dass ihm vorn mindestens drei Zähne fehlten.

»Gut, dann spiele ich eben gegen die Wahine.«

Der Typ warf ihm einen finsteren Blick zu und richtete sich auf. »Passt Ihnen irgendwas nicht?«

»War nicht böse gemeint. Ich will nur gern eine Partie spielen.«

»Ich habe schon gesagt, dass wir Doppel spielen.«

Die Frau, die bei ihm zu Hause gewesen war, starrte Box an, offenbar hatte sie ihn jetzt erkannt. Sie trat an den Tisch.

»Ist schon okay, Johnno.«

Box sah, wie der Typ die Achseln zuckte. »Wenn sie gegen Sie spielen möchte, dann halte ich mich raus.«

»Und? Wie wär's?«, fragte Box.

»Na gut.« Das klang nicht eben enthusiastisch, doch es genügte Box.

Er nickte und machte einen Schritt zurück. Er sah deutlich, dass sie drüben am Tisch über ihn redeten, die gut aussehende Frau erklärte ihnen offenbar, wer er war, und spekulierte darüber, weshalb er heute Abend hier sein mochte. Er nahm an, dass die meisten in der Stadt wussten, wie Marks Leiche hierhergelangt war.

Als ihre Partie vorüber war, steckte Box seine Münze in den Einwurfschlitz. Die Kugeln ergossen sich in die Öffnung hinten am Billardtisch. Box nahm sie heraus und fügte sie in den Triangel. Die Frau stand mit ihrem Queue daneben und schaute ihm zu.

»Sie können anstoßen«, sagte Box.

Sie versenkte direkt beim Break eine Kugel, zwei weitere folgten, dann aber blieb die nächste knapp vor einer der Ecktaschen liegen.

»Sie haben offenbar trainiert.«

»Sieht so aus.« Kein Lächeln. Kein Blickkontakt.

»Eine verkorkste Kindheit?«

»Was?«

»Die, die gut spielen, haben normalerweise in ihrer Jugend zu viel Zeit in Kneipen verbracht.«

Sie hob nur kurz die Schultern.

»Sie reden nicht gerade viel.«

»Spiele lieber Pool.«

Box lächelte sie freundlich an. »Verstehe.«

Das Bier hatte Box locker und sicher gemacht. Er versenkte schnell hintereinander vier Kugeln.

»Sie aber auch. Sieht so aus, als hätten Sie viel Zeit in Kneipen verbracht.«

»Ich war mit Anfang zwanzig fünf Jahre bei der Armee. Meistens hatten wir da abends nichts Besseres zu tun.«

»Johnno war auch bei der Armee.«

»Der Typ mit dem hübschen Lächeln?«

Sie grinste, schien es aber schon im nächsten Moment zu bereuen. »Ja, zwei Jahre, glaube ich.«

»Ich erkenne ihn nicht. Aber für mich sehen die sowieso alle gleich aus.«

Ihr Gesicht verdüsterte sich.

»Soldaten. Die sehen für mich alle gleich aus.«

Box verpatzte absichtlich den nächsten Stoß. Er sah ihr an, dass sie überlegte, sofort abzubrechen; er hatte es zu weit getrieben. Aber nach einer kurzen Pause richtete sie ihren nächsten Stoß aus. Er fragte sich, wann oder ob sie je zugeben würde, dass sie ihn kannte. Sie stieß, traf aber nicht, also war er wieder dran.

»Gehen Sie zu Marks Tangi?«

Sie zuckte die Achseln. »Vielleicht.«

»Ich dachte, an so einem Begräbnis müssen alle teilnehmen?«

»Ich geh vielleicht später hin.«

»Zum Leichenschmaus?«

»Nein.«

Er sprach betont locker weiter. »Klingt mir so, als wären Sie eine dieser Freizeit-Maori. Nur dann Maori, wenn's was umsonst gibt.«

Sie starrte ihn über den Billardtisch hinweg an. »Okay, das war's. Die Partie ist zu Ende.«

Sie lehnte ihren Queue gegen den Tisch, ging zu den beiden Typen und dem Mädchen zurück und setzte sich. Offenbar berichtete sie den anderen, was er gesagt hatte. Sie sahen zu ihm herüber.

Er spielte weiter, hatte einen Lauf. Als er von seinem nächsten Stoß aufsah, stand Johnno auf der anderen Seite des Tischs und schaute ihn wütend an. Der andere Typ war zur Verstärkung mitgekommen.

»Hören Sie, es ist keine gute Idee, hier reinzukommen und rumzustänkern.«

»Ach ja?«

»Wir denken, Sie hauen jetzt besser ab.«

»Ich habe meine Partie noch nicht zu Ende gespielt.«

Johnno griff auf den Tisch, nahm die schwarze Kugel und steckte sie in die nächste Tasche, von wo sie durch die verborgenen Gänge rollte. »Jetzt ist sie aus.«

Box richtete sich auf. Er schüttelte den Kopf. »Sie haben mein Spiel ruiniert.«

»Ja. Und?«

»Sie schulden mir zwei Dollar.«

Box war überrascht, als Johnno einfach in seine Hosentasche griff und eine Münze hervorzog. Er warf sie mitten auf den grünen Filz. Box beugte sich vor, nahm das Geldstück und steckte es in die Tasche.

»Ich kenne einen Witz, der euch gefallen wird. Wie nennt man einen Maori mit einem Range Rover?«

»Verpiss dich«, zischte der andere Typ, dessen Namen Box nicht kannte.

»Los, ratet mal!«

»Sie verschwinden jetzt tatsächlich besser, Mann«, sagte Johnno.

»Da wirst du schon nachhelfen müssen, du Spargeltarzan.«

Box wechselte seinen Griff am Queue, sodass er das dickere, schwerere Ende schwingen konnte. Noch immer trennte der Tisch ihn von den beiden Männern. Johnno wippte auf seinen Fußballen. Er fixierte Box.

»Wieso wollen Sie mich zu einer Prügelei provozieren?«

Box bewunderte seine Selbstbeherrschung. Die meisten Männer hätten an diesem Punkt dem Druck ihres Adrenalinspiegels nachgegeben und ihren Verstand erst dann wieder benutzt, wenn sie gewonnen hatten – oder in die Notaufnahme transportiert wurden.

»Sie sind es nicht wert, dass ich Ihretwegen Schwierigkeiten kriege.«

Er drehte sich um und ging zu seinem Tisch zurück. Der andere Typ blieb kurz stehen und folgte ihm dann. Keiner nahm mehr Notiz von Box. Die beiden Frauen standen auf und zogen ihre Jacken an, dann gingen alle durch eine Seitentür hinaus.

Box machte noch einen Stoß, mit dem er die rote Kugel in einer Ecktasche versenkte, legte den Queue auf den Billardtisch und folgte ihnen nach draußen – die leise, vom Alkohol undeutlich gewordene Stimme der Vernunft überhörte er.

Der Parkplatz an der Südseite des Hotels war ein unbeleuchtetes, nicht asphaltiertes Rechteck mit ein wenig Kies und reichlich Schlaglöchern. Das einzige Licht spendete eine nackte Glühbirne über dem Seiteneingang. Als Box rauskam, saßen die vier schon in ihrem Auto. Es war ein dunkler Subaru, er stand mit der Front gegen den Lattenzaun einsam an der gegenüberliegenden Seite des Parkplatzes, außerhalb des Lichtkreises der Glühbirne. Es regnete noch immer ganz leicht, Box sah einzelne Tropfen im Lichtschein aufblitzen, bevor sie auf die dunkle Erde fielen.

Als er die Beifahrertür aufriss, lief der Motor schon. Die Frau, mit der er Poolbillard gespielt hatte, saß vorn. Sie warf den Kopf zu ihm herum und stieß einen Schreckenslaut aus, es klang wie ein Kieksen. Es tat Box leid, ihre Angst zu sehen.

Johnno saß am Steuer. Er sah an dem erschrockenen Gesicht der Frau und ihrem stacheligen Haar vorbei. »Was wollen Sie denn jetzt noch, verdammt noch mal?«

»Ich habe vergessen, der Lady etwas zu sagen.«

Box beugte sich vor und flüsterte ihr ein paar Worte ins Ohr. Sie wandte sich von ihm weg.

»Scheiße, jetzt reicht's!«, schrie der Typ im Fond.

Er saß hinter der Frau, auf Box' Seite des Wagens, und Box hörte, wie sich die Tür öffnete. Er zog den Kopf aus dem Wagen und trat einen Schritt zurück. Er ließ den Typen die Tür öffnen und einen Fuß auf den Boden setzen. Als er dann sein Gewicht nach vorn verlagerte und den Kopf beim Aussteigen senkte, trat Box gegen die Tür, so fest er konnte. Der junge Maori versuchte sie mit dem Arm aufzuhalten, aber Box hatte seinen Tritt so weit vorn an der Tür platziert, dass er die maximale Hebelwirkung erzielte, und setzte sein ganzes Gewicht dahinter. Die Tür machte ein Geräusch wie splitterndes Holz, als sie Kopf und Schulter des Jungen traf. Der ließ ein tiefes Stöhnen hören. Box riss die Tür auf, und der Junge fiel ihm halb bewusstlos entgegen. Er erwischte ihn zweimal voll: zuerst ein Aufwärtshaken ins Gesicht und dann ein Schwinger gegen die Schläfe. Der Junge brüllte vor Schmerz und fiel dann in den Kies, wo er sich den Kopf hielt.

Die zweite Frau hinten im Wagen fing an zu schreien.

Aus dem Augenwinkel sah Box eine Bewegung. Johnno war vorn um den Wagen gekommen, durch die Lücke zwischen Kühler und Lattenzaun. Box drehte sich zu ihm um und sah den wilden rechten Haken kommen. Er warf instinktiv den Kopf zurück, doch die Faust traf ihn seitlich im Gesicht, die Knöchel schlugen gegen seine Augenhöhle. Box versuchte den Schlag mitzunehmen und rollte den Kopf nach rechts. Er fühlte mehr, als dass er es sah, wie Johnno jetzt einen Aufwärtshaken ansetzte. Aber irgendwie verfehlte er Box' Kinn, die Faust schrammte an seinem Ohr vorbei. Box wusste, er wäre zu Boden gegangen, wenn dieser Haken sein Ziel gefunden hätte.

Er streckte den Arm aus und packte ein Stück blaues T-Shirt. Er hörte noch, wie der Stoff nachgab und riss, dann fand er sich in einer engen Umklammerung wieder. Box hörte und roch den Atem des anderen Mannes: Bierhefe, Kartoffelchips, Tomatensoße. Auf einmal explodierte ein harter Schlag in Box' Rippen, knapp über der Niere.

Die Frau hinten schrie noch immer. Es schrillte in Box' Ohren wie eine Luftschutzsirene.

Box riss mit aller Kraft sein rechtes Knie hoch, zielte zwischen Johnnos Schenkel. Er hatte Glück, spüre, wie seine Kniescheibe ins Schwarze traf und die Hoden des anderen gegen dessen Hüftknochen gequetscht wurden.

Johnno heulte in Box' Ohr: »Drecksau.« Dann ließ er Box los und sank zu Boden. Er rollte sich auf dem Kies zusammen und japste wie ein Hund.

Box stand über ihn gebeugt. Der Adrenalinschub von der Schlägerei dauerte noch an, seine Muskeln zuckten, sein Herz schlug wie der Hammer eines irren Schmieds auf dem Amboss seiner Brust, und all das mischte sich mit der rauschhaften Wärme des Biers und dem primitiven Jubel über den Sieg. Box sah zur Seitentür der Bar; niemand war rausgekommen. Drinnen spielte noch immer die Musik, gerade lief der Party-Klassiker »Gloria« von Them, und Melodiefetzen drangen auf den Parkplatz. Von drinnen hörte er lautes Gelächter.

Genau so, dachte er, müssen sich die Ahnen dieser Typen gefühlt haben, nachdem sie sich mit Faustkeilen und Speeren bekämpft hatten. Aber auch seine eigenen Ahnen müssen sich einst bekämpft und umgebracht haben, verdammt. Wenn man darüber nachdenkt, kann es gar nicht anders sein. Denn sonst wäre er vermutlich nicht hier.

Der Typ, dem er die Faustschläge versetzt hatte, bewegte sich ein bisschen, versuchte aber noch nicht, sich aufzurichten. Das würde sicher noch eine Weile dauern. Box hatte den Knorpel seiner Nase an der Faust gespürt, als das Nasenbein brach. Die beiden Frauen saßen noch immer im Wagen. Gott sei Dank hatte die hinten aufgehört zu schreien. Jetzt schluchzte sie nur laut. Damit konnte er leben.

Die Beifahrertür stand offen. Er legte eine Hand auf den Rahmen, beugte sich hinunter und sah die Frau an, die dort saß. Sie starrte geradeaus vor sich hin, auf die unbemalten Latten des Zauns.

»Warum hast du das getan, du verdammtes Arschloch?«

»Weißt du, wo Tipene Pitama wohnt?« Die Andeutung eines Nickens.

»Ja?«

»Ja.«

»Ich möchte, dass du ihm das hier gibst. Heute Abend noch, am besten gleich.«

Box nahm ein zusammengefaltetes Briefkuvert aus seiner Gesäßtasche und gab es ihr. Sie warf einen Blick darauf, als sie es nahm, wandte dann aber wieder den Kopf nach vorn und starrte weiter den Zaun an.

»Okay?«

»Ja.«

Vorsichtig schloss er die Tür und ging über den Parkplatz zu seinem Pickup. Schon beim Einsteigen spürte er den Schmerz in den Rippen, wo ihn Johnnos Faust getroffen hatte. Seine linke Gesichtshälfte brannte, und auf dem linken Auge sah er nur ein verschwommenes Rechteck. Wie hatte Pop das genannt, wenn man ein blaues Auge bekam? Ein Veilchen. Genau: Jemand hatte ihm ein Veilchen verpasst. Gott weiß, warum ein blaues Auge so genannt wurde. Doch wie immer man es auch nannte, Box hoffte inständig, dass seine Augenhöhle nicht gebrochen war.

Als er langsam an dem Subaru vorbeifuhr, warf er einen letzten Blick darauf. Die Frau aus dem Fond war ausgestiegen und beugte sich über den Typen mit der gebrochenen Nase. Die Frau auf dem Beifahrersitz hatte sich nicht bewegt. Sie starrte ihn an, als er vorbeifuhr. Das Licht reichte aus, um den lodernden Hass in ihren Augen zu erkennen.

Irgendwann während der Schlägerei war aus dem Nieseln richtiger Regen geworden. Seine Kleider waren feucht. Box glühte noch immer; sein ganzer Körper stand unter Strom. In ihm war nichts als rasende Wut.

Im Rückspiegel sah Box einen grinsenden Irren, blutunterlaufene, heimtückische Augen, entblößtes Zahnfleisch mit weißen Zähnen. Und für einen Moment fragte er sich, wen zum Teufel er da eigentlich ansah.

19

Box fuhr im Schritttempo am Tor des Marae vorbei. Seit der Schlägerei auf dem Parkplatz war eine halbe Stunde vergangen. Sein linkes Auge war so stark angeschwollen, dass er nur noch wie durch einen schmalen Sucher sah. In der Dunkelheit konnte er deshalb kaum etwas von dem Marae erkennen außer den geschnitzten Pfosten des Torbogens und einen Teil eines großen Holzhauses – das Versammlungshaus? Wahrscheinlich.

Dorthin hatten sie Mark vermutlich gebracht. Aber er wusste so gottverdammt wenig von den Sitten und Gebräuchen der Maori! Hätte er in der Schule bloß ein bisschen besser aufgepasst, als das drankam. Er sah Leute kommen und gehen und sich auf dem Gelände bewegen.

Box fuhr ein Stück weiter, wendete und fuhr erneut am Marae vorbei, doch er sah nichts Neues, nichts, was ihm weiterhalf. Ungefähr einen halben Kilometer hinter ihm lag ein großer Park an der Straße. Er bog ab und parkte an dessen Rückseite. Dort blieb er eine halbe Stunde im Wagen sitzen, ohne dass etwas geschah. Nicht einmal ein Radfahrer kam vorbei. Und er hatte gehofft, Tipenes roten SUV zu sehen.

Im ungeheizten Pickup war es kalt, er wurde von Minute zu Minute steifer. Sein Auge pochte jetzt, und in den Rippen spürte er einen stechenden Schmerz, wenn er sich auch nur ein bisschen bewegte.

Noch immer kein Zeichen von Tipene. Vielleicht hatte ihm die Frau seinen Zettel gar nicht gebracht. Oder es war niemand im Haus, als sie ihn abgeben wollte? Natürlich konnte auch der Akku von Tipenes Handy leer sein; im Grunde hatte Box schlicht und einfach keine Ahnung – Tipene kam vielleicht an diesem Abend gar nicht ins Marae.

Auf den Zettel hatte Box geschrieben, dass er Tipene in seinem Haus oberhalb der Küste treffen wollte. Er hatte genügend Details vermerkt, damit Tipene wusste, dass er das Haus kannte.

Und dann war er plötzlich da, helle Scheinwerfer bewegten sich auf ihn zu. Box duckte sich, als Tipenes SUV an ihm vorbeischoss. Er wartete eine Minute, noch immer tief in seinen Sitz gedrückt, dann stieg er aus und ging um den Wagen herum zum Werkzeugkasten. Das Vorhängeschloss ließ sich im Dunkeln nicht leicht öffnen, aber schließlich schaffte er es und holte den vollen Fünf-Liter-Reservekanister heraus, den er für den Notfall immer dabeihatte – die Benzinanzeige des alten Pickups war nicht unbedingt zuverlässig. Und die gegenwärtige Situation verdiente durchaus die Bezeichnung Notfall.

Als er über die weite unbeleuchtete Rasenfläche ging, schlug der Kanister rhythmisch gegen sein rechtes Bein, und die Flüssigkeit darin schwappte einen lebhaften Gegenrhythmus. Rugby-Torstangen erhoben sich als großes weißgestrichenes H aus der Dunkelheit. H für Hass, dachte er. Hassen, um zu tun, was getan werden musste. H für Hilfe. H für Horror. H für Halts Maul, sagte eine wütende Stimme in ihm. Und der lebhafte Kinderchor hörte auf. H auch dafür.

Am anderen Ende des Parks befand sich ein Spielplatz. Ungefähr in der Mitte des Rindenmulchs erhob sich ein hölzernes Fort mit drei Stockwerken und einer Seilrutsche, die an der Spitze begann. Box erkannte, dass dies nicht der standardisierte Gemeindespielplatz aus Fertigteilen war. Eher einer, der mit kommunalen Fördermitteln von zahlreichen Amateurhandwerkern an Wochenenden errichtet worden war.

Ein riesiger Traktorreifen, ein echtes Monstrum, hing zwischen zwei Holzpfosten wie ein Loch in der Dunkelheit, groß genug, um drei oder vier kleine Kinder gemeinsam schaukeln zu lassen. Ein Riesenspaß an einem Sommernachmittag mit einer schreienden, tobenden Kinderschar um sich. Box gab dem Reifen einen Stoß. Er begann träge zu schaukeln, die armdicken Halteetaue dehnten sich und knirschten in der Dunkelheit wie Packeis.

Es gab auch einen Tunnel für Kinder, der unter das Fort führte. Box musste sich fast auf halbe Größe zusammenquetschen, um reinzupassen, und das war die Hölle für seine geprellten Rippen. Am Ende des Tunnels stieß er auf eine rechteckige Höhlung, schwarz wie eine Kohlemine.

»Hallo! Ist da jemand?«

Keine Antwort.

Er tastete mit seinen Füßen in dem Hohlraum herum, er wollte ganz sicher sein. Zwischen knisternden Plastikverpackungen und Colaflaschen roch es nach Salz und aufgeweichten Fritten. Sein Schuh rutschte über etwas, und er bückte sich und ertastete etwas Weiches, Feuchtes. Es dauerte einen Moment, bis er merkte, dass er ein gebrauchtes Kondom in der Hand hielt. Seiner Kehle entrang sich ein würgendes Geräusch, und er rieb die Hand an seiner Jeans sauber.

Das war also die andere Möglichkeit. Er hatte gedacht, ein Penner oder Junkie hätte sich vielleicht hier eingerichtet. Es war ihm nicht in den Sinn gekommen, dass er zwei hormongesteuerte Teenager aufscheuchen könnte, die in der dunklen Erde rammelten wie die Karnickel.

Doch heute Nacht war niemand da.

Er kroch wieder hinaus, nahm den Benzinkanister und kletterte einhändig eine Holzleiter hoch. Auf halber Strecke hob er den Kanister über seinen Kopf, schob ihn auf die Bretter über ihm und kletterte hinterher. Mit derselben Technik erreichte er über eine weitere Leiter die höchste Ebene des Forts.

Ungefähr ein Dutzend Häuser bildeten einen Ring um dieses gräserne Niemandsland. Licht quoll aus den Fenstern und zeichnete die Ränder des Parks ins Dunkel, aber nichts davon drang in die Nähe des Spielplatzes. Von hier oben konnte er die Lichter des Marae sehen.

Box kippte Benzin über die Bretter des Forts, wobei er sorgsam darauf achtete, dass nichts auf seine Kleidung tropfte. Als der Kanister etwa halb leer war, kletterte er eine Ebene tiefer und kippte auch dort Benzin aus.

Als er wieder auf dem Boden war, goss er den Rest über eine Wand und den Rindenmulch. Der aufsteigende Benzingeruch ließ ihn leicht schwindeln. Er dachte an die Straßenkinder in der Stadt, die mit der Nase in Plastikbeuteln voll Benzin oder Klebstoff durch ihre verlorenen Tage trieben. Vermutlich fühlten sie sich genau so. Box schraubte den Kanister zu und warf ihn ins Innere des Forts, wo er mit einem dumpfen Knall landete. Er wünschte, er hätte mehr Benzin.

Irgendwo vom Rugbyfeld hörte er das kurze Krächzen eines Flötenvogels. Box fuhr herum und spähte in die Dunkelheit, doch da war nichts.

Er hatte eine Schachtel Streichhölzer in der Tasche, die er nun herausnahm und in der Hand hielt. Er fragte sich, was Liz in diesem Moment wohl machte. Was um alles in der Welt würde sie sagen, wenn sie wüsste, was er jetzt tat?

»Tut mir leid, Liebste.«

Er riss das Streichholz an. Eine kaum merkliche Brise blies es aus. Box fluchte und zündete ein weiteres an, diesmal zusammengekauert und mit den Händen abschirmend. Es flammte auf. Er warf das Streichholz die kurze Entfernung zum Fort hin, hatte aber kaum Hoffnung, dass die Flamme den Flug überstehen würde. Sicher musste er näher ran. Plötzlich ertönte ein lautes Zischen, und ein Feuerball blendete ihn. Box taumelte durch den Rindenmulch zurück wie ein Tanzbär unter Starkstrom. Die Hitze leckte an seinem Gesicht und kräuselte die Härchen auf seinen Handrücken.

»Jesus Christus!« Ein bisschen näher, und er wäre erledigt gewesen. Er inspizierte seinen Körper, ob da nicht irgendwo ein Brandherd war. Nein, zum Glück nicht.

Erstarrt stand Box im orangenen Feuerschein und sah zu, wie die Flammen Licht warfen und eine Gluthitze verströmten, sich krümmten und ums Holz wanden, die starren Linien zum Flimmern brachten, instinktiv nach oben kletterten, als wollten sie erst das ganze Fort einnehmen und von da in den Himmel vorrücken.

Aus allen Häusern um den Park stürmten Menschen. Box fuhr an einem alten Mann im Morgenrock, der offenbar seiner Frau gehörte, vorbei. Er stand mit bleichen nackten Füßen auf dem Gehweg und starrte mit offenem Mund auf das Feuer. Ein paar Häuser weiter sah er ein junges Paar bei ihrem Briefkasten, die Frau trug ein Baby auf der Hüfte. Ein kleiner fetter Mann stand in seiner Tür und sprach aufgeregt in sein Handy.

Als er wieder am Torbogen des Marae vorbeikam, ging eine Sirene los. Sie alarmierte die Feuerwehr. Die langen auf- und abschwellenden Töne wogten über die Stadt hinweg, als würde Kaikoura wie das London der Vierzigerjahre aus der Luft angegriffen.

Box fuhr weiter. Er wendete und stellte den Wagen etwa hundert Meter entfernt im Schatten ab, nahe genug jedoch, um sehen zu können, dass die Leute aus dem Tor strömten wie ein aufgeschreckter Bienenschwarm. Er zählte dreiundzwanzig Personen. Die meisten machten sich zu Fuß zum Park auf, das Feuer schien deutlich durch die Bäume, inzwischen schlugen hell orangefarbene Flammen hoch in den Himmel. Niemand beachtete ihn, der reglos im Dunkeln saß. Noch immer gellte die Sirene.

Box wartete noch fünf Minuten ab, dann startete er den Motor und fuhr zum Marae. Er bog in das Tor ein und fuhr langsam über einen Zugangsweg, der Muschelkies glitzerte blass im Scheinwerferlicht. Kleine Muschelstücke setzten sich im Reifenprofil fest und sprangen gegen das Chassis des Pickups.

Eine große geschnitzte Wächterfigur, von unten beleuchtet, stand am Eingang. Ein Taniwha, ein Wasserdrache. Das wusste sogar Box. Jedes der vier Beine der Figur endete in drei Klauen, so lang wie Box' Arme. Das Holz war ausgebleicht und rissig von der Sonne und der salzhaltigen Brise, die aus der Bucht hochwehte. Die Augen des Drachen, jedes so groß wie Box' Kopf, beobachteten, wie er langsam vorbeifuhr.

Vor dem größten Gebäude hielt er an. Er nahm eine alte Militärdecke, die er schon aus seinem Gepäck gezogen und auf dem Beifahrersitz bereitgelegt hatte, und stieg aus. Er schaute sich um, sah aber niemanden. Schnell ging er zu der umfriedeten Veranda und dann zur Eingangstür. Ein Schild erinnerte ihn daran, dass er die Schuhe ausziehen sollte, aber er ignorierte es. Das ging ihm jetzt am Arsch vorbei. Er würde ohnehin nicht lange bleiben.

Das Innere war ein einziger großer Raum unter einem spitz zulaufenden Dach, die Wände mit aus Flachs gewebten rot-schwarzen Paneelen bespannt. Rundäugige tätowierte Gesichter über dickbäuchigen Körpern hockten übereinander auf den Stützbalken bis zum Dach. Paua-Muscheln schimmerten aus den Gesichtern der Schnitzereien. Mehr davon beobachteten ihn aus den dunklen Ecken, von den Wänden und den Deckenbalken. Sogar ein Pakeha-Junge wie er wusste, dass dies Bilder der Ahnen des Stammes waren – seine Häuptlinge und Helden, die bis sechshundert Jahre vor der Ankunft der ersten Europäer zurückreichten.

Zum Teufel mit ihnen, dachte er wütend. Sollen sie doch glotzen. Er war wegen seines Sohns hier, ob das diesen holzgesichtigen Arschlöchern nun passte oder nicht.

Marks Leichnam lag in einem dunklen Holzsarg am hinteren Ende des Raums. Eine alte Frau saß auf einem Stuhl am Kopfende, ihr Rücken berührte fast die Wand. Sie hatte die Augen geschlossen und das mit Moko verzierte Kinn in eine Schulter versenkt wie eine plumpe Waldtaube. Er erkannte sie als die Frau, die in Tipenes Haus das Essen zubereitet hatte. Vielleicht seine Mutter.

Um den Sarg herum standen sechs Stühle, auf denen vermutlich bis vor ein paar Minuten noch jemand gesessen hatte. Als Box an den Sarg trat, zuckten die Augen der Frau und öffneten sich. Ihr Kopf fuhr zurück, und sie schielte zu ihm hoch.

»Wer sind Sie?«

»Ich bin sein Vater.«

»Was?«

Lauter. »Ich bin sein Vater. Ich nehme Mark jetzt mit.«

Ihr Blick ging zwischen Box und dem Leichnam hin und her. »Das verstehe ich nicht. Was wollen Sie?«

»Ich bringe ihn nach Hause.«

Sie war sogar noch älter, als er gedacht hatte, möglicherweise schon über neunzig. Ihr formloser, schlaffer Körper begann sich zu bewegen, versuchte vom Stuhl hochzukommen. Fettwülste hingen über ihre Knöchel, die in dicken braunen Strümpfen steckten wie in Wurstpellen.

Box wandte sich von ihr ab und breitete die Decke auf dem Boden neben dem Sarg aus. Es war nicht der Sarg, in dem sein Sohn beim Bestattungsinstitut gelegen hatte. Tipenes Leute waren clever genug gewesen, den nicht mitzunehmen. Eine Leiche zu stehlen war kein Verbrechen, zumindest nicht im Auge des Gesetzes; einen Fünfzehnhundert-Dollar-Sarg zu stehlen aber durchaus.

»Was machen Sie da? Wir brauchen das hier nicht.«

»Ist schon okay.«

Der Sarg stand auf dem Boden, und er musste sich tief bücken, um seinen Sohn herauszunehmen.

»Das dürfen Sie nicht! Lassen Sie das!«

Ein schwerer Gehstock lehnte an ihrem Stuhl. Sie griff danach und versuchte erneut, auf die Beine zu kommen. Box kümmerte sich nicht um sie.

Blitzschnell rein und wieder raus, das war seine einzige Chance – schnell und diskret wie ein katholischer Priester im Bordell.

Box schob den linken Arm unter Marks Nacken, seine Finger griffen nach dem Hemd über der linken Schulter, ballten den Stoff in seiner Hand zusammen. Den anderen

Arm schob er unter die Beine des Jungen. Der Körper war steif und kalt. Sein Gesicht kam so nahe an die Leiche, dass ihm ein widerlich süßlicher Geruch in die Nase stieg.

Box ächzte, kam aus der Hocke und versuchte, Mark mit einer einzigen Bewegung wie ein Gewichtheber beim Reißen hochzuheben. Mark fühlte sich ebenso leblos an wie die Hanteln, mit denen Box früher trainiert hatte. Ein stechender Schmerz schoss durch seine Rippen. Hinter ihm schimpfte die alte Frau ununterbrochen, in Englisch und Maori.

Er schaffte es so gerade, Mark knapp über den Rand des Sargs zu wuchten und auf dem Boden abzulegen. Es tat ihm weh, Marks Körper wie einen Mehlsack zu behandeln, aber hatte er eine Wahl? Jeden Augenblick konnte jemand reinkommen, und dann bräche sein ganzer Plan auseinander. Das war kein Film, in dem er sich mit Gewalt durchsetzen konnte und seine Gegner nach mächtigen Karatetritten im hohen Bogen gegen die Wände klatschten. Das hier war das wirkliche Leben. Box wusste, dass alles vorbei wäre, wenn ihn jemand entdeckte.

Schnell zog er die Leiche zum Rand der Decke und rollte sie darin ein.

Er kniete noch, als ihn ein heftiger Schlag zwischen den Schultern traf. Er fiel nach vorn, musste sich mit den Händen abstützen. Die alte Frau stand über ihm und hatte den Gehstock bereits zum nächsten Schlag erhoben. Er sprang auf und riss ihr den Stock aus der Hand.

»Das hat verdammt wehgetan!«

»Sie dürfen Maaka nicht wegnehmen.« Dann sprach sie wieder Maori, ihre Stimme überschlug sich.

Box schaute zur Tür, er hatte Angst, jemand könnte sie hören.

Er packte ihren Arm. Seine Finger versanken in ihrem Fleisch, das sich anfühlte wie frischer Brotteig.

»Beruhigen Sie sich.«

»Fassen Sie mich nicht an!«

»Ich möchte, dass Sie sich wieder hinsetzen und ruhig sind.«

»Wer sind Sie? Warum tun Sie das?«

»Ich bin sein Vater.«

»Wo ist Aroha?«

»Ich weiß nicht, wer das ist.« Er packte sie fester und schob sie zu ihrem Stuhl zurück, wo er sie so sanft wie möglich hinsetzte. »Bitte bleiben Sie hier sitzen.«

Die Frau sank in sich zusammen. »Das dürfen Sie nicht. Sie sind nicht eingeladen. Sie können nicht einfach so ins Marae kommen und Maaka mitnehmen. Sie sind ein Dieb, ein elender, verfluchter Dieb.« Ihre Augen starrten ihn hasserfüllt an.

»Warum nicht? Dürft etwa nur ihr Maori Leichen stehlen?«

Sie ächzte und schleuderte Box zwei steinharte Worte auf Maori entgegen. Er brauchte kein Linguist zu sein, um zu verstehen, dass sie ihn verfluchte. »Ein verfluchter Dieb«, sagte sie dann wieder in Englisch.

»Hören Sie, ich habe für ihn gesorgt, seit er ein Baby war. Ich bin der einzige Vater, den er je gekannt hat. Und was ist mit seiner Mutter? Sie will auch nicht, dass er hier begraben wird. Bedeutet das vielleicht gar nichts?« Die alte Frau brummte und stammelte vor sich hin.

»Wo wart ihr denn, als Mark groß wurde? Er war euch doch scheißegal. Und jetzt plötzlich meint ihr, er gehört euch und ihr seid die Einzigen, die ihn begraben dürfen. Ihr seid hier die verfluchten Diebe!« Er schrie ihr jetzt direkt ins

Gesicht, Speicheltropfen flogen. Noch immer hielt er den Gehstock in der Hand, mit dem sie ihn geschlagen hatte, schwenkte ihn in der Luft. Sie murmelte wieder etwas.

»Was?«

»Die Mutter des Jungen. Sie hat Maaka von uns weggenommen. Tipene wollte seinen Sohn sehen, hat sie immer wieder darum gebeten. Die Mutter hat Nein gesagt. Hat behauptet, Tipene wäre kein guter Vater. Sie hat gesagt, es wäre besser für den Jungen, bei euch Pakeha zu leben.«

Box zuckte zusammen. »Das ist Quatsch. Tipene wollte von Mark nichts wissen.«

»Die Mutter ist schuld.«

Box atmete tief durch und schaute wieder zur Tür. Das dauerte viel zu lange. Er hatte keine Zeit für den Quatsch, den die Alte da vor sich hin brabbelte. Er musste Mark hier rauskriegen. Seine Glückssträhne, die ihn bis hier gebracht hatte, drohte jeden Moment zu reißen.

»Bitte bleiben Sie, wo Sie sind.«

Er warf ihren Stock ein paar Meter weit weg. Die Frau machte ein weinerliches Gesicht, wie ein verzogenes Kind, dem man sein Spielzeug weggenommen hatte.

Mit größter Anstrengung hievte sich Box das graue Leichentuch mit Mark auf die Schulter. Er stöhnte dabei laut auf vor Schmerz. Mit seinem Sohn über der Schulter ging Box durch das Versammlungshaus zur Tür. Die raue Wolle rieb an seinem Gesicht. Gebeugt schwankte er an den geschnitzten Gesichtern vorbei, die ihn zornig ansahen, dann trat er durch die offene Tür hinaus.

Der Pickup parkte noch immer genau an der Stelle, wo er ausgestiegen war, der Motor tuckerte leise. Er nahm eine Bewegung am Tor zum Marae wahr: Zwei Frauen standen da und schauten auf das Feuer.

Box ließ den Leichnam auf die Ladefläche gleiten. Obwohl er dabei so vorsichtig war wie nur irgend möglich, konnte er nicht verhindern, dass es einen dumpfen Schlag gab, als wenn er einen Holzstamm abgeladen hätte. Das Geräusch ließ Box zusammenzucken.

Als er losfuhr, fiel ihm wieder die große Schnitzerei auf, der Taniwha. Er stand am Rand des Muschelkieswegs zwischen ihm und dem Tor. Er empfand plötzlich eine Art trotzige Freude. »Leck du mich auch am Arsch, Kumpel«, sagte er laut und zeigte ihm den gestreckten Mittelfinger.

Als er am Tor ankam, warfen ihm die beiden mittelalten dicken Frauen, die dort standen, neugierige Blicke zu. Er ignorierte sie und bog nach rechts in die Straße ein. Dann beschleunigte er bergab, auf das Feuer und die blinkenden roten Lichter der Feuerwehr zu.

Box hielt an der Kreuzung, wo die nördlich aus Kaikoura herausführende Straße in den Highway einmündete. Seine zerbeulte Stoßstange ragte über die Haltelinie hinaus. Weit und breit war kein anderes Auto zu sehen. Wahrscheinlich waren die meisten Bewohner von Kaikoura oben im Park, aus Neugier oder um zu helfen. Sein Atem dampfte in der Kälte. Der Pickup fühlte sich wie ein Eisschrank an. Er schloss die Finger der rechten Hand halb zur Faust und blies hinein, um sie zu wärmen. Dabei bemerkte er, dass er wieder zitterte, sicher nicht nur vor Kälte. Er war jetzt an dem Punkt, bis zu dem er geplant hatte. Hier verließ er bekannte Gefilde und betrat Neuland, in dem Drachen auf ihn lauerten. Tatsächlich hatte er nicht wirklich daran geglaubt, Mark aus dem Marae herausholen zu können. Er musste es versuchen, hatte aber damit gerechnet, dass er scheitern würde, die Übermacht schien zu groß. Er hatte angenommen, an diesem Punkt entweder in einer Verhörzelle der Polizei oder in einem Krankenhaus zu sein. Da er nun aber Mark bei sich hatte, musste er seine nächsten Schritte überlegen. Nach Süden führte der Highway an der Küste entlang direkt nach Christchurch. Er könnte in ein paar Stunden zu Hause sein und vierzig Minuten später in Governors Bay. Oder er könnte etwa eine halbe Stunde nach Süden fahren und dann von der Küste landeinwärts abbiegen. Die Straße führte an der Seaward Kaikoura Range entlang nach Hanmer Springs, einem Kurort mit heißen Quellen. Das waren die einzigen Optionen, wenn er sich nach Süden wandte.

In beiden Fällen aber, so dachte er, würde er früher oder später in eine improvisierte Straßensperre geraten. Auf direktem Weg nach Hause zu fahren war genau das, was jeder erwarten würde. Es lag auf der Hand.

Box fragte sich, was Tipene und seine Leute jetzt tun würden. Vielleicht Brent McKenzie und die anderen Polizisten zu Hilfe holen. Er war sich durchaus bewusst, in der letzten Stunde mehrere Straftaten begangen zu haben – mindestens Hausfriedensbruch und Brandstiftung. »Schöne Stiftung, so ein Brand«, hatte Pop einst gescherzt. Box verzog das Gesicht zu so etwas wie einem Grinsen. »Der war gut, Pop.« Hatte er das eben laut gesagt? Das erste Anzeichen von Wahnsinn. Aber wie auch immer, die Polizei würde mit ihm über den Brand auf dem Spielplatz reden wollen, das war so sicher wie das Amen in der Kirche. Er würde es nicht mal abstreiten. Aber alles zu seiner Zeit, erst mussten sie ihn haben. Vielleicht würde Tipene auch alles unter dem Deckel halten, unter dem seines Stammes zumindest. Die tätowierten Gorillas, die ihn von der Straße gedrängt hatten, nahmen das, was er getan hatte, vielleicht persönlich.

Und gönnten ihm den Komfort einer Verhörzelle in Kaikoura nicht.

»Was meinst du, Tiger, was sollen wir tun?« Wieder sprach er laut, benutzte den Spitznamen aus der Kindheit. Er sah in den Rückspiegel, als erwartete er, Marks Gesicht zu sehen. Doch da war nichts außer dem rissigen Plastik des leeren Sitzes neben ihm und kaltem, dunklem Schweigen. Box seufzte.

Es hatte aufgehört zu regnen, und der verhangene Himmel war aufgerissen. Durch die schmutzige Windschutzscheibe konnte er hie und da ein paar Sterne sehen, vereinzelte Klumpen bleichen Lichts. Auch ohne Wetterbericht wusste er, dass es kalt genug war, um in der Nacht zu schneien.

Box drehte das Steuer im Uhrzeigersinn. Es sah so aus, als würde er sich schließlich doch nach Norden wenden.

20

Dreißig Kilometer weiter nördlich bremste er ab und bog in einen Feldweg Richtung Meer ein. Über seiner Schulter zeichneten sich die dunklen Konturen der Berge hinter dem unbeleuchteten Highway ab. Es gab kein richtiges Hügelvorland, nur einen leicht ansteigenden Streifen, der gerade breit genug war, um die Kuhherden zu weiden, die Box im Licht der Scheinwerfer bemerkt hatte. An manchen Stellen fand die Straße kaum Platz vor den Bergen, die aus dem Meer emporzuwachsen schienen, steil wie ein Kirchendach und von Büschen und Gras bedeckt.

Box fuhr langsam. Es gab mehr als genug mit Regenwasser gefüllte Schlaglöcher, und das Letzte, was ihm jetzt fehlte, war ein Achsenbruch. Ohne ein sichtbares Gatter zu passieren, befand er sich plötzlich auf einem großen Feld. Er fuhr an dessen Rand entlang, und als er fast an der entferntesten Ecke war, hielt er nahe bei einer Reihe riesiger Pappeln an. Er stieg aus, ließ aber Standlicht und Motor an.

Box kannte die Stelle. Es war ein Campingplatz. Er hatte einmal mit Liz, Mark und Heather hier übernachtet, als die Kinder noch klein waren. Es musste kurz nach Weihnachten gewesen sein, oder vielleicht hatte er sich im Januar ein paar Tage freigenommen, genau wusste er das nicht mehr. Sie hatten hier gehalten, weil Heather im Auto schlecht geworden war. Liz hatte befürchtet, es könnte eine Lebensmittelvergiftung sein, doch am nächsten Morgen war alles wieder in Ordnung.

Er nahm ein aufgeregtes Rascheln und Krächzen im Baum über ihm wahr und sah hoch. Er konnte undeutlich erkennen, dass Vögel auf den Ästen saßen, große Vögel mit gebogenen Hälsen, offenbar Zwergscharben. Überall saßen sie, die Bäume waren voll von ihnen, und der Boden unter den Bäumen war ebenso weiß von ihrem Kot wie die Äste, auf denen sie hockten. Sie bewegten die langen Hälse hin und her und breiteten große, lederartige Flügel aus. Box machte ihnen Angst.

Er stand reglos da und lauschte auf die Vögel und die Brandung an dem Kiesstrand, den er zwar nicht sehen konnte, der aber ganz nahe sein musste. Der kalte Wind vom Land roch nach Jauche, eine Begleiterscheinung der Rinderhaltung. Er versuchte sich an den Platz im Sommer zu erinnern, hell und warm und belebt mit Reihen von bunten Campingzelten und den gestreiften Vordächern der Wohnwagen. Doch jetzt war es dunkel, und er konnte sich die Farben des Sommers nicht in Erinnerung rufen.

Auf dem Highway fuhr ein Wagen vorbei. Seine Scheinwerfer streiften die Bäume zwischen Box und der Straße, und einen Augenblick lang glitten ein paar zersplitterte Lichtbalken über das Feld.

Box holte seine Taschenlampe unter dem Beifahrersitz hervor. Er ging nach hinten und schaute nach Mark. Natürlich hätte er den Jungen gern in der Fahrerkabine untergebracht, aber er passte nicht hinein, und Box wollte ihn auf keinen Fall mit Gewalt hineinquetschen. Er wollte ihm jede weitere Entwürdigung ersparen, wenn es irgend ging. Der Leichnam hatte sich während der kurzen Fahrt bewegt, an einigen Stellen war die Decke verrutscht. Schwarz glänzende

Schuhe sahen darunter hervor und die Hälfte von Marks Gesicht.

Sie hatten ihn umgezogen – die Jeans und Laufschuhe waren durch eine schwarze Hose mit passendem Jackett und Lackschuhe ersetzt worden. Nicht einmal tot hätte Mark in solchen Schuhen gesehen werden wollen. Bei dem Gedanken lachte Box plötzlich laut auf. Die Vögel raschelten und murrten auf ihrem Baum.

Es gab drei gute Spanngurte zur Ladungssicherung im Werkzeugkasten. Box brauchte sie, um Holztransporte zu Baustellen zu verzurren. Er breitete die Decke wieder über die Schuhe und wickelte den ersten Gurt doppelt um Marks Schienbeine. Mit der Schnalle am Ende des Gurts konnte er ihn festziehen und am Wagen verankern. Den zweiten Gurt schlang er wie einen dicken Gürtel um Marks Hüften, den letzten legte er ihm um den Hals, zurrte ihn jedoch nicht so fest wie die anderen; trotzdem lag die Decke so eng um Marks Gesicht, dass seine Nase und seine Wangenknochen plastisch hervortraten.

»Tut mir leid, mein Junge. Aber zumindest sitzt die Decke jetzt fest.«

Er holte das Abschleppseil aus dem Kasten und band Mark damit, so behutsam er konnte, auf der Ladefläche fest.

Danach nahm Box seinen Rucksack vom Beifahrersitz, setzte ihn vor die Scheinwerfer aufs Gras und öffnete ihn. Er zog seine Laufschuhe aus und dann die Jeans. Er zog Thermounterhosen an und darüber seine Arbeitsshorts. Das Gras war feucht, und er stellte sich auf die Jeans, damit seine Socken nicht nass wurden. Die Wanderschuhe hatte er seit über einem Jahr nicht mehr getragen, und er bekam sie wegen des steif gewordenen Leders kaum über seine Socken. Er band die Schnürsenkel und stampfte dann ein paar Mal auf. Wenn er wirklich weit laufen musste, würde es wohl nicht ohne Blasen abgehen. Doch darauf war er vorbereitet, in seinem Erste-Hilfe-Koffer hatte er Leukoplast und Blasenpflaster.

Er legte auch seine anderen Sachen ab und stand einen Moment lang halb nackt im eisigen Wind. Sofort zog sich seine Haut über den Muskeln zusammen. Rasch streifte er sein Skiunterhemd über, dann ein frisches T-Shirt und das Buschhemd, zum Schluss die Jacke.

Box stopfte die alten Sachen in den Rucksack, warf ihn auf den Beifahrersitz und stieg ins Auto. Mithilfe der Taschenlampe studierte er die Karte, die er am Nachmittag in der Touristeninformation gekauft hatte. Es war die beste, die sie hatten. Er fand den Campingplatz darauf und fuhr mit dem Finger eine mögliche Route entlang. Lange saß er da und sah konzentriert auf die Karte.

»So könnte es klappen«, sagte er laut.

Als er wieder zum Highway kam, hielt Box an und schaute nach Süden. Kein Scheinwerferlicht weit und breit. Er wandte sich nach Norden, wo es ebenfalls stockfinster war. Der Verlauf der Straße glich dem Rücken einer mythologischen Schlange. Nein, dachte er, das Bild ist falsch, sie ist wie ein Aal – ein riesiger Aal mit schwarzem Rücken, der sich zwischen der Küste und den Bergen hindurchschlängelte und sich vor ihm ausbreitete, um ihn und Mark Gott weiß wohin zu tragen.

Box' Plan war einfach. Auf der Karte hatte er einen alten Feldweg entdeckt, der in ein enges Tal zwischen den Bergen führte: Coopers Road. Die dünne Linie, der er mit dem Finger gefolgt war, löste sich in einzelne Pünktchen auf und endete dann ganz. Er würde Mark so weit bringen, wie es der Weg zuließ. Er hatte ein Zelt dabei und ein wenig Proviant. Er würde ein bis zwei Tage kampieren, höchstens zwei Nächte. Er ging davon aus, dass Tipene und seine Leute bis dahin aufgegeben hätten, ihn zu jagen. Niemand hielt eine improvisierte Straßensperre länger als eine Nacht aufrecht. Schon gar nicht bei diesem Wetter. Sie würden annehmen, dass sie ihn verpasst hätten. Dann würde Box wieder auf den Highway zurückkehren und nach Süden fahren, Kaikoura umgehen – diesmal würde er auf den Monstaburger verzichten –, dann die Route durchs Land nach Hanmer Springs nehmen und von dort nach Christchurch weiterfahren. Das schien zumindest einfach. Was konnte schon schiefgehen? Box lächelte bitter. Die Bewegung der Gesichtsmuskeln ließ seine Prellungen schmerzen.

Das Problem war nur, dass er Coopers Road bereits gefunden haben müsste. Box beugte sich über das Lenkrad nach vorn und starrte mit weit aufgerissenen Augen ins Dunkel. Das Einzige, was hier eventuell an Licht erinnerte, war das Aufglühen der roten Augen von Opossums am Straßenrand. Die plattgefahrenen, aufgeplatzten Körper ihrer Kameraden lagen überall auf dem Asphalt. Als endlich eine Straße nach links abzweigte, lag die Stelle in einer lang gezogenen Kurve und war in der Dunkelheit schon vorbei, bevor Box fluchend das Steuer herumreißen und links ranfahren konnte. Der Kies spritzte unter den schleudernden Rädern. Er wendete, wobei er auf der anderen Straßenseite ins Gras geriet, das kaputte Gleichlaufgelenk zirpte verzweifelt wie eine riesige Grille.

Kein Straßenschild. Er studierte noch einmal die Karte. Das sah gut aus. Dem Plan nach müsste der Weg einem Bachlauf folgen und über einen niedrigen Sattel in ein namenloses Tal führen, das zwischen den Bergen verborgen lag. Box vermutete, dass Coopers Road, wenn dieser Weg denn so hieß, ein oder zwei Bauernhöfen als Zufahrt diente. Von den Häusern würde er gehörig Abstand halten. Man wusste nie, wo man irgendeinem von Tipenes Klan über den Weg lief.

Die ersten paar Kilometer war die Straße zwar schmal, aber immerhin asphaltiert. Damit aber war ohne ersichtlichen Grund plötzlich Schluss. Jetzt hatte der Pickup Lehm und Schotter unter sich. Er sah die Staubwolke, die er aufwirbelte, im Rückspiegel, die Rücklichter ließen sie rot aufglühen. Es war, als sei den Straßenbauern der heiße Teer ausgegangen oder als hätten sie eine Kaffeepause eingelegt, aus der sie nie zurückkamen. Er schaltete das Fernlicht ein.

Rechts von ihm verlief der Bach. Die Straße folgte ziemlich genau den Windungen des Bachbetts, machte alle Schlingen und die seltenen geraden Abschnitte mit. Settlers Creek hieß der Bach, wenn man der Karte trauen durfte, doch war er in Box' Augen nach den wenigen Stellen, die seine Scheinwerfer erkennen ließen, ganz schön groß geraten für einen Bach. Die Straße führte nun bergauf, und vor ihm ragte die Wand des mit Gras und Gebüsch bewachsenen Bergs in die unsichtbare Höhe.

Box sah in den Rückspiegel und entdeckte Scheinwerferlicht auf dem Highway hinter sich. Er hielt sofort an und machte sein Licht aus. Als er sich im Sitz umdrehte, sah er, dass der Wagen sehr langsam fuhr, im Schritttempo.

Er stieg aus und stellte sich hinter den Wagen, eine Hand auf dem Rand der Ladefläche.

»Sieht so aus, als bekämen wir Gesellschaft.«

Die Straße, auf der er sich befand, musste wesentlich steiler gewesen sein, als er wahrgenommen hatte, denn von seinem Standpunkt aus sah er auf den Highway und die

Küste hinunter. Im Süden konnte er die Lichter von Kaikoura sehen. Den Bach hörte er nur, er musste ganz nahe sein, verbarg sich jedoch im Dunkeln.

Der andere Wagen fuhr ganz entschieden zu langsam für eine Schnellstraße. Als er an der Stelle ankam, wo Coopers Road abzweigte, bewegten sich die Scheinwerfer nicht mehr. Box fluchte. Es war viel zu weit und erst recht zu dunkel, um erkennen zu können, ob jemand ausstieg, aber er stellte sich vor, wie die beiden Maori, die in sein Motel gekommen waren, bei ihrem roten Holden standen und über die Scheinwerfer redeten, die sie eben auf dieser sonst unbenutzten Straße gesehen hatten.

Box stand im kalten Wind und wartete.

Sein Plan hatte natürlich eine große Schwachstelle. Wenn ihn jemand gesehen hatte, wie er hierherfuhr, und ihm einen Suchtrupp nachschickte, dann saß er in der Falle. Der Karte nach gab es keinen anderen Weg aus dem Tal als die Straße, auf der Box sich gerade befand.

»Was meinst du, Mark, sitzen wir in der Scheiße?«

Die einzige Antwort bestand im Plätschern des Wassers über Steine irgendwo in der Dunkelheit. Der kalte Wind wühlte in den Ginsterbüschen und entlockte ihnen ein trockenes, raschelndes Stöhnen.

Die Scheinwerfer setzten sich wieder in Bewegung. Sie fuhren langsam nach Norden, über die Brücke, unter der Settlers Creek ins Meer floss, und dann die Küstenstraße entlang, bis sie hinter einer Biegung verschwanden.

Box starrte auf den Punkt, wo die Lichter jäh erloschen waren, und lauschte dem Murmeln des Bachs. Er konnte nur hoffen, dass der Wagen auf dem Highway nichts mit ihm zu tun hatte. Irgendein Vertreter vielleicht auf dem Weg nach Norden, der angehalten hatte, um zu pinkeln.

Noch lange kein Grund, paranoid zu werden. Abgesehen vom gestohlenen – besser: zurückgeholten – Leichnam auf seiner Ladefläche und der Wahrscheinlichkeit, dass eine Meute wütender Maori Jagd auf ihn machte. Aber sonst war alles eitel Sonnenschein.

Box stieg wieder in den Wagen, machte die Scheinwerfer an und fuhr die enge Straße weiter bergauf. Nach ein paar Minuten erreichte er den Rand des Buchenwalds, der sich, wie er wusste, bis zur Baumgrenze erstreckte. An manchen Stellen waren die Straßenränder abgesackt und zerfallen. Er fuhr sehr langsam, die Scheinwerfer flimmerten über Baumstämme, rechts von ihm lag die dunkle Leere des Bachs.

Eine Stunde später. Der Pickup fuhr – besser kroch – noch immer den Feldweg entlang. Es kam ihm vor, als hätte er seit dem Abzweig vom Highway erst zwanzig Kilometer zurückgelegt. Verdammt, dachte er, das konnte sich doch kaum noch Straße schimpfen, schon Feldweg war zu viel der Ehre für das, worüber sich der Pickup im Schritttempo quälte. Von Kilometer zu Kilometer – oder sogar alle hundert Meter – war der Weg schlechter geworden, ausgefahrener, voller Spurrinnen, Schlaglöcher und Pfützen, bis nur noch eine kaum mehr erkennbare Lehmspur blieb, die sich durch das dunkle, undurchdringliche Buschwerk schlängelte. Der Pickup stolperte voran. Gelegentlich setzte er auf einer Bodenwelle oder auf einem großen Stein auf. Jedes Mal verzog Box das Gesicht. Dafür war der alte Kumpel nicht gebaut.

Er hatte gedacht, dass es weiter hinten im Tal noch bewirtschaftete Farmen gab, aber selbst wenn dem so war, hatte an dieser Straße seit Jahren niemand mehr irgendwas getan.

Widerwillig entschloss sich Box, an der nächsten Stelle, wo er den Wagen von der Straße und außer Sicht bringen konnte, anzuhalten, als er um eine enge Kurve fuhr und die Bäume rechts von ihm sich plötzlich auflösten. Der Mond stand hoch genug, dass er den Bach vor sich sehen konnte, der an dieser Stelle breit und seicht die Fahrbahn querte. Dahinter sah er ein Flusstal zwischen zwei steilen Bergen. Etwa einen Kilometer vor ihm, in der Mitte der offenen Wiesenfläche, stand ein Farmhaus. Sofort machte Box die Scheinwerfer aus, ließ aber den Motor laufen.

Seine Schultern waren vom anstrengenden Fahren auf dieser Straßenruine verkrampft, und er ließ sie kreisen, so gut das in der engen Fahrerkabine ging. Er war total steifgefroren. Kein Licht drang aus dem Haus. Selbst aus dieser Entfernung und beim schwachen Mondlicht wirkte es verwahrlost und verlassen.

»Und was meinst du, Tiger?«

Keine Antwort.

Einen Moment später sagte Box »Okay« und schaltete die Scheinwerfer wieder ein.

Die Furt war ungefähr fünf Meter lang. Es sah ziemlich einfach aus. Keine größeren Steine, soweit er das sehen konnte. Das Wasser schäumte weiß über den Kies, ohne ruhige Stellen, unter denen sich tiefe Löcher verbergen konnten. Box setzte den Wagen in Bewegung, im ersten Gang rollte er ganz langsam in die Furt, das Wasser reichte bis zu den Radkappen. Meter um Meter ging es vorwärts, bis er mit einem mächtigen Gefühl der Erleichterung auf der anderen Seite des Baches wieder auf der Straße ankam.

Box fuhr so nahe an das Haus, wie er mit dem Pickup konnte, und hielt. Er stieg aus, knipste seine Taschenlampe an und ging über die Wiese auf das Haus zu. Das Gras stand hoch, und der Boden darunter war steinig und uneben. Er leuchtete direkt vor sich hin, um nicht zu stolpern und sich vielleicht den Knöchel zu verstauchen. Nach ein paar Schritten kam er zu den Resten eines Zauns. Die Pfosten waren größtenteils umgefallen und die paar, die noch standen, fast bis zur Unkenntlichkeit verwittert. Ein einsamer Strang Stacheldraht lag auf dem Boden. Er überstieg ihn vorsichtig und setzte seinen Weg fort.

Als er näher herankam, sah Box, dass das Gebäude noch älter war, als er angenommen hatte. Es stand definitiv leer. Verdammt, es stürzte sogar fast ein. Sein Großvater hätte gesagt, das hält nur noch der Vogeldreck zusammen. Er betrat die vordere Veranda, wobei er vor jedem Schritt erst die Tragfähigkeit testete, er hatte keine Lust, in dem verrotteten Holz einzubrechen. Die Eingangstür war abgeschlossen, saß aber nicht mehr fest im Rahmen. Das einzige Fenster nach vorn war eingeschlagen, doch hatte irgendjemand später Bretter über das Loch genagelt. Jetzt war das Holz verwittert, ein Stück bröckelte ab, als er die Hand darauf legte. Er leuchtete durch eine Lücke zwischen den Brettern, konnte aber nicht viel erkennen außer einem Stück staubbedeckten Fußboden.

Es sah so aus, als sei das Haus nach dem Baukastenprinzip entstanden: Zuerst hatte es nur zwei Zimmer, dann war nach und nach angebaut worden, soweit Zeit und Geld es zuließen. Ein Patchwork-Haus, von mehreren Generationen zusammengeschustert. Verstreut lag draußen das Treibgut der Landwirtschaft herum. Teile von Landmaschinen leuchteten im Schein der Lampe auf, Pflugscharen, Zahnräder, ein Traktorreifen – alles von Gras überwuchert, längst ausgeschlachtet und verrostet.

Box suchte herum, bis er einen überwachsenen Weg fand, der zur Straße führte. Er trat größere Büsche darauf nieder, fuhr dann zum Haus und parkte den Wagen so, dass er zumindest teilweise dem Blick von der Straße entzogen war.

Das Schloss der Hintertür gab so leicht nach, dass Box fast mit ihr rückwärts die Stufen hinabgestürzt wäre, die Brechstange noch in der Hand. Die Tür führte direkt in eine kleine Küche. Box blieb stehen, tastete den Raum mit der Taschenlampe ab und atmete den muffigen Gestank ein, der ihm entgegenschlug. Er fand einen Lichtschalter und probierte ihn aus – ein frommer Wunsch. Der Holzboden war ungefähr so dick mit Staub bedeckt wie der Mond, als Armstrong seine Fußabdrücke dort hinterließ. Als er ein paar Schritte machte, wirbelte der Staub hoch und stieg ihm in die Nase. Er hustete, der Staub hatte seine Nase verstopft. Aber das war nicht nur Staub. Es roch nach mumifiziertem Tod. Ein Vogel vielleicht oder ein Opossum, das herein-, aber nicht wieder hinausgekommen war. So ein Tier könnte hier tagelang verzweifelt herumirren, bis es an Austrocknung starb.

Box hatte Häuser gebaut, deren Speisekammern größer waren als diese Küche. Mäusekot lag auf der schmalen Holzbank, aber selbst der sah vertrocknet und vorzeitlich aus, als gehörte er in ein archäologisches Museum.

Er stellte sich die Frau vor, die hier irgendwann mal drei Mahlzeiten am Tag zubereitet hatte, auf dem Holzfeuer des Herds, für sich und ihren Mann und wahrscheinlich nicht weniger als vier oder fünf Kinder. Und vielleicht musste sie auch noch einen Tagelöhner versorgen oder, im Frühling, ein paar Schafscherer.

An die Küche schloss sich ein kleiner Wohnraum an. Der offene Kamin war mit Steinen aus dem Fluss gemauert. Box nahm an, dass dies sozusagen die Keimzelle des Hauses war, an und um die alles Weitere gebaut wurde. Er fuhr mit der Hand über die glatten Steine. Das hatte ein guter Handwerker gemacht, wie er an der Wahl und Platzierung der

Steine sah. Er bückte sich und leuchtete mit seiner Taschenlampe den Kamin hoch. Er sah Sterne am Himmel. Wenn er trockenes Holz fand, konnte er Feuer machen. Box beschloss, hier zu übernachten.

Er holte seinen Rucksack aus dem Auto und brachte ihn ins Haus. Er lehnte ihn an den Kamin und erforschte den Rest des Hauses. Es gab zwei Schlafzimmer, eines völlig leer, im anderen stand das Skelett eines hölzernen Bettgestells ohne Matratze. Box ging hinaus, um nach Brennholz zu suchen. Ein Vordach an der Westseite des Hauses war eingestürzt, offenbar schon vor vielen Jahren. Er zerrte das verrostete Blech weg, das Gras, das inzwischen durch das Blech gewachsen war, leistete einigen Widerstand. Er hatte Glück, unter dem Dach kamen ein paar lange Stücke Manukaholz zum Vorschein.

Die Äste waren so dick, dass er höchstens zwei auf einmal zur Hintertür tragen konnte. Er legte die Taschenlampe auf die oberste Stufe und benutzte seine Säge, um auf der unteren die Äste zu zerkleinern, damit er sie verfeuern konnte. Als er damit fertig war, schnaufte er wie ein Ackergaul, und sein Rücken war schweißnass.

Er trug das Holz ins Haus und stapelte es neben dem Kamin. Dann nahm er das Bett in dem einen Schlafzimmer auseinander und hängte die Schranktüren in der Küche aus. Er trat darauf und brach sie in Stücke. Nach einer Stunde hatte er so viel Holz zusammen, dass es wohl für die Nacht reichen würde. Er schichtete Anmachholz in den Kamin, baute ein kleines Tipi, in das er Toilettenpapier stopfte, und zündete das Ganze mit einem der langen Zündhölzer an, die er, in einem Plastikbeutel wasserdicht verpackt, im Rucksack hatte.

Als das Holz gut brannte, legte er die beiden kleinsten

Scheite Manuka dazu, später noch ein Stück des Bettgestells. Licht und Wärme verbreiteten sich im Zimmer. Box fragte sich, wann dieses Haus wohl zuletzt ein Feuer gesehen hatte.

Als das Feuer ordentlich loderte, trug er Mark ins Haus. Er wünschte, er hätte einen Tisch oder sonst etwas, um den Leichnam vor dem Staub zu bewahren, aber da war nichts zu machen, die Küchenbank war nicht lang genug. Er legte Mark in einigem Abstand zum Feuer auf den Boden, doch so, dass er vom Schein der Flammen beleuchtet wurde. Box hätte gerne etwas gesagt, über sich und den Jungen, etwas Feierliches, das er auswendig gelernt hatte und jetzt hervorholen könnte; Worte, die sie beide in ihre Wärme einhüllen würden. Doch sein Gedächtnis hatte nichts dergleichen gespeichert. Kein Gedicht, an das er jetzt denken konnte, nicht einmal die Verse eines Kirchenlieds. So lag der Junge einfach in seinem grauen Leichentuch aus rauer Armeewolle auf dem Boden.

Mit angezogenen Knien saß Box lange neben ihm und dachte an Liz und Heather.

Die Worte der alten Frau im Marae gingen ihm nicht aus dem Kopf. Liz hatte ihm immer gesagt, es sei Stephen – jetzt Tipene – gewesen, der sich aus Marks Leben davongestohlen hatte. Er hätte nie auch nur den Versuch unternommen, mit dem Jungen in Kontakt zu treten. Was hieß, dass er ihm egal war. Das hatte Box nie hinterfragt, weil es in seine Welt passte.

Box dachte daran, wie eng sie in den ersten Jahren zusammen gewesen waren, etwa, als sie kurz nach der Hochzeit zu dritt in Nelson Urlaub machten. Was, wenn Tipene damals doch versucht hatte, den Jungen zu sehen? Konnte es sein, dass Liz ihm wirklich gesagt hatte, er solle wegbleiben?

Vielleicht hatte sie Angst, dass es Spannungen geben könnte, wenn der leibliche Vater des Jungen auf der Bildfläche erschien, und sich Sorgen gemacht, weil sie nicht wusste, wie Box reagieren würde. Er hätte sie jetzt gern danach gefragt, aber das musste warten.

Was sie wohl gerade tat? Die Knochen in seinem Gesäß schmerzten von dem harten Holzboden. »Gute Nacht, Tiger.« Er stand auf, steif wie ein alter Mann, und trat näher ans Feuer.

21

Box wachte auf, als sei eine Tür in seinem Kopf brutal aufgestoßen worden. Er lag in seinem Schlafsack und starrte an die Decke. Bleiches Morgenlicht hatte durch die Ritzen zwischen den Brettern vor dem Fenster seinen Weg ins Zimmer gefunden, doch er hatte keine Ahnung, wie spät es war. Seine innere Uhr schien stehen geblieben zu sein, er hing in der Luft, und das Feuer gab ihm keinen Hinweis, außer dass es völlig runtergebrannt war. Die Kälte war durch die dünnen Wände und Bodendielen wieder ins Zimmer gesickert.

Er ächzte und rollte sich auf die Seite. Staub wirbelte hoch und ließ ihn husten. Er war dankbar für den Daunenschlafsack, der bis zu dreißig Grad unter null aushielt. So kalt war es zwar nicht. Aber kalt genug, dass man sich den Arsch abfror.

Wieder dachte er an Liz und Heather. Ob sie wohl schon wach waren? Überhaupt geschlafen hatten?

Der süßliche Verwesungsgeruch stieg ihm in die Nase. Am Abend hatte er alle Räume durchsucht, die Schränke aufgemacht und mit der Taschenlampe hineingeleuchtet, doch er hatte kein totes Tier gefunden. Vielleicht war etwas in der Zwischendecke verendet und hatte den Gestank als Abschiedsgruß hinterlassen.

Er schälte sich aus dem Schlafsack. Außer seinen Stiefeln, dem Buschhemd und der Jacke hatte er alles angelassen. In seinen dicken Wollsocken stapfte er zum Kamin und legte zwei Rindenstücke auf. Er ging in die Hocke und blies in die Asche, die zu seiner Erleichterung aufglühte. Er legte noch Anmachholz dazu, und fast sofort züngelten blaue Flammen hoch.

Er trat ans Fenster. Durch die linke obere Ecke, wo die Bretter nicht aneinanderstießen, konnte er hinaussehen. Es hatte gefroren. Die Veranda war dick mit Reif überzogen.

Raus und sich waschen, das würde ihn wieder zu einem Menschen machen. Und er brauchte Wasser, um Tee zu kochen, er hatte ein paar Beutel im Rucksack. Kaffee wäre ihm lieber gewesen, aber starker schwarzer Tee tat es auch, dazu ein Teller weiße Bohnen, die er sich über dem Feuer heiß machen würde. Alles fühlte sich besser an, wenn man einen Plan hatte, selbst wenn er sich nur auf die nächste Stunde bezog.

Er zog Stiefel und Jacke an und öffnete die Hintertür. Er ging zu der Furt zurück, einen Wasserkessel am Arm und ein altes Badetuch in der Hand, mit Zahnbürste und Zahnpasta.

Als er versucht hatte, sein Handy anzumachen, war das Display schwarz geblieben. Er hatte den Akku rausgenommen und wieder eingesetzt. Nichts. Die wahrscheinlichste Erklärung: Der Akku musste geladen werden. Doch er hatte nicht daran gedacht, das Ladekabel mitzunehmen. Ohne sein Telefon wusste er nur, es war so früh, dass der Schatten des Bergs im Osten noch über dem ganzen Tal lag. Das Gras war so fest gefroren, dass sich die Halme unter seinen Füßen nicht bogen, sondern brachen. Es herrschte völlige Windstille, und er konnte hinter sich weit ins Land sehen, über dem der Rauch aus dem Kamin senkrecht aufstieg.

Am Bach ging Box in die Knie und schöpfte sich mit den Händen Wasser ins Gesicht und in den Nacken. Dann goss er mit dem Kessel Wasser über seinen kahl rasierten Kopf, bis die Kopfhaut kribbelte.

Auf der anderen Seite des Bachs war das Gestrüpp so dicht, dass er kaum weiter als zwei Meter tief hineinsehen konnte. Dahinter begann der Wald. Als er aufstand und sich den Kopf abtrocknete, sah er sich um. Es gab keinerlei Anzeichen, dass irgendetwas Ungewöhnliches vor sich ging, keine rachsüchtigen Maori jedenfalls, nur das bereifte Tal und die Berge, deren steile Hänge so dicht bewaldet waren, dass er mit einer Machete mindestens einen halben Tag brauchen würde, um sich einen Weg bis zu einem Viertel der Höhe zu bahnen. Box putzte sich die Zähne und spuckte ins Gras vor seinen Füßen.

Da war ein Hund.

Aus dem Augenwinkel nahm er eine Bewegung wahr und wandte sich wieder zum Bach zurück. Der Hund stand völlig reglos da und schaute ihn an. Er musste aus dem Gestrüpp aufgetaucht sein, durch Wald und Unterholz gekommen. Jetzt stand er etwa fünf Meter von Box entfernt, nur der seichte Bach trennte sie. Ein massiger Kopf, aus dem sich kleine braune Augen auf ihn richteten. Box konnte keine bestimmte Rasse ausmachen – vielleicht halb Labrador oder ein Viertel Kelpie –, einfach eine Promenadenmischung mit kurzen Beinen und breiten Schultern. Aber welche Rassen da auch immer zusammengeflossen sein mochten, er ähnelte jedenfalls ein bisschen zu sehr jenem rotäugigen Monster, das man in der Zeitung abgebildet findet, wenn mal wieder ein Kind zerfleischt worden ist. Box erstarrte zur Salzsäule.

Der Hund zuckte und rannte am Ufer entlang nach links, dann drehte er um und kam an die Stelle zurück, an der er aus dem Dickicht aufgetaucht war. Er entschloss sich und sprang ins Wasser. Er brauchte etwa so lange, um ans andere Ufer zu gelangen, wie Box, um drei Schritte zurückzuweichen. Er wurde stocksteif, als der Hund ihn umkreiste. Er schnüffelte an Box' Stiefeln und Hose, sein Atem dampfte in weißen Wölkchen durch die Kälte. Aus der Nähe sah Box, dass sein Fell fast überall dunkelbraun war, lediglich auf einer Schulter hatte er einen hellen Fleck und auch ein paar Narben, ebenso an der Seite. An der Schnauze waren Tupfen, die nach Blutstropfen aussahen.

Als Box sich gerade an den Gedanken gewöhnt hatte, dass ein Hund aus dem Nichts auftauchen kann, erschien ein zweiter: ein riesiger heller Mischling, dessen eine Gesichtshälfte vom Auge abwärts total vernarbt war. Er wartete nicht erst ab, sondern rannte sofort durch den Bach. Er fing an zu bellen, tief und dröhnend. Die Berge warfen das Echo zurück. Dann kam noch einer, der mehr wie der erste aussah. Und noch ein kleinerer mit schmaler Hinterhand wie ein Windhund, und dann ein weiterer. Sie rannten laut bellend um Box herum.

Das Rudel von fünf Hunden umzingelte ihn bellend und schnüffelnd. Er hatte sich nicht bewegt, seit der erste Hund ihn erreicht hatte. Box wusste, wenn einer von ihnen angriff, würden die anderen mitmachen, und dann war er erledigt. Sein Messer lag im Haus. Und selbst mit Messer hätten sie ihn in ein paar Sekunden am Boden. Sie würden ihm die Kehle durchbeißen, bevor er auch nur einen wirkungsvollen Tritt landete. Momentan aber wirkten sie ganz zufrieden damit, als braune Masse um ihn herumzutoben. Sie japsten und winselten, ohne dass einer nach ihm schnappte.

Auf der anderen Seite des Bachs entstand erneut eine Bewegung. Box war schon auf den nächsten Hund gefasst, aber diesmal erschien ein Mann. Er hatte einen dicken schwarzen Bart und trug ein kariertes Buschhemd mit Kapuze, das mit Schlamm und Blut besprizt war. Um die Schulter gebunden, sodass es aussah, als trüge er es Huckepack, hatte er ein großes schwarzes Wildschwein. Sein langer Rüssel und die weißen Hauer ragten über den Kopf des Mannes hinaus. Box konnte eines der halb geschlossenen glasigen Augen sehen.

Der Mann blieb stehen und schaute ans andere Ufer, dann ließ er das Schwein zu Boden gleiten.

»Hallo«, sagte er. »Ich sehe, Sie haben schon meine Hunde kennengelernt.«

Box hob eine Hand, in der er, wie er jetzt merkte, immer noch die Zahnbürste hielt. »Hallo«, gab er zurück. »Ein prächtiger Morgen dafür.«

Für einen Mann, der die meiste Zeit allein im Busch lebte, redete Bruce Deans ausgesprochen gern. Nicht, dass Box etwas dagegen gehabt hätte. Es tat gut, mal wieder eine Stimme außer der eigenen zu hören.

Er stand mit Deans auf der Veranda des Hauses und hörte sich seine Geschichten an. Die meisten handelten vom Jagen und Fischen – was er gefangen hatte und was ihm entgangen war (Letzteres natürlich größer als Ersteres). Sie waren beide bei ihrer zweiten Tasse Tee, und Deans ließ sich Box' Ingwerkekse dazu schmecken. Von Zeit zu Zeit merkte er, wie der Wildschweinjäger neugierig die Blessuren in seinem Gesicht musterte, aber er sagte nichts dazu. Und fragte auch nicht, wie es kam, dass Box in einem leer stehenden Haus kampierte, das abgeschlossen war und mit Sicherheit auf einem Privatgrundstück stand.

Die Sonne schien nun auf das Haus, die Hunde liefen

vor der Veranda herum. Das tote Wildschwein lag im Gras. Es hatte keine Einschusslöcher, nur ein paar Bissspuren und den Schlitz am Hals, wo Deans ihm die Kehle durchgeschnitten hatte. Irgendwo im Busch hatte er das Wild aufgebrochen – die rosafarbenen Schnittflächen am Bauch erinnerten Box an Lippen, um die herum dicke, harte Borsten wuchsen.

Deans zog einen Riegel Schokolade aus einer verborgenen Tasche, brach ein Stück ab und bot es Box an.

»Danke.« Die Schokolade war von der Wärme des Mannes weich geworden und schmeckte süßer als alle Schokolade, die Box je gegessen hatte. Die Hunde rochen sie und winselten.

»Schokolade ist nichts für Hunde«, stellte Deans fest. »Eine Tafel davon könnte tödlich sein. Es ist schon schwierig genug, gute Hunde für die Wildschweinjagd zu finden, da sollte man sie nicht mit beschissenem Cadbury-Zeug umbringen.«

Box fragte sich, ob Deans wohl Maoriblut in sich hatte. Haare und Bart waren dunkel genug, aber seine Augen hellblau.

Er nahm einen Schluck Tee und schaute auf das Wildschwein hinunter. »Diese Hauer sehen ganz schön gefährlich aus.«

»Hab mal gesehen, wie einer davon einem Hund den ganzen Bauch aufgerissen hat.«

»Was macht man da?«

Deans' breite Schultern hoben und senkten sich langsam. »Kommt drauf an. Manchmal kann man den Hund direkt wieder zunähen. Aber wenn seine Gedärme auf dem Waldboden verstreut sind, muss man ihn töten. Das passiert manchmal. Haben Sie mal Wildschweine gejagt?«

»Nur Hirsche.«

»Kinderkram.«

»Nicht immer. Habe mal einem Wapiti drei Tage lang nachgespürt.«

»Gut, aber wann ist schon mal ein Wapiti auf Sie losgegangen?«

»Kein Wapiti. Aber Gämsen können ganz schön ungemütlich werden.«

Deans' Mundwinkel zuckte leicht.

Box trank in der Sonne seinen Tee und beobachtete den Hund, der zuerst durch den Bach auf ihn zugerannt war – Deans hatte ihn Mac gerufen –, wie er an der Türritze schnüffelte. Zwei andere Hunde kamen dazu, sie winselten im Chor.

»Dadrinnen muss was sein, was sie haben wollen«, sagte Deans. Box dachte an Mark in seinem grauen Leichentuch. Während er im Kamin Tee kochte, hatte Deans draußen gewartet, ohne Fragen zu stellen.

»Irgendwas muss in der Zwischendecke verendet sein. Ziemlicher Gestank.«

Deans räusperte sich. »Wollen Sie hier oben auch jagen?«

Box schüttelte den Kopf. »Ich schaue mich nur um.«

»Warum auch nicht.«

Box war erleichtert, dass Deans nicht weiterfragte. Er vermutete, dass die meisten Männer, denen man so tief im Busch begegnete, vor etwas davonliefen – vor etwas, worüber sie nicht reden wollten, einer kaputten Ehe, missratenen Kindern, einem Job, der sie zu Tode langweilte.

Draußen über dem Fluss rief ein Flötenvogel, und ein anderer antwortete, lang und guttural.

»Ich muss weiter«, sagte Deans. »Danke für den Tee.«

»Nichts zu danken. Soll ich Sie irgendwohin fahren?«

»Nein, mein Wagen steht nicht weit weg. Und außerdem tut mir die Bewegung ganz gut.«

Box sah zu, wie Deans sich das tote Wildschwein wieder auf die Schulter hievte. Er rief seine Hunde zusammen, winkte Box zum Abschied, und wie ein unheimliches Geschöpf mit zwei Köpfen, schwarzen Borsten und schwarzem Bart machte er sich auf den Weg zur Straße.

Fast tat es Box leid, dass er schon ging.

22

Kurz nach Mittag. Box stand neben dem Loch in der Wand, das einmal das Fenster des Farmhauses gewesen war, und aß seine beiden letzten Ingwerkekse.

Seit Deans gegangen war, hatte Box nicht wirklich viel unternommen. Er hatte nur seine Brechstange benutzt, um die Bretter vor dem Fenster abzunehmen. Die alten verrosteten Nägel leisteten wenig Widerstand, und das Holz war schnell entfernt. Jetzt fiel warmes Sonnenlicht ins Zimmer. Nicht mehr lange allerdings, die Schatten waren bereits auf dem Vormarsch. Er schlürfte frischen Tee aus dem Becher der Thermoskanne und dachte nach.

Er wollte keine weitere Nacht in diesem Tal bleiben. Er musste weiter und würde es riskieren, heute nach Governors Bay zurückzufahren.

»Die Frage ist nur: Wie lange werden sie noch die Straßen observieren?«

Und später: »Sie halten nach dem Pickup Ausschau. Was ich jetzt brauche, ist ein anderes Auto.« Wieder redete er mit Mark. Der Leichnam seines Sohnes lag in der Sonne auf dem Boden. »Aber wo kriegen wir ein Auto her?«

Als er den letzten Keks gegessen hatte und der Becher leer war, trug er Mark zum Pickup und legte ihn, so sanft es ging, auf die Ladefläche.

»Tut mir leid, mein Lieber. Ein oder zwei Tage dauert es noch.«

Er holte lange Stücke alter Holzdielen von der Stelle, wo er das Manuka für den Kamin gefunden hatte. Die Ränder der verrotteten Bretter bröckelten unter seinen Händen. Die Erde unter dem Holz war kahl bis auf ein paar dicke weiße Wurzeln, wie Mehlwürmer sahen sie aus. Er trug das Holz zum Wagen und stapelte es vorsichtig um Mark herum auf. Asseln fielen heraus und rannten über die Ladefläche. Ein Weberknecht mit daumenlangen Beinen landete auf Box' Schuh, und er schleuderte ihn weg, bevor er sein Bein hinaufkrabbeln konnte.

Als er genug Holz beisammenhatte, schaffte Box noch ein paar Platten Wellblech zum Wagen: eher Löcher, die nur noch durch den Stahlrahmen zusammenhingen. Sie zerbröselten ihm fast ganz. Und über das alles schob er ein langes Stück Zinkblech; vielleicht war es früher mal Teil einer Heupresse gewesen – aber das war bloß eine Vermutung und wahrscheinlich falsch. Das Ding war jedenfalls höllisch schwer, darunter konnte nicht viel verrutschen.

Box schichtete alles sorgfältig über und um Mark herum auf. Als er mit seiner Arbeit zufrieden war, zurrte er die Ladung mit Seilen und Gurten fest und trat zurück, um zu prüfen, wie es aussah. Keine Spur von Mark. Er stand vor einem Müllhaufen aus Holz und Eisen und verrosteten Maschinenteilen. Es gab nichts, was einer näheren Betrachtung wert wäre.

Es war freilich nur ein temporäres Begräbnis vor dem richtigen. Wenn es überhaupt dazu kam. Und das war ein verdammt großes Wenn. Eher ein Falls.

Er stolperte buchstäblich über die ursprüngliche Ansiedlung. Der Pickup war bereits gepackt, und Box nahm den schnellsten Weg vom Haus zum Fluss, um Wasser für die

Fahrt zu holen, als er mit dem Fuß gegen etwas im tiefen Gras Verborgenes stieß und fast gestürzt wäre, nur ein etwas tollpatschiger Luftsprung rettete ihn. Die plötzliche Bewegung verursachte einen heftigen Schmerz in seiner geprellten Seite. Er stöhnte auf und blieb gebückt stehen, bis das Schlimmste vorüber war, sein Herz machte wilde Sätze in seiner Brust.

Als er sich an diesem Morgen anzog, hatte er die Stelle untersucht. Ein etwa faustgroßes Stück Haut hatte sich typhusgelb verfärbt. Jeder Atemzug schmerzte, und er fragte sich, ob eine Rippe gebrochen war.

Box war gegen einen großen Stein getreten, der schwarz gebrannt war. Er bog das Gras zur Seite und fand noch mehr solche Steine. Erst nach ein paar Minuten ging ihm auf, dass es sich um eine Feuerstelle handelte. Er scharrte mit seinen Stiefeln im Boden und stieß auf grob zugehauene Holzfundamente. Es war mehr ein Zimmer als ein Haus: Küche, Ess- und Schlafzimmer in einem, alles in allem nicht mehr als vier mal vier Meter groß.

Box kehrte zu der ersten Stelle zurück, hockte sich ins Gras und strich mit den Händen über die geschwärzten Flächen der Herdsteine. Er fragte sich, was eine Familie wohl bewogen haben mochte, hierher zu kommen – nicht allein in ein neues Land am anderen Ende der Welt, sondern hierher, in dieses schattige, von steilen Bergen umstandene Tal. Er hob den Kopf und sah auf die dicht bewachsenen Hänge. Es konnte sein, dass die ersten Siedler dieses Land gekauft hatten, ohne es vorher gesehen zu haben. Vielleicht hatten sie ihre gesamten Ersparnisse oder irgendein bescheidenes Erbe dafür verwendet, eine Anzahlung zu leisten, noch bevor sie die Gangway zu ihrer dreimonatigen Schiffsreise betraten.

Er versuchte sich vorzustellen, wie sie hier zum ersten Mal wach geworden waren. Übermüdete Augen öffneten, um ihre neue Heimat, ihre Zukunft zu betrachten. Die sah so aus: ein überwuchertes, sonnenarmes Tal, das unter größten Anstrengungen gerodet werden musste, und das mindestens zweimal, bevor irgendetwas wie Landwirtschaft möglich wurde. Ein halber Tagesritt zur Küste, ein weiterer Tagesritt nach Kaikoura.

Wie viele Jahre mochte es gedauert haben, bis die ersten Siedler sich von dem ernähren konnten, was auf ihrem Land wuchs, oder eine Schafherde zusammenhatten, die den Lebensunterhalt sicherte? Und er fragte sich, wie lange diese Leute zusammengepfercht in dem winzigen Haus gelebt haben mochten (und vorher unter Zeltplanen). Waren es vielleicht die Kinder dieser Siedler, die, als sie selbst Familien gegründet hatten, das größere Haus dort drüben errichteten?

Box suchte noch eine Weile herum, in der Hoffnung, einen umgestürzten Grabstein oder ein verfaultes Holzkreuz zu finden. Ein Friedhof war nirgends zu sehen, entweder gab es keinen, oder er fand ihn nur nicht. Er stellte sich vor, dass die frühen Siedler jung und oft durch ein Unglück gestorben waren. Oder, wenn sie älter wurden, an der Auszehrung durch die harte Arbeit, diesem Land etwas abzuringen. Wahrscheinlich wurden sie nach dem Tod zur Kirche in Kaikoura gebracht, um ein ordentliches Begräbnis zu bekommen. Wenn sie aber doch hier begraben worden waren, dann hatte die Vegetation alles überwuchert, was die Gräber vielleicht einst gekennzeichnet hatte. Wenn niemand da war, um den Wildwuchs im Zaum zu halten, dann hatten Matagouri-Büsche und Brombeeren sie längst verschluckt. War dem so, dann konnte Box genauso gut die

Nadel im Heuhaufen suchen. Er wandte sich ab und ging zu seinem Wagen.

Als er von dem Haus und den Auen wegfuhr, musste er wieder die Furt passieren. Das Wasser war womöglich noch seichter als am Vortag, und der Toyota schaffte es ohne Weiteres hindurch. Die Ladung hinter ihm knarrte und wisperte mit rostigen Stimmen, als sie sich für die lange Fahrt einrichtete.

VIERTER TEIL

23

Frischer Hummer. Die handgemalten Großbuchstaben standen in weißer, zum Teil verlaufener Farbe auf einem Brett, das an einen Telefonmast neben dem Highway genagelt war.

Box zog sich bei dem Gedanken an Hummer der Magen zusammen. Hundert Meter weiter erhaschte er ein flüchtiges Bild eines Wohnwagens, der in einer Parkbucht stand, den blauen Ozean hinter sich.

Er brauchte zwei Kilometer, um sich zu entscheiden.

»Was soll's«, sagte er zu Mark, bremste und fuhr auf den kiesbedeckten Randstreifen. »Man lebt schließlich nur einmal.« Er dachte darüber nach, was er eben gesagt hatte. Und zu wem. Er wusste nicht, ob er auflachen oder in Tränen ausbrechen sollte. Er entschied sich dafür, die Fassung zu bewahren.

Er wartete ab, bis ein großer Tiertransporter mit Schafen vorbei war. Stumm tauchte er als kleiner Punkt im Außenspiegel auf, um rasch größer und größer zu werden. Und dann war er plötzlich da und donnerte nur ein paar Meter entfernt an seinem offenen Fenster vorbei, der Zug sog die Luft aus dem Wageninnern und füllte die Leere mit dem

Gestank nach heißer Wolle und Schafpisse, der ihm sofort in die Nase stieg. Bevor der LKW vorbei war, sah Box durch die Bretterritzen für einen Moment das Bild der Schafe aufflackern. Dunkle Nasen, zusammengedrängte Körper, vortretende weiße Augen an den Seiten ihrer langen Gesichter. Auf dem Weg zum Schlachthof, dachte er.

Noch immer roch er die Schafe, als er auf dem Highway wendete und zu der Stelle zurückfuhr, wo er den Wohnwagen gesehen hatte. Er musste etwas essen. Er brauchte unbedingt etwas im Bauch, wenn er über Hanmer Springs heil nach Christchurch zurückkommen wollte. Er hatte es nicht geschafft, die Bohnen zu kochen, und mit leerem Magen und unterzuckert würde ihm höchstwahrscheinlich irgendwann schwindelig, und er landete mit einer gebrochenen Achse im Graben. Oder der Pickup krachte gegen einen Baum und hatte zwei Tote an Bord statt einem.

Jahrelange Sonne und Salzluft hatten die metallglänzende Haut des Wohnwagens gebleicht, er hatte jetzt die Farbe von getrocknetem Treibholz. Box parkte so weit entfernt wie möglich, überprüfte die Ladung und rückte ein paar verrutschte Holzbohlen zurecht. Dann ging er zu dem Wohnwagen. Der stand ganz hinten in der Parkbucht auf Betonblöcke aufgebockt. Dort fing fast schon der Strand an. Die Salzpflanzen, die darunter wuchsen, und die uralten platten Reifen verrieten Box, dass der Wohnwagen seit endlosen Zeiten nicht mehr bewegt worden war. Auf einer Seite war oben ein Rechteck herausgeschnitten und durch ein Schiebefenster ersetzt worden, dessen Scheiben vom Salz fast blind geworden waren.

Ein Mann erschien in der Öffnung und schaute neugierig auf Box herunter. Er war mindestens Mitte sechzig, hatte ein rotgeädertes Gesicht und eine von der Sonne verbrannte

Nase. Er trug eine Schürze mit der Aufschrift: »Keine Fragen! Ich arbeite hier nur.«
»Hallo. Wie geht's?«
»Gut«, log Box. »Wie viel verlangen Sie für einen Hummer?«
»Ich hätte erst mal den anderen Kerl sehen sollen, stimmt's?« Box legte die Hand an sein geschundenes Gesicht und spürte das Pochen. »Bin gegen eine Tür gerannt.« Zwei Lügen innerhalb von dreißig Sekunden. Er kam sich wie ein Idiot vor, dass ihm nur diese Standardausrede eingefallen war. »Schon ein paar Tage her. Auf der Baustelle passiert«, fügte er hinzu.
Der Mann versuchte eine teilnahmsvolle Miene. Dabei verzog er das Gesicht, was die geplatzten Äderchen in Bewegung versetzte. »Übel.«
»Das wird wieder.«
»Wohin geht's?«
»Nach Norden.«
»Dachte, ich hätte Sie vorhin vorbeifahren sehen, Richtung Kaikoura.«
»Was kostet ein Hummer?«
»Hängt von der Größe ab. Ich zeig Ihnen einen.«
Der Mann wandte sich um und machte drei kurze Schritte in den hinteren Teil des Wohnwagens, wo eine große Kühlbox mit rotem Deckel auf einem Tisch stand. Der Deckel fiel klappernd herunter, und er steckte seine Hände hinein. Box hörte Eiswürfel klirren. Als sich der Mann wieder umdrehte, hatte er einen Hummer in der Hand. Er hielt ihn am Kopfpanzer, die langen Beine zeigten auf Box, und der Schwanz krümmte sich unter den Körper. Als er ihn auf die Theke legte, richtete er den Schwanz gerade, sodass Box dessen Länge sehen konnte.

Box schätzte die Länge des Tiers ohne die Scheren auf gute fünfundvierzig Zentimeter. Eines der Beine bewegte sich.

»Frischer geht nicht«, sagte der Mann grinsend. »Hab ihn heute früh gefangen. Das Eis macht ihn nur ein bisschen langsam.«

»Wie viel?«

»Das ist mein größter heute, ein stattlicher Bursche. Wollen Sie ihn gekocht?«

Box nickte. »Ja.« Seine Speicheldrüsen arbeiteten auf Hochtouren.

»Der ganze Hummer, frisch zubereitet mit Pommes frites, fünfundachtzig Dollar.« Er musste Box' Erschrecken bemerkt haben. »Das ist noch billig im Vergleich zu den Restaurants in Kaikoura.«

Box schüttelte den Kopf. »Gibt's auch einen kleineren?«

»Der kleinste kostet vierzig.«

Box schaute auf den großen Hummer vor sich. Aus dem Eis befreit, fing er jetzt an, sich zu bewegen, streckte die Beine und tastete mit seinen langen Antennen in der Luft. Box hatte nur noch neunzig Dollar in seiner Brieftasche.

»Ich würde den großen da nehmen, aber für sechzig Dollar.«

Der Kerl grinste wieder. »Fünfundsechzig.«

»Okay. Wie lange wird's dauern?« Er sah zu seinem Auto, und der Blick des Mannes folgte seinem.

»Keine zehn Minuten.«

»Mit Fritten bitte.«

»Die gibt's für so spendable Kunden gratis dazu.«

Box ging zum Wagen und fischte seine Brieftasche aus dem Handschuhfach. Drei Zwanziger und ein Zehner, und der Kerl konnte hoffentlich rausgeben. Während er die Geldscheine zusammenkniff und in die Hosentasche steckte, wurde ihm erst richtig bewusst, was er da machte. Selbst als Saxton Construction noch Geld scheffelte, hätte Box zweimal darüber nachgedacht, bevor er fünfundsechzig Dollar für ein Essen ausgegeben hätte, zumal noch an so etwas wie einer Imbissbude. Liz und er waren gern thailändisch oder indisch essen gegangen, selbst zu der Zeit, als Geld kein Problem war. Es gab eine griechische Taverne, wo sie manchmal Geburtstag feierten oder alle Mitarbeiter zum Weihnachtsessen einluden. Aber fünfundsechzig Dollar für ein besseres Fish and Chips am Straßenrand … Offenbar verlor er allmählich den Verstand.

Trotzdem ging er zu dem Wohnwagen zurück und deponierte die Scheine auf der Theke. Der Mann grinste und gab ihm fünf Dollar zurück. »Wie läuft's mit der Bauerei?«

»Miserabel. Keine Aufträge. Und bei Ihnen?«

»Wir spüren den Abschwung auch, es halten nicht mehr so viele Touristen hier. Nur noch ein paar, und die passen gut auf ihr Geld auf – ich sage immer, die haben Krokodile in der Tasche. Meine großen Viecher sind denen viel zu teuer.«

Box hörte das kochende Wasser blubbern, konnte aber den Herd nicht sehen. »Fangen Sie die selbst?«

»Klar. Habe eine Lizenz.«

»Hier?« Box wies mit dem Kinn zur Rückwand des Wohnwagens und meinte das Meer dahinter.

»Die Küste entlang«, antwortete der Mann unbestimmt.

Box schloss daraus, dass es ein wohlgehütetes Geheimnis war, wo die Hummerreusen lagen.

»Bei gutem Wetter fahre ich morgens und abends raus und schaue nach den Reusen.«

Box sah an dem Wohnwagen vorbei und entdeckte ein Fiberglasboot am Strand, kaum größer als eine Jolle. Der

Name *Sweet Lily* stand auf dem Bug, den ein Tau mit einer Winde oberhalb des Kiesstrands am Ufer verband. Sie war in Beton eingelassen, die abgenutzten Metallteile hatten Rost angesetzt.

»Sie sind dieser Kerl, stimmt's?«, fragte der Mann im Plauderton. »Der den Wirbel am Marae gemacht hat.«

»Was war denn da?«

Ein halb verschwörerisches Grinsen jetzt. »Offenbar hat jemand eine Leiche aus dem Versammlungshaus mitgenommen.« Er schaute auf den Pickup. »Keine Sorge, ich sage niemandem, dass ich Sie getroffen habe. In meinen Augen ist jeder, der es diesen Scheißmaori mal zeigt, ein Wohltäter der Menschheit.«

Box sah, wie der Mann tiefgefrorene Fritten aus einer Tüte in die Fritteuse kippte. Er hörte das Zischen von siedendem Öl. Er wollte schon alles abstreiten, aber er hatte einfach genug vom Lügen. Er verachtete sich dafür. »Sie haben die Leiche meines Sohnes aus dem Bestattungsinstitut gestohlen. Ich bringe ihn nur wieder nach Hause.«

»Recht so. Es wird höchste Zeit, dass denen mal jemand ihre Grenzen aufzeigt. Sonst kriechen denen doch alle bloß in die braunen Ärsche. Die Regierung schiebt ihnen die Kohle überall rein. Ich scheiß auf Verträge und Entschädigungen – sind doch alles Almosen. Hier in der Gegend haben sie alles aufgekauft. Und einfachen Leuten wie uns bleibt gar nichts.«

Box drehte sich halb weg und schaute auf die Straße. »Ich wollte bloß meinen Sohn zurück.«

Aber der Hummermann hatte sich in Rage geredet und hörte ihm gar nicht mehr zu. »Bevor Captain Cook dieses Land entdeckt hat, waren die Maori doch noch eine beschissene Steinzeitkultur. Das ist eine gottverdammte Tatsache.

Die hatten nicht mal das Rad erfunden. Lesen und Schreiben: Fehlanzeige. Sie rannten die ganze Zeit durch die Gegend und schlachteten sich gegenseitig ab, ein Stamm den andern, und die Sieger fraßen die Verlierer auf. Sag das einem Maori, und er nennt dich einen Rassisten, aber es ist wahr. Statt sich von morgens bis abends zu beklagen, sollten die uns Weißen dafür danken, dass wir hergekommen sind. Denen geht es doch heute hundertmal besser als vorher.«

»Was macht der Hummer?«

»Es gibt eine Menge Leute hier, die so denken wie ich. Die meisten haben nur Angst, es auszusprechen. Es ist nicht politisch korrekt, wissen Sie. Sie haben da eine kleine Heldentat vollbracht, finde ich.«

»Ich habe gar nichts gegen die Maori. Mein Sohn sah zumindest aus wie ein halber Maori.«

Verstimmt zog der Mann die Brauen zusammen. »Was reden Sie da? Sie müssen doch eher als jeder andere sehen, was hier vorgeht.«

»Ich weiß nur, dass sich ein Kerl namens Tipene zusammen mit ein paar Kumpels meinen Sohn geholt hat. Und jetzt bringe ich ihn wieder nach Hause.«

Der Mann grunzte tief in seiner Kehle. »Schon, aber das Problem ist viel größer. Das müssen Sie doch sehen.«

»Mir geht es ausschließlich um meinen Sohn.« Box sah dem Mann ins Gesicht. »Manchmal geht es um rein persönliche Dinge.«

Der Mann leckte sich die Lippen, seine Augen wanderten unruhig hin und her. Er zog die fleischigen Schultern bis zu den Ohren hoch. »Na gut.« Er drehte sich um und widmete sich wieder der Arbeit. Box hörte, wie er die fertigen Fritten schüttelte.

Box ging von der Theke weg ans Ende des Wohnwagens. Er blieb in der Sonne stehen und lauschte den Wellen, die sich auf dem Kiesstrand brachen. Ein ruhiger Tag mit ruhiger See, die Dünung lief in langen runden Wellen auf die Küste zu.

»Fertig«, rief der Mann endlich.

Box ging zurück, ein in weißes Papier eingeschlagenes Paket wurde ihm zugeschoben. In der anderen Hand des Mannes waren vier Geldscheine. Er hielt sie Box hin.

»Das geht aufs Haus.«

Box schüttelte den Kopf. »Nein, danke. Ich möchte bezahlen.«

Die Augen des Mannes verengten sich, dann zuckte er wieder die Achseln. »Ganz wie der Herr wünschen. Trotzdem viel Glück. Wenn einer von diesen Arschlöchern fragt, habe ich Sie nicht gesehen.«

Box nahm das warme Päckchen und wandte sich ohne Antwort um.

Hinter dem Fahrersitz standen immer noch zwei volle Flaschen, seine beiden letzten – warm zwar, aber Bier. Er trug alles zu einem sonnengebleichten Picknicktisch, der leicht schief oberhalb des Strands stand, in einiger Entfernung von dem Wohnwagen.

Ein halbes Dutzend Möwen belagerten den Wohnwagen. Als Box sich setzte und das Päckchen aufriss, vorsichtig, um sich nicht die Finger zu verbrennen, flogen sie zu ihm hinüber. Sie stolzierten über den Kies, plusterten sich auf, wagten sich immer weiter vor. Box ignorierte sie. Ratten mit Flügeln, dachte er.

Er arbeitete sich durch die diversen Schichten Papier, bis er bei dem dampfenden Hummer anlangte. Durch das

Kochen hatte sich sein Panzer von dunkelbraun zu einem leuchtenden Orangerot verfärbt.

Behutsam drehte er den Hummer auf den Rücken. Das ganze gute Fleisch saß im Schwanz, obwohl manche Leute auch die braunen, glitschigen Innereien aus dem Karapax aßen. Box erinnerte sich, dass sein Großvater das Zeug rausgekratzt und auf eine Scheibe Toast gestrichen hatte. Aber für ihn bestand ein Hummer nur aus dem Schwanz. Mit einer Drehung trennte er den Schwanz vom stacheligen Kopfpanzer ab, legte mit den Fingerspitzen das weiche weiße Fleisch frei und zog ein dickes Stück heraus.

Noch vor wenigen Stunden war dieser alte Kerl (oder das alte Mädchen?) durch den Tangwald unter der sanften Dünung gestreift oder durch die Felsen gekrochen und hatte mit seinen langen Antennen den Ozean durchforscht. Seiner Größe nach musste er ein Veteran sein, wahrscheinlich mit einer ganzen Menge Nachkommen. Und dann eine übereilte Entscheidung, und alles war zu Ende.

Box steckte sich das erste Stück Fleisch in den Mund. Es war warm und saftig und das Gegenteil von zäh. Das zarte Aroma war mit nichts zu vergleichen – Hummer schmeckte nur nach Hummer. Er ließ sich Zeit, kaute bedächtig, zerdrückte das Fleisch mit der Zunge am Gaumen, rieb es an seinen Geschmacksknospen entlang. Schließlich schluckte er es herunter.

Er machte ein Bier auf und nahm einen langen Zug, der hinter dem Fleisch hinabzischte. Er hätte unbesorgt sein können, das Bier war genau richtig temperiert und vertrug sich ganz wunderbar mit dem heißen Fleisch. Er hielt sein Gesicht in die Sonne, schloss für einen Moment die Augen und genoss die Wärme auf seiner Haut.

Und dann langte er richtig zu.

Als er sein Mahl beendet hatte, war der Tisch übersät mit Schalenstücken, geknackten Scheren und ausgelutschten Beinen. Er hatte nicht das kleinste Fitzelchen Fleisch übersehen. Und keine der goldbraunen, knusprigen Fritten. Die verdammten Möwen hatten nichts abbekommen. Die meisten waren weggeflogen, nur der harte Kern beäugte ihn noch böse. Es war ein Fest gewesen. Ein Festmahl. Oder eine Henkersmahlzeit. Es hatte keinen Sinn, zu lange über die letztere Möglichkeit nachzudenken.

Er steckte den Abfall in die Tonne neben dem Tisch und ging zum Wagen zurück. Der Hummerverkäufer beobachtete ihn. Gut, soll er doch. Ich muss mich um entschieden wichtigere Dinge kümmern als um dich, Alter.

Wie man es auch drehte und wendete, ein verdammt schwieriger Tag lag vor ihm.

24

Die Fahrt von Kaikoura verlief ruhig. Er hatte die langsamere Route durchs Land genommen, hinter der Seaward Kaikoura Range, durch einige große Schaffarmen, durch Prärien mit Tussockgras und breiten Flüssen, an Bergen und Geröllhalden vorüber.

Nirgends warteten Maori auf ihn. Kein Blaulicht im Rückspiegel. Die Sonne schien.

Hanmer Springs lag in einem Becken östlich der Berge, umgeben von den niedrigen Hügeln eines Vorgebirges. Box fuhr langsam durch den Ort und parkte schließlich vor einer Grundschule. Er überlegte, dass der Pickup dort am wenigsten auffallen würde – der Wagen irgendeines Handwerkers. Als er ausstieg, wurde der Schwefelgeruch der Thermalquelle sofort stärker. Schon als er durch die Allee von Ahornbäumen und Eschen in die Stadt hineinfuhr, hatte er ihn im Auto wahrgenommen, der alte Toyota war alles andere als dicht. Der Mief hing wie der Furz eines Riesen über der ganzen Stadt.

Auf dem Schulhof wühlten vier Kinder mit den Händen im herabgefallenen Herbstlaub, rannten in der Nachmittagssonne lachend hintereinander her und bewarfen sich damit. Drei Jungen und ein kleines Mädchen – »Passt auf eure kleine Schwester auf«, klang es in seinem inneren Ohr. Die gelben und orangefarbenen Blätter blieben an ihren Kleidern und in ihren Haaren hängen. Obwohl es erst vier

Uhr war, griffen die Schatten der Hügel bereits nach dem Schulhof. Box blieb am Schultor stehen und schaute den Kindern länger zu, als gut war. Endlich wandte er sich ab und ging die fünf Minuten ins Zentrum.

Er fand einen Laden, der sich als Supermarkt ausgab, ohne einer zu sein. Mit einem grünen Plastikkorb in der Hand lief er die Gänge auf und ab, bis er alles gefunden hatte, was er brauchte.

Er ging die Straße runter zu den weißen Betonblöcken der öffentlichen Toiletten und trat ein. Der Spiegel über dem Waschbecken bestand aus irgendeinem reflektierenden Metall, das ihm eine verzerrte Version seines Gesichts zeigte, wie auf einem Jahrmarkt. Doch es waren nicht allein der Spiegel oder das harte Licht der Neonröhren darüber, die das Gesicht, das ihm entgegensah, beinahe unkenntlich machten. Er schrak vor seinem eigenen Spiegelbild zurück. Es war das Gesicht eines irren Clowns. Der Bluterguss um sein rechtes Auge sah schlimmer aus denn je. Seine Braue war eine klumpige Masse, die seitlich über sein Gesicht hinausragte. Er konnte einigermaßen gut sehen, aber als er die Gegend um das Auge mit den Fingerspitzen abtastete, stöhnte er vor Schmerz. Bartstoppeln auf seinen Wangen. Er nahm an, dass er stank. Jedenfalls wirkte er wie ein Paria – ein Junkie oder Alkoholiker, ein Penner.

Die Leute begegneten ihm mit Misstrauen. Das hatte er im abweisenden Gesicht des Jungen gesehen, der ihn vor ein paar Minuten bedient hatte. Und auf dem kurzen Weg von der Schule, als ihm eine Familie entgegenkam, die offenbar im Thermalbad gewesen war, mit nassen, zurückgekämmten Haaren. Sie gingen auf derselben Seite der breiten Straße und trugen ihre Badesachen in Bündeln. Als sie Box bemerkten, legte der Vater seine Hand schützend auf die Schulter seiner Tochter im Teenageralter. Die Mutter war an sie herangerückt. Sie hielten die Augen fest auf den Boden gerichtet, als Box an ihnen vorüberging.

Box blickte noch immer in den Spiegel und versuchte ein schiefes Grinsen. Es bedurfte einiger Anstrengung und trug nichts dazu bei, seine Erscheinung zu verbessern. Womöglich sah er damit sogar noch schlimmer aus – ausgeflippt, ein Kandidat für die Klapsmühle. Wenn er es schaffen wollte, mit Mark nach Governors Bay zurückzukommen, konnte er es sich nicht leisten, auf der Straße aufzufallen.

Er drehte den Heißwasserhahn auf, aber es kam nur kaltes Wasser. Box fluchte laut. Verdammt, mit ihren ganzen heißen Quellen kriegen die es nicht hin, heißes Wasser in ihren Toiletten zu haben? Er schüttete sich kaltes Wasser ins Gesicht und fuhr mit der nassen Hand über die rauen Stoppeln auf seinem Kopf. Aus der Plastiktüte nahm er eine Dose Rasierschaum und eine Packung mit fünf gelben Plastikrasierern. Er drückte eine große Portion Rasierschaum mit Kiefergeruch in seine Hand und verteilte ihn auf Wangen, Kinn und Hals.

Der Irre im Spiegel weinte zwar nicht, sah aber aus, als wäre er nah dran; völlig fertig und mit einem blauen Auge.

»Doch nicht so tough, wie du aussiehst?«, raunte er seinem Spiegelbild zu.

Jemand kam rein, und Box drehte sich um. Hinter ihm stand ein mittelalter Mann mit Wampe. Er trug ein zusammengerolltes Handtuch unterm Arm und starrte Box an, vermutlich hatte er ihn reden hören.

Das ist aus mir geworden, dachte Box, ein Verrückter, der in diesem Betonbunker vor sich hin brabbelt; der Bunker-Bekloppte. Box war versucht, den Schrei eines Wilden auszustoßen.

Stattdessen wandte er sich wieder dem Spiegel zu. Sogar die nagelneue Klinge kratzte auf der Haut. Der Kerl hinter ihm verschwand in Richtung Pinkelrinne. Im Spiegel konnte Box sehen, dass er sich immer wieder ängstlich umblickte. Nach beendetem Geschäft verschwand er schnell nach draußen, ohne sich die Hände zu waschen.

Nachdem Box sich rasiert hatte, trocknete er sein Gesicht mit einem Papierhandtuch aus dem Handtuchspender ab und warf es in den Mülleimer. Als er prüfend in den Spiegel sah, entdeckte er einen Schaumrest unter seinem rechten Ohr und wischte ihn mit der Hand weg. So. Das war schon mal besser. Okay, nur ein bisschen besser. Immerhin sah er jetzt nicht mehr aus wie ein hirnverbrannter Schiffbrüchiger. Verdammt, wie viele Beschreibungen würden ihm wohl noch für sich einfallen? Clown, Junkie, Penner, Bekloppter, Schiffbrüchiger?

Box nahm eine Packung Pflaster aus der Plastiktüte – sein Erste-Hilfe-Koffer war im Auto – und riss sie auf. Er zog einen breiten Streifen heraus und klebte ihn auf die Schwellung neben seinem Auge. Er verbarg nicht viel, aber so machten es die Normalos doch, oder? Sie gaben viel auf ein ordentliches Aussehen. Den Schein wahren, so nannte Dee das. Box nahm ein weiteres Handtuch, um den getrockneten Schlamm vom Schirm seiner Kappe zu wischen, dann setzte er sie wieder auf. Was seine Kleidung anlangte, konnte er freilich wenig ausrichten.

Der Schnellimbiss lag gegenüber dem Eingang zum Thermalbad. Der Hummer war schon Stunden her, und Box hatte seitdem nur einen Schokoriegel gegessen. Jetzt stieg ihm der Geruch nach Salz und Frittieröl in die Nase, und sein Magen machte sich deutlich bemerkbar, er rumpelte wie ein Wäschetrockner. Box war halb verhungert und bestellte eine doppelte Portion Fish and Chips. Das war alles, was er sich noch leisten konnte. Der Asiate hinter dem Tresen nahm seinen letzten Zehndollarschein, ohne ihm ins Gesicht zu blicken.

Box wartete an einem kleinen Tisch weit weg vom Fenster. In der Ecke des Raums hing ein Fernseher von der Decke, eine Vorschau auf die Sechsuhrnachrichten lief, der Ton allerdings so leise, dass man den Sprecher nicht verstehen konnte. Box sah fasziniert hin, er erwartete, jeden Moment ein Bild von sich zu sehen. Doch nichts dergleichen geschah. Vielleicht hatten die Medien die Story noch nicht bekommen, vielleicht hoffte die Polizei noch, ihn ohne große Umstände dingfest machen zu können. Oder sie war noch gar nicht alarmiert, weil die Kaikoura-Maori die Sache selbst in die Hand nehmen wollten. Sein Steckbrief machte vermutlich die Runde durch sämtliche Marae, wurde von Maori zu Maori weitergegeben. Box schaute aus dem Fenster, konnte aber nichts Verdächtiges feststellen.

Als sein Essen kam, schlang er es schnell hinunter, direkt aus dem dampfenden Papier. Er hatte vergessen, Ketchup zu kaufen, hatte aber keine Lust, noch mal aufzustehen und an die Theke zu gehen. Kaum hatte er das letzte fettige Stück Panade intus, bereute er sein Mahl bereits. Diese ganze fettige Pampe auf nüchternen Magen. Er würgte und war einen Moment lang sicher, dass er alles wieder von sich geben würde. Was er jetzt am wenigsten brauchte, war, dass sich das allgemeine Interesse auf ihn richtete, weil er sein Essen in Zeitlupe auf dem Linoleumboden ausbreitete. Er stand auf und ging hinaus in die kühle Herbstluft.

Es dämmerte bereits. Er blieb auf dem Gehweg stehen

und atmete tief durch die Nase, bis er sicher war, nicht kotzen zu müssen.

Box betrat eine Telefonzelle vor einem Laden, der Kleidung aus Merinowolle an Touristen verkaufte. Er hatte eine Telefonkarte unter seinen Vorräten. Er schob sie in den Schlitz und wählte.

»Hallo?«

»Liz.«

»Box! Mein Gott! Wo steckst du? Und was treibst du? Bitte komm nach Hause, ich brauche dich hier.«

»Ich habe Mark.«

»Was?«

»Ich habe ihn zurückgeholt.«

Sie fing an zu weinen. »Bitte komm nach Hause. Bitte! Wo bist du denn jetzt?«

Box stellte sich vor, wie zwei Polizisten über Kopfhörer ihr Gespräch mithörten.

»Ich bin bald wieder da.«

»Box!«

Er legte auf, blieb jedoch in der Zelle und betrachtete die Familien, die vor dem Thermalbad Schlange standen. Die hohen Glaswände der Eingangshalle waren hell erleuchtet. Die Schlange zog sich in Windungen zwischen Gurtpfosten hin. Die Leute lächelten gut gelaunt, die meisten machten vermutlich Urlaub hier. Sie freuten sich auf das warme Wasser, das ihnen die Spannung aus der steifen Nackenmuskulatur kneten würde. Niemanden schien das Warten zu stören. Und Box stand in seiner dämmrigen Telefonzelle auf der anderen Straßenseite und schaute zu.

25

Das fette Essen rumorte noch immer in Box' Magen, als er in den Nebenstraßen von Hanmer Springs herumfuhr. Es war inzwischen dunkel geworden, und er fuhr langsam an Häusern vorbei, deren Rückseiten an den Kies des breiten Flussbetts grenzten. Er befand sich am Stadtrand. Es hatte nicht lange gedauert hierherzukommen, Hanmer Springs war eine Kleinstadt.

Hier zu halten war ein wohlkalkuliertes Risiko gewesen, das er eingehen musste, um zu bekommen, was er brauchte. Und am dringendsten brauchte er ein neues Auto mit vollem Tank und genügend Platz auf der Rückbank für Mark. Der Pickup musste inzwischen bekannt sein wie ein bunter Hund. Wenn er damit nach Christchurch zurückführe, hielte ihn der erste Polizist an, der mal kurz von seiner Radarkamera hochsah.

Wenn er schon gezwungen war, ein Auto zu stehlen, dann war Hanmer Springs ein guter Ort dafür. Eine Stadt, durch die viele Touristen kamen. Hier wäre er nur einer von vielen auf der Durchfahrt. Bisher hatte sein Plan funktioniert, oder er hatte vielleicht auch nur Glück gehabt. Wenn man nach den gelben Schildern auf Zäunen und Einfahrten urteilte, dann waren die meisten Häuser zu vermieten. Das hatte durchaus Sinn. Die Besitzer nutzten sie nur für ein paar Wochenenden pro Jahr und zwei Wochen über Weihnachten. Den Rest der Zeit konnten sie die Häuser vermieten und mit den Einnahmen Hypotheken und Unterhalt finanzieren.

Aber das Haus, vor dem er jetzt hielt, war nicht zu vermieten. Nummer zweiundzwanzig. Ein Haus, das vermutlich von Anfang an nicht viel hermachte, aber inzwischen jeden Charakter verloren hatte. Über das von der Straßenlaterne beleuchtete Rasenviereck hinweg konnte er sehen, dass die ursprünglichen Sprossenfenster herausgerissen und durch Aluminiumrahmen ersetzt worden waren. Die Fassade hatte man gleichfalls mit Aluminium verkleidet, was zwar als Isolierung sinnvoll war, aber grauenhaft aussah: als hätte man das Haus in Alufolie eingewickelt.

Box wartete zehn Minuten. Kein Licht, nicht mal das Flimmern eines Fernsehers drang durch den schmalen Spalt zwischen den Vorhängen. Er schaute die Straße auf und ab. Niemand zu sehen.

Seine Stiefel machten viel zu viel Lärm auf dem Kies der Einfahrt. Die Garage lag ganz hinten, beinahe an der Grundstücksgrenze. Sie hatte ein Fenster an der Seite, und als Box so dicht herantrat, dass er mit der Nase fast ans Glas stieß, konnte er die Silhouette eines Autos erkennen. Das hieß vielleicht, dass die Besitzer doch im Haus waren. Es konnte auch sein, dass sie nur kurz zu Fuß ins Thermalbad gegangen waren und jeden Augenblick zurückkamen. Er sah zum Haus, doch da rührte sich nach wie vor nichts. Das Garagentor knirschte, als er am Griff zog, öffnete sich jedoch nicht.

Box ging zur Rückseite des Hauses, stieg auf die niedrige Veranda und probierte ohne große Hoffnung die breite verglaste Schiebetür; natürlich war sie verschlossen. Die Vorhänge waren zugezogen, er konnte nicht ins Innere sehen. Das einzige Licht kam vom Mond, der irgendwann innerhalb der letzten halben Stunde über die Bäume im Osten gestiegen war. Die Straßenlaterne warf ein fahles Licht auf den Kies der Einfahrt und aufs Garagentor, reichte aber nicht bis auf die Veranda.

Box machte ein paar Schritte in den Garten zurück und hob einen großen, weiß bemalten Stein auf, Teil der spießigen Einfassung eines Blumenbeets. Er hatte bereits ein Bild von den Bewohnern des Hauses – ein älteres Rentnerehepaar, das unentwegt in Haus und Garten werkelte. Die Frau dachte womöglich, bemalte Steine hätten etwas mit Kunst zu tun. Box stellte sich vor, dass sie nach Hanmer Springs gezogen waren, um ihre Gicht zu bekämpfen. Er nahm den Stein in beide Hände und trug ihn auf die Veranda. Dort zog er sein Buschhemd aus, wickelte es um den Stein und klopfte versuchsweise mit dem Bündel gegen die Scheibe. Er wollte so wenig Lärm machen wie irgend möglich. Während das Haus links nebenan leer wirkte, standen zwei Autos vor der Finnhütte Nummer zwanzig; dort brannte auch Licht.

Die Schiebetür hatte zwei Scheiben. Box wollte die obere einschlagen, nahe am Türgriff. Falls die Tür ein Sicherheitsschloss hatte, könnte er immer noch durch die Öffnung klettern, wenn er die Scherben entfernt hätte.

Er stieß wieder gegen das Glas. Die Scheibe vibrierte in ihrem Rahmen, brach aber nicht. Er schlug fester zu. Diesmal gab es ein hohles Klirren, und im Glas entstanden Sprünge, aber die Scheibe saß noch immer fest.

»Scheiße.«

Er trat zurück und warf den Stein gegen die Tür. Er durchschlug die Scheibe und bauschte den Vorhang dahinter. Das meiste Glas fiel nach innen, große gezackte Scherben, doch ein paar kleinere landeten auf dem Holz der Veranda, wo sie noch weiter zersplitterten und bis zu Box' Stiefeln sprangen.

Er lauschte ins Dunkel, bereit, beim ersten Ton einer Alarmanlage wegzurennen.

Doch es geschah nichts, nicht einmal ein Hund bellte. Und kein Kopf eines neugierigen Nachbarn erschien am Zaun.

Vorsichtig steckte Box seine Hand durch das Loch, wohl wissend, dass noch genügend Splitter am Alurahmen festhingen. Wenn er durchs Fenster steigen musste, dann musste er das alles vorher entfernen, sonst lief er Gefahr, sich zu kastrieren. Er tastete herum und fand den Griff. Zu seiner Überraschung sprang der Riegel auf. Er zog, noch immer von innen, an der Tür. Bereitwillig bewegte sie sich auf ihrer Schiene.

Erst viel später kam ihm der Gedanke, dass ein Krimineller, ein professioneller Einbrecher – oder, besser gesagt, jeder mit nur ein bisschen Grips in der Birne – sich einen Moment Zeit genommen und die größten Splitter, die noch oben am Rahmen hingen, herausgezogen hätte. Aber nicht Box Saxton; nicht dieser Vollidiot. In seiner Hektik zog er die Tür einfach auf. Einen halben Meter glitt sie sanft über ihre Schiene, dann klemmte sie.

Wären sie da gewesen, hätten die Hausbesitzer ihm vielleicht gesagt, dass die Tür immer an dieser Stelle klemmte. »Ja, diese Tür hängt da immer. Man muss aber nur ein bisschen rütteln, dann geht sie wieder.« Oder ein Splitter hatte sich in die Schiene gebohrt. Wie auch immer, die Tür stoppte plötzlich. Diese abrupte Bewegung reichte aus, die größte Scherbe aus dem Rahmen oben zu lösen. Sie fiel. In der Dunkelheit bemerkte Box es kaum. Er spürte, wie etwas an seinem Unterarm entlangstrich, auf dem Teppich landete und dort in kleinere Stücke zersprang. Das war knapp, dachte er.

Er ließ den Griff los und zog seinen Arm zurück, dann drehte er sich zur Einfahrt um, wo das Licht besser war. Der Ärmel seines Skiunterhemds hatte einen sauberen Schnitt, wie von einer Schere. Instinktiv legte er die Hand darauf und drückte. Kein Schmerz. Aber als er die Hand wegnahm, um genauer hinzusehen, war sie nass und klebrig.

Das beunruhigte Box nicht besonders. Das Glas musste seine Haut geritzt haben. Die Hand auf die Stelle gedrückt, zwängte er sich ins Haus.

Mit der freien Hand tastete er an der Wand entlang, bis er den Lichtschalter fand. Er musste das Risiko eingehen, dass man ihn von der Straße aus sehen könnte. Box fand sich in einem Wohnzimmer voll schwerer Holzmöbel wieder. Ein riesiger Vitrinenschrank aus Eiche stand an der Wand. Eine Decke mit aufgedrucktem Tigermotiv lag über der Rückenlehne eines rissigen blauen Ledersofas. Sein Unterarm pochte.

Box ging durch eine kleine Küche in einen Flur und von da ins Badezimmer mit einer fleckigen Wanne und einem überdimensionalen Duschkopf schräg darüber, der aussah wie eine verwelkte Sonnenblume. Vorsichtig zog er die blutige Hand von seinem Unterarm, wie jemand, der nachschauen will, ob es Kopf oder Zahl geworden ist. Es kam jetzt jede Menge Blut, es tropfte auf den Boden. Der Ärmel seines Skiunterhemds war mit Blut vollgesogen. Vorsichtig rollte er ihn hoch und besah sich die Wunde. Der Schnitt ging um einiges tiefer, als er gedacht hatte. Viel tiefer. Nur weil das Glas so schnell und scharf wie ein Skalpell geschnitten hatte, hatte er zunächst keinen Schmerz verspürt. Immer mehr Blut quoll hervor. Box bewegte die Finger und erschrak, als er tief unten in seinem Fleisch eine Sehne sich bewegen sah. Auch wenn er wegen des Bluts, das jetzt wild hervorschoss, nicht wirklich viel erkennen konnte, war er verdammt sicher, dass der Schnitt bis auf den Knochen ging.

Box brach der Schweiß aus. Irgendwann musste die Wunde genäht werden, aber jetzt ging es erst mal darum, die Blutung zu stoppen. Er riss den Spiegelschrank über dem Waschbecken auf und fand einen simplen Verbandskasten. Gott segne die Zwangsneurotiker! Der Kasten war zwar wesentlich schlechter bestückt als der Erste-Hilfe-Koffer in seinem Auto, aber für den Moment musste er genügen. Er drückte die Wundränder zusammen, so gut er konnte, und legte eine große sterile Kompresse darauf; sofort hatte sie sich mit Blut vollgesogen, also legte er eine zweite darauf, dann eine dritte, bis sie die Blutung gestillt zu haben schienen. Zur Sicherheit noch eine weitere obendrauf, und dann wickelte Box eine Mullbinde, so fest er konnte, um seinen Unterarm. Als die Rolle aufgebraucht war, riss er das Ende mit den Zähnen auseinander und band die beiden Stränge zusammen.

Er fand einen Streifen Paracetamol mit vier Tabletten. Er nahm sie alle und schöpfte mit seiner gesunden Hand Wasser, um sie runterzuspülen. Dann trat er vom Waschbecken zurück und betrachtete seine dilettantische Erstversorgung. Sein Arm sah mumifiziert aus. Aber der Verband saß fest. Zumindest kam kein Blut mehr durch. Das reichte für den Moment.

Box machte das Licht im Bad aus und kehrte ins Wohnzimmer zurück, wo er etwa fünf Minuten brauchte, um die Schlüssel zu finden. Sie hingen an einem Schlüsselbrett auf der Innenseite einer Schranktür und waren mit kleinen Anhängern versehen: »Hintertür«, »Ersatz Nissan«, »Garage«.

Die Schlüssel entsprachen ihren Anhängern. Das Garagentor schwang auf geölten Führungsrollen nach oben. Darin stand ein silberfarbener Nissan Primera, fast so alt wie Box' Pickup, aber weit besser in Schuss. Der Motor sprang sofort an, und die Tankuhr zeigte drei Viertel voll. Damit kam er bis Christchurch.

Er stellte den Motor wieder ab und blieb im Dunkeln sitzen. Um ihn drehte sich alles. Er atmete tief und langsam, bis der Schwindel vorüber war, dann stieg er aus, ging zur Straße und setzte den Pickup rückwärts in die Einfahrt. Das Innere der Garage wurde nun von dessen Rücklichtern rot beleuchtet. Er packte seinen Rucksack in den Kofferraum des Nissans um. Dann schob er das weiche Holz und das verrostete Metall weg, warf dabei einiges davon hinter sich auf den Rasen, bis er Marks Leiche freigelegt hatte. Mit dem verletzten Arm konnte er Mark nicht mehr heben. So musste er seinen Sohn schließlich an den Füßen über die Ladefläche ziehen; die eingehüllte Gestalt schlug hart auf dem Kies auf.

»Entschuldige, Tiger. Dauert nicht mehr lange.«

Die Totenstarre hatte sich gelöst. Die Decke roch stark. Box hielt es jetzt fast für ein Wunder, dass niemand, der auf der Straße am Wagen vorbeigekommen war, sein Geheimnis gerochen hatte. Er beugte sich vor, legte beide Arme um den Jungen und schleifte Mark über den Kies.

»Ich kann kaum glauben, dass uns keiner sieht. Vielleicht sind ein paar von Hanmers besten Polizisten – eher ein einziger Polizist wohl – drauf und dran, uns in flagranti zu erwischen, auf frischer Tat, na ja, nicht mehr ganz frisch, hä? Ha, ha.«

Der Gedanke, geschnappt zu werden, hatte fast etwas Tröstliches. Dann wäre alles vorbei. Er könnte in einer Zelle übernachten, und ein Arzt würde seinen Arm behandeln. Er könnte Liz und Heather wahrheitsgemäß sagen, dass er sein Bestes getan und nur am Schluss Pech gehabt hatte.

Aber weit und breit keine blauen oder roten Blinklichter. Niemand rief ihn von der Straße an und wollte wissen, was zum Teufel er da eigentlich machte.

Stöhnend und schwitzend bugsierte Box den Leichnam auf die Rückbank des Nissans. Weil Mark so groß war, musste Box ihn schräg ins Auto schieben, die Füße hinter den Beifahrersitz. Der Kopf des Jungen stieß fast an die Decke. Die hintere Tür ging gerade noch zu.

Und dann. Und dann. Es gab immer mehr und mehr und noch mehr zu tun, es nahm einfach kein Ende. Reiß dich am Riemen, dachte er. Wie Pop immer gesagt hatte: Eins nach dem andern.

Er fuhr den Pickup rückwärts über das Holz und Metall auf den Rasen hinter dem Haus, wo er von der Straße aus nicht gesehen werden konnte. Dann stieg er in den Nissan, fuhr aus der Garage und schloss das Tor hinter sich. Den Schlüssel warf er auf die Veranda. Er setzte rückwärts aus der Einfahrt. Bevor er auf die Straße einbog, schaute er nach rechts, dann nach links, dann wieder nach rechts. Wie er es bei Pop gelernt hatte.

Es waren nur wenige Leute unterwegs, als er aus Hanmer Springs hinausfuhr. Noch immer war ihm ein bisschen schwindlig, vielleicht aus Schlafmangel, vielleicht auch wegen des Blutverlusts. Oder Gott weiß, warum. Die Feriensiedlung und die Motels, der verglaste Eingang zum Thermalbad und die Minigolfplätze lagen allesamt verlassen da.

Und dann befanden sich die Lichter der Stadt hinter ihm, und er fuhr durchs menschenleere Land. Er schaute in den Rückspiegel nach der Gestalt im Fond.

»Jetzt sind nur noch wir beide da. Du und ich, Tiger.«
Und dann. Die Fahrt nach Hause.

Box folgte der Straße – oder wurde von ihr geführt –, dem flimmernden Fleck beleuchteten Asphalts vor dem Nissan. Er rollte geradeaus vor ihm her, nur manchmal machte er eine Rechts- oder Linkskurve, dann musste man das Lenkrad entsprechend drehen.

Doch er war so wenig bei der Sache, dass es ihm vorkam, als wäre er ganz woanders. Wo auch immer, Box jedenfalls wusste es nicht, woanders war einfach überall.

Zeitweise hatte er das Gefühl, der Wagen führe sich selbst.

Manchmal driftete die unterbrochene weiße Linie nach links, sodass er sie mitten vor sich hatte und die Streifen unter der Karosserie verschwinden sah.

Die Welt um ihn herum bestand aus dunklen Hügeln und Bäumen an der Straße.

Er kam durch einen engen Tunnel. Die oben rot gestrichenen Leitpfosten standen wie riesige Zündhölzer neben der Straße.

Und dann riss er sich zusammen und drehte das Steuer ein wenig, sodass die weißen Linien sich wieder anmutig nach rechts bewegten und wie ein endloser Schwarm phosphoreszierender Fische durch ein dunkles Meer schwammen.

Irgendwann während der Fahrt – sogar recht bald, meinte er – hatte sein ganzer linker Arm, von der Schulter bis in die Fingerspitzen, zu pochen begonnen. Er lenkte nur mit der rechten Hand und schaltete so wenig wie irgend möglich, ebenfalls mit rechts. Die linke lag auf seinem Schoß. Sie nach unten zu halten, schien das Pochen ein bisschen abzuschwächen, konnte es aber nicht stoppen. Zunächst hatte er gedacht, es sei mit seinem Herzschlag synchron, doch dann stellte er fest, dass es einen eigenen Rhythmus voller Synkopen hatte.

Die Straße wand sich jetzt durch ein enges Tal. Helle Kalkfelsen links und rechts. Einer stand noch näher an der Straße als die anderen. Weiter oben hing er sogar über die Straße. Im Licht der Scheinwerfer wurde sein Profil zum Frosch, so genau in den Details, als sei er aus dem Stein herausgemeißelt. Ein fetter Frosch mit aufgeblasenem Hals und einem halb geschlossenen Auge, das ihm aus der Dunkelheit zuzwinkerte, als er vorbei war.

Rote Lichter blinkten vor ihm auf einer langen Geraden. Natürlich eine Straßensperre.

Schon bereitete er sich innerlich darauf vor, durchzubrechen – in welchem Film war er noch mal? –, als er erkannte, dass es nur die Lichter eines Bahnübergangs waren. Er bremste und hielt an.

Es gab keine Schranken, nur die Schienen quer über die Straße und die Warnlampen. Grell pulsierendes rotes Licht. Die Warnglocke dröhnte in seinen Ohren.

Links und rechts von ihm wuchs Wein, lange Reihen von Weinstöcken, die mit weißen Brautschleiern vor den Vögeln geschützt wurden. Jetzt tropfte der Bahnübergang rotes Licht auf sie.

Box wartete.

Das Innere des Wagens leuchtete rot auf und versank wieder in Dunkelheit. In einem endlosen Wechsel.

Rot.

Dunkel.

Rot.

Dunkel.

Wie lange schon? Box hatte keine Ahnung.

Es kam ihm vor, als säße er seit Stunden da und schaute in das blinkende Licht und auf die errötenden Reihen von Brautweinstöcken. Kein anderes Auto. Kein Zug.

Schließlich holperte er langsam über die Gleise. Kein Güterzug donnerte über ihn hinweg. Als er weiterfuhr, wurde die Warnglocke allmählich leiser. Das blinkende rote Licht brauchte länger, um wieder ganz mit der Landschaft hinter ihm zu verschmelzen.

Ein Laden für Agrarbedarf neben einem Lebensmittelgeschäft, dann ein geschlossenes Café und dann eine endlose Reihe von Holzhäusern mit Rasen und Hecke davor.

Box wusste nicht, wie der Ort hieß, durch den er fuhr. An jedem anderen Tag hätte er den Namen wahrscheinlich gewusst, nur nicht heute. Er hatte dem Schild gehorcht und am Ortsrand auf fünfzig Stundenkilometer heruntergebremst. Jetzt glitt der Nissan im Vergleich zu vorher fast in Zeitlupe an den Häusern vorbei.

Ihm kam es so vor, als würde es schneller gehen, wenn er ausstiege und Mark auf dem Rücken trüge. Natürlich hätte er auch mit hundert durch die Ortschaft brettern können, doch er wollte nicht riskieren, von einem schlaflosen Polizisten angehalten zu werden, um die Kollekte in dessen dickem Holden zu bereichern. Vermutlich aber schlief der Ortspolizist tief und fest. Um diese Zeit hatte auch das Verbrechen Pause.

Während er langsam an den Häusern vorbeirollte, stellte sich Box die Menschen vor, die darin schliefen. Rotgesichtige Spießer. Er malte sich aus, wie sie sich in ihren Betten bewegten, den Kopf hin und her drehten, sich auf die Seite rollten, die Decke höher zogen und instinktiv Verwünschungen murmelten gegen diesen gottverdammten Nachtmahr, der mit blutiger Fratze und seinem toten Vogelscheuchensohn hinter sich durch die Nacht ritt.

Er hatte nun die Hügel des Vorgebirges hinter und die weite Ebene vor sich. Die Straße war so schnurgerade, als hätte ein göttliches Lineal sie in die Weizen- und Gerstefelder gezeichnet. Große Bewässerungsanlagen liefen in der Nacht, sie saugten Wasser aus den Flüssen und verspritzten es in gewaltigen Bögen über die Felder; ihre Düsen fingen das Mondlicht ein. Irgendjemand hatte das Fenster an der Fahrerseite runtergekurbelt, es musste eigentlich er gewesen sein, doch er erinnerte sich nicht daran. Der kühle Luftstrom floss über sein Gesicht und in seinen Mund, trocknete seine Zunge aus, und er wünschte, er hätte eine Flasche Wasser mitgenommen. Im Osten malte sich das bleiche Licht der Stadt an den Himmel. Bald war er zu Hause.

Er hatte vorgehabt, von Südwesten auf Nebenstraßen in die Stadt zu fahren, doch in dem Nebel, der sich über ihn gelegt hatte, konnte er sich nicht mehr vorstellen, wo er abbiegen musste.

Vielleicht war er schon abgebogen.

Die Straße, auf der er sich befand, sah nicht mehr wie der Highway aus. Die Scheinwerfer führten ihn über eine enge Straße mit Grasböschungen auf beiden Seiten. Hohe Rechtecke ordentlich geschnittener Hecken fassten sie ein.

Sein Mund war entsetzlich trocken. Seine Augenlider bleischwer. Die Straße geriet ihm immer wieder aus dem Blick. Und dann war sie ganz weg.

Box hörte ein Geräusch, als kratzten tausende Fingernägel auf Holz, und dann eine Explosion.

Und dann, Gott sei Dank, nichts mehr.

26

Etwas kratzte an Box' Wange. Ohne die Augen zu öffnen, wischte er es mit der Hand weg, aber es blieb da. Wurde höchstens noch schlimmer. Box stöhnte und öffnete die Augen. Er erwartete, Liz' Hinterkopf zu sehen, ihr Haar, ein dunkles Knäuel auf dem sonnenblumengelben Kopfkissen.

Stattdessen war da das Lenkrad. Das beleuchtete Armaturenbrett. Gegen das Glas der Windschutzscheibe gepresst – er brauchte einige Zeit, bis er begriff, worauf er da blickte –, ein gitterartiges Durcheinander von dünnen Ästen und Zweigen. Der Motor schwieg, die Scheinwerfer brannten.

Box langte neben sich und tastete nach der Tür. Er fand den Griff und zog daran. Sie öffnete sich einen kleinen Spalt, aber selbst als er sich mit seinem ganzen Gewicht dagegenstemmte, ging sie nicht weiter auf, sondern sprang zurück.

Der Sicherheitsgurt hielt ihn fest. Er löste ihn und drehte sich um. Mark war noch da.

Durch die Heckscheibe des Nissans konnte Box den Nachthimmel sehen. Er beugte sich über den Beifahrersitz und versuchte es mit dieser Tür, die leicht aufging. Mühsam zwängte er sich hinter dem Lenkrad heraus und über den Schalthebel auf die Beifahrerseite, dort wand er sich ins Freie. Er fand sich auf Händen und Knien zwischen den Gerüchen nach trockener Erde und Zypressen wieder. Er schob sich durch eine dünne Wand aus Zweigen und gelangte auf eine Grasböschung neben einer leeren Straße.

Nach dem Standort des Wagens zu schließen, hatte er einen Telefonmast nur um Haaresbreite verfehlt. Konnte aber keine hundert draufgehabt haben, nicht als er in die Hecke fuhr. Er erinnerte sich nicht. Sein Fuß musste vom Gaspedal gerutscht sein, als er einschlief – oder ohnmächtig wurde? So musste es gewesen sein. Andernfalls wäre er als Toter aufgewacht.

Er wollte sich gerade daranmachen, den Nissan rückwärts aus dem Gebüsch herauszubugsieren, als Scheinwerfer auf der Straße auftauchten. Sie kamen näher und wurden langsamer. Es war ein kleinerer LKW mit der Beschriftung »Hills Transport« an der Seite.

Eine Gestalt kletterte aus dem Führerhaus. Box konnte in der Dunkelheit kein Gesicht erkennen. »Sind Sie verletzt?«

»Nur ein paar Kratzer.«

»Was ist passiert?«

»Weiß nicht genau. Ich muss eingeschlafen sein.«

Ein Pfiff durch die Zähne. »Aber Sie sind okay?«

»Ja. Schwein gehabt.«

»Wohin wollten Sie denn?«

»Christchurch.«

Box sah, wie der Mann den Kopf drehte. Offenbar rekonstruierte er, welchen Weg der Nissan genommen hatte – von der Straße über die Böschung in die Hecke. Er machte sich mit einem leisen Fluch Luft. »Sie müssen einen verdammt guten Schutzengel haben.«

»Ich versuche, rückwärts rauszufahren.«

Er zwängte sich wieder in die Hecke. Die Lichter des Nissans brannten noch immer, der Lichtstrahl warf Hunderte Schatten ins Gewirr der Zweige.

Warum nicht einfach aufgeben jetzt?, dachte Box. Aber er konnte sich nicht dazu durchringen. Vollidiot.

Er kletterte mühsam in den Wagen, blieb dabei mit seinem Verband an der Tür hängen und stöhnte auf.

»Alles in Ordnung?«

»Ja, keine Sorge«, rief er.

Ein frischer Schwall des widerlichen Geruchs schlug ihm entgegen. Das meiste kam von Mark, aber wahrscheinlich war inzwischen auch er daran beteiligt. Box klemmte sich hinter das Lenkrad. Zum Glück sprang der Motor an. Er legte den Rückwärtsgang ein und gab Gas. Der Motor heulte auf, und der Wagen machte einen Satz, blieb dann aber stecken.

Es gab einen Schlag auf die Heckscheibe. Box hörte den Lastwagenfahrer etwas rufen. Er nahm den Fuß vom Gas, und der Motor wurde leise.

»Stopp! Der Wagen sitzt fest.«

Box machte den Motor aus und unterzog sich wieder der mühevollen Turnübung, aus der Beifahrertür auszusteigen. Als er auf der Böschung stand, sah er, wie der Lastwagenfahrer mit einer Taschenlampe unter den Nissan leuchtete. Ein rot glühender Punkt zeigte Box, dass der Mann rauchte. Der Tabakgeruch löste ein heftiges Verlangen nach einer Zigarette in ihm aus.

»Da hakt's. Ein Graben. Ein Vorderrad hängt darüber in der Luft. Ich habe ein Abschleppseil und kann Sie vielleicht rausziehen, wäre einen Versuch wert.«

»Ja. Unbedingt sogar. Danke.«

»Keine Ursache.«

Box sah zu, wie der Mann seinen Wagen in Position brachte und dann das Seil an dem Nissan festmachte. Er kletterte wieder ins Führerhaus und setzte sich hinters

Steuer. Er schloss die Tür und griff an die Decke, um das Innenlicht anzumachen. Zum ersten Mal sah Box sein Gesicht. Ein Maori.

Er lehnte sich aus dem Fenster: »Ist der Gang draußen und die Handbremse gelöst?«

»Ich schaue nach.«

Box quetschte sich wieder durch die Hecke, beugte sich ins Auto und bewegte den Schalthebel. Als er die Tür wieder zugeschlagen hatte, rief er: »Fertig!«

Der Maori legte den Gang ein und fuhr ganz langsam an. Die Hecke raschelte, die Stämme knarrten. Zweige schabten an der Karosserie entlang, es klang, wie wenn irgendein Dreckskind mit einer Münze den Lack zerkratzte. Der Nissan bewegte sich langsam aus seiner Position. Er holperte über das unebene Gelände, dann rollte er sanft die Böschung hinab aufs Gras am Straßenrand. Wie ein Torbogen blieb hinter ihm ein dunkles Loch in der Hecke zurück.

»Wie sieht's aus?«, rief der Fahrer.

»Das sollte reichen«, antwortete Box.

»Okay.«

Box band das Seil vom Abschlepphaken des Nissans und stieg ein, die Fahrertür ließ sich wieder problemlos öffnen. Er startete den Motor und fuhr vorsichtig ein paar Meter. Es schien alles in Ordnung zu sein. Der Mann hatte recht, er hatte wohl wirklich einen guten Schutzengel.

Der Maori trat ans Seitenfenster und sah zu Box hinunter.

»Sieht so aus, als wären Sie noch mal mit einem blauen Auge davongekommen.«

»Schwein gehabt.«

»Wenn ich Sie wäre, würde ich zu Hause sofort ein Lotterielos kaufen.«

»Gute Idee. Danke für Ihre Hilfe.«

Box sah, wie der Blick des Mannes zum Rücksitz schweifte. »Verdammt, bin ich erschrocken. Ich wusste nicht, dass noch jemand im Wagen ist.«

Da die Innenbeleuchtung nicht brannte, wusste Box, dass er nicht mehr als einen vagen Umriss sehen konnte.

»Mein Sohn Mark. Es geht ihm nicht besonders.«

»Ist er verletzt?«

»Nein, er schläft.«

Der Maori machte ein ungläubiges Gesicht. Die Taschenlampe in seiner Hand hob sich leicht, aber er leuchtete nicht durchs Fenster. Box wusste, er war nur noch einen ganz kleinen Schritt von der Wahrheit entfernt.

»Noch mal vielen Dank für Ihre Hilfe. Ich weiß nicht, wie ich es ohne Sie geschafft hätte, da wieder rauszukommen.«

»Nichts zu danken. Ich bin sicher, Sie hätten dasselbe getan. Haben Sie's noch weit?«

»Nein«, antwortete Box wahrheitsgemäß. »Wir sind schon fast zu Hause.«

»Gut. Passen Sie auf sich auf.«

»Sie auch.«

Dann streckte der Mann den Arm durchs Fenster, und sie schüttelten sich die Hände.

»Bis irgendwann«, sagte Box.

»Würde mich freuen.«

Vorsichtig manövrierte Box den Wagen vom Gras auf den Asphalt und gab dann Gas.

»Fast daheim. Dauert nicht mehr lange.«

FÜNFTER TEIL

27

Als Box endlich den gestohlenen Wagen aus den Hügeln nach Governors Bay hinabrollen lässt, ist er so restlos ausgelaugt, zu Tode erschöpft und zerschlagen, wie er es sich niemals hätte vorstellen können.

Die Stadt war ein einziger verschwommener Nebel gewesen, aus dem Lichter blinkten, Leuchtreklamen, Schaufenster und Straßenlaternen. Neben ihm hatten andere Autos an der Ampel gestanden und auf Grün gewartet. Niemand hatte auch nur einen Blick auf ihn und seinen Passagier geworfen. Jeder in dieser Stadt war mit seiner eigenen Blindheit geschlagen.

Box bremst, als er das steile Stück herunterkommt, das in der langen Linkskurve ganz unten am Anfang der Teddington Road endet. Er kennt diese Strecke so gut, dass er sie, ganz gleich in welchem Zustand, jederzeit mit verbundenen Augen fahren könnte, allein aus der Erinnerung heraus und nach dem Singen der Reifen auf dem Asphalt.

Und warum zum Teufel auch nicht. Er macht die Scheinwerfer aus. Und dreht dann aus einem Impuls heraus den Zündschlüssel halb im Schloss. Der Motor verstummt, und er hört nur noch das Rauschen des Winds im Fenster. Eine

Straßenbeleuchtung gibt es hier nicht. Im Mondlicht steuert Box den Japan-Import den Berg hinunter. Es gefällt ihm, dass sie die letzten paar Hundert Meter so zurücklegen. Vater und Sohn, die im Dunkeln leise nach Hause rollen, unsichtbar wie Spione. Vermutlich ist er in der Kurve zu schnell, aber das will er auch und weiß nicht, ob sein Fuß rechtzeitig auf der Bremse sein wird. Langsam läuft die Kurve aus, und er kommt auf eine gerade Strecke. Die Nachtluft streicht über sein Gesicht.

Im allerletzten Moment bemerkt Box die schattige, von Lilienbeeten gesäumte Einfahrt neben der Kirche. Er bremst und reißt den Wagen nach rechts, noch immer ohne Licht. Auf einem Rasenstück vor dem Friedhof bringt er ihn zum Stehen. Das steile Dach der Kirche zeichnet sich als Silhouette vor der Dunkelheit dahinter ab. Hohe Bäume ragen über unsichtbaren Gräbern auf.

In der Stille hört Box sein eigenes Atmen. Was für ein Lärm: Ein unregelmäßiges kratzendes Hecheln füllt den ganzen Wagen. Wie ein siebzigjähriger Asthmatiker. Er hat überall Schmerzen. In der letzten Stunde oder so hatte sich das Pochen seines Arms auf den ganzen Körper ausgedehnt. Er hat den Verdacht, der blutgetränkte Schwamm unter dem Verband dient nur noch der Dekoration, und ist froh, im Dunkeln nicht genauer hinsehen zu können. Noch Stunden bis Tagesanbruch. Er muss so viel wie möglich in der fast völligen Dunkelheit des Friedhofs schaffen, um sein Vorhaben dann bei den ersten Lichtstrahlen beenden zu können.

Für den Augenblick aber sitzt er hinter dem Steuer und genießt die Stille. Er weiß, wie es später an diesem Tag sein wird. Polizei. Danach Anwälte. Die werden die Einzigen sein, die von dem ganzen Schlamassel profitieren, wie

Kakerlaken nach einem Atomkrieg. Wenn dann alle Sprechblasen gefüllt sind, kann es gut sein, dass Marks Leiche wieder nach Kaikoura überführt wird. Das weiß er. Tipene kann einen Richter durchaus davon überzeugen, dass die Bindungen seines Volkes stärker sind als die von Box. Auf jeden Fall hat Tipene viel mehr Geld, das er in den Justizring werfen kann, als Liz und er.

Und Box weiß hundertprozentig, dass er nicht noch einmal die Kraft haben würde, Mark zurückzuholen. Einmal und nicht mehr. Das ist sicher.

Draußen bewegt sich etwas durchs trockene Herbstlaub, offenbar ohne Angst, entdeckt zu werden. Wahrscheinlich ein Igel oder ein junges Opossum. Box lauscht, bis das Geräusch erstirbt.

Außerdem ist er überzeugt, dass er so oder so im Gefängnis landet, wenn der Staub sich erst einmal gelegt hat. Die Polizei wird die Brandstiftung am Spielplatz mit ihm in Verbindung bringen – schöne Stiftung, nicht, Box? Der alte Witz seines Großvaters hallt über den Friedhof. Ganz zu schweigen von der alten Frau im Marae, die Box hart angefasst hat. Das Gesetz wird deutliche Worte dafür haben – Körperverletzung? Hausfriedensbruch? Und er wird nicht abstreiten können, in das Wochenendhaus in Hanmer Springs eingebrochen zu sein und das Auto gestohlen zu haben. Die meisten Anklagepunkte wären durchaus berechtigt. Box macht sich nichts vor, er hat definitiv Gesetze gebrochen. Er würde eine lange Zeit nicht für Liz und Heather sorgen können. Nicht zum ersten Mal in seinem Leben ist Box froh, eine so starke Frau geheiratet zu haben.

»Es wird Zeit, Mark.«

Box nimmt sein Jagdmesser, das in der Scheide auf dem Sitz neben ihm liegt, öffnet die Tür und kämpft sich mühsam aus dem Wagen. Sein Körper ist zu der Form des Fahrersitzes erstarrt. Er streckt sich langsam, spürt die zusammengestauchte Wirbelsäule und die verhärteten Sehnen. Alles tut ihm weh, vom Arsch bis zu den Augäpfeln. Sogar die Zehengelenke.

Er steckt sich das Messer hinten in die Hose, öffnet die Hintertür des Wagens und zieht den Leichnam seines Sohns heraus, Kopf zuerst. Ihm fehlen mindestens ein voller Tag und ein halber Liter Blut, um Mark noch tragen zu können. Es bleibt ihm nichts übrig, als mit den Fingern in den Spanngurt zu greifen, der die schmutzige Decke am Hals des Jungen fixiert, und ihn rückwärts gehend hinter sich herzuziehen.

Langsam schleift er den schweren Körper durch das offene Tor auf den Friedhof. Alle paar Meter muss er stehen bleiben, um sich auszuruhen. Er tastet sich in völliger Dunkelheit voran, fast nur nach Gefühl und aus der Erinnerung heraus. Er spürt die Grabsteine mehr, als dass er sie sieht, dicht an dicht ragen sie in langen Reihen überall empor. Wieder hält er inne und zieht rasselnd die kalte Nachtluft ein. Er ist fast ohnmächtig vor Schwäche.

Endlich aber hat er es geschafft, Mark aus der Finsternis unter den hohen Bäumen auf die Rasenfläche hinter der Kirche zu ziehen. Der Mond, der ihm in Hanmer Springs geholfen hat, ist hinter dem Kraterrand verschwunden, doch jetzt, da er die Bäume nicht mehr über sich hat, kann er in einer Art Restlicht zumindest die dunklen Hügel von dem weniger schwarzen Sternenhimmel unterscheiden.

Mit letzter Kraft zerrt Box die Leiche über das nasse Gras an den oberen Rand des Friedhofs. Die Feuchtigkeit hilft ihm, die Decke gleitet besser. Marks Grab ist ausgehoben. Daneben ein Hügel mit Erde, über den eine Plane gebreitet ist; Ziegelsteine beschweren ihre Ränder. Im Dunkeln kann er den Boden des Lochs nicht sehen. Box legt Mark neben das Grab, dann bricht er zusammen und fällt ins Gras.

Er starrt heftig atmend in den Nachthimmel, jeder Muskel schmerzt. Der Himmel ist wolkenlos, und alle Wärme, die tagsüber im Boden gewesen sein mochte, hat er längst herausgesogen.

Jetzt erst fängt Box an zu weinen. Er schluchzt hemmungslos. Die Tränen rinnen ihm über die Wangen, vor seinem Mund stehen Atemwölkchen. Sein zitternder Körper rollt hin und her, erschüttert von einem Erdbeben aus Verzweiflung und Wut, Schmerz und Angst. Und seltsamerweise auch Erleichterung – Erleichterung, dass er so nahe am Ende ist.

Er stemmt sich auf die Knie hoch, nimmt die Ziegelsteine vom Rand der Plane und wickelt sie so eng wie möglich um sich, wie einen steifen Fellumhang. Dann legt er sich wieder neben seinen Sohn. Er spricht in den Nachthimmel.

»Schau uns an, Tiger. Ein toter Saxton und ein halb toter.«

Er redet und redet, fast brabbelt er, zumeist Unsinn, Dinge, an die er sich schon nicht mehr erinnert, sobald er sie ausgesprochen hat. Zwischendurch ersticken die Wörter in Schluchzen; manchmal lacht er unkontrolliert, und dann wieder brüllt er dem Himmel Obszönitäten entgegen. Er entschuldigt sich für alles, womit er den Jungen jemals verletzt haben könnte. Er erinnert sich an Ohrfeigen und Zornesausbrüche.

Wieder und wieder fragt er Mark, warum? Warum ist es dazu gekommen, zu dem Hügel, der Kiefer, dem Seil?

Nach einer langen Zeit – er hat keine Ahnung, ob nach einer oder drei Stunden – ebbt sein Gefühlsausbruch ab, schließlich kommt er zur Ruhe.

Im letzten Moment bevor die Erschöpfung ihn in Schlaf fallen lässt, erwartet Box noch ganz ernsthaft, Paul und Pop zu sehen, Augustus und alle anderen aus der langen Reihe der Ahnen, die sich ihnen vielleicht anschließen möchten. Er hält Ausschau nach ihnen am Fuß des Abhangs, zwischen den alten Gräbern. Er ist sicher, von dort werden sie kommen, an den schwarzen Bögen der Grabsteine von Pop und Paul vorbei. Er empfindet so etwas wie Vorfreude, sie machen ihm keine Angst. Er meint sie jetzt zu kennen. Mehr als das, irgendwie glaubt er, erst jetzt seinen Platz unter ihnen zu verdienen.

Doch wenn er den Kopf hebt und mit rot geweinten Augen auf den Friedhof hinunterschaut, ist da nichts als die kalte Nacht und die Konturen der Kirche und der alten Grabsteine.

Schließlich wird der noch immer wartende Box, der nun alle Tränen geweint hat, nur von einem wohlverdienten traumlosen Schlaf heimgesucht.

28

Im ersten Halbdunkel vor der Dämmerung wacht Box auf. Noch bevor er die Augen öffnet, riecht er die feuchte Erde des Friedhofs und spürt die Bewegungen der Vögel in den Baumwipfeln. Er weiß genau, wo er ist und was er zu tun hat, bleibt aber noch eine Minute still liegen. Tau hat sich auf der Plane gesammelt wie zitternde Quecksilbertröpfchen. Sein Haar ist feucht. Er hat auf dem Rücken geschlafen, was er sonst nie tut, das Gesicht in den verstärkten Rand des Kunststoffs vergraben.

Um sich auszuwickeln, muss Box sich nach der Seite rollen, dabei aber aufpassen, dass er vom offenen Grab wegrollt. Er stellt sich die schwarze Komödie vor, die folgen würde, wenn er plötzlich auf dem Grund des Grabes zwischen senkrechten Wänden landete: einsachtzig tiefer.

Er streift die Plane ab und steht mühsam auf. Draußen über dem Meer wird die Sonne schon bald den dunklen Horizont durchschneiden. Kurz darauf werden die ersten Strahlen den Kraterrand hinter ihm treffen, das Tussockgras und die dunklen Vulkanfelsen aufleuchten lassen. Box stampft mit den Füßen und schlägt mit dem unverletzten Arm um seinen Leib. Die Bodenfeuchte ist sogar durch die dicke Zeltplane in ihn eingedrungen. Er ist halb erfroren, sein Blut so kalt wie das der Echsen, die Paul und er als Kinder gejagt haben. Wenn er die Zeit hätte, würde er sich nackt auf einen Felsen legen und darauf warten, dass die

Sonne sein Blut wärmte. Doch die Zeit hat er nicht. Er muss sich beeilen.

»Ich krieg die gleich ab, keine Sorge. Sie sitzt ganz schön fest.«

Seine steifen Finger ziehen und zerren an dem Gurt, der die Decke an Marks Hals hält. Endlich hat er ihn gelöst und wirft ihn ins Gras, lässt aber die Decke auf Marks Gesicht. Als alle drei Spanngurte ab sind, wickelt er den Leichnam aus.

Zum ersten Mal seit dem Marae sieht er den Jungen. Und erschrickt. Er ist auf die Veränderungen nicht gefasst gewesen, die Zerstörungen, Verwüstungen, ja, das Wort fällt ihm ein: die Leichenschändung, die ihm angetan wurde. Die er selbst ihm angetan hat. Ein Schluchzen steckt ihm in der Kehle wie ein Stück rohes Fleisch. Er bekommt keine Luft mehr.

»Mark, bitte verzeih mir, es tut mir so entsetzlich leid. Aber jetzt ist es fast vorbei. Nur noch eines muss ich tun.«

Er knöpft Marks schmutziges Hemd auf. Mit ungeschickten Fingern fängt er am obersten Knopf an und ist irgendwann beim untersten. Als er das Hemd öffnet, springt ihm wieder die höckerige Autopsienarbe entgegen. Die Haut ist grau und blutleer, Brust und Bauch sind von dunklen Flecken übersät. Wie diese Karten der Seelenklempner, denkt Box, Rorschach. Kurz staunt er darüber, dass er diesen Begriff gefunden hat. Er lässt seinen Blick nicht lange auf diesen neuen Verletzungen ruhen. Er hat Angst davor, welche Figuren er sehen würde.

In der Nacht hatte das Jagdmesser seines Großvaters neben ihm unter der Plane gelegen. Jetzt prüft er die Klinge. Er hat nichts, womit er sie schleifen könnte, doch er prüft sie dennoch, aus purer Gewohnheit. Scharf genug.

Zuerst schneidet er ein Viereck aus einer Ecke der Plane. Das Messer gleitet glatt durch den Kunststoff. Er legt das Viereck aufs Gras.

Er kniet sich neben den Körper seines Sohnes. Er atmet tief ein, dann macht er sich an die Arbeit. Ohne abzusetzen und ohne einen bewussten Gedanken, benutzt er das Messer, wie sein Großvater es ihm bei ihrem ersten Jagdausflug in die Berge beigebracht hat.

29

Schon bevor Box den Motor des Nissans ausmacht, kommt Dee aus dem Haus, um ihn zu begrüßen. Sie trägt ihren Morgenrock über einem dicken Flanellschlafanzug und ist barfuß. Noch immer ist es sehr früh, obwohl Box schon über zwei Stunden wach ist. Lediglich die Spitzen der Pappeln werden vom Sonnenlicht erfasst. Das Haus und die Auffahrt liegen noch im Schatten, die Zypressenhecke ist eine schwarze Wand. Dee tappt die Stufen von der Veranda herunter. Sie wirkt müde, traurig und zerbrechlicher, als Box sie je gesehen hat – auch wenn seit seinem letzten Besuch bei ihr erst vier Tage vergangen sind.

Box öffnet die Tür und quält sich aus dem Fahrersitz hoch. Als er es geschafft hat, muss er sich gegen die Karosserie lehnen, um nicht umzufallen. Das kalte Metall fühlt sich an seinem Rücken gut an. Und dann ist Dee bei ihm, schlingt die Arme um ihn, redet, weint, schimpft. Box merkt, dass er noch ein Mensch ist, weil es ihm peinlich ist, wie er aussieht, wie er riecht. Auch wenn er den schlimmsten Schmutz an dem Wasserhahn vor der Kirche abgewaschen hat, sind seine Hände und Knie alles andere als sauber, die Erde, die er in den letzten Stunden bewegt hat, hat sich zu tief eingefressen. An seinen Stiefeln kleben Erdklumpen. Und es sind Flecken an seiner Kleidung, von denen er nur hoffen kann, dass seine Großmutter nicht bemerkt, woher sie stammen. Doch dagegen kann er im Moment nicht viel tun.

»Box«, sagt sie und dann wieder und wieder: »Oh, Box, Box, Box.«

Sie umarmt ihn sehr fest, ihre Arme liegen über seinen und pressen sie gegen seinen Leib. Er wundert sich über ihre Kraft. Wahrscheinlicher aber ist, dass er selbst zu schwach geworden ist, um sich auch nur gegen eine alte Frau mit ihrer Handtasche wehren zu können. Box legt den Kopf auf Dees Schulter. Ihr Arm gleitet am Ärmel seines Buschhemds herab auf seinen verletzten Unterarm. Er zuckt zusammen und zieht den Arm weg.

»Was hast du da?«

»Nichts, hab mich nur geschnitten.«

»Du siehst furchtbar aus.«

»Danke.« Ein angedeutetes Lächeln.

»Du hast dich geprügelt.«

»So was Ähnliches.«

»Lass mich dich verarzten. Ich habe Jod und Verbandszeug im Bad.«

»Ich fürchte, das wird nicht reichen, Dee.«

»Komm rein. Ich schau's mir an.«

»Gleich. Ich muss vorher noch was erledigen.« Plötzlich ist ihm schwindlig, und er schwankt.

»Du musst sofort zum Arzt.«

»Später.«

»Was musst du denn so dringend erledigen?«

»Sage ich dir später.«

»Dann komme ich mit dir. Du siehst so aus, als würdest du jeden Moment umkippen.«

»Nein. Tut mir leid, aber wenn dich jemand fragt, ist es besser, du weißt nicht, wo es ist.«

»Wo was ist? Wovon redest du denn, Box?«

»Kannst du mir eine Plastiktüte leihen?«

Dee fragt nicht mal, wozu er die braucht, sondern geht ins Haus. Box musste die Augen geschlossen haben, denn er hat nicht gemerkt, dass Zeit vergangen ist, als sie wieder neben ihm steht und ihm eine weiße Einkaufstüte aus dem Supermarkt hinhält.

Sie schaut zu, wie er etwas vom Beifahrersitz nimmt und es vorsichtig in die Tüte steckt.

»Was ist das?«

»Es dauert nicht lang, Dee. Höchstens eine Stunde.«

»Ich warte auf dich.«

Er küsst sie auf die Wange und versucht ein Lächeln, doch er fürchtet, seine verzerrte Grimasse wirkt eher besorgniserregend als beruhigend.

Box spürt Dees Blick in seinem Rücken, als er über den Rasen am Haus entlanggeht. Die Plastiktüte hängt schwer an seinem gesunden Arm. Als er an der Plantage ankommt, dreht er sich um und hebt die Hand. Dee winkt zurück. Sie weint.

Box geht zum Geräteschuppen und öffnet die Tür. In dem halbdunklen Durcheinander, in dem es nach Schmiere, Zweitaktbenzin und dem aufgerissenen Sack Blumenerde riecht, tastet er sich an die Rückwand vor. Dort hängt der Spaten. Der Stiel ist aus Eichenholz, und er sieht die gefleckte Maserung und riecht das Leinöl, das sein Großvater nach jedem Gebrauch liebevoll in das Holz gerieben hat. Box nimmt ihn von der Wand und tritt wieder ins Licht hinaus. Unsicher setzt er einen Fuß vor den anderen, als er zum Bach geht; es strengt ihn an, als liefe er einen Marathon. Mehrmals muss er anhalten und sich auf den Spaten stützen, sein Atem geht schwer, der ganze Körper krampft. Box weiß, er ist am Ende – alle Batterien leer, fast tot, von Schmerzen zerrissen, halb ohnmächtig. Doch seltsamerweise spürt er noch etwas anderes, während er zum Bach hinkt, nämlich dass er sich besser fühlt als seit Ewigkeiten, vielleicht sogar seit Pauls Tod. Das Gefühl ist immer stärker in ihm geworden, hat ihn überschwemmt wie ein sanftes Meer, seit er in der frischen Morgenluft lautlos in die Bucht hinabgerollt ist.

Noch eine Pause. Er steht auf den Spaten seines Großvaters gestützt und ringt nach Luft. Er blickt um sich. Dee hatte recht. Der Ort ist reich an Geschichte. Geschichte, die man nicht kaufen oder nachmachen kann. Der Bach und die Hügel ringsum, der lange Halbkreis der Bucht, die geschützten Strände, die Felsen und die alten Häuser, die Bäume wie die jetzt vor ihm, die geheimen Pfade, die Flecken von ungerodetem Buschland, das kultivierte und das brache Land – alles trägt eine Geschichte in sich. Geschichten, die sich wie Sediment abgelagert haben aus Generationen von Vätern und Müttern, Großeltern und Kindern, die alle hier gelebt haben und hier gestorben sind, bis zurück zu den ersten in der Ahnenreihe. Und nicht nur bei den Saxtons war das so, ebenso bei den Turners, Harbidges, Marshalls. Diese alten Familien bildeten ein engmaschiges Gewebe. Sie hatten nur dieses Zuhause.

Box richtet sich auf. Er hebt den Spaten und kämpft sich vorwärts.

Als er den Bach überquert, stürzt er. Beim Aufschlag auf die algenbedeckten Steine reißt es ihm den Spaten aus der Hand, er versinkt in einer tiefen Gumpe. Nur der Griff ragt über die teefarbene Oberfläche hinaus. Box liegt mit dem Gesicht nach unten auf den Steinen. Ein Blatt treibt langsam an seinem Gesicht vorbei. Er hört das Wasser, das unter ihm und an ihm vorbeifließt, ein Schlaflied singen. Er schaut zu, wie das Blatt zwischen den bräunlichen Steinen manövriert, und denkt daran, jetzt und hier unter der Schattendecke des Bachs einzuschlafen.

Box stützt sich mit den Händen auf die Steine und schraubt sich mühsam hoch. Ein neuer Schmerz tobt in seinem linken Knie, fügt sich nahtlos in seine Sammlung. Die Plastiktüte liegt auf ein paar Steinen, sie ist nicht nass geworden. Er hebt sie auf und prüft ihren Inhalt. Das Paket aus dem viereckigen Stück Plane, das er auf dem Friedhof herausgeschnitten hat, ist noch da. Was er darin eingewickelt hat, ist unversehrt.

Er fischt den Spaten aus dem Wasser und setzt seinen Weg fort. Fuß vor Fuß, Schritt für Schritt, jeder Abschnitt der Reise wird einzeln bewältigt.

Auf der Kuppe des ersten Hügels, unterhalb des Kraterrands, am Ende des Landes seiner Familie, gibt es eine Stelle, von der aus man über die ganze Bucht sieht bis an den Durchlass zwischen den Lavafelsen. Dahinter liegt der Ozean als langer, offener Highway. Als Kind ist er gern hierhergekommen. Manchmal ist er hochmarschiert, einfach nur um allein zu sein und fast die gesamte ihm bekannte Welt überblicken zu können. Selten kam Paul mit, meistens war er allein hier.

Die Stelle, die er für sein Unternehmen im Sinn hat, liegt vor einer kleinen Gruppe von Schnurbäumen. Im Frühling blühen sie hellgelb. Dahinter erhebt sich eine Kathedrale aus weicher Lava, eine Felsnase, die den Wind abhält und die Sonne in ihre Poren einsaugt. Zieht die Sonne am Nachmittag weiter, gibt der Stein Wärme ab.

An einem klaren sonnigen Morgen wie diesem wird er ihr ganzes Land überblicken können: den Bach und die von Gestrüpp überwachsene Schlucht, die Plantage und den

Gemüsegarten und das Quadrat des alten Hauses. Wenn die Sonne richtig steht, kann er ihre Spiegelung in den Gewächshäusern sehen. Ein paar Nebelfetzen bleiben vielleicht noch, bis die Sonne den Boden erwärmt hat.

An dieser Stelle, unter den Schnurbäumen, wird er das begraben, was er in seiner Hand trägt. Er wird mit dem Spaten seines Großvaters ein tiefes Loch graben und das Herz seines Sohnes dort bestatten, wo es hingehört.

Box klettert mühsam den Abhang auf der anderen Seite des Bachs hinauf. Irgendwie schafft er es über den durchhängenden Drahtzaun. Aus dem Schatten tritt er ins helle Morgenlicht. Ihm fällt ein, dass dies bestimmt der letzte richtig schöne Herbsttag wird. Kein Lüftchen regt sich, er spürt die Sonnenwärme auf den Schultern. Blinzelnd bleibt er stehen, um festzustellen, wie viel Kraft ihm geblieben ist. Das Gras um ihn wächst kniehoch. Vor ihm erhebt sich der Hügel, den er besteigen muss.

Box nimmt einen tiefen, rasselnden Atemzug, dann setzt er seinen zerschlagenen Körper zum letzten Mal in Bewegung. Er geht ganz langsam, Spaten und Plastiktüte in der unverletzten Hand. Er hinterlässt eine Spur im langen gelben Gras.

Erläuterungen zu den Maori-Begriffen

Haka Ritueller Tanz der Maori. Häufig ausschließlich als Kriegstanz interpretiert, bedeutet Haka allerdings nichts anderes als »Tanz« oder »Lied mit Tanz« und ist daher ein allgemeiner Begriff für alle Arten von Maori-Tänzen. Der Haka wird einerseits zur Begrüßung, andererseits aber auch zur Einschüchterung von Gegnern bei kriegerischen Auseinandersetzungen getanzt, dann allerdings nur von bewaffneten Männern. Beim Haka können diverse Emotionen durch den Einsatz verschiedener Körperteile wie Arme, Beine, Augen, Zunge etc. ausgedrückt werden.

Hapū Verwandtschaftsgruppe; Unterstamm. Jeder Iwi kann in mehrere Hapū unterteilt werden. Der Hapū bezeichnet die grundlegende politische Einheit in der Gesellschaft der Maori. Die Zugehörigkeit zu einem Hapū ergibt sich aus der Abstammung, wobei ein Hapū aus mehreren Whānau besteht.

Iwi Volksstamm, Klan. Iwi bezeichnet die größte soziale Einheit der Maori. In voreuropäischer Zeit war Iwi gleichbedeutend mit »Nationalität« und bezog sich auf das Volk, dem eine Person zugehörig war. Im Zuge der Entstehung des Staates Neuseeland kam Iwi die Bedeutung »Volksstamm« oder »Klan« zu. Iwi-Gruppen können der Tradition zufolge ihre Vorfahren zurückverfolgen bis zu den ersten Maori-Siedlern, die von der mythischen Insel Hawaiki gekommen sind. Viele Iwi sind zu größeren Gruppen zusammengefasst, die auf der genealogischen Abstammung (vgl. Whakapapa) basieren, und jeder Iwi lässt sich in mehrere Hapū unterteilen. Jeder Iwi hat ein eigenes Territorium (Rohe), das sich nicht mit anderen Iwi-Territorien überschneidet.

Kia ora Eine der traditionellen Begrüßungen der Maori, wird aber auch zum Abschied benutzt. Wörtlich bedeutet Kia ora in etwa »Mögest du gesund sein« oder »Möge es dir gehen«. Unter den Maori selbst wird Kia ora auch im Sinne von

»Danke schön« oder auch als zustimmendes Wort beim Zuhören benutzt.

Marae Ein zeremoniellen Zwecken vorbehaltenes, abgegrenztes Areal. Bedeutendere Anlagen sind mit Zeremonialhäusern versehen, so zum Beispiel mit Wharenui (Versammlungshaus, wörtlich: großes Haus) und Wharekai (Speisehaus). Obwohl der Begriff Marae (genauer: Marae atea) eigentlich nur den umgrenzten, unbebauten Bereich unmittelbar vor dem Wharenui bezeichnet, wird er inzwischen synonym für das gesamte, zeremoniellen Zwecken dienende Areal gebraucht. Die meisten Iwi und Hapu haben auch heute noch ihren eigenen Marae, an dem zeremonielle Begrüßungen, Reden und zahlreiche kulturelle Aktivitäten stattfinden.

Moko Auch Tä moko, dauerhafte Verzierungen des Körpers und Gesichts, durch Kratz- und Schabwerkzeuge aufgetragen. Diese Tradition wurde von den Maori aus ihrer polynesischen Heimat Hawaiki mitgebracht, ihre Methoden und Muster sind ähnlich denen in anderen Teilen Polynesiens. Das Erhalten des Moko kennzeichnet einen wichtigen Lebensabschnitt im Übergang von der Kindheit zum Erwachsenendasein und wird von vielen Ritualen begleitet. Das Moko selbst beinhaltet eine Art Code, der Aussagen über Herkunft und Rang des Trägers zulässt. Seit 1990 erlebt Tä moko eine Renaissance als Zeichen der Identität und im Rahmen des allgemeinen Wiederauflebens der Sprache und Kultur der Maori.

Pa Befestigtes Dorf der Maori oder eine Ansammlung befestigter Gemeinschaftsbauten, die auf Verteidigung ausgelegt sind. Sie waren das soziale und soziopolitische Zentrum eines Stammes und repräsentierten die Macht (mana) des Häuptlings.

Päkehä Bezeichnung der Maori für die ersten europäischen Siedler, heute fester Bestandteil des neuseeländischen Englisch, wird unterschiedlich interpretiert. Je nach Standpunkt sind damit die Neuseeländer mit ausschließlich britischen Vorfahren, mit überwiegend europäischen Vorfahren oder alle Nicht-Maori (beziehungsweise Nicht-Polynesier) gemeint. Der Ursprung des Wortes ist nicht ganz geklärt. Am wahrscheinlichsten gilt die Herkunft von päkehakeha oder pakepakehä, beides Bezeichnungen für mystische, hellhäutige und seefahrende Wesen.

Tangata Whenua Ureinwohner; »Volk des Landes«. Whenua heißt sowohl »Land« als auch »Plazenta«. Bei den Maori gilt das Land als Mutter des Volkes, die Beziehung zum Land ist somit ähnlich der Beziehung des Fötus zur Plazenta. Darüber hinaus gibt es einige Traditionen, die das Vergraben der Plazenta im Boden der Ahnen beinhalten.

Tangi Tangihanga oder Tangi beschreibt den Vorgang der Trauerarbeit in der Kultur der Maori, wenn jemand gestorben ist. Die Praktiken und der Ablauf können von Iwi zu Iwi variieren. Gemeinsam ist, den Sinn und die Bedeutung des Verlustes auszudrücken, auch denen gegenüber, die schon vorher gestorben sind. Traditionell wurde das Tangihanga innerhalb eines Marae abgehalten, doch heutzutage findet es auch in Privatwohnungen und Leichenhallen statt. Ein Tangihanga dauert in der Regel drei Tage, beginnend mit dem Tod einer Person, bis die Rituale und Zeremonien der Trauerarbeit als vollständig betrachtet werden können. Nachts wird bei geöffnetem Sarg Wache gehalten, und in der letzten Nacht des Tangi begleiten Rituale das endgültige Verschließen des Sargs.

Wahine In diesem Kontext »Frau«.

Whakapapa Genealogie. Ein grundlegendes Prinzip der Maori-Kultur. Allerdings ist es nicht nur ein bloßes Werkzeug zur Ahnenforschung, vielmehr bezeichnet es ein bestimmtes Denkmuster kulturellen Diskurses, auf dessen Basis die Beziehungen eines Individuums zu seinen Whānau (Familien), Iwis (Stämmen) und Hapüs (Unterstämmen) etabliert, bereichert und herausgefordert werden. Somit stellt Whakapapa ein wichtiges Instrument im Hinblick auf Identitätsbildung dar.

Whānau Erweiterte Familie, die drei bis vier Generationen umfasst und die kleinste Einheit in der Gesellschaft der Maori darstellt. Whänau bezeichnet darüber hinaus eine politische Einheit, die unter den Ebenen des Iwi und Hapu steht. Als Verb bedeutet Whänau außerdem »geboren werden« oder »gebären«.

Carl Nixon im Unionsverlag

Kerbholz
Eine britische Familie stürzt an der einsamen Westküste Neuseelands mit dem Auto über eine Klippe, nur die drei Kinder auf dem Rücksitz überleben. Unter moosbehangenen Felswänden suchen sie Schutz vor Insekten und dem unerbittlichen Regen, bis endlich Rettung naht: Zwei Outlaws bringen die Kinder auf ihre abgelegene Farm. Doch schnell zeigt sich, dass ihnen günstige Arbeitskräfte sehr gelegen kommen. In der rauen Landschaft auf sich allein gestellt, führt jedes der Kinder bald seinen ganz eigenen Kampf um Freiheit und ums Überleben. Und im fernen England macht sich ihre Tante auf die Suche nach den Vermissten. Mit einem tiefen Verständnis für die Psychologie seiner Figuren fragt Nixon danach, welche äußeren und inneren Zwänge den Menschen prägen und was eine Familie im Kern ausmacht.

Settlers Creek
Box Saxton beobachtet besorgt die Sturmfront, die sich über der Küstenstraße im Süden Neuseelands zusammenbraut, als ihn der Anruf erreicht, der alles verändert: Sein neunzehnjähriger Stiefsohn Mark hat sich das Leben genommen. Gemeinsam mit seiner Frau versucht Box, den Verlust zu begreifen, als der leibliche Vater des Sohnes auftaucht. Tipene ist Maori, und obwohl er den Jungen kaum kennt, besteht er darauf, Mark nach Maori-Tradition bei seinen Ahnen zu bestatten. Mit dem neuseeländischen Recht auf seiner Seite, stiehlt er den Körper des Jungen. Getrieben von Trauer und Wut, nimmt Box die Verfolgung auf, um seinen Sohn zurückzuholen. Der eindringliche Kampf zweier Väter um ihren Sohn rührt an einen Urkonflikt Neuseelands und fragt nach der Bedeutung von Familie, Herkunft und Liebe.

»Nixon gewährt einen gänzlich anderen Blick auf das Sehnsuchtsland europäischer Urlauber.« *ekz Bibliotheksservice*

Mehr über Autor und Werk auf *www.unionsverlag.com*

Sally Morgan im Unionsverlag

Ich hörte den Vogel rufen
Sally wächst in Australien auf, in einer Familie, die lauter, schräger und herrlicher nicht sein könnte. Die fünf Geschwister hängen aufeinander wie die Kletten. Die Mutter nutzt Religion – egal welche – als Geheimwaffe. Der Onkel bringt trotz ausgiebigem Alkoholgenuss immer mal wieder ein Huhn vorbei und die Oma gräbt mit Sally frühmorgens den quakenden alten Ochsenfrosch aus. Erst mit fünfzehn aber merkt Sally, das in ihrer Familie noch etwas anders ist als bei den anderen: Ihre Oma ist schwarz. Hartnäckig beginnt Sally, die Geschichte ihrer eigenen Familie zu hinterfragen und erfährt schließlich Geheimnisse, die ihre Welt auf den Kopf stellen.

Wanamurraganya
Sally Morgan machte sich quer durch den australischen Kontinent auf die Suche nach dem unbekannten Mann, der nach Aborigines-Genealogie ihr Großvater ist. Sie fand schließlich Jack McPhee, mit seinem eigentlichen Namen Wanamurraganya, und er erzählte ihr seine Lebensgeschichte. Er erzählt von seiner kurzen Kindheit, von Kuchen aus der Dose, vom Kühe-Ärgern, Känguru-Jagen und Wildpferde-Fangen. Er erzählt, wie er von Farm zu Farm weitergereicht wird, von schwarzen Müttern und weißen Vätern und von einer entmündigenden Regierungspolitik – vor allem aber von der Gelassenheit und dem Humor, die er immer im Herzen trägt.

»Wie die Autorin die Erzählungen ihrer Großeltern rekonstruiert und das Leben von Aborigines, ihre Träume, Bräuche, Ängste, die erlittene Diskriminierung wiederentstehen lässt, ist in seiner Wirkung vergleichbar mit ›Onkel Toms Hütte‹ – ein unersetzliches Stück Zeitgeschichte.« *Die Frau von heute*

Mehr über Autorin und Werk auf *www.unionsverlag.com*

Alan Duff im Unionsverlag

Selten ist Romanen vergönnt, was mit Alan Duffs *Warriors* geschah: Er löste eine Flut von Debatten in Neuseeland aus und veränderte das Selbstverständnis des Landes.
Mit größter Intensität erzählt Duff, selbst Maori, vom Leben im Maori-Ghetto von Pine Block. Von Jake, dem arbeitslosen Hünen, der sich auf nichts verlassen kann als auf seine Muskeln und seinen linken Haken. Von Beth, die, selbstbewusst und stark im Nehmen, versucht, ihre zerfallende Familie durchzubringen und zusammenzuhalten. Von den fünf Kindern, die selbst in den Strudel geraten. Duffs Roman ist mit Zorn und Anteilnahme geschrieben. Er verschweigt nichts, bricht Tabus und begegnet doch all seinen Figuren mit dem Verständnis, das ihnen im Leben verwehrt ist.

»Das Buch ist wie ein Aufschrei, der noch lange in den Ohren und im Herzen nachgellt, und Alan Duffs zügellose Sprache lässt keinen unbeteiligt.« *Augsburger Allgemeine Zeitung*

»Brutal bis an die Schmerzgrenze, schonungslos im Vokabular, dann wieder zärtlich und selbstironisch, voll Poesie.« *Bayerisches Fernsehen*

»Betrachtet man die überaus positive Kritik und Zustimmung in Neuseeland, ist das Buch ein authentisches Zeugnis von der aktuellen Befindlichkeit der Maori in Neuseeland.« *Pogrom*

Mehr über Autor und Werk auf *www.unionsverlag.com*

Michel Jean im Unionsverlag

Kukum

Als Almandas Blick auf den jungen Mann in dem Kanu fällt, beginnt für sie eine neue Zeitrechnung. Sie folgt dem ruhigen, freundlichen Thomas in ein neues Leben, zu seiner Familie und dem Volk der Innu. Geborgen in einer Gemeinschaft, die ganz zu der ihren wird, lernt sie zu jagen, zu lieben und zu überleben. Der Rhythmus des Waldes und die Wege des Flusses bestimmen die Schritte der Innu, doch nach und nach beanspruchen immer mehr Siedler das Land für sich. Die Sägewerke vernichten die Wälder, die Flößerei verstopft die Flüsse, und die Innu werden in eine Welt gezwungen, in der sie sich nicht zurechtfinden. Einfühlsam erzählt Michel Jean die Geschichte seiner eigenen Urgroßmutter, seiner Kukum, und die Geschichte der Ersten Völker, die in den offiziellen Berichten nicht vorkommt.

»Wir lauschen der Stimme dieser fast hundertjährigen Frau, als ob wir ebenfalls im Herzen des Waldes um ein Lagerfeuer sitzen.« *Un Dernier Livre*

»Anhand des Schicksals dieser starken, freiheitsliebenden Frau beschreibt Michel Jean auch das Ende der traditionellen Lebensweise der Nomadenvölker im Nordosten Amerikas.« *Falter*

»Ein überraschend warmer Roman. Er breitet sich zunächst aus wie die Tannenzweige im Zelt, die den weichen Boden zum Schlafen bilden. Michel Jean erzählt plastisch von der Schönheit und der Feindseligkeit der Natur.« *Kurier*

Mehr über Autor und Werk auf *www.unionsverlag.com*

Garry Disher im Unionsverlag

INSPECTOR-CHALLIS-ROMANE

»Disher ist ein Meister der modernen Krimikomposition. Er entwickelt ein faszinierendes Erzähltempo, das flott und schnell, aber niemals atemlos oder gehetzt erscheint. Disher zu lesen, ist ein literarischer Genuss erster Güte.« krimiblog.de

Drachenmann
Flugrausch
Schnappschuss
Beweiskette

Rostmond
Leiser Tod
Funkloch

CONSTABLE-HIRSCHHAUSEN-ROMANE

»Hirsch (fast) allein gegen Sheriff, Vorgesetzte, Dorfbonzen. Weizen, Wolle, früher Kupfer, leeres Land. Ganz, ganz fein, staubtrocken und herzenswarm.« *Tobias Gohlis, KrimiZeit-Bestenliste*

Bitter Wash Road
Hope Hill Drive
Barrier Highway
Desolation Hill

Hinter den Inseln
Liebe, Krieg und Verrat vor dem Hintergrund der zusammenbrechenden Kolonialreiche in Südostasien.

Kaltes Licht
Ein Skelett, ein jahrealter Mordfall und vergessene Geheimnisse – ein Fall für Sergeant Alan Auhl.

Stunde der Flut
Eine nagende Ungewissheit treibt Charlie Deravin in Ermittlungen gegen seine eigenen Familie.

Mehr über Autor und Werk auf *www.unionsverlag.com*

Tony Hillerman im Unionsverlag:
Die Bände erscheinen ab 2023

Die Fälle der Navajo-Police

»Tony Hillerman ist ein großartiger Erzähler. Mit seinen stimmungsvollen Kriminalromanen, die bei den Navajos im Südwesten der USA spielen, schlug Hillerman neue Wege in der amerikanischen Kriminalliteratur ein und wurde zum Bestsellerautor.« *The New York Times*

Tanzplatz der Toten
Blinde Augen
Zeugen der Nacht
Dunkle Winde
Gesang an die Geister
Stunde der Skinwalker
Dieb der Zeit
Sprechende Götter
Coyote wartet
Mord und Gelächter
Sturz in die Tiefe
Erster Adler
Jagd ohne Beute
Klagender Wind
Geheime Kanäle
Knochenmann

»Wer spannende Krimis liebt, ist bei dieser Reihe bestens aufgehoben. Man taucht beim Lesen in eine andere Welt ein. Ohne Effekthascherei und ohne die üblichen Klischees zu bedienen, erzählt Tony Hillerman vom Leben der indigenen Bevölkerung der USA.« *Bayerischer Rundfunk*

Mehr über Autor und Werk auf *www.unionsverlag.com*

Attica Locke im Unionsverlag

Bluebird, Bluebird
Abseits des Highway 59 in Texas dröhnt in Genevas Café unablässig der Blues aus der Jukebox, und Stammgäste und müde Trucker bekommen einen anständigen Ochsenschwanzeintopf serviert. Eine halbe Meile die Straße runter in Wallys Eishaus sieht das Bild anders aus: Konföderierten-Flaggen, Pin-up-Girls und Countrymusik. Als innerhalb einer Woche im nahe gelegenen Bayou die Leichen eines schwarzen Mannes und einer jungen weißen Frau gefunden werden, sind die Schuldzuweisungen schnell zur Hand. Der Texas Ranger Darren Mathews vermutet eine Verbindung zur Arischen Bruderschaft und beginnt, sich in der gespaltenen Kleinstadt umzuhören. Er stößt auf steife Höflichkeit, offene Ablehnung und schwelenden Hass – der mit jedem Tag, den das Verbrechen ungeklärt bleibt, gefährlicher wird.

Heaven, my Home
Bei Einbruch der Nacht verwandelt sich der Caddo Lake im texanischen Marion County in ein bedrohliches Labyrinth aus Bayous und stummen Zypressen. Als der neunjährige Levi King mit seinem Boot nicht zurückkehrt, soll Texas Ranger Darren Mathews ermitteln – denn Levi ist der Sohn eines Captains der Arischen Bruderschaft. Und gegen die braucht das FBI dringend eine Anklage, bevor Trump Präsident wird und sich die Grenzen der Justiz verschieben. Mathews, entsetzt darüber, was eine Handvoll verängstigter Weißer einer Nation antun kann, stapft durch einen Sumpf aus Hass und Anschuldigungen, der ständig droht, ihn zu verschlingen. Attica Locke zeichnet das gnadenlose Porträt eines brodelnden Amerikas in der Trump-Ära.

»Attica Locke verknüpft erstklassige Kriminalfälle mit klugen Betrachtungen über die gegenwärtigen Spaltungen innerhalb der USA.« *NPR*

Mehr über Autorin und Werk auf *www.unionsverlag.com*

Spannung im Unionsverlag

LEONARDO PADURA *Anständige Leute*

Havanna im Ausnahmezustand: Nicht nur Obama, auch die Rolling Stones sind in der Stadt. Conde aber wird ein unliebsamer Fall übertragen: Ein verhasster Kunst-Zensor wurde ermordet. Gleichzeitig vertieft sich Conde in einen legendären Rotlichtmord von 1909. In einem Havanna zwischen Rausch und Verzweiflung entfaltet sich ein epischer Kriminalfall.

CHERIE JONES *Wie die einarmige Schwester das Haus fegt*

In Baxter's Beach träumt Lala von einem anderen Leben, weit weg von ihrem undichten Haus, weit weg von Adan, ihrem brutalen Mann. Doch ein Schuss, den niemand hätte hören sollen, verändert alles und führt Lala an einen Wendepunkt. Eindringlich und lyrisch erzählt Cherie Jones, wie Liebe und Verbrechen ein Leben auf dramatische Weise verändern.

PETRA IVANOV *KRYO – Die Verheißung*

Blutplasma-Verjüngungskuren oder die Konservierung des Körpers für ein Leben nach dem Tod: Das Geschäft mit der Optimierung des Menschen boomt. Als der junge Chirurg Michael Wild beginnt, Fragen zu stellen, verschwindet er spurlos. Seine Mutter Julia ist fest entschlossen, ihn zu finden – doch ihre Gegner sind weitaus mächtiger, als sie denkt.

TONY HILLERMAN *Tanzplatz der Toten*

Lieutenant Joe Leaphorn von der Navajo-Police hält sich aus den Angelegenheiten der Zuñi eigentlich raus. Dann aber verschwindet dort ein Navajo-Junge, der fasziniert war von den rachsüchtigen Göttern der Zuñi. Und die zeigen sich der Legende nach nur jenen, auf die der Tod wartet. Der Auftakt zu einer einzigartigen, stimmungsvollen Krimireihe.

Mehr über alle Autorinnen und Autoren auf
www.unionsverlag.com